FICHES BAC

1re générale

NOUVEAU BAC

Mes 3 spécialités

- **Sciences économiques et sociales**

Denis Martin • Séverine Bachelerie-Marteau • Sylvie Godineau • Céline Le Feuvre • Franck Rimbert • Gilles Seurin

- **Histoire-géographie, géopolitique et sciences politiques**

Laurent van De Wandel • Cécile Gaillard • Cécile Gintrac • Vanessa Mercier • Franck Rimbert • Frédéric Viénot

- **Mathématiques**

Michel Abadie • Annick Meyer • Jean-Dominique Picchiottino • Martine Salmon

Hatier

SOMMAIRE GÉNÉRAL

Pour trouver une fiche précise dans une matière, reportez-vous au sommaire de chaque partie.

SCIENCES ECONOMIQUES ET SOCIALES

HISTOIRE-GÉOGRAPHIE, GÉOPOLITIQUE ET SCIENCES POLITIQUES

MATHÉMATIQUES

Crédits iconographiques : 5 ph © Manuella Le Pennec/Le Scarabée **119** ph © Michael Watkins/Getty-Images/iStockphoto **136** ph © iStock Editorial/Getty Images **195** ph © EyePress News/AFP **221** ph © Paul Langrock/Zenit-Laif-REA

Maquette de principe : Frédéric Jély • **Mise en pages :** STDI
Iconographie : Hatier illustration
Schémas : Nord Compo, STDI
Cartographie : Philippe Valentin
Édition : Carole Caumont, Jessica Alléguède, François Capelani, Jean-Marc Cheminée

PAPIER À BASE DE FIBRES CERTIFIÉES

Hatier s'engage pour l'environnement en réduisant l'empreinte carbone de ses livres. Celle de cet exemplaire est de : 1.4 kg éq. CO_2 Rendez-vous sur www.hatier-durable.fr

SES

SOMMAIRE

Quand vous avez révisé une fiche, cochez la case ☐ correspondante !

ÉCONOMIE

Monnaie et création monétaire

SOCIOLOGIE

La socialisation

La construction et l'évolution des liens sociaux

Les processus sociaux qui contribuent à la déviance

SCIENCE POLITIQUE

La formation et l'expression de l'opinion publique

Voter : une affaire individuelle ou collective ?

REGARDS CROISÉS

La gestion des risques

L'organisation et la gouvernance des entreprises

Un modèle d'échange entre offreurs et demandeurs

1

☐ OK

Le marché est une institution qui encadre nos échanges économiques. L'utilisation d'un modèle théorique, appelé « marché concurrentiel », permet d'analyser le comportement des agents et la formation des prix.

I Une diversité de formes de marché

Le marché désigne le lieu de rencontre entre des acheteurs (qui expriment une demande pour un produit) et des vendeurs (qui représentent la production ou l'offre), ainsi que l'ensemble des échanges réalisés lorsque vendeurs et acheteurs se mettent d'accord sur la quantité échangée et le prix de la transaction.

1 Une multitude de marchés

- Le marché des biens et services met en relation les ménages, les entreprises, les administrations, qui échangent des biens et services (de consommation finale ou de production).
- Le marché du travail met en relation des individus qui offrent leur force de travail (au sens de facteur de production) et des unités de production.
- Le marché des capitaux désigne le marché sur lequel s'échangent des actifs financiers (titres de propriété ou de créances) entre des agents économiques qui cherchent à financer leur activité et ceux qui ont un excédent de capitaux.
- Le marché des changes est celui sur lequel s'échangent des monnaies.

2 Différentes modalités d'organisation des échanges

- Les échanges et la fixation du prix s'effectuent selon des modalités très diverses : vente à la criée (marché aux poissons), marchandage et négociation (marchés alimentaires), vente aux enchères (marché de l'art), prix plus ou moins encadrés par des institutions comme l'État (marché du travail), etc.
- Selon la localisation des agents économiques et des échanges (à l'échelle régionale, nationale, internationale), le marché peut ainsi être un lieu physique (la place du village, un magasin, une agence d'intérim) ou un espace virtuel (transactions électroniques sur des marchés financiers ou sites de vente sur Internet).

- Le marché est une **institution** : les échanges marchands sont inscrits dans un système de règles sociales et politiques, avec le respect de conventions, de contrats, de droits de propriété, etc.

II L'utilisation d'un modèle de marché concurrentiel

1 Un modèle théorique

Le marché est aujourd'hui le principal mode de coordination des activités économiques. La science économique, face à la diversité des formes de marchés, fait ainsi le choix d'étudier un modèle de marché.

> **Mot clé**
> Un **modèle**, en économie, est une représentation schématisée et simplifiée de la réalité afin d'analyser un phénomène, en posant des conditions ou en ayant recours à la formalisation mathématique.

2 Un modèle basé sur la notion de concurrence

- La concurrence désigne une structure de marché caractérisée par l'**importance du nombre d'offreurs et de demandeurs**. Les prix sont fixés par les mécanismes du marché, un agent économique ne pouvant, seul, agir sur les prix.
- Ce modèle repose sur **cinq conditions** constituant les caractéristiques d'une « concurrence pure et parfaite » : grand nombre d'acheteurs et de vendeurs (atomicité), homogénéité des produits, transparence de l'information, libre entrée ou sortie du marché, libre circulation des facteurs de production.
- Ces conditions permettent de distinguer ce modèle d'autres structures de marché : concurrence monopolistique, oligopole, monopole.

L'ESSENTIEL

Le marché concurrentiel

- lieu de **rencontre** et d'**échanges** entre acheteurs et vendeurs
- **formes** : marchés de biens et de services, du travail, des capitaux, des changes
- **modalités d'échanges** : vente à la criée, négociation, vente aux enchères...
- « **concurrence pure et parfaite** » (5 conditions)

Le comportement des agents économiques

2

☐ OK

SES

Dans le modèle de marché concurrentiel, les acheteurs et les producteurs sont caractérisés par des comportements rationnels d'optimisation sous contrainte.

I Le comportement des acheteurs

1 Les déterminants de la demande

- Les acheteurs cherchent à **maximiser leur satisfaction sous contrainte budgétaire**.
- La demande d'un produit est ainsi influencée par :
  - les préférences du consommateur (ses goûts, la mode, les anticipations sur l'avenir) ;
  - des contraintes comme son revenu (lorsque le revenu augmente, la demande augmente généralement) ;
  - le prix du produit ;
  - le prix de produits substituables (interchangeables) ou complémentaires (qui doivent être consommés ensemble).

2 La loi de la demande

- Dans le modèle de marché étudié, le **prix** du produit est le principal déterminant de la demande : lorsque le prix diminue, les consommateurs qui ont déjà acheté le bien sont encouragés à en acheter davantage ; et ceux qui n'avaient pas les moyens d'en acheter peuvent désormais se le permettre.
- La demande de marché est la quantité de biens (ou de services) que les agents économiques sont disposés à acheter sur un marché à un prix donné. La **courbe de demande** représente, pour différents niveaux de prix, la somme des demandes individuelles des consommateurs.

> **Mot clé**
>
> La **loi de la demande** précise que, toutes choses égales par ailleurs, lorsque le prix d'un bien augmente, la quantité demandée diminue.
> La demande est une fonction décroissante du prix.

- D'après la loi de la demande, la pente de la courbe de demande est généralement négative et dépend de l'**élasticité-prix de la demande** (i. e. la sensibilité de la demande aux variations du prix).

HGGSP

MATHS

II Le comportement des producteurs

1 La loi de l'offre

L'offre est la quantité de biens ou services que les agents économiques sont disposés à vendre sur un marché à un prix donné. Le prix du produit est ainsi le principal déterminant de l'offre des producteurs : plus le prix est élevé, plus les entreprises vont décider de produire, qu'elles soient ou non déjà présentes sur le marché.

Mot clé

La **loi de l'offre** précise que, toutes choses égales par ailleurs, lorsque le prix d'un bien augmente, la quantité offerte augmente. L'offre est une fonction croissante du prix.

2 La maximisation du profit

- Les producteurs cherchent à maximiser leur profit en tenant compte de leurs contraintes de production. L'offre est ainsi influencée par le coût des matières premières, la productivité des facteurs de production, et par des facteurs naturels modifiant les conditions de production.
- Sur un marché de concurrence pure et parfaite, en situation de coût marginal croissant, le producteur maximise son profit lorsque le prix et le coût marginal sont égaux. La courbe d'offre se situe donc sur la courbe de coût marginal de l'entreprise.

L'ESSENTIEL

Le comportement des acheteurs

- **déterminants de la demande** : préférences du consommateur, contraintes budgétaires
- **loi de la demande** : pente de la courbe de demande négative et dépendante de l'élasticité-prix

Le comportement des producteurs

- **déterminant de l'offre** : prix du produit
- **maximisation du profit** : en tenant compte des contraintes de production (prix = coût marginal)

La formation d'un équilibre sur un marché concurrentiel

3

☐ OK

La confrontation de l'offre et de la demande aboutit à un équilibre de marché pour lequel il y a égalité entre quantité offerte et quantité demandée à un niveau de prix appelé prix d'équilibre. Cet équilibre est modifié par les variations de l'environnement économique.

I La confrontation de l'offre et de la demande

1 Un mécanisme d'ajustement avec des prix flexibles

- Le modèle de marché concurrentiel suppose que les agents économiques sont « preneurs de prix ». Un intermédiaire fictif entre offreurs et demandeurs, appelé « commissaire-priseur », annonce un prix à la criée et démarre un processus d'enchères dans lequel les prix, flexibles dans un marché concurrentiel, se modifient jusqu'à atteindre le prix d'équilibre.

> **Mot clé**
> Un agent économique (ménage ou entreprise) est « **preneur de prix** » sur un marché concurrentiel car il n'a pas la possibilité d'exercer, par ses seules décisions, une influence sur le marché.

- Par ce mécanisme, des offreurs et des demandeurs sont ainsi exclus du marché et, à terme, l'équilibre du marché est réalisé au point d'équilibre, qui correspond au croisement des courbes d'offre et de demande.

2 Un mécanisme autorégulateur

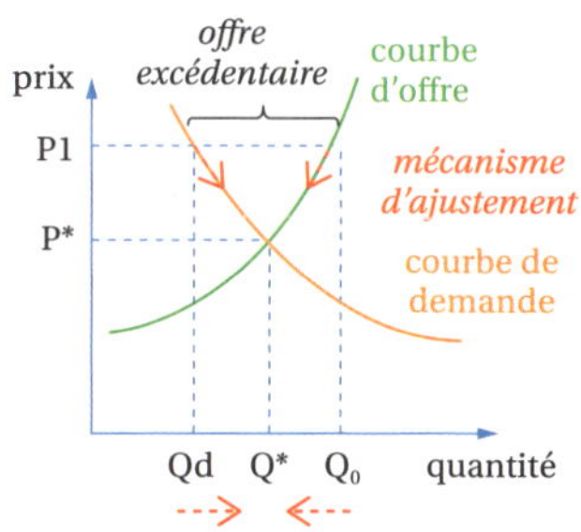

- En effet, si le prix est au-dessus du prix d'équilibre, il y a un excédent d'offre, les producteurs ne peuvent pas vendre toute leur production et sont donc prêts à vendre à un prix inférieur. Les quantités offertes diminuent (déplacement sur la courbe vers le bas). Cette tendance du prix à la baisse fait augmenter la quantité demandée, jusqu'à atteindre le prix d'équilibre. Le processus inverse a lieu si le prix est en dessous de l'équilibre (pénurie).
- Les lois de l'offre et de la demande constituent un mécanisme autorégulateur qui fait converger le prix du marché vers le prix d'équilibre.

SES HGGSP MATHS

II Les conséquences d'une modification de l'environnement économique

1 L'effet sur l'équilibre du marché

- Un changement de prix se traduit par un **déplacement le long de la courbe**, entraînant une modification de la quantité offerte ou demandée (cf. I.). Mais si un facteur déterminant autre que le prix varie, cela se traduit par une modification de l'offre ou de la demande et par un **déplacement de la** (ou des) **courbe**(s). ▶ FICHE 2
- Pour étudier l'impact d'un événement sur un marché, on détermine la courbe affectée, la direction du déplacement (vers la droite en cas d'augmentation, vers la gauche en cas de baisse de la quantité) et enfin la modification de la quantité et du prix d'équilibre que cela entraîne.

2 Une illustration avec l'intervention des pouvoirs publics

- Les pouvoirs publics peuvent décider d'instaurer une **taxe forfaitaire**, soit une somme fixe par unité de bien vendue dont doit s'acquitter l'entreprise ou le consommateur.
- Le modèle de marché permet de voir comment cette taxe perturberait l'équilibre, en générant un glissement des courbes. La conséquence essentielle d'une taxe est l'**augmentation des prix** et la réduction des quantités échangées. Néanmoins, le prix d'équilibre n'augmente pas du montant de la taxe car la demande s'ajuste au changement de prix.

L'ESSENTIEL

Le prix d'équilibre sur un marché concurrentiel

→ **Il résulte de la confrontation de l'offre et de la demande :** un mécanisme autorégulateur (excédent, pénurie)

→ **Il est modifié en cas de changement de l'environnement économique :**
- modification de l'offre ou de la demande
- intervention des pouvoirs publics (ex. : taxe)

Les gains à l'échange

4

☐ OK

Le marché concurrentiel procure des gains à l'échange pour les agents économiques.
Ces gains collectifs sont maximisés à l'équilibre du marché.

I Le surplus du consommateur et du producteur

1 L'existence de gains à l'échange

- Dans le modèle de marché concurrentiel, le prix est le signal qui guide les agents économiques dans leurs prises de décisions.
- Le **prix d'équilibre** (prix effectif des transactions réalisées) est unique et ajuste exactement les prétentions des offreurs et demandeurs. Or les différentes unités produites ou consommées ne sont pas valorisées de la même manière par le producteur ou le consommateur (en fonction de leurs contraintes, de leurs préférences). ▶ FICHE 2
- Si le prix d'équilibre s'applique à tous les participants au marché, il n'est pas connu à l'avance et certains acheteurs auraient pu payer plus cher. Si le prix de marché est supérieur à la somme maximale que l'acheteur serait disposé à payer, le consommateur ne participera pas à l'échange. Si producteurs et consommateurs échangent, c'est en raison des **avantages** qu'ils en retirent.

2 Des gains à l'échange mesurés par le surplus

- Ces gains à l'échange sont liés au prix qu'un consommateur serait prêt à payer sur le marché comparé au prix d'équilibre du marché, qui est le prix effectif de l'échange : le surplus du consommateur désigne cette **différence entre son consentement à payer et le prix d'équilibre**.

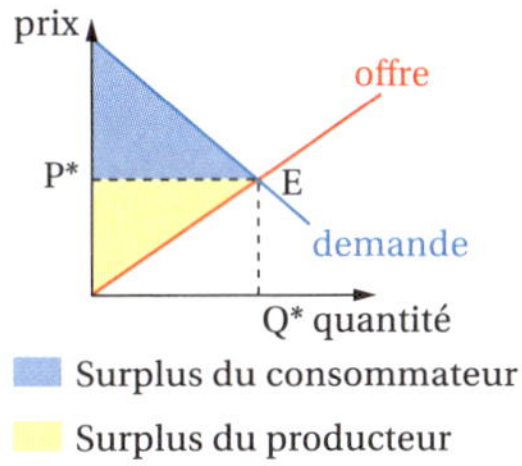

- Pour le producteur, le gain est la différence entre le prix de marché et le prix, plus faible, auquel il serait prêt à vendre son produit.
- En faisant la somme des gains réalisés pour toutes les unités produites, on obtient le **surplus du producteur** (ou du **consommateur**) qui se représente graphiquement par la surface comprise entre la courbe d'offre (ou de demande) et le niveau horizontal correspondant au prix d'équilibre.

SES HGGSP MATHS

II Une allocation optimale des ressources

1 L'équilibre de marché concurrentiel maximise le surplus collectif

- Si les mécanismes de marché concurrentiel fonctionnent **librement**, alors les choix des agents économiques conduisent à un prix d'équilibre qui **maximise** le surplus global. En effet, vouloir améliorer la situation des consommateurs en baissant le prix provoque une perte et une détérioration de la situation des producteurs. Et réciproquement.
- Toute **régulation** conduisant à diminuer les quantités échangées ou à s'éloigner du prix d'équilibre va détruire une partie des gains à l'échange.

2 Le marché conduit à une allocation optimale des ressources

- L'équilibre atteint par le marché assure une allocation des ressources optimale.
- Cela signifie que le marché permet d'utiliser les ressources (capital, travail, matières premières...) de la manière la plus efficace : en procurant **la plus grande satisfaction au plus grand nombre** et sans gaspiller des ressources.

Mot clé

L'**allocation des ressources** est le mécanisme par lequel les ressources disponibles dans une économie sont utilisées ou affectées aux différents usages possibles pour satisfaire les besoins des agents économiques.

L'ESSENTIEL

Les gains à l'échange

- **Ils expliquent** qu'il y ait échange
- **Ils sont mesurés** par le surplus :
  - du consommateur
  - ou du producteur
- **Ils sont maximisés** par les mécanismes de marché concurrentiel (allocation optimale des ressources)

Les structures de marché de la concurrence imparfaite

5

☐ OK

SES

On parle de concurrence imparfaite quand les conditions de la concurrence pure et parfaite ne sont pas respectées. On peut alors distinguer différentes structures de marché : monopole, oligopole et concurrence monopolistique.

I La concurrence parfaite et imparfaite

- La concurrence est dite pure et parfaite lorsque cinq conditions sont remplies : l'atomicité, l'homogénéité des produits, la libre entrée et sortie sur le marché, la libre circulation des facteurs de production et l'information parfaite. ▶ FICHE 1
- Sur un marché concurrentiel, les entreprises, nombreuses, n'ont pas le pouvoir d'agir sur les prix. Elles sont « preneuses de prix ».
- Ces conditions sont rarement respectées et un nombre limité d'entreprises se partage le marché en proposant des produits différenciés. Elles acquièrent alors un pouvoir de marché, c'est-à-dire la capacité à influencer les prix. Elles deviennent « faiseuses de prix ».

II Monopole et oligopole

- L'atomicité suppose un grand nombre d'offreurs et de demandeurs. Lorsqu'un petit nombre d'offreurs se partage le marché, on parle d'oligopole. Lorsqu'un seul offreur contrôle le marché, on parle de monopole.
- Les marchés oligopolistiques sont les plus fréquents. Dans ce cas de figure, les entreprises sont en mesure d'élaborer des stratégies pour tenter de renforcer leur pouvoir et gagner des parts de marché. Ces stratégies les poussent à chercher une plus grande compétitivité.
- Le monopole est en mesure de fixer un prix supérieur au prix de concurrence. Néanmoins, cette hausse du prix entraîne une diminution de la production (loi de la demande) préjudiciable aux consommateurs et au producteur. On assiste à une réduction du surplus de l'ensemble des agents : on parle de perte sèche du monopole.

Mot clé

La **compétitivité** désigne la capacité d'une entreprise à conserver ou accroître ses parts de marché en baissant ses prix de vente (compétitivité prix) ou en jouant sur la qualité ou l'image (compétitivité hors-prix).

HGGSP

MATHS

III La concurrence monopolistique

- L'homogénéité suppose que tous les produits sur un marché soient identiques et donc **substituables**. Le consommateur n'a alors pas de raison d'en préférer un en particulier et son seul critère de choix est le prix. Pourtant, les produits proposés sont rarement similaires et les consommateurs peuvent développer un attachement à certains d'entre eux.

- On parle alors de **concurrence monopolistique** pour désigner une situation où un plus ou moins grand nombre d'entreprises propose des produits différenciés. Cette structure de marché relève à la fois du **monopole** car l'entreprise tente de rendre son produit non remplaçable aux yeux du consommateur, et de la **concurrence** puisque l'entreprise est obligée de prendre en compte l'existence de concurrents potentiels.

- Dans ce cadre, les entreprises élaborent des stratégies de différenciation en jouant sur l'innovation et en utilisant la publicité pour se démarquer de la concurrence et limiter la substituabilité de leur produit. Elles peuvent alors fixer un **prix supérieur** au prix de concurrence, comme en situation de monopole, et accroître leurs profits.

> **Mot clé**
>
> La **différenciation** consiste pour une entreprise à doter ses produits de caractéristiques objectives (apparence, labels, performances) ou subjectives (image de marque, réputation) particulières.

L'ESSENTIEL

Les structures de marché de la concurrence imparfaite

Monopole
- un seul offreur
- prix élevé
- perte sèche de surplus

Oligopole
- pouvoir de marché des entreprises
- recherche de compétitivité

Concurrence monopolistique
- stratégies de différentiation
- produits non substituables

Les origines du pouvoir de marché

6

☐ OK

En situation de monopole ou d'oligopole, les entreprises disposent d'un pouvoir de marché. Ce pouvoir provient de l'imperfection de l'information et de l'existence de différents types de barrières à l'entrée.

I Des barrières structurelles

- Les barrières à l'entrée désignent des obstacles à l'arrivée de nouveaux concurrents sur un marché. Les barrières structurelles sont **dues aux caractéristiques du marché**. Elles sont liées aux conditions de production (existence d'économies d'échelles ou de réglementations).

- Lorsqu'il existe des économies d'échelle, les entreprises en place disposent d'un avantage : leur coût unitaire de production diminue lorsque la production augmente. Leur rentabilité est donc plus forte que celle de potentiels concurrents qui ne peuvent d'emblée réaliser un volume de production suffisant. En présence de fortes économies d'échelle, il peut ne subsister qu'une seule entreprise rentable : un **monopole dit « naturel »**.

> **Mot clé**
>
> Lorsque la production augmente, les coûts fixes n'augmentent pas, ce qui entraîne une diminution du coût unitaire de production. On observe ces **économies d'échelle** dans des activités qui nécessitent d'importants coûts fixes (transport ferroviaire, aéronautique...).

- Les **barrières réglementaires** sont des barrières légales s'imposant aux entreprises. Il s'agit parfois de normes techniques coûteuses à mettre en place ou de règles d'implantation (ex. : nombre limité de taxis à Paris). Les **monopoles institutionnels ou légaux** résultent d'une volonté de l'État d'interdire l'entrée d'un concurrent sur le marché.

II Des barrières stratégiques

- Les barrières stratégiques sont **créées par les entreprises** elles-mêmes afin de dissuader d'éventuels concurrents.

- Les entreprises réalisent des dépenses de recherche et développement afin d'innover. Elles peuvent alors déposer des **brevets**. Ces barrières juridiques leur confèrent une situation temporaire de quasi-monopole en empêchant la concurrence d'exploiter leurs innovations. On parle de **monopole d'innovation**.

- Les **stratégies de prix** sont aussi utilisées. En vendant à bas prix, l'entreprise ou les entreprises (dans le cadre d'une entente ▶ FICHE 7) peuvent rendre impossible l'accès au marché à de nouveaux concurrents. On parle de « guerre des prix » ou de « prix prédateurs ».

III Une information imparfaite

- L'information est dite **imparfaite** quand les agents économiques ne disposent pas rapidement et sans coût de toutes les **informations** sur les prix, les quantités et la qualité des produits sur un marché. Ils ne sont pas non plus capables de prévoir les comportements des autres agents.
- Si les consommateurs ne sont pas suffisamment informés sur la qualité des nouveaux produits sur un marché, ils préféreront se diriger vers les produits connus dans lesquels ils ont confiance. C'est un **avantage pour les entreprises déjà implantées** sur le marché et une barrière à l'entrée de nouveaux concurrents.
- Les entreprises souhaitant entrer sur un marché ne disposent pas de suffisamment d'information sur la capacité de réaction des entreprises déjà en place. Elles peuvent alors renoncer à entrer sur le marché de peur de ne pouvoir y faire face.

> **Mot clé**
> La **capacité de réaction** des entreprises désigne leur capacité à mener une guerre des prix ou à inonder le marché de leurs produits en réponse à l'arrivée d'un nouveau concurrent.

L'ESSENTIEL

Les origines du pouvoir de marché

- **Des barrières structurelles** : caractéristiques du marché (économie d'échelle, réglementations)
- **Des barrières stratégiques** : créées par les entreprises (monopole d'innovation, stratégies de prix)
- **Une information imparfaite** : prix, quantités, qualité (capacité de réaction)

Les stratégies des entreprises

7

☐ OK

SES

Les stratégies des entreprises sont des actions qui visent à étendre leur pouvoir de marché et à dissuader de potentiels concurrents. Dans un oligopole, les entreprises peuvent choisir de s'entendre ou de s'affronter. Le monopole cherche à accroître son profit tout en maintenant sa position.

I Les entreprises ont parfois intérêt à s'entendre

- Sur un marché oligopolistique, les entreprises peuvent avoir intérêt à former des ententes plutôt qu'à s'affronter. En s'entendant sur les prix, en se répartissant le marché ou encore en fixant des quotas, elles réduisent la concurrence et peuvent augmenter leurs profits.
- Elles peuvent aussi choisir de s'allier en fusionnant. Deux entreprises se réunissent alors pour en former une nouvelle. On parle de fusion-acquisition. Cette stratégie de concentration permet d'augmenter la taille des entreprises, de les rendre plus efficaces et rentables. Elles étendent leur pouvoir de marché.
- Mais la coopération peut être risquée : pour qu'elle soit bénéfique, il faut que toutes les entreprises concernées « jouent le jeu ». La théorie des jeux montre que si les entreprises ne sont pas certaines de pouvoir anticiper la réaction des autres, elles peuvent choisir de ne pas coopérer. La coopération serait la meilleure solution, mais ce n'est pas forcément la solution choisie.

Mot clé

La **théorie des jeux** permet d'analyser le comportement d'agents rationnels qui doivent prendre des décisions stratégiques. Les agents sont en interaction : le comportement des uns dépend du comportement attendu des autres.

II Les entreprises choisissent souvent de s'affronter

- Les entreprises peuvent choisir de s'affronter en jouant sur les prix ou la nature des produits afin de gagner des parts de marché.
- Elles développent des stratégies de prix prédateur. En fixant temporairement leurs prix à un niveau inférieur à leur coût de production, elles espèrent faire disparaître les concurrents. Elles subissent dans un premier temps des pertes qui seront compensées par la suite.

HGGSP

MATHS

Elles mènent des stratégies de **différenciation**. En dotant leurs produits de caractéristiques objectives ou subjectives originales, elles cherchent à se démarquer de la concurrence. Elles multiplient alors les dépenses de recherche et développement et de publicité. Elles déposent de nombreux brevets. ▶ FICHE 5

III Les stratégies des monopoles

En situation de monopole, une entreprise maximise son profit pour un **prix supérieur au prix d'équilibre** sur un marché concurrentiel. Elle est cependant contrainte de fixer son prix en tenant compte de l'élasticité-prix de la demande afin de ne pas entraîner une trop forte diminution des quantités demandées.

> **Mot clé**
>
> L'**élasticité-prix de la demande** désigne la sensibilité de la demande à la variation des prix. Plus cette élasticité est faible, plus le monopole accroîtra son profit : les consommateurs réagiront peu à un prix plus élevé.

Le monopole peut chercher à accroître son profit en se rapprochant au plus près de la disposition à payer de chaque catégorie de consommateur. Pour cela, il pratique une stratégie de **discrimination par les prix** : il propose des prix différents en fonction des types de clientèle (ex. : tarifs différenciés proposés par la SNCF).

La discrimination est parfaite si l'entreprise parvient à faire payer à chaque consommateur le prix maximum qu'il était prêt à payer (son **prix de réserve**). Le monopole maximise alors son profit et capte la totalité du surplus du consommateur. Cette stratégie peut être bénéfique à certains consommateurs évincés jusque-là du marché car leur prix de réserve était inférieur au prix de marché.

L'ESSENTIEL

Les stratégies des entreprises

- **L'entente** : réduire la concurrence pour augmenter les profits (fusion-acquisition, coopération)
- **L'affrontement** : gagner des parts de marché (prix prédateur, différenciation)
- **Les stratégies de monopole** :
  - fixation du prix en fonction de l'élasticité-prix de la demande
  - discrimination par les prix

L'intervention des pouvoirs publics pour réguler la concurrence

8

☐ OK

SES

Les pouvoirs publics interviennent de manière à éliminer tout comportement susceptible de limiter la concurrence.

I Pourquoi les pouvoirs publics interviennent-ils ?

- Sur un marché imparfaitement concurrentiel, les entreprises ont le pouvoir de fixer les prix et cherchent à limiter l'entrée de nouveaux concurrents. Les **consommateurs** sont alors **pénalisés** car les prix sont élevés et leur choix réduit.
- Ainsi, l'absence de concurrence remet en cause la capacité du marché à garantir une **allocation optimale des ressources.** ▶ FICHE 4 Les mécanismes de marché qui permettent la sélection des entreprises efficaces et qui les poussent à innover sont remis en cause. L'augmentation du prix qui en résulte permet aux entreprises de capter une partie du surplus du consommateur.
- Les pouvoirs publics, au niveau national et européen, interviennent pour garantir **une concurrence juste et équitable**, bénéfique à tous.

HGGSP

II Quels sont leurs domaines d'action ?

- Les pouvoirs publics luttent contre les **abus de position dominante**. Une entreprise en position dominante n'a pas le droit d'abuser de cette position pour affecter la concurrence au détriment des consommateurs (par exemple en pratiquant des ventes liées), de ses fournisseurs (à qui elle peut imposer des conditions d'achat défavorables) ou de ses concurrents (pratique de prix prédateurs).
- Ils luttent contre les **cartels** (entente de producteurs pour contrôler un marché). Le droit de la concurrence interdit les ententes anticoncurrentielles qui visent à accroître le profit de leurs membres au détriment des consommateurs et des entreprises concurrentes. Ces pratiques sont difficiles à détecter car menées en secret. Certaines ententes sont néanmoins autorisées si elles favorisent le progrès technique et bénéficient au consommateur.
- Ils contrôlent les **opérations de concentration**. Lorsque les entreprises fusionnent, leur taille augmente et leur nombre diminue. Ces opérations ne sont autorisées que si elles ne se traduisent pas par une trop forte diminution du degré de concurrence sur le marché.

MATHS

III Quels moyens utilisent-ils ?

- La **Commission européenne**, mais aussi, au niveau national, la **DGCCRF** (Direction générale de la concurrence, de la consommation et de la répression des fraudes) et l'**Autorité de la concurrence** veillent au respect du droit de la concurrence.

- En cas d'abus de position dominante ou d'entente illégale, les entreprises subissent des **sanctions financières**. Ces amendes doivent être suffisamment élevées pour être dissuasives mais ne peuvent dépasser 10 % du chiffre d'affaires mondial de l'entreprise. Ainsi, Google a été condamné en juillet 2018 par la Commission européenne à une amende record de 4,34 milliards d'euros pour pratique anticoncurrentielle. Aux États-Unis, ces amendes peuvent s'accompagner de peines de prison.

> **Chiffres clés**
>
> Le montant des **amendes** augmente d'année en année : en 2017, le record, déjà détenu par Google, s'élevait à 2,4 milliards d'euros. En 2016, il était d'un milliard d'euros pour l'entreprise Intel.

- Pour faciliter la détection des ententes, les autorités de la concurrence ont mis en place des **politiques de clémence** : les entreprises qui participent à une entente et qui la dénoncent échappent aux sanctions financières. C'est un outil efficace pour mettre fin aux ententes.

L'ESSENTIEL

L'intervention des pouvoirs publics

Les raisons
- éviter que les consommateurs soient pénalisés
- garantir une allocation optimale des ressources
- garantir une concurrence juste et équitable

Les domaines d'action
- abus de position dominante
- cartels
- opérations de concentration

Les moyens
- sanctions financières
- politiques de clémence

Les externalités

9

☐ OK

Les externalités sont une défaillance du marché car elles ne font pas l'objet de transactions économiques. Ainsi, les externalités négatives ont des effets sur le marché et un coût difficile à mesurer.

I Les externalités

1 La notion d'externalités

- On définit les externalités comme les effets de l'action d'un agent économique sur le bien-être d'autres agents non pris en compte par le marché.

> **Mot clé**
> En économie, le **bien-être** mesure la satisfaction d'un individu ou d'une collectivité.

- Ces effets peuvent être positifs (externalités positives) lorsque ces externalités améliorent le bien-être d'un agent ou négatifs (externalités négatives) si le bien-être de l'agent s'en trouve diminué.

2 Exemples d'externalités négatives

- La pollution est un exemple d'externalité négative : son coût est supporté par les communautés qu'elle touche, non par le pollueur.
- On distingue plusieurs types de pollution. La pollution atmosphérique est liée au rejet de substances nocives dans l'air. La pollution de l'eau a des conséquences sur la faune, la flore et la qualité de l'eau. La pollution des sols est liée à l'utilisation d'engrais et de pesticides.
- La consommation de certains produits (tabac, alcool) peut être considérée comme une forme d'externalité négative.

II Les effets des externalités négatives

1 Externalités négatives et marché

- L'existence d'externalités négatives constitue une défaillance du marché car le prix de marché ne constitue plus une information parfaite pour les agents économiques, le coût de la production étant sous-estimé et le profit surestimé. Dès lors, l'équilibre de marché n'est plus optimal.

Dans une optique libérale, il est possible de réguler les externalités négatives par le marché. C'est le cas avec la création du marché de quotas d'émission de gaz à effet de serre (GES).

Mot clé

Sur le **marché de quotas d'émission** de gaz à effet de serre, les entreprises s'échangent des droits d'émission de GES.

2 Les coûts des externalités négatives

Les externalités négatives font apparaître deux types de coûts : les **coûts individuels** et les **coûts externes** ; la somme de ces deux coûts est le coût social. Par exemple, le coût social de la pollution due aux transports comprend le coût privé supporté par l'usager du transport et le coût externe (pollution, accidents, etc.).

Il est difficile de mesurer le **coût social** des externalités négatives car le prix de marché ne permet pas de le faire. Cependant, pour la pollution, on peut estimer deux types de coûts : les coûts externes et l'impact sur les finances publiques.

Les **coûts externes** incluent les décès prématurés, les pertes de qualité de vie et les pertes de production. Les effets sur les finances publiques mesurent le coût des soins des malades, le coût des recherches publiques et de la prévention, et les économies attendues du fait du non-versement des retraites des personnes décédées. Cependant, les méthodes de mesure de ces coûts sont diverses et sujettes à débat.

L'ESSENTIEL

Les externalités

Définition :
Effets de l'action d'un agent économique sur le bien-être d'autres agents, ces effets n'étant pas pris en compte par le marché

Deux catégories :
- externalités positives : amélioration du bien-être d'un agent
- externalités négatives : diminution du bien-être d'un agent (ex. : pollution)

Les biens collectifs et les biens communs

10

☐ OK

SES HGGSP MATHS

Dans une économie de marché, tous les biens produits ne peuvent être échangés sur le marché. C'est le cas des biens collectifs et des biens communs, dont les caractéristiques constituent des défaillances du marché.

I Les biens collectifs

1 Les biens collectifs s'opposent aux biens privés

- L'économiste américain Paul Samuelson (1915-2009) distingue les biens selon deux critères : l'exclusion et la rivalité. L'utilisation de ces deux critères, reprise et complétée par d'autres économistes, permet de distinguer les différents types de biens. Ainsi, les biens privés sont excluables et rivaux.
- Selon la définition la plus courante, les biens collectifs sont des biens, mais également des services, qui bénéficient à tous. La consommation d'un tel type de bien par un individu n'empêche pas la consommation par un autre individu (non-rivalité), et personne ne peut être exclu de ce bien (non-exclusion). On peut prendre comme exemples la Défense nationale ou l'éclairage public.

2 Les biens collectifs, une défaillance du marché

- Un bien collectif est un bien non divisible : la quantité disponible de ce bien est entièrement consommée par chacun des consommateurs et un consommateur supplémentaire n'implique pas un coût supplémentaire : le coût marginal du bien collectif est nul.

> **Mot clé**
> Le **coût marginal** est le coût supplémentaire induit par la production d'une unité supplémentaire d'un produit.

- Aucun consommateur d'un bien collectif ne peut être exclu. Ce principe d'indivisibilité d'usage implique qu'il n'y a pas de compétition entre les consommateurs pour utiliser le bien.
- L'indivisibilité d'usage d'un bien collectif n'oblige pas les consommateurs à révéler leurs préférences pour offrir un prix. Cette situation incite les consommateurs à adopter un comportement de « passager clandestin » car les agents économiques cherchent à bénéficier du bien collectif sans contribuer à leur financement.

II Les biens communs

1 Les caractéristiques des biens communs

- Un bien commun est **rival**, contrairement à un bien collectif, mais **non excluable**, à la différence d'un bien privé. Ainsi, les ressources naturelles telles que les ressources halieutiques (ressources vivantes des milieux aquatiques) sont des biens communs : chacun peut les utiliser (non-exclusion) mais leur consommation exclut d'autres consommateurs potentiels (rivalité).
- La notion de « bien commun » dépasse l'analyse économique. En effet, on parle de « commun » lorsqu'on s'intéresse à la façon d'utiliser une ressource et à la manière de la gérer par une communauté. Ainsi, la notion de « commun » est aussi **politique** qu'économique. C'est le cas de l'habitat participatif.

2 Les biens communs et le marché

- En 1968, le biologiste américain Garrett Hardin (1915-2003) publie un article dans lequel il décrit un mécanisme social et écologique qu'il nomme la « **tragédie des communs** ». Selon lui, un bien commun disparaît du fait de sa non excluabilité, sauf s'il est géré par l'État comme un bien collectif ou s'il est privatisé et régulé par le marché.
- La politologue Elinor Ostrom (1933-2012, prix Nobel d'économie en 2009) remet en cause les conclusions de Garrett Hardin. En analysant de nombreuses expériences dans le monde, elle montre que la surexploitation des biens communs peut être évitée **si les utilisateurs s'organisent** pour les gérer.

L'ESSENTIEL

Les biens collectifs	Les biens communs
▸ biens et services bénéficiant à tous : non rivaux et non excluables ▸ défaillance du marché (bien non divisible, pas de compétition)	▸ biens rivaux et non excluables (ex. : ressources naturelles) ▸ possibilité d'éviter la surexploitation des biens communs par une gestion organisée (Elinor Ostrom)

L'asymétrie d'information

11

☐ OK

SES HGGSP MATHS

Sur le marché, le vendeur ou l'acheteur peut avoir une meilleure information dont il tire profit. On parle d'asymétrie d'information. Celle-ci se présente sous la forme de la sélection adverse ou de l'aléa moral.

I La sélection adverse

1 La notion de sélection adverse : le cas des voitures d'occasion

- Il y a sélection adverse (ou antisélection) sur un marché lorsque l'asymétrie d'information conduit à **éliminer les produits de meilleure qualité**. L'acheteur ne connaît pas bien la qualité du produit qu'il veut acquérir et il peut ne pas l'acheter s'il considère que le prix n'est pas un bon indicateur de la qualité du produit.

> **Mot clé**
>
> Le **prix** de marché est, en principe, un indicateur de qualité des produits échangés. Un prix élevé signifie que le produit vendu est de bonne qualité (et inversement).

- Pour illustrer le phénomène de sélection adverse, l'économiste George Akerlof prend l'exemple du marché des voitures d'occasion. L'acheteur peut **douter de la qualité** de la voiture vendue. Si le prix est trop élevé, il s'abstiendra, même si l'automobile est de bonne qualité. Dès lors, sur le marché, le prix moyen est trop faible pour inciter les vendeurs de voitures de bonne qualité à vendre leur bien.

2 La sélection adverse et l'équilibre de marché

- La situation de sélection adverse existe sur de nombreux marchés. Ceux-ci ne peuvent parvenir à un équilibre de marché satisfaisant car les « mauvais produits chassent les bons », incitant ainsi les acheteurs à se retirer du marché. Dès lors, le fonctionnement du marché conduit à une **situation inefficace**, ou même à la **disparition du marché**.

- Pour répondre à la sélection adverse, le vendeur et l'acheteur peuvent instaurer des moyens pour **rétablir la confiance** entre eux. Par exemple, le vendeur propose des garanties à l'acheteur, comme le service après-vente. Quant à l'acheteur, il peut s'informer, à partir de données observables, sur le produit vendu ou l'entreprise.

II L'aléa moral

1 La notion d'aléa moral : le cas de l'assurance

- L'aléa moral (ou hasard moral) est la situation d'un agent économique qui, sur le marché, prend un **risque** inconsidéré car il est **certain d'être couvert** contre ce risque. L'aléa moral se distingue de la sélection adverse car, au moment de l'échange, il n'y a pas d'asymétrie d'information.
- L'aléa moral est d'abord apparu dans le domaine des **assurances** : un assuré pouvait augmenter sa **prise de risque** puisqu'il n'allait plus supporter entièrement les conséquences négatives de son comportement (comme l'assuré ne paie pas en cas de problème, il augmente sa prise de risque).

2 Aléa moral et marché

- Dans le cas de l'assurance, l'assureur ne peut contrôler les comportements des assurés, ce qui a pour effet d'**accroître le prix de l'assurance**. Celui-ci ne permet pas une situation d'équilibre optimale. Dans les cas extrêmes, l'aléa moral peut entraîner la disparition du marché.
- L'aléa moral a joué un rôle central dans la **crise financière de 2008**. Aux États-Unis, les grandes banques ont pris des risques importants en accordant des prêts, dits « *subprimes* », à des ménages aux revenus peu élevés. Cette prise de risque des banques a été encouragée par le principe du « ***too big to fail*** » : jouant un rôle essentiel dans l'économie, elles étaient à peu près assurées d'être secourues par l'État si elles se retrouvaient au bord de la faillite.

L'ESSENTIEL

L'asymétrie d'information

La sélection adverse
- élimination des produits de meilleure qualité
- déséquilibre voire disparition du marché
- solution : rétablir la confiance (garanties, SAV)

L'aléa moral
- définition : prise de risque d'un agent économique sur le marché
- effet : augmentation du prix des assurances

L'intervention des pouvoirs publics 12

☐ OK

Les pouvoirs publics sont les institutions chargées de l'administration d'un État ou de collectivités locales. Ils interviennent pour faire face aux défaillances du marché principalement en internalisant les externalités et en fournissant des biens collectifs.

I L'internalisation des externalités

1 La réglementation

- En présence d'externalités, notamment d'externalités négatives, l'État peut intervenir pour lutter contre leurs effets négatifs. Dans ce cas, l'État a une fonction d'allocation des ressources. ▶ FICHE 4
- Afin de réduire les externalités négatives, les pouvoirs publics peuvent édicter des règles et définir les sanctions pour les faire respecter. C'est dans le cadre réglementaire que l'on a interdit les gaz CFC dans les produits aérosols et limité les émissions de CO_2 pour les automobiles.
- La réglementation peut améliorer l'information des agents économiques en cas d'asymétrie d'information. C'est le cas pour les différentes réglementations concernant la comptabilité ou les obligations de certification (par exemple les labels « agriculture biologique »).

2 La taxation

- La taxation représente une mesure fiscale qui a pour conséquence d'accroître le prix des produits polluants. La taxation renvoie au principe du pollueur-payeur permettant d'internaliser l'externalité négative que constitue la pollution.
- La taxe carbone répond à la logique du pollueur-payeur. C'est une taxe ajoutée au prix de vente de produits ou de services émettant des gaz à effet de serre comme le dioxyde carbone (CO_2). Elle touche les carburants fossiles (essence, gazole, gaz, charbon) et les activités qui les utilisent.

> **Mot clé**
> Depuis la loi de 2014, la **taxe carbone** est appelée « contribution climat énergie » (CCE).

- Le bonus-malus écologique s'applique aux achats de véhicules. Les acheteurs de voitures polluantes subissent une taxe (malus) renchérissant le coût de l'automobile.

II La fourniture de biens collectifs

1 La production de biens et services

- Les biens collectifs sont à l'origine d'**externalités positives** : leur production a pour effet d'accroître le bien-être social. Le marché ne pouvant assurer un équilibre optimal dans la production de biens collectifs, c'est l'État qui prend en charge la production de ces biens.
- L'essentiel de la production de l'État concerne des **services non marchands**. Ces services sont gratuits (école), ou vendus à un prix inférieur à la moitié du coût de production (une crèche municipale par exemple).
- L'État dispose d'un pouvoir de contrainte et peut financer la production de biens collectifs par l'**impôt**, plutôt que par les prix.

2 Les partenariats public-privé (PPP)

- Le PPP est un mode de financement dans lequel une **autorité publique** (État, collectivités locales) fait appel à des **prestataires privés** pour financer et gérer un équipement qui assure un service public. Les PPP se sont multipliés au cours des années car ils permettent à des collectivités locales et à un État de plus en plus endettés de continuer à assumer des investissements et de nouvelles compétences, en les déléguant en pratique au privé.
- Si les gros investissements publics sont transférés au secteur privé sans que les collectivités voient leur endettement augmenter, celles-ci doivent pendant plusieurs années régler un **loyer** ou des frais à leur partenaire privé. Finalement, le coût total de l'investissement peut s'avérer plus élevé pour les collectivités publiques.

L'ESSENTIEL

L'intervention des pouvoirs publics face aux défaillances du marché

L'internalisation des externalités
- fonction d'allocation des ressources de l'État
- moyens : règles, sanctions, information, taxation (taxe carbone)

La fourniture de biens collectifs
- production de biens et services (impôts) → externalités positives
- partenariats publics-privés (PPP)

Quiz EXPRESS 13

Avez-vous bien révisé les fiches 1 à 12 ? On vérifie !

SES HGGSP MATHS

Les marchés

1 La concurrence pure et parfaite

FICHES 1 À 4

1. Les échanges marchands sont caractérisés par...

- ☐ **a.** le respect des droits de propriété.
- ☐ **b.** l'intervention de l'État.
- ☐ **c.** une rencontre physique entre le vendeur et l'acheteur.

2. Dans le modèle de marché concurrentiel, les agents économiques sont...

- ☐ **a.** faiseurs de prix.
- ☐ **b.** preneurs de prix.
- ☐ **c.** ni l'un ni l'autre.

2 La concurrence imparfaite

FICHES 5 À 8

1. La structure de marché la plus fréquente est...

- ☐ **a.** le monopole.
- ☐ **b.** la concurrence pure et parfaite.
- ☐ **c.** l'oligopole.

2. Pourquoi les ententes sont-elles interdites ?

- ☐ **a.** Elles faussent le jeu de la concurrence.
- ☐ **b.** Elles sont néfastes pour les consommateurs.
- ☐ **c.** Elles agissent en secret.

3 Les défaillances du marché

FICHES 9 À 12

1. Le coût social d'une externalité négative est égal...

- ☐ **a.** au coût individuel de cette externalité.
- ☐ **b.** au coût externe de cette externalité.
- ☐ **c.** à la somme du coût individuel et du coût externe.

2. Quel est le principal effet de la sélection adverse ?

- ☐ **a.** Elle entraîne la disparition des produits de bonne qualité.
- ☐ **b.** Elle entraîne la disparition des produits de mauvaise qualité.
- ☐ **c.** Elle peut avoir pour conséquence la disparition du marché.

CORRIGÉS

1 La concurrence pure et parfaite

1. Réponses a et b.

Le marché est une institution et implique la mise en place de règles. Un marché n'est pas nécessairement un lieu de rencontres physiques.

2. Réponse b.

Dans le modèle de concurrence pure et parfaite, aucun agent n'est en mesure d'influencer la fixation du prix. Tous les agents sont « preneurs de prix » (ou « price taker »).

2 La concurrence imparfaite

1. Réponse c.

La plupart des marchés se caractérisent par la présence d'une multitude de demandeurs et de quelques offreurs.

2. Réponses a et b.

L'existence d'ententes crée des barrières à l'entrée pour de nouveaux concurrents et se traduit par une hausse des prix pour les consommateurs.

3 Les défaillances du marché

1. Réponse c.

Le coût social d'une externalité négative comprend la baisse du bien-être des personnes (coût individuel) et le coût externe pour les autres membres de la société.

2. Réponses a et c.

Dans la sélection adverse, le prix n'est pas un indicateur de qualité du produit : « les mauvais produits chassent les bons » et le marché peut disparaître.

À noter

Au contraire de la sélection adverse, il n'y a pas d'asymétrie d'information pour l'aléa moral.

Qu'est-ce que le financement de l'économie ?

14

☐ OK

SES

Les opérations économiques nécessitent un financement. Le financement de l'économie désigne donc l'action de mettre à la disposition des agents économiques les ressources nécessaires à leur réalisation.

I Le financement des agents économiques

1 Les besoins de financement des agents économiques

- Certains agents économiques ne disposent pas des ressources financières suffisantes pour financer leurs projets.
- On dit alors qu'ils ont un besoin de financement : le montant de leur épargne ne suffit pas à financer leur investissement. Ce besoin de financement correspond donc à la différence entre le montant de l'épargne et le montant des investissements envisagés.

Mot clé

Pour les entreprises, l'**investissement** désigne l'achat de biens de production (machines, ordinateurs, bâtiments...). Pour les ménages, il s'agit de l'achat d'un logement.

- Au niveau macroéconomique, les sociétés non financières (entreprises) ont un besoin de financement : le montant de l'épargne brute des entreprises résidentes ne couvre pas le montant de leurs investissements. L'État est également généralement en besoin de financement.

2 Les capacités de financement des agents économiques

- Certains agents économiques disposent d'une épargne excédentaire : le montant de leur épargne dépasse celui de leurs investissements. Cette capacité de financement va être mise à la disposition d'autres agents économiques.
- Au niveau macroéconomique, ce sont les ménages et les sociétés financières (banques, assurances) qui disposent généralement d'une capacité de financement.
- La somme des besoins et capacités de financement des différents secteurs institutionnels permet de déterminer le besoin ou la capacité de financement de la nation. Si la nation a un besoin de financement, cela signifie que l'épargne nationale ne couvre pas les besoins de financement des agents résidents. Il faut faire appel à l'épargne étrangère pour couvrir ce besoin.

HGGSP

MATHS

II Le système financier

1 Le financement de l'économie

- Le système financier désigne l'ensemble des institutions et des activités financières qui contribuent à la création et aux échanges de capitaux. Il assure la **rencontre** entre des agents à besoin de financement et des agents à capacité de financement.
- Il vise à la fois à collecter l'épargne disponible et à transférer les ressources vers les agents à besoin de financement. Il favorise la circulation de l'information pour permettre une bonne allocation des capitaux financiers. Il est également à l'origine de la création monétaire.

2 Les acteurs et l'organisation du système financier

- Le système financier repose à la fois sur les banques, qui créent la monnaie et collectent l'épargne pour ensuite accorder des crédits, et sur les **marchés financiers**, qui permettent une rencontre directe entre les agents à besoin et à capacité de financement. Il est régulé par les **pouvoirs publics**, qui surveillent et fixent des règles encadrant les activités financières.

> **Mot clé**
> On distingue des **banques de dépôt,** qui collectent l'épargne de leurs clients pour la prêter à d'autres, et des **banques d'affaires**, qui interviennent auprès des entreprises pour les aider à se financer sur les marchés financiers.

- La globalisation financière a permis l'apparition d'un **système financier mondial** où les capitaux sont libres de circuler entre les différentes places et les différents agents.

L'ESSENTIEL

Le financement des agents économiques

- **besoins de financement** : différence entre le montant de l'épargne et celui de l'investissement
- **capacités de financement** : épargne excédentaire (ménages, sociétés financières)

- **le système financier** : institutions et activités financières contribuant à la création et aux échanges de capitaux
- **ses acteurs** : banques et marchés financiers

Les différents modes de financement de l'activité économique

15

☐ OK

SES

Différentes possibilités s'offrent aux entreprises et aux ménages pour financer leurs activités.

I Le financement interne ou autofinancement

1 Les capacités de financement des ménages

- Les ménages disposent de différents types de revenus : des **revenus primaires** (revenus du travail et du capital) et des **revenus de transfert** (prestations sociales). Lorsqu'on additionne ces revenus et que l'on en soustrait les prélèvements obligatoires (impôts et taxes) effectués par les administrations publiques, on obtient leur **revenu disponible**.

- Ce revenu disponible est destiné en partie à la **consommation**. La part de ce revenu qui n'est pas consommée est consacrée à l'épargne. Cette épargne va leur servir à financer leurs investissements (achat de logement). Si le montant de leur épargne est au moins égal au montant de leur investissement, alors les ménages peuvent **s'autofinancer**.

> **Mot clé**
>
> Le **taux d'épargne** des ménages correspond au rapport entre l'épargne et le revenu disponible. Il est d'autant plus important que le revenu est élevé.

2 Les capacités de financement des entreprises

- On mesure la richesse créée par les entreprises à l'aide de la **valeur ajoutée** (VA). Cette VA est en partie reversée aux salariés (salaires) et fait l'objet de prélèvements par l'État (impôts).

- L'entreprise dégage un **excédent brut d'exploitation** (EBE) qui correspond à son bénéfice. Celui-ci est en partie reversé aux actionnaires (dividendes) et aux banques (intérêts) qui ont participé au financement de l'entreprise. Le bénéfice non distribué (épargne brute) va permettre de financer les investissements, c'est-à-dire de s'autofinancer. On parle d'un **financement sur fonds propres**.

- L'**autofinancement** de l'entreprise dépend donc de sa capacité à dégager des bénéfices. On peut ainsi mettre en relation son **taux de marge** (part de l'EBE dans la VA) et son **taux d'autofinancement** (part de l'épargne brute dans la FBCF).

HGGSP

MATHS

II Le financement externe, indirect ou direct

1 Le financement externe indirect

- Les agents qui ne peuvent pas s'autofinancer doivent recourir à un financement externe, c'est-à-dire faire appel à l'épargne d'autres agents.
- Ils peuvent recourir au crédit bancaire. Les banques jouent alors le rôle d'intermédiaire en collectant l'épargne des agents à capacité de financement et en accordant des crédits aux agents à besoin de financement. On parle de financement externe indirect ou intermédié.
- Ce mode de financement génère un endettement et a un coût : le taux d'intérêt. Il concerne en particulier les ménages et les petites et moyennes entreprises.

2 Le financement externe direct

- Les agents économiques peuvent également se financer sur le marché des capitaux. Ils rencontrent alors directement les agents à capacité de financement, sans intermédiaire : on parle de financement externe direct. Le marché des capitaux permet la confrontation de l'offre et de la demande de financement.
- Les agents à besoin de financement émettent des titres financiers qui sont achetés par des agents à capacité de financement. Tous les agents économiques n'ont pas accès à ce mode de financement, qui concerne plus particulièrement les grandes entreprises.

Mot clé

Les **titres financiers** peuvent être des actions ou des obligations, certifiant un droit de propriété ou une créance.

L'ESSENTIEL

Les différents modes de financement de l'activité économique

Financement interne ou autofinancement
- ménages : grâce à l'épargne
- entreprises : grâce aux bénéfices non distribués

Financement externe
- indirect : recours au crédit bancaire (taux d'intérêt)
- direct : recours au marché des capitaux (émission de titres financiers)

Le financement sur le marché des capitaux

16

☐ OK

Il existe plusieurs types de financement externe direct sur le marché des capitaux, qui assurent la rencontre des agents à besoin et à capacité de financement.

I Le financement externe sur le marché monétaire

- Le marché monétaire est un compartiment du marché des capitaux qui assure le financement à court et moyen terme (de 24 heures à 7 ans). Il est constitué du marché interbancaire, réservé aux banques pour leurs opérations de refinancement, et du marché des titres de créances négociables, ouvert à tous les agents.
- Sur ce marché s'échangent des billets de trésorerie émis par les entreprises à besoin de financement, mais aussi des bons du trésor émis par les États qui doivent financer leur déficit budgétaire. Ces titres sont achetés par des agents à capacité de financement, qui contribuent ainsi au financement de l'économie.

II Le financement externe sur le marché financier

1 Un financement de long terme

Mot clé

Le **marché secondaire** désigne ce que l'on appelle couramment « la Bourse ».

- Le marché financier est un autre compartiment du marché des capitaux qui assure le financement à long terme (plus de 7 ans). On peut distinguer un marché primaire, sur lequel sont émis les nouveaux titres financiers, et un marché secondaire, sur lequel sont revendus les titres déjà émis.
- C'est le marché primaire qui contribue au financement de l'économie. Le marché secondaire assure la liquidité du marché primaire car il assure aux investisseurs qu'ils pourront revendre leurs titres.

2 L'émission de titres financiers

- Les entreprises constituées en société anonyme (SA) peuvent émettre des actions. Les actions représentent des titres de propriété du capital de l'entreprise. Leurs acheteurs deviennent actionnaires, c'est-à-dire propriétaires d'une partie du capital de l'entreprise, et pourront prétendre à des dividendes, qui représentent une part des bénéfices de l'entreprise. Pour l'entreprise émettrice, c'est un financement sur fonds propres : son capital s'accroît, sans endettement.

- Les titres émis peuvent aussi être des obligations. Ce sont des titres de dette émis par les entreprises ou les États qui ont besoin de se financer. Les acheteurs deviennent leurs créanciers pour la durée de l'obligation. Ils ont le droit de toucher un intérêt fixe qui est la contrepartie du prêt accordé. Ce financement suscite donc un endettement.

III Le développement du marché des capitaux

- Depuis les années 1980, on assiste à un développement de la finance de marché au détriment du financement par crédit bancaire.

On parle du passage d'une économie d'endettement à une économie de marchés financiers.

- Ce développement a été permis par une libéralisation de ces marchés, qui les a rendus plus accessibles et plus souples. La globalisation financière permet un accès facilité aux capitaux étrangers.

- La globalisation s'accompagne d'un mouvement de désintermédiation, c'est-à-dire d'un recul de l'activité bancaire traditionnelle (octroi de crédits). Cependant, la place des banques dans le financement de l'économie reste importante puisque toutes les entreprises n'ont pas accès au marché des capitaux. De plus, les banques sont devenues des acteurs majeurs des marchés financiers.

> **Mot clé**
>
> La **libéralisation** signifie que les marchés financiers ont été décloisonnés pour effacer les frontières entre les différents marchés, et déréglementés, c'est-à-dire moins encadrés.

L'ESSENTIEL

Le financement sur le marché des capitaux

- **Financement externe sur le marché monétaire**
  - émission de titres de créances (bons du trésor)
- **Financement externe sur le marché financier**
  - émission de titres de propriété (actions) et de titres de dettes (obligations)
- **Développement du marché des capitaux**
  - désintermédiation
    → économie de marchés financiers

Le rôle du crédit bancaire et des taux d'intérêt

17

☐ OK

SES HGGSP MATHS

Le financement externe indirect reste un mode de financement primordial pour l'économie. Il suscite un endettement et a un prix : le taux d'intérêt. Il peut représenter un risque pour le créancier.

I Le financement par crédit bancaire

1 Un financement intermédié

- Les banques assurent le financement de l'économie en accordant des crédits aux ménages et aux entreprises. La banque met ainsi à la disposition de ces agents une **somme de monnaie pour une durée déterminée** et en échange d'une **rémunération** : le taux d'intérêt.

Mot clé

La **solvabilité** désigne la capacité d'un agent économique à faire face à ses engagements, c'est-à-dire sa capacité à rembourser son crédit.

- Ces crédits peuvent être accordés, sous certaines conditions de solvabilité, sur la base des dépôts d'épargne collectés par les banques. Elles jouent alors un rôle d'intermédiaire entre les agents à capacité et les agents à besoin de financement. C'est un **financement externe indirect** ou intermédié.

2 Le crédit bancaire et la création monétaire

Ces crédits peuvent également être accordés par les banques à partir de rien, « ex nihilo ». Les banques, en accordant ce crédit et par simple jeu d'écriture, sont alors à l'origine d'une **création de monnaie**. Cette monnaie sera détruite lorsque le crédit sera remboursé. ▶ FICHE 20

II Le coût du crédit : le taux d'intérêt

1 Les différents types de taux d'intérêt

Le taux d'intérêt est le **prix de l'endettement**. Il existe différents taux d'intérêt selon l'opération de financement : les taux d'intérêt fixés par les banques lors des opérations de crédit, les taux d'intérêt déterminés sur le marché financier lors de la vente d'obligations, le taux d'intérêt directeur fixé par la Banque centrale sur le marché monétaire interbancaire.

2 La détermination du taux d'intérêt

- Le taux d'intérêt représente à la fois le **coût du crédit** pour l'emprunteur et la **rémunération du prêteur**. Il correspond à un pourcentage de la somme prêtée qui sera versée par l'emprunteur à son créancier durant toute la durée du prêt. Ce taux peut être fixe ou variable.
- Il est déterminé en fonction de la somme prêtée, de la longueur du prêt accordé et du risque que présente le crédit pour le prêteur.

III Les prêteurs face au risque de crédit

- Le risque de crédit représente la probabilité qu'un emprunteur soit dans l'**incapacité de faire face au remboursement** du crédit accordé.
- Pour les ménages et les petites entreprises, ce risque de crédit est appréhendé à partir de l'analyse d'un dossier de crédit. Les ménages doivent faire la preuve de leur **solvabilité** en informant la banque du montant de leurs revenus, de leur situation professionnelle, de leur taux d'endettement. La banque s'assure alors que le ménage sera capable d'assumer financièrement ce crédit. Elle peut exiger des garanties, comme la souscription d'une assurance.
- Pour les crédits accordés aux grandes entreprises, les banques peuvent se fier aux notes accordées par les **agences de notation**, chargées d'évaluer le risque de défaut de paiement des entreprises et la qualité des titres qu'elles émettent pour se financer.

L'ESSENTIEL

Le rôle du crédit bancaire et des taux d'intérêt

Le crédit bancaire
- mise à disposition d'une somme de monnaie pour une durée déterminée
- financement externe indirect

Le taux d'intérêt
- coût de l'emprunt et rémunération du prêteur
- déterminé en fonction de la somme prêtée, de la longueur du prêt et du risque pris par le prêteur

Le risque de crédit
- capacité de remboursement de l'emprunteur
- risque pour le prêteur

Le financement de l'État

18

☐ OK

L'État peut être en besoin de financement pour faire face à son déficit budgétaire. Il doit alors recourir à l'emprunt pour financer la dépense publique.

I Le besoin de financement de l'État

- Pour financer ses dépenses, l'État dispose de ressources : les prélèvements obligatoires. Les administrations publiques collectent en effet des impôts, des taxes et des cotisations sociales qui représentent chaque année les recettes fiscales de l'État. L'État dispose également de recettes non fiscales, telles que les dividendes versés par les entreprises dont l'État est actionnaire ou encore le produit des amendes de la circulation et du stationnement routier.

- Elles leur servent à financer la protection sociale (assurance maladie, chômage…), la production de biens et de services collectifs (Éducation, justice, défense nationale…) et le remboursement du service de la dette, qui représente environ 12 % des dépenses de l'État en 2018.

- Lorsque le montant des dépenses publiques excède le montant des recettes, on parle de déficit budgétaire. Le montant de ce déficit correspond au besoin de financement des administrations. En France, en 2018, le montant des dépenses publiques s'élève à 329,6 milliards d'euros et celui de des recettes à 242,9 milliards d'euros, soit un déficit de 86,7 milliards.

Mot clé

Le solde budgétaire est la différence entre les recettes et les dépenses de l'État. S'il est négatif, on parle de **déficit budgétaire** ; s'il est positif, c'est un excédent budgétaire. S'il est nul, le budget est à l'équilibre.

II Le financement de l'État par l'emprunt

- L'État se finance en réalisant des emprunts sur les marchés financiers. C'est le Trésor public qui se charge d'émettre des titres sur le marché obligataire (bons du trésor).

- Le taux d'intérêt des obligations d'État dépend du risque de crédit associé à cet État. Les agences de notation évaluent ce risque et notent les États. Cette note a une influence sur les taux d'intérêt exigés par les créanciers. Plus le risque est considéré comme élevé, plus le taux demandé sera important.

- Ces nouveaux emprunts font augmenter le montant de la dette des États, appelée **dette souveraine**, ainsi que le **service de la dette**, c'est-à-dire le montant annuel du remboursement des sommes empruntées et des intérêts. Ils pèsent sur les dépenses de l'État et sur le déficit budgétaire. Ils ont un caractère **cumulatif** : de nouveaux emprunts augmentent le service de la dette qui creuse le déficit budgétaire et nécessite de nouveaux emprunts pour le financer.

III Les effets de la dépense publique sur l'économie

- Dans le cadre d'une politique budgétaire de relance, le **déficit public** peut être considéré comme un moyen de soutenir l'activité. L'accroissement des dépenses publiques permet de soutenir la **demande globale** : en investissant ou en augmentant les revenus de transfert des ménages, l'État favorise l'investissement des entreprises et la consommation, ce qui contribue à accroître la production et stimule l'emploi.
Pour les économistes keynésiens, cette **politique budgétaire** est à l'origine d'un **effet multiplicateur** favorable à la **croissance**.

> **Mot clé**
> La **politique budgétaire** est une politique économique conjoncturelle par laquelle l'État utilise le budget pour atteindre ses objectifs (ex. : relancer la croissance).

- Pour les économistes libéraux, l'intervention de l'État dans l'économie a des effets néfastes. En finançant ses dépenses publiques par l'emprunt, l'État fait à la fois augmenter les taux d'intérêt (du fait de l'augmentation de la demande de capitaux) et assèche l'épargne disponible pour les agents économiques privés. L'investissement public se substitue à l'investissement privé, sans réel effet positif sur l'activité économique : on parle d'**effet d'éviction**.

L'ESSENTIEL

Le financement de l'État

Le besoin de financement
- pour financer les dépenses publiques
- en cas de déficit budgétaire

Le financement par l'emprunt
- par émission de bons du trésor
- hausse de la dette publique

Les effets de la dépense publique
- croissance économique ?
- effets d'éviction ?

Les fonctions et les formes de la monnaie

19

☐ OK

SES HGGSP MATHS

La monnaie est constituée de l'ensemble des moyens de paiement utilisés par les agents économiques. Ses formes et ses fonctions sont diverses.

I Les fonctions de la monnaie

1 Les trois fonctions économiques

- En tant qu'**unité de compte**, la monnaie permet de fixer un prix. Grâce à la monnaie, il est possible d'établir une échelle de prix simple et unique, exprimée en unités monétaires.
- Comme **intermédiaire des échanges**, la monnaie est d'abord un « agent de circulation » : elle facilite et accélère les échanges, c'est une liquidité. C'est là sa fonction la plus courante.
- La monnaie est également **réserve de valeur**. L'agent qui détient de la monnaie n'est pas obligé de l'utiliser immédiatement. En tant que réserve de valeur, la monnaie permet de constituer une épargne.

> **Mot clé**
> Pour un ménage, l'**épargne** est la part du revenu non immédiatement utilisée pour la consommation.

2 Les fonctions sociales et politiques

- L'existence d'une monnaie repose sur la **confiance** des agents économiques dans sa capacité à jouer son rôle. Elle crée un lien entre ces agents, constituant ainsi un instrument essentiel de la cohésion sociale.
- La monnaie a une dimension politique car elle est un **instrument de pouvoir et de souveraineté**. En imposant son monopole d'émission de la monnaie, le pouvoir unifie l'espace économique et impose son système de paiement à l'ensemble de la communauté politique.

II Les formes de la monnaie

1 Les formes actuelles de la monnaie

- La **monnaie fiduciaire** se compose des pièces de monnaie et des billets émis par la Banque centrale. Elle est la seule monnaie ayant un « pouvoir libératoire illimité », et repose sur la confiance des agents économiques dans les institutions qui émettent cette monnaie (fiduciaire vient du latin *fiducia* qui signifie confiance).

La **monnaie scripturale** est constituée par les dépôts à vue des agents économiques dans les banques. Cette monnaie est scripturale dans le sens où elle correspond à des écritures sur les livres de comptes des banques (scripturale vient du latin *scriptus* signifiant écrit). Elle représente aujourd'hui plus de 90 % de la monnaie totale.

Il ne faut pas confondre monnaie scripturale et **moyens de règlement** des échanges, c'est-à-dire les instruments (chèques, cartes bancaires, virements) permettant de faire circuler cette monnaie.

2 La masse monétaire

La masse monétaire représente la quantité de monnaie en circulation dans une économie. Plusieurs **agrégats monétaires** permettent de la mesurer en fonction de leur degré de liquidité :

- **M1**, agrégat le plus liquide, est composé des différents types de monnaie (fiduciaire, scripturale).
- **M2**, moins liquide que M1, inclut M1 et les comptes sur livret.
- **M3**, agrégat le moins liquide, est composé de M2 ainsi que des placements à terme et créances négociables.

À l'origine, la monnaie se présentait sous la forme de marchandises (bétail, céréales, fèves de cacao…). Elles ont été remplacées par des monnaies métalliques, puis fiduciaires et enfin scripturales. Cette évolution est qualifiée de **dématérialisation** de la monnaie.

L'ESSENTIEL

Les fonctions et les formes de la monnaie

Fonctions
- unité de compte (fixer un prix)
- intermédiaire d'échange (liquidités)
- réserve de valeur (épargne)

Formes
- monnaie fiduciaire (pièces et billets)
- monnaie scripturale (dépôts à vue dans les banques)

Agrégats monétaires
- M1 = billets et pièces en circulation + dépôts à vue
- M2 = M1 + comptes sur livret
- M3 = M2 + placements à terme

Le rôle du crédit bancaire dans la création monétaire

20

☐ OK

SES

Les établissements de crédit jouent un rôle essentiel dans l'économie. Parmi ces établissements, les banques de dépôt créent de la monnaie scripturale en accordant des crédits, mais doivent respecter certaines limites.

I La création de monnaie par les banques

1 Le rôle des banques dans l'économie

- Les banques ou établissements de crédit sont des établissements financiers qui collectent les **dépôts** du public et accordent des **crédits** aux entreprises et aux ménages. Les banques ont un rôle d'intermédiaire financier entre les agents économiques disposant d'une épargne et ceux ayant un besoin de financement.
- Le développement du **marché financier** depuis la fin des années 1970 a entraîné, pour les banques, une baisse de leur rôle d'intermédiaire financier. Cependant, les banques ont développé de nouvelles activités en assurant un rôle d'intermédiaire sur le marché financier, notamment en gérant le portefeuille de titres de leurs clients, ou en transformant des crédits en titres financiers.

HGGSP

2 Crédit bancaire et monnaie

- Les banques créent de la monnaie scripturale en **monétisant** une créance. Lorsqu'une banque accorde un crédit à l'un de ses clients, elle inscrit sur le compte de ce client le montant du prêt accordé qui peut être utilisé comme moyen de paiement. Ainsi, la quantité de monnaie augmente dans l'économie.
- Lorsque le client de la banque rembourse son prêt, il y a **destruction** de monnaie : la quantité de monnaie dans l'économie diminue.

II Les limites de la création monétaire

MATHS

1 Convertir la monnaie scripturale

- La création de monnaie scripturale par les banques est limitée. Elles doivent assurer la conversion de la monnaie créée en monnaie fiduciaire, dont le monopole d'émission appartient à la **Banque centrale**.

- La demande de monnaie fiduciaire peut venir des clients de la banque mais également des autres banques dans les opérations de compensation car la monnaie créée peut servir à des règlements en direction de clients d'autres banques.

> **Mot clé**
> Les **opérations de compensation** sont des opérations entre banques qui règlent les dettes et les créances entre ces banques.

2 Les contraintes institutionnelles

- La création monétaire par les banques est limitée par des règles. Celles-ci peuvent émaner de la Banque centrale ou de la réglementation prudentielle. ▶ FICHE 21 Celle-ci est définie par des représentants de banques centrales et des responsables du contrôle bancaire réunis dans le cadre du Comité de Bâle. L'objectif est de renforcer la solidité des banques afin d'éviter une nouvelle crise bancaire comme celle de 2008.

- En décembre 2017, un nouvel accord est trouvé pour harmoniser les règles qui encadrent l'activité des banques à travers le monde : cet accord est appelé « Bâle III ». Il définit un ratio de fonds propres (capital des banques et bénéfices non distribués) égal à 10,5 % des engagements (crédits accordés par les banques) des banques à partir de 2019.

> **Mot clé**
> Le **comité de Bâle**, créé en 1988, a défini un premier ratio entre fonds propres et engagements, appelé ratio Cooke (Bâle I). Ce ratio a été modifié en 2004 (Bâle II) puis en 2017 (Bâle III).

L'ESSENTIEL

Le rôle du crédit bancaire dans la création monétaire

La création de monnaie par les banques
→ monnaie scripturale = monétisation d'une créance

Les limites de cette création monétaire
- obligation de convertir la monnaie scripturale en monnaie fiduciaire
- contraintes institutionnelles : Banque centrale, réglementation prudentielle, Bâle III (2017)

Le rôle de la Banque centrale

21

☐ OK

La Banque centrale dispose du monopole de la création de monnaie fiduciaire. Chargée de la politique monétaire, elle régule l'offre de monnaie.

I Les fonctions de la Banque centrale

1 Gérer le système monétaire

- La Banque centrale, ou banque de « premier rang », joue le rôle de « **banque des banques** ». Toutes les banques commerciales, dites banques de « second rang », ont un compte à la Banque centrale sur lequel elles déposent leurs réserves en monnaie centrale.
- La Banque centrale a le **monopole de l'émission de monnaie fiduciaire** (pièces et billets). Elle émet également de la monnaie scripturale, qui circule entre les détenteurs de comptes à la Banque centrale, c'est-à-dire les banques et le Trésor. L'ensemble de la monnaie émise par la Banque centrale constitue la **monnaie centrale**.

2 Réguler l'offre de monnaie

- La Banque centrale a pour mission de contrôler la quantité de monnaie en circulation dans l'économie afin de garantir le pouvoir d'achat de la monnaie : c'est la **politique monétaire**.
- Lors des crises financières, les banques peinent à acquérir de la monnaie centrale pour faire face à leurs engagements. Pour éviter l'effondrement du système de paiement, la Banque centrale peut créer de la monnaie qui sera prêtée aux banques : c'est le rôle de **prêteur en dernier ressort**.

> **Mot clé**
> Le **pouvoir d'achat de la monnaie** est la quantité de biens et de services qu'il est possible de se procurer avec une unité monétaire.

II Les instruments de la politique monétaire

1 Les taux d'intérêt

- La Banque centrale est l'institution chargée de mettre en œuvre la politique monétaire, soit pour lutter contre l'**inflation**, soit pour relancer la **croissance économique**. Elle agit sur le taux d'intérêt, qui représente le **coût de l'emprunt** d'un client auprès d'une banque ou le coût de refinancement des banques sur le marché monétaire, marché sur lequel il est possible de prêter ou emprunter de la monnaie.

- Pour les pays de la zone euro, c'est la **Banque centrale européenne** (BCE) qui conduit la politique monétaire. Cependant, les banques centrales nationales des pays de la zone euro n'ont pas disparu, elles constituent avec la BCE l'Eurosystème. Le principal objectif de la BCE est défini dans ses statuts : maintenir le taux d'inflation à des niveaux proches de 2 % à moyen terme.

- Lorsque les banques se refinancent directement auprès de la Banque centrale, celle-ci fixe un taux d'intérêt appelé **taux directeur** dont l'évolution détermine l'évolution des taux d'intérêt pratiqués par les banques.

- La Banque centrale agit également sur le taux d'intérêt en offrant ou en demandant de la monnaie centrale sur le marché interbancaire.

Mot clé

Le **marché interbancaire** est un compartiment du marché monétaire réservé aux opérations monétaires entre banques.

2 Les réserves obligatoires et les mesures exceptionnelles

- Chaque banque de dépôt possède de la monnaie fiduciaire déposée à la Banque centrale. Celle-ci peut imposer un **minimum de dépôt non rémunéré** : ce sont les réserves obligatoires. La Banque centrale fixe un taux de réserves obligatoires qui est un pourcentage exprimant le rapport entre le montant des réserves obligatoires et le montant des dépôts des clients de la banque.

- En situation de crise bancaire, la Banque centrale peut fournir de la monnaie centrale aux banques de manière quasiment illimitée à un taux d'intérêt très faible.

L'ESSENTIEL

Le rôle de la Banque centrale

Ses fonctions
- gérer le système monétaire : « banque des banques »
- réguler la quantité de monnaie en circulation

Les instruments de la politique monétaire
- taux d'intérêt
- réserves obligatoires, mesures exceptionnelles

Les effets des interventions de la Banque centrale

22

☐ OK

SES

Les interventions de la Banque centrale consistent à contrôler la masse monétaire. Les effets de ces interventions se font sentir sur l'inflation et sur l'activité économique.

I Les effets sur l'inflation

1 Monnaie et inflation

- L'inflation est l'augmentation générale et durable des prix, ce qui se traduit par une perte du pouvoir d'achat de la monnaie. L'indice des prix à la consommation (IPC) permet de mesurer l'inflation, mais pour l'Insee (Institut national de la statistique et des études économiques), cette mesure est incomplète car l'inflation ne concerne pas seulement la consommation des ménages.
- L'analyse économique établit une relation entre inflation et quantité de monnaie en circulation. Dès lors, toute augmentation de la quantité de monnaie entraîne une hausse des prix. Pour certains économistes, l'inflation est un phénomène purement monétaire. Pour d'autres économistes, la hausse de la quantité de monnaie entraîne une hausse de la demande sur le marché, ce qui a pour conséquence une hausse des prix.

2 Taux d'intérêt et inflation

- L'inflation a des effets néfastes. Elle implique une baisse du pouvoir d'achat de la monnaie. Une inflation très élevée (on parle d'hyperinflation lorsque les prix augmentent de plus de 50 % par mois) entraîne un effondrement du système monétaire, plongeant les économies dans la crise. Ces effets de l'inflation nécessitent l'action de la Banque centrale.
- Lorsque l'inflation s'accélère, la Banque centrale augmente le taux d'intérêt nominal de telle manière que le taux d'intérêt réel augmente également. La hausse de ce dernier rend le crédit plus coûteux, ce qui tend à inciter les agents économiques à demander moins de crédits et à baisser leurs dépenses. Ainsi, la hausse du taux d'intérêt réel a pour effet une moindre création de monnaie et un retour à l'équilibre sur le marché avec moins d'inflation.

Mot clé

Le **taux d'intérêt nominal** est le taux convenu entre le prêteur et l'emprunteur.
Le **taux d'intérêt réel** est la différence entre le taux d'intérêt nominal et le taux d'inflation.

HGGSP

MATHS

II Les effets sur l'activité économique

1 Monnaie et activité économique

> **Mot clé**
> L'**activité économique** est définie par la production des biens et services qui vont satisfaire les besoins des agents membres de la société.

- La création de monnaie stimule les échanges et favorise la croissance de l'activité économique. Inversement, si la création de monnaie est limitée, cela risque de freiner la hausse de la production et la création d'emplois.
- En accordant des prêts, et donc en créant de la monnaie scripturale, les banques favorisent le développement de l'activité économique. Cependant, la Banque centrale doit mener une politique monétaire qui favorise cette création de monnaie scripturale.

2 Taux d'intérêt et activité économique

- Alors que la hausse du taux d'intérêt vise à limiter l'inflation, la baisse du taux d'intérêt permet à l'inverse de soutenir l'économie. Les agents économiques peuvent financer leur activité à un faible coût : les ménages consomment plus et les entreprises augmentent leurs investissements.
- Une politique monétaire accommodante est un ensemble de mesures prises par une Banque centrale consistant à augmenter la masse monétaire et à maintenir des taux d'intérêt faibles afin de soutenir l'économie. Cette politique est le contraire de celle visant à lutter contre l'inflation.

L'ESSENTIEL

Les effets des interventions de la Banque centrale

Sur l'inflation
- augmentation de la quantité de monnaie
  → hausse des prix
- accélération de l'inflation
  → augmentation des taux d'intérêt

Sur l'activité économique
- stimulation des échanges
  → croissance de l'activité économique
- baisse du taux d'intérêt
  → soutien de l'économie

Quiz EXPRESS 23

Avez-vous bien révisé les fiches 14 à 22 ? On vérifie !

SES HGGSP MATHS

Le financement et la monnaie

1 Le financement des agents économiques

▶ FICHES 14 À 18

1. Qu'est-ce qui permet aux entreprises de financer elles-mêmes leur investissement ?

☐ **a.** leur valeur ajoutée

☐ **b.** leur EBE

☐ **c.** le bénéfice non distribué

2. Comment les agents économiques se financent-ils sur le marché financier ?

☐ **a.** en vendant des actions ou des obligations

☐ **b.** en émettant des actions ou des obligations

☐ **c.** en utilisant leur épargne

3. Pour une banque, le risque de crédit d'un ménage représente…

☐ **a.** la probabilité qu'il ne puisse pas rembourser son crédit.

☐ **b.** le taux d'endettement du ménage.

☐ **c.** le risque que la banque ne puisse pas lui verser des intérêts.

2 La monnaie

▶ FICHES 19 À 22

1. Les banques créent de la monnaie…

☐ **a.** métallique (pièces). ☐ **b.** fiduciaire. ☐ **c.** scripturale.

2. Que peut-on dire de la Banque centrale ?

☐ **a.** Elle ne crée pas de monnaie scripturale.

☐ **b.** Elle a le monopole de l'émission de monnaie fiduciaire.

☐ **c.** Elle est une banque de second rang.

3. En principe, une augmentation de la quantité de monnaie en circulation dans l'économie entraîne…

☐ **a.** une hausse des prix.

☐ **b.** une baisse des prix.

☐ **c.** une baisse de l'activité économique.

CORRIGÉS

1 Le financement des agents économiques

1. Réponse c.

Le bénéfice non distribué est la part de l'EBE que conserve l'entreprise pour financer ses investissements.

2. Réponse b.

Les agents économiques en besoin de financement émettent des titres qui seront achetés par les agents à capacité de financement.

3. Réponse a.

Le risque de crédit est le risque que le ménage soit insolvable et ne puisse rembourser la banque.

2 La monnaie

1. Réponse c.

Une banque crée de la monnaie scripturale en accordant un crédit dont le montant est inscrit sur le compte d'un client.

2. Réponse b.

La Banque centrale, banque de premier rang et « banque des banques », a le monopole de l'émission de monnaie fiduciaire.

3. Réponse a.

L'augmentation de la quantité de monnaie en circulation entraîne une hausse des prix si on considère que l'inflation est un phénomène purement monétaire.

À noter

L'**inflation** peut être due à une hausse de la demande ou à une augmentation des coûts de production.

Des comportements liés à l'environnement social et culturel

24

☐ OK

SES

Il existe une grande variété de comportements humains, d'une société à l'autre mais aussi entre individus d'une même société. Ces comportements sont le résultat d'un apprentissage : la socialisation.

I Des comportements variés entre individus

1 D'une société à une autre

- Des comportements variés sont observables d'un pays à un autre. Il en va ainsi, par exemple, pour les postures du corps : au Japon, il est courant de manger assis par terre, sur ses jambes repliées, alors que dans les pays occidentaux on s'assoit autour d'une table.

> **Mot clé**
> Un **comportement** désigne les manières d'agir, les actes réalisés par les individus ou les groupes d'individus, mais aussi les comportements sociaux, culturels ou religieux.

- On relève également des différences entre individus d'une même société à deux périodes différentes : certains comportements acceptés par le passé ne le sont plus forcément aujourd'hui. C'est le cas des manières de table : lors des festins médiévaux, les convives partageaient un même plat dans lequel ils venaient tous prélever leur part à pleines mains et buvaient la soupe dans un même récipient. Aujourd'hui, dans de nombreuses sociétés, chacun mange dans son assiette, en utilisant toutes sortes de couverts.

2 À l'intérieur d'une même société

- Certains comportements diffèrent entre les hommes et les femmes. Ces différences sont visibles dans le domaine des attitudes corporelles. Par exemple, s'asseoir les jambes croisées est une pratique très répandue chez les femmes et beaucoup moins chez les hommes.
- Les comportements diffèrent aussi en fonction des milieux sociaux. Ainsi, le choix des produits alimentaires varie selon la position sociale. Les individus appartenant aux milieux populaires consomment davantage d'aliments gras et caloriques – souvent moins coûteux – et peu de légumes et de fruits frais, privilégiés dans l'alimentation des groupes sociaux disposant d'un niveau de vie plus élevé.

II Des comportements acquis

1 Le résultat d'un apprentissage...

- En dehors des comportements relevant des réflexes (cligner des yeux en cas de forte lumière ou poser les mains par terre en cas de chute), les comportements humains dépendent de l'**environnement culturel et social** dans lequel naît et évolue l'individu. Ils sont liés à la culture du pays et à la culture de son groupe social.

- Les comportements ne sont donc pas innés, c'est-à-dire fixés dès la naissance. Les façons d'agir et de penser **intériorisées** sont acquises, et donc propres à l'environnement dans lequel l'individu grandit. Ce processus d'intériorisation s'appelle la socialisation.

> **Mot clé**
>
> La **socialisation** est le processus au cours duquel l'individu intériorise les normes, les valeurs, les comportements et les façons de penser de son milieu social.

2 ... qui permet aux individus d'être intégrés à la société

- Cette transmission favorise une certaine **reproduction des comportements** sociaux de génération en génération et une certaine stabilité des comportements humains dans le temps. Cette transmission permet aux individus d'être conformes aux **attentes** de leur milieu social et d'adopter les comportements attendus.

- Le partage de comportements communs permet donc aux individus d'être plus facilement acceptés par les autres et de s'intégrer.

L'ESSENTIEL

Des comportements liés à l'environnement social et culturel

Des comportements variés
- d'une société à l'autre : comportements sociaux, culturels, religieux
- au sein d'une même société : entre hommes et femmes, en fonction du milieu social

Des comportements acquis
- résultat d'un apprentissage dépendant de l'environnement culturel et social
- reproduction de comportements attendus favorisant l'intégration sociale

L'enfance : une période de socialisation décisive

25

☐ OK

SES

Dès sa naissance, l'individu intériorise les valeurs, les normes, les façons d'agir propres à son environnement. La famille joue donc un rôle essentiel dans la construction de l'individu. Son influence se réalise par de multiples canaux, choisis par les parents ou inconscients.

I La famille, premier acteur de la socialisation

1 Dès la naissance

- Les parents transmettent à l'enfant dès son plus jeune âge un ensemble de normes sociales découlant de valeurs. Par ce mécanisme, appelé socialisation, l'enfant adopte des manières de faire, de penser et incorpore des manières d'être propre à son groupe social. Par le choix de ses vêtements et de leurs couleurs, par exemple, ou par les jeux qui lui sont proposés, l'enfant intériorise son futur rôle en tant que femme ou homme.

> **Mot clé**
> Une **valeur** est un grand principe, un idéal qui oriente les actions et les comportements d'une société ou d'un groupe social.

- La socialisation aboutit à ce que l'enfant fasse siennes les normes transmises, qu'il construise les bases de son identité sociale. C'est à cette période qu'il apprend à manger, à marcher et à parler de manière conforme à son groupe social.

2 L'enfant est particulièrement malléable

- Cette socialisation dans l'enfance est d'autant plus aisée qu'à cette période, l'enfant est vierge de toute autre influence : il peut être assimilé à une pâte molle, sur laquelle l'adulte peut inscrire tous les contenus qu'il souhaite.
- Il est aussi inconscient des mécanismes en jeu et croit que ce qu'il fait, dit et anticipe pour son avenir lui est propre, alors qu'il ne s'agit que du résultat de cet apprentissage. Par exemple, un enfant dont les parents sont cadres aura plus de facilités à se projeter dans ce type de fonction qu'un enfant dont les parents sont ouvriers, car il sera familier de cet environnement et aura intégré sans s'en rendre compte l'ensemble des normes et valeurs attachées à ce statut social.

II La variété des mécanismes de socialisation

1 Une socialisation consciente : l'éducation

- L'éducation est l'un des mécanismes mis en œuvre lors de cette transmission. C'est par une **transmission** explicite et volontaire des normes sociales par les parents que les façons de penser, d'agir et d'anticiper l'avenir seront intériorisées.

- L'éducation est le noyau le plus visible de la socialisation primaire. Elle se fait aussi à l'**école**, où le respect des règles, les programmes scolaires et les interactions avec les équipes éducatives participent à la socialisation. Le non-respect de ces normes conduit à des sanctions formelles (punitions, réprimandes) ou informelles (moquerie ou rire).

> **Mot clé**
> La **socialisation primaire** représente le processus d'apprentissage de normes et de valeurs qui se déroule pendant l'enfance.

2 Des mécanismes inconscients de socialisation

- La socialisation explicite est accompagnée d'autres mécanismes qui opèrent au quotidien par **imprégnation**, sans que les parents s'en rendent compte. Par exemple, l'injonction « tiens-toi droit » n'est pas seulement corporelle, elle porte en elle l'intériorisation d'un rapport austère au corps et l'importance de la présentation de soi, tout en définissant la frontière entre la bonne tenue et le relâchement.

- La socialisation se réalise par **imitation** et/ou **interactions** entre les parents et les enfants. C'est en regardant sa mère se maquiller qu'un enfant, souvent une fille, apprend les gestes du maquillage. C'est au cours des échanges verbaux ou non verbaux que les enfants incorporent aussi les règles de politesse.

L'ESSENTIEL

L'enfance : une période de socialisation décisive

- **socialisation consciente** : éducation (socialisation primaire par la famille et l'école)
- **socialisation inconsciente** : imprégnation, imitation, interactions (parents)

Des conditions de socialisation différentes selon les familles

26

☐ OK

SES

HGGSP

MATHS

La socialisation ne s'exerce pas de façon identique pour tous les enfants et dans toutes les familles. Ainsi, la composition du foyer, le groupe social, les modèles éducatifs ou le sexe de l'enfant influent sur les conditions de la socialisation.

I Le poids des configurations familiales

1 Les effets de la structure interne de la famille

- Les configurations familiales jouent un rôle essentiel. La famille ne se réduit pas au couple parental : la **fratrie** et le reste de la parenté participent à la socialisation. Par exemple, la présence d'une sœur étudiante chargée de surveiller les devoirs de son frère peut modifier le rapport à l'école et à la culture de ce dernier, notamment dans les familles de milieu populaire.

> **Mot clé**
>
> Les **configurations familiales** désignent les différentes formes de famille et leur composition : présence d'un ou de deux parents, de sexes différents ou de même sexe, nombre de frères et sœurs, rôle des grands-parents et des autres membres de la parenté.

- Le **couple parental** ne forme pas un tout unifié : les parents peuvent venir de milieux sociaux différents et être porteurs de valeurs différentes, voire contradictoires.

2 L'influence des modèles éducatifs

- On distingue deux modèles théoriques. Le **modèle « autoritaire »** repose sur un contrôle parental élevé, un usage fréquent des punitions et une relation asymétrique entre enfant et parents. Le **modèle « permissif »** repose sur un contrôle faible, un recours limité à la punition et une relation d'égal à égal entre l'enfant et les adultes.
- Plusieurs enquêtes récentes ont montré que, dans la réalité, ces deux modèles se juxtaposent. Le modèle « autoritaire » favoriserait la transmission de valeurs telles que l'**obéissance**, tandis que le modèle « permissif » encouragerait le développement de l'**autonomie**, c'est-à-dire la liberté de choix de l'enfant.

II Des différences selon les sexes et les milieux sociaux

1 Une socialisation genrée

- Les filles et les garçons ne sont pas éduqués de la même manière, car les adultes ont des **représentations** de la façon dont ils doivent se comporter. Ainsi, dès la naissance, les pleurs sont par exemple souvent moins tolérés chez les garçons, dont les adultes attendent davantage de force et de courage.
- De même, les **jouets** choisis pour l'enfant favorisent, par exemple, la motricité pour les garçons et l'intérêt porté à soi pour les filles.

2 Une socialisation de classe

- Les **conditions de vie matérielle** induisent un rapport aux contraintes économiques et à l'espace qui diffère selon les milieux sociaux. Vivre dans un espace réduit peut être vécu comme de la « promiscuité » d'un point de vue bourgeois, mais interprété comme de la « solidarité familiale » dans les milieux populaires.
- L'intériorisation bourgeoise du contrôle de soi, qui se réalise dans la maîtrise des espaces, s'oppose à l'apprentissage de l'affrontement physique des milieux populaires. Ce dernier est transmis au travers du modèle des pères en accord avec l'idéal populaire de la virilité. L'origine sociale des parents est donc un facteur de **différenciation**.

> **Mot clé**
> L'**intériorisation** est un mécanisme assurant l'intégration des normes et valeurs à la personnalité des individus.

L'ESSENTIEL

Des conditions de socialisation différentes selon les familles

- effet de la **structure interne** de la famille
- influence des **modèles éducatifs**

- **socialisation genrée** : éducation différenciée selon des représentations stéréotypées
- **socialisation de classe** : conditions de vie matérielle, origine sociale des parents

Une socialisation au cours de la vie

27

☐ OK

SES

La socialisation n'est pas achevée à la sortie de l'adolescence. D'autres instances de socialisation vont intervenir au cours de la vie. Ainsi, toutes les expériences de socialisation vécues par l'individu vont s'ajouter aux premières en parfaite cohérence ou s'y opposer.

I D'autres temps de socialisation et d'autres acteurs

1 L'enfance n'est pas la seule période de socialisation

- Pendant la phase de socialisation primaire, période forte de socialisation, se transmettent les codes sociaux élémentaires, mais le processus de socialisation ne prend pas fin une fois l'enfance terminée.
- L'individu est soumis à d'autres influences qui vont intervenir au cours de sa vie.

Mot clé

Les **codes sociaux élémentaires** regroupent le langage, les normes et les valeurs qui permettent aux individus d'établir des relations sociales.

2 Les nouveaux acteurs à l'âge adulte

- En accédant au monde professionnel, les individus doivent se conformer à de nouvelles normes (manière de se vêtir, horaires de travail, règlement intérieur) et de nouvelles valeurs, comme la performance économique ou le service client dans les entreprises privées. Cette socialisation se nomme la socialisation professionnelle. Elle opère par l'observation de nouveaux modèles, par les interactions avec la hiérarchie ou les groupes de pairs.
- De même, les interactions au sein du couple agissent comme moment de socialisation. Par les discussions et les expériences vécues en commun, les membres d'un couple influent sur le comportement et les opinions de l'un et de l'autre. Par exemple, le partage des tâches domestiques est souvent l'objet de négociations constantes entre les partenaires et oriente leurs attitudes. C'est la socialisation conjugale.
- Enfin, la fréquentation de syndicats, d'associations, de partis politiques peut avoir une incidence sur les comportements et opinions politiques des individus. Ce sont principalement les expériences partagées entre pairs qui vont influer sur les pratiques politiques (manifester, voter, s'abstenir, signer une pétition).

HGGSP

MATHS

II Renforcement ou opposition ?

1 La socialisation secondaire

- La socialisation secondaire intervient donc à un autre moment de la vie de l'individu et par le biais d'autres instances de socialisation.
- Parce que l'individu est déjà le fruit d'une première socialisation, il va filtrer les nouvelles normes et valeurs transmises lors de la socialisation secondaire pour percevoir le monde extérieur.

> **Mot clé**
> La **socialisation secondaire** intervient après l'enfance des individus. Elle va compléter, prolonger ou transformer les apprentissages de la socialisation primaire.

2 Contradiction ou adéquation avec la socialisation primaire ?

- La socialisation secondaire peut renforcer la socialisation primaire : les normes et valeurs acquises pendant l'enfance permettent l'acquisition de nouveaux codes sociaux à l'âge adulte en cohérence avec celles déjà acquises. Les normes professionnelles s'appuient sur les résultats de la socialisation scolaire et familiale. La recherche de la performance dans le monde professionnel peut prendre appui sur la recherche de la performance scolaire par exemple.
- La socialisation secondaire peut contredire les effets de la première et induire des transformations chez l'individu, car les valeurs et les normes transmises ne coïncident pas, voire s'opposent. C'est le cas d'un individu qui connaît un changement de statut social par rapport à celui de sa famille et qui doit s'adapter à ce nouvel environnement.

L'ESSENTIEL

La socialisation au cours de la vie

- **Socialisation primaire :** transmission des codes sociaux élémentaires
- **Socialisation secondaire :**
  - socialisation professionnelle, conjugale, politique
  - en adéquation ou en contradiction avec la socialisation primaire

La socialisation n'est pas un simple conditionnement

28

☐ OK

SES

Si le processus de socialisation débute au sein des familles, il se poursuit tout au long de la vie, permettant à l'individu d'agir sur ce qui lui est transmis. Cette socialisation plurielle peut expliquer des parcours individuels de réussite ou d'échec statistiquement improbables.

I La socialisation plurielle

1 L'individu incorpore des modèles d'action différents

- Dans chacune des instances de socialisation, l'individu intègre des dispositions qui sont ou non utilisables dans un autre contexte social. Par exemple, l'acquisition de « l'effort et du dépassement de soi » dans un environnement sportif peut être à nouveau mobilisée ou non par l'individu à l'école ou dans un univers professionnel. Ainsi, chaque individu est porteur d'une **pluralité de dispositions** qui vont être, selon les contextes et les moments, mis en œuvre ou mis en veille.

> **Mot clé**
> Les **dispositions** sont les manières de faire, de voir, de sentir, les inclinations à croire ou à agir intériorisées et mobilisées par un individu dans un contexte social.

- Cette pluralité des dispositions fait de l'individu un « **homme pluriel** », c'est-à-dire façonné par la multiplicité des expériences socialisatrices, qui peuvent agir de manières différentes, voire contradictoires selon l'instance de socialisation (école, famille, groupe de pairs…) et le domaine concerné (culture, politique, rapport aux autres…).

2 L'individu est un être réflexif

- Ce qui est vécu et intériorisé durant la socialisation primaire est la base à partir de laquelle est interprété et donc intériorisé ce qui intervient dans la socialisation secondaire.
- La socialisation n'est **pas un processus automatique**, plusieurs conditions sociales doivent être réunies pour qu'elle ait un effet. Pour que le capital culturel soit transmis, il faut que celui qui le détienne ait une légitimité à transmettre, qu'il soit présent régulièrement auprès de l'individu socialisé. Par exemple, il ne suffit pas d'avoir une bibliothèque bien fournie à la maison pour pratiquer la lecture.

HGGSP

MATHS

II Trajectoires improbables et situations paradoxales

1 Le cas des transfuges de classe…

- On parle de **transfuge de classe** lorsqu'un individu change de position sociale à l'âge adulte par rapport à ses parents. C'est le cas d'un fils d'ouvrier qui deviendrait chef d'entreprise. Dans cette situation, certains individus tentent parfois d'anticiper leur futur statut lors de la socialisation primaire en adoptant les règles de comportement du groupe social qu'ils souhaitent intégrer et qui devient à leurs yeux le groupe de référence. On parle alors de **socialisation anticipatrice**.

Mot clé

Le **groupe de référence** est le groupe auquel l'individu s'identifie. Il peut être différent de son groupe d'appartenance (groupe auquel l'individu appartient en fonction de ses caractéristiques sociales objectives (âge, sexe, position sociale).

- La persistance des produits de la socialisation du groupe social d'origine se traduit souvent par un **sentiment de gêne ou de culpabilité** pour les individus qui, dans certains cas, peut freiner les transformations ultérieures et, dans d'autres cas, obliger l'individu à réaliser un travail de mise en cohérence entre des prises de position souvent contradictoires.

2 … et celui des échecs improbables

On parle d'**échec improbable** dans le cas d'un individu qui connaît un déclassement social, c'est-à-dire qui occupe une position sociale inférieure à celle de ses parents.
C'est le cas d'un enfant de cadres qui deviendrait employé.

L'ESSENTIEL

La socialisation n'est pas un simple conditionnement

→ **La socialisation plurielle**
- « homme pluriel » façonné par de multiples expériences socialisatrices

→
- **transfuge de classe** (sentiment de gêne ou de culpabilité)
- **échec improbable** (déclassement social)

Des liens sociaux diversifiés

29

OK

Les liens sociaux désignent l'ensemble des relations concrètes et abstraites qui relient les individus d'un groupe social ou d'une société, créant un sentiment d'appartenance et de reconnaissance entre les membres du groupe et lui donnant une cohésion.

I Des liens au sein de multiples groupes

Un **groupe social** en sociologie n'est pas une simple catégorie statistique ou un agrégat d'individus mais désigne un ensemble de personnes liées par des éléments objectifs (des conditions d'existence semblables par exemple) et subjectifs (un sentiment d'appartenance).

1 Au sein de groupes primaires...

- Au sein des groupes primaires, le nombre d'individus est **réduit**, les relations sont **interpersonnelles** et marquées par un degré d'**intimité** plus ou moins fort.
- Les **liens de parenté**, unissant les membres d'une même famille, dépendent d'une relation d'alliance (l'union d'un père et d'une mère le plus souvent) et d'une relation de filiation (entre parents et enfants). Ces liens ont également une **nature juridique** : chaque personne a un état civil, l'enfant a un représentant légal...
- Les **liens électifs** unissent des personnes qui se choisissent et s'exercent notamment au sein de groupes de pairs : amis, collègues, membres d'une équipe sportive.

Mot clé

Un **groupe de pairs** partage des caractéristiques, des valeurs et des normes semblables, exerçant un rôle socialisateur sur ses membres.

2 ... et au sein de groupes secondaires

- Les individus appartiennent également à des groupes secondaires au sein desquels les relations apparaissent **moins denses et moins stables** dans le temps. Ceux-ci apparaissent plus étendus et les relations entre individus y sont plus impersonnelles.
- Ces liens s'exercent notamment au sein du **monde du travail**, dans lequel les individus nouent des relations de nature **horizontale** avec des collègues de travail et **verticale** avec leurs supérieurs hiérarchiques ou leurs subordonnés.

- Les organisations (associations, partis, syndicats) constituent d'autres collectifs au sein desquels les personnes peuvent communiquer et agir, pour défendre des intérêts ou une cause, partager une pratique.
- Au niveau d'un pays, les individus sont liés par une même citoyenneté, partageant une appartenance à une nationalité, l'attachement aux valeurs, aux symboles, à la culture d'un pays.

II Des liens sociaux concrets de différente nature

1 Les relations de sociabilité

- La sociabilité désigne les relations concrètes et directes que les individus entretiennent au sein de leur environnement : parler avec sa famille, se rendre visite, s'apporter soutien moral ou financier, communiquer via les réseaux sociaux.
- Les groupes d'amis jouent un rôle important au moment de l'adolescence, générant une forte sociabilité extérieure au cercle familial.

2 L'appartenance à des réseaux sociaux

- Les individus sont insérés dans des réseaux constitués de personnes elles-mêmes reliées à leurs propres réseaux. Ces réseaux constituent une ressource, par exemple pour rechercher un emploi.
- La « force des liens faibles » désigne le fait qu'avoir un réseau très étendu, et donc des relations de faible intensité avec de nombreuses personnes, permet d'élargir les opportunités et d'accéder à un emploi de meilleure qualité.

> **Mot clé**
> En sociologie, un **réseau social** désigne l'ensemble des relations directes et indirectes qui relient des individus entre eux.

L'ESSENTIEL

Des liens sociaux diversifiés

- **groupes sociaux primaires** : liens de parenté, liens électifs
- **groupes sociaux secondaires** : monde du travail, organisations, citoyenneté

- **relations de sociabilité :** liens concrets, directs
- **appartenance à des réseaux sociaux**

Les professions et catégories socioprofessionnelles

30

☐ OK

SES

Les PCS constituent un outil statistique pour décrire la structure sociale en cherchant à classer les individus à partir de leur situation professionnelle. Comment ces catégories sont-elles construites et sur quels critères sont-elles fondées ? Quels en sont les usages ?

I Enjeux et principes de construction des PCS

1 Enjeux et évolutions

- La nomenclature des professions et catégories socioprofessionnelles (PCS), établie par l'Insee (Institut national de la statistique et des études économiques) à partir des recensements de population et des enquêtes-emploi, permet de décrire la structure sociale.
- La classification en PCS aujourd'hui en vigueur a remplacé en 1982 la classification en CSP (catégories socioprofessionnelles), créée en 1954, afin de s'adapter aux évolutions de la structure des emplois.

Mot clé

Une **nomenclature** est une liste de catégories visant à classer une population dans des ensembles homogènes sur la base d'un ou de plusieurs critères.

2 Les principes de construction

- La nomenclature des PCS comporte quatre niveaux d'agrégation emboîtés. Le niveau le plus détaillé comprend 497 professions. Le plus agrégé est composé de 8 groupes socioprofessionnels : 6 groupes d'actifs et 2 groupes d'inactifs.
- Le classement s'effectue à partir du croisement de plusieurs critères :
  - concernant la personne elle-même : profession, statut (indépendant ou salarié), classification professionnelle (liée au niveau de qualification), fonction exercée ;
  - concernant son employeur : activité, nombre de salariés, statut public ou privé.

Chiffres clés

- Les 12,9 millions d'ouvriers et d'employés représentent 48 % de la population active.
- La part des cadres parmi les actifs est de 20,6 % chez les hommes et 15,2 % chez les femmes.
- L'espérance de vie des cadres est de 6 ans supérieure à celle des ouvriers.

HGGSP

MATHS

- Deux actifs exerçant le même métier ne sont pas nécessairement classés dans la même PCS. Par exemple, un plombier à son compte est classé dans le groupe « artisans, commerçants, chefs d'entreprise », tandis qu'un plombier exerçant comme salarié sera classé dans le groupe « ouvriers ».

II Les usages de la nomenclature des PCS

1 Décrire la structure sociale et ses évolutions

- Les PCS mettent en évidence les **mutations** de la structure sociale française depuis les années 1950, marquées par le déclin du secteur primaire, le développement du **salariat**, la **tertiarisation**.
- Les PCS qui ont le plus **progressé** au cours des dernières décennies sont les cadres et les professions intermédiaires, tandis que celles qui ont le plus **diminué** sont les agriculteurs et les ouvriers.

2 Montrer les inégalités économiques et sociales

- La classification en PCS permet de montrer des **inégalités économiques**, en matière de revenu et de patrimoine. Ainsi, le niveau de vie des cadres est en moyenne deux fois supérieur à celui des ouvriers.
- Cette classification met aussi en évidence des **inégalités sociales et culturelles**, en matière d'espérance de vie, de pratiques de loisir ou d'accès aux études supérieures, pour ne citer que quelques exemples.

L'ESSENTIEL

Les PCS

Outil statistique permettant de décrire la structure sociale en classant les individus en fonction de leurs situations professionnelles

Enjeux :	**Principes** :	**Usages** :
expliquer certaines pratiques ou représentations sociales	4 niveaux d'agrégation, divers critères de classement (statut, secteur…)	étudier les mutations de la structure sociale française montrer les inégalités économiques, sociales et culturelles

Individualisation et évolution des formes de la solidarité

31

☐ OK

SES

Avec la société industrielle qui émerge au XIXe siècle, l'individu devient progressivement plus autonome (individualisation) et ses liens avec les autres se transforment (d'une solidarité mécanique à une solidarité organique).

I Le processus d'individualisation

1 Des individus plus autonomes

- L'individualisation est un processus historique long qui conduit l'individu à s'émanciper progressivement de diverses tutelles (église, communauté, famille) et des modèles de comportement qu'elles imposent.
- Cette transformation rend possible le choix de son avenir professionnel, de ses croyances et de ses opinions. De la même façon, les individus ne se voient plus imposer le mariage ou le choix de leur conjoint.

> **Mot clé**
>
> **Individualisation** et individualisme désignent, pour les sociologues, une caractéristique majeure des sociétés occidentales modernes marquées par le primat de l'individu, qui devient l'unité de référence pour la société et pour lui.

- L'autonomisation des individus ne les affranchit pas de toutes normes juridiques et sociales, mais celles-ci s'imposent moins du dehors sur les individus et reposent davantage sur l'autocontrainte, c'est-à-dire des normes intériorisées.

2 Des liens à la fois plus forts et plus fragiles

- L'individualisation conduit à tisser des liens davantage choisis, donc plus forts, mais aussi plus nombreux, les individus multipliant leurs appartenances à des groupes divers. Ces liens apparaissent néanmoins plus fragiles car les individus peuvent les rompre plus facilement.
- Au sein de la famille, les relations se sont profondément transformées : l'union conjugale ne se conçoit plus pour la vie entière et les relations entre les membres de la famille garantissent l'autonomie de chacun.

HGGSP

MATHS

II L'évolution des formes de solidarité

1 La solidarité mécanique

- La solidarité des sociétés traditionnelles est une solidarité mécanique (ou par similitude) : les individus sont peu différenciés et partagent les mêmes croyances. La tradition joue un rôle prépondérant et s'impose à tous. Tous les aspects de la vie sont réglementés (façon de manger, de s'habiller...).
- La cohérence de la société naît de la similitude de ses membres et de la parfaite adéquation entre les consciences individuelles et la conscience collective.
- Ce type de solidarité persiste au sein des groupes primaires (familles, groupes de pairs) dans lesquels les individus nouent des liens entre personnes semblables.

Mot clé

La **conscience collective** désigne l'ensemble des croyances et des sentiments communs d'un groupe social.

2 La solidarité organique

- Selon Durkheim, les sociétés modernes sont caractérisées par un processus de différenciation des individus qui crée une nouvelle forme de solidarité fondée sur la complémentarité. Il qualifie cette solidarité d'organique, par analogie avec les organes de l'être vivant remplissant chacun une fonction propre mais indispensable les uns aux autres.
- Cette différenciation est due à la division du travail qui se développe au sein des sociétés industrielles. En spécialisant les individus, la division du travail les rend tout à la fois autonomes et interdépendants.
- Dans les sociétés où domine la solidarité organique, la conscience collective laisse un espace aux consciences individuelles et une autonomie dans l'interprétation des normes à suivre. La solidarité mécanique subsiste cependant.

L'ESSENTIEL

Le processus d'individualisation

- **émancipation** progressive des tutelles et modèles de comportement
- **choix** de son avenir professionnel, de ses croyances, de ses opinions et des liens sociaux tissés

L'évolution des formes de solidarité

- **solidarité mécanique** (par similitude) : conscience collective
- **solidarité organique** (complémentarité) : consciences individuelles

De nouvelles sociabilités numériques

32

☐ OK

SES

Avec le développement des nouvelles technologies de l'information et de la communication, de nouvelles formes de sociabilité se développent, s'ajoutent ou se substituent aux formes plus anciennes. L'effet sur le lien social et la cohésion de la société est donc à nuancer.

I Le rôle des technologies numériques

- Avec l'usage des téléphones mobiles multifonction et des **réseaux sociaux numériques**, les individus utilisent de nouvelles modalités de communication et d'échanges qui transforment la sociabilité.
- L'envoi de SMS et de messages via les messageries instantanées, de courriels, la participation aux réseaux sociaux (Facebook, Twitter) sont devenus des vecteurs courants de communication, dans un cadre privé, professionnel ou public.
- La **sociabilité en ligne** peut conduire à créer une **sociabilité physique**, c'est même dans certains cas sa fonction essentielle. Les sites de rencontres via Internet constituent par exemple un mode de constitution des couples qui progresse fortement.

HGGSP

II Divers types de liens renforcés

- Avec les technologies numériques, les individus peuvent intensifier les liens avec leurs connaissances (familles, amis). Plus qu'elle ne se substitue à la sociabilité physique, la sociabilité numérique vient la compléter et l'enrichir, en nourrissant **liens forts et affinitaires** au sein de collectifs de personnes qui se connaissent. ▶ FICHE 29
- Les pratiques de sociabilité en ligne permettent d'étendre le **réseau relationnel**, développant des liens entre individus éloignés et qui ne se connaissent que virtuellement. Cela permet d'étendre le réseau de « **liens faibles** » que chacun peut mobiliser en cas de besoin, créant des ponts entre des réseaux d'individus. ▶ FICHE 29

Chiffres clés

- 75 % des plus de 12 ans (35 % en 2011) et 98 % des 18-24 ans possèdent un smartphone.
- 53 % des plus de 12 ans utilisent les messageries instantanées, 41 % quotidiennement.
- 93 % des 18-24 ans sont présents sur les réseaux sociaux.

MATHS

- Les outils de communication numérique créent les conditions d'un monde rapproché, un « **effet petit monde** », tel qu'étudié par le psycho-sociologue américain Stanley Milgram (1933-1984) à la fin des années 1960, et montrant que deux individus pris au hasard sont reliés en moyenne par 6 chaînes de relations.

III Des effets de cohésion à nuancer

- Les pratiques de sociabilité sur les réseaux sociaux numériques renforcent la **solidarité mécanique** et des **liens de nature élective et horizontale**.

Elles exercent aussi des effets de **contrôle social** forts conduisant à exclure ceux qui ne partagent pas les normes, les valeurs et les croyances de la communauté. ▶ FICHE 35

- Ces collectifs, rapidement **mobilisables** grâce aux outils de communication numériques pour défendre des causes, exprimer ou soutenir des revendications, sont aussi influençables et soumis à des discours ou à des fausses informations qui cherchent à les **manipuler**.
- La sociabilité en ligne, quand elle se substitue à la sociabilité physique, est propice à favoriser des **situations d'isolement**, les liens numériques étant plus **fragiles** et moins aisés à mobiliser que les liens de proximité.

L'ESSENTIEL

De nouvelles sociabilités numériques

Le rôle des technologies numériques
- nouvelles modalités de communication et d'échanges (réseaux sociaux)
- sociabilité en ligne → sociabilité physique (sites de rencontres)

Renforcement des liens
- enrichissement de la sociabilité physique
- étendue du réseau de « liens faibles »

Effets de cohésion à nuancer
- renforcement de la solidarité mécanique, des liens de nature élective et horizontale
- situations d'isolement

La fragilisation des liens sociaux 33

☐ OK

SES HGGSP MATHS

Les communautés d'appartenance n'apportent plus la protection dont les individus ont besoin et les institutions visant à pallier les effets négatifs de l'individualisme sont en crise.

I Des liens fragilisés par l'individualisme

1 Une atomisation de la société…

- Le développement de la solidarité organique et l'affaiblissement de la solidarité mécanique peuvent menacer la cohésion sociale selon Émile Durkheim et générer des pathologies mettant en cause la solidarité et les liens sociaux entre les individus. ▶ FICHE 31
- Durkheim évoque deux types de suicide dans l'étude qu'il mène en 1897, qui sont des signes d'un défaut de solidarité : les « suicides égoïstes » résultent d'un défaut d'intégration à la société, les « suicides anomiques » sont liés à un manque de règles et de repères pour orienter les comportements, situation qu'il qualifie d'anomie.

2 … qui fragilise l'intégration sociale

- L'affaiblissement des solidarités traditionnelles de proximité conduit les individus à se détacher des collectifs d'appartenance (le village, la communauté religieuse, la corporation professionnelle…). S'ils gagnent en autonomie et en libre choix de leur destin, les individus perdent en sécurité et en protection.
- Si l'institution familiale reste un collectif d'ancrage important pour les individus, les transformations qui la touchent depuis les années 1970 fragilisent son rôle protecteur. La rupture des liens familiaux est souvent un élément décisif dans le processus d'exclusion sociale.

II Les transformations de la société salariale

1 Un affaiblissement des protections juridiques et sociales

- Robert Castel (1933-2013) met en évidence le processus de désaffiliation qui touche une partie de la société à partir des années 1980, c'est-à-dire la rupture progressive des liens sociaux par perte des protections attachées au statut du salarié qui se sont construites avec l'État-providence et l'avènement des droits sociaux.

- Cette rupture commence souvent par l'enchaînement d'**emplois précaires**, c'est-à-dire de contrats de travail de courte durée alternant avec des périodes de **chômage**, puis se poursuit avec la perte durable d'emploi et un chômage de longue durée. Cette situation conduit à la **disparition des protections**, des droits sociaux et des revenus stables attachés à l'emploi. Le processus mène à la **rupture des liens** familiaux et amicaux, facteur d'isolement relationnel.

2 Un processus d'exclusion

- Serge Paugam évoque un processus d'affaiblissement ou de rupture des liens sociaux par la perte des protections et des reconnaissances qui lient l'individu à la société. Il distingue trois phases dans le processus de **disqualification sociale** qui conduisent de la fragilité sociale d'un individu à sa dépendance à un système d'assistance et à la rupture qui le marginalise au sein de la société. ▶ FICHE 50

- La pauvreté joue un rôle important dans ce processus. Les revenus insuffisants (**pauvreté monétaire**) ne permettent plus à l'individu de faire face à ses besoins de base (s'alimenter, se soigner, se loger...), l'excluent de la société de consommation, et conduisent à une **pauvreté en conditions de vie**.

L'ESSENTIEL

La fragilisation des liens sociaux

- **Société individualiste**
  - atomisation de la société : défaut d'intégration, anomie
  - intégration sociale fragilisée : perte en sécurité et en protection, rupture des liens
- **Transformations de la société salariale**
  - affaiblissement des protections juridiques et sociales
  - processus d'exclusion : disqualification sociale, pauvreté

La socialisation et les liens sociaux

1 La socialisation

▶ FICHES 24 À 28

1. Qu'est-ce que la socialisation ?

☐ **a.** la transmission d'une culture par la famille

☐ **b.** le processus au cours duquel l'individu intègre les normes, les valeurs et les comportements transmis par son environnement culturel et social

☐ **c.** l'éducation des enfants par leurs parents

2. Pourquoi dit-on que la socialisation est plurielle ?

☐ **a.** Il existe plusieurs acteurs de socialisation.

☐ **b.** Les instances de socialisation, nombreuses, ont des influences multiples.

☐ **c.** La socialisation est un processus automatique.

2 Les liens sociaux

▶ FICHES 29 À 33

1. Que représente la sociabilité d'un individu ?

☐ **a.** l'ensemble des liens qui le relient à la société

☐ **b.** l'intériorisation des valeurs et des normes de la société

☐ **c.** l'ensemble des liens concrets qu'il a avec autrui

2. Quel critère n'est pas pris en compte dans le classement des PCS ?

☐ **a.** le niveau de salaire

☐ **b.** le statut du salarié

☐ **c.** la qualification

3. Qu'est-ce qu'une société individualiste ?

☐ **a.** une société caractérisée par l'égoïsme et le chacun pour soi

☐ **b.** une société marquée par un processus d'autonomisation des individus

☐ **c.** une société sans solidarité

CORRIGÉS

1 La socialisation

1. Réponse b.

La socialisation est le processus au cours duquel l'individu intègre les normes, les valeurs et les comportements transmis par son environnement culturel et social.

2. Réponse b.

La socialisation est plurielle : les instances de socialisation sont nombreuses et ont des influences multiples.

À noter

La **socialisation** n'est pas un simple mécanisme de formatage. C'est un processus pluriel et l'individu est donc porteur d'une pluralité de dispositions qu'il va mobiliser en fonction du contexte dans lequel il se trouve.

2 Les liens sociaux

1. Réponse c.

La sociabilité d'un individu est l'ensemble des liens concrets qu'il a avec les personnes avec lesquelles il est en relation.

2. Réponse a.

Le salaire n'est pas un critère de classement des PCS.

3. Réponse b.

Une société individualiste est une société marquée par un processus d'autonomisation des individus.

Le contrôle social, garant du respect des règles

35

☐ OK

SES

Au cours de la socialisation, les individus intègrent un ensemble de normes, qui peuvent être sociales ou juridiques. Le respect de ces règles est favorisé par le contrôle social, dont les formes sont diverses.

I Des règles de formes variées

1 Les normes sociales

- Les normes sociales sont l'ensemble des règles et des usages socialement prescrits caractérisant les pratiques d'une collectivité ou d'un groupe. Leur **intériorisation** garantit à l'individu son intégration sociale et assure la cohésion du groupe ou de la société.

> **Mot clé**
> Une **norme** est une règle, un usage de la vie en société que les individus doivent intégrer et respecter. Elle peut être de nature juridique ou sociale.

- Ces normes peuvent se présenter sous la forme de **conduites** « allant de soi » (règles de politesse) ou de **prescriptions**, voire d'obligations sociales (la virginité des jeunes filles au mariage il y a quelques décennies).

2 Les normes juridiques

- Les normes juridiques sont liées aux **règles légales** (lois, règlements édictés par les pouvoirs publics). Leur respect est donc une obligation inscrite dans la loi. Par exemple, depuis 2004, le port de signes religieux distinctifs à l'école est interdit dans l'enceinte des établissements scolaires publics ; ce rappel à la loi est inscrit dans chaque règlement intérieur.
- Les normes juridiques sont donc **explicitées et codifiées par le droit** et sont associées à des **sanctions pénales** en cas de non-respect. Cela peut aller par exemple de l'amende à l'emprisonnement.

II Diverses formes de contrôle social

1 Un contrôle social extérieur ou intériorisé

- Le contrôle social est réalisé **par le groupe ou par les autorités** qui rappellent l'individu à l'ordre. C'est le cas des groupes de pairs dans la cour d'école qui dictent et s'assurent que chacun des élèves se conforme

HGGSP

MATHS

aux codes de comportement, ou bien d'un surveillant qui rappelle à l'ordre un groupe d'élèves qui chahute dans la file d'attente de la cantine.

- Le contrôle social peut être si efficace que **l'individu finit par s'auto-contrôler**. Les normes et leur respect sont tellement intériorisés que l'individu fait en sorte de s'y conformer. Par exemple, les hommes et les femmes ont intériorisé depuis leur enfance qu'il faut se vêtir pour sortir dans la rue.

2 Un contrôle social extérieur formel ou informel

- La prédominance des relations de face-à-face fait que le contrôle social a longtemps été assuré de manière **informelle** (souvent préventive) et très étroite par la **famille**, le **voisinage** ou le **groupe de pairs**. Ce contrôle social se réalise alors de manière diffuse et continue au cours des interactions de la vie quotidienne. Il peut se matérialiser par des regards désobligeants lorsque la sanction est négative ou donner lieu à un sourire si elle est positive.
- Lorsque les relations sociales deviennent plus impersonnelles, le contrôle social devient **formel**, c'est-à-dire que les activités sociales sont régulées par des **instances spécialisées** (justice, école, église). Les sanctions correspondantes peuvent être morales (avertissement, félicitation), religieuses (excommunication) ou juridiques (versement de dommages et intérêts, amendes, peines de prison).

L'ESSENTIEL

Le contrôle social, garant du respect des règles

- **normes sociales** intériorisées
  → intégration sociale de l'individu, cohésion du groupe ou de la société
- **normes juridiques**
  → respect obligatoire de règles légales

- **contrôle social extérieur** (groupe ou autorités) ou **intériorisé** (auto-contrôle)
- **contrôle social extérieur formel** (instances spécialisées) ou **informel** (famille, groupe de pairs, voisinage)

La déviance : la transgression d'une norme

36

☐ OK

SES

Le contrôle social n'empêche pas les individus d'enfreindre les règles sociales. On parle de déviance pour désigner les actes de transgression des normes en vigueur. La délinquance est l'une de ses formes ; elle appelle un certain type de sanction.

I Les formes variées de la déviance

1 D'une société à une autre

- La définition de la déviance est liée aux normes de chaque société. Ainsi, le statut de l'homosexualité n'est pas le même d'un pays à un autre : au Soudan, elle est passible de la peine de mort, tandis que de nombreux pays occidentaux autorisent le mariage entre personnes du même sexe.

Mot clé

La **déviance** est l'ensemble des pratiques sociales qui transgressent les normes communément admises par une société à un moment donné.

- De même, les normes et les valeurs d'une même société se transforment au fil du temps. Selon les époques, une pratique peut être qualifiée de déviante puis faire partie de la norme. Ainsi, en France, l'avortement était passible de la peine capitale sous le gouvernement de Vichy, puis d'une peine de prison jusqu'en 1975, date à laquelle il fut légalisé.

2 Au sein d'une même société

- Chaque groupe social détermine les normes et les valeurs légitimes auxquelles ses membres doivent se conformer. Un acte conforme au sein d'un groupe peut être perçu comme déviant pour un autre. Par exemple, un punk trouvera normal d'avoir les cheveux en crête, des épingles à nourrice en guise de boucles d'oreilles. Mais il pourra être vu comme déviant par le reste de la société.
- Au sein d'une même société, entre groupes sociaux d'âges différents, les comportements déviants peuvent prendre des formes variées. Ainsi, en ce qui concerne l'alcool, la consommation quotidienne est plus fréquente chez les 61-75 ans, tandis que les 15-30 ans s'adonnent plutôt à une consommation ponctuelle mais importante à l'occasion de fêtes.

HGGSP

MATHS

II Déviance et délinquance

1 La délinquance : une forme spécifique de déviance...

- Si la déviance renvoie à une transgression des normes sociales, la délinquance désigne celle des **normes juridiques**. Ainsi, sortir de table avant la fin du repas peut être considéré comme une pratique déviante, mais n'est pas sanctionné par la loi.
- Il existe **plusieurs types de délinquance** : les contraventions (jugées devant les tribunaux de police), les délits (jugés devant les tribunaux correctionnels) et les crimes (jugés devant les cours d'assises).

2 ... passible de sanctions particulières

- La délinquance n'implique pas les mêmes sanctions que la déviance : pour cette dernière, les sanctions sont généralement diffuses et informelles, tandis que la transgression des normes juridiques appelle une **réponse institutionnalisée et codifiée par la société**.
- Les sanctions pénales sont **hiérarchisées**. Les contrevenants sont soumis à des peines d'amendes de 1 500 euros maximum et passibles d'un ou deux jours d'emprisonnement. Les délits donnent lieu à des peines maximales allant de l'amende de plus de 1 500 euros à l'emprisonnement de deux à cinq ans, voire vingt ans pour les délits les plus graves. Pour les crimes, la peine encourue est une peine de prison allant de cinq ans à la perpétuité.

> **Mot clé**
>
> Une **sanction** est une réponse à un comportement. Elle peut être positive quand le comportement est conforme aux attentes (félicitations, cadeaux) ou négative quand elle y déroge (de la réprobation à la sanction par la loi).

L'ESSENTIEL

La déviance : la transgression d'une norme

Les formes de déviances
- variations d'une société à l'autre
- variations au sein d'une même société

- **déviance** : transgression de normes sociales
  → sanctions diffuses et informelles
- **délinquance** : transgression de normes juridiques
  → sanctions pénales hiérarchisées codifiées par la société

La déviance, produit de processus sociaux

37

☐ OK

SES

La déviance est une construction sociale : elle découle de la transgression des normes partagées. Fruit d'un travail d'élaboration de la part de groupes sociaux déterminés à faire reconnaître leurs valeurs comme légitimes, elle est aussi le résultat de processus sociaux multiples pouvant conduire à une carrière de déviant.

I La déviance : une construction sociale

1 Les normes créent les actes déviants

- La déviance se définit par rapport à une norme sociale collectivement adoptée. Le déviant est donc celui qui la transgresse. Il se peut qu'il néglige la norme car elle est trop éloignée de celles qu'il connaît. Par exemple, la déviance peut naître dans les espaces urbains marqués par l'isolement économique et culturel. Dans ces quartiers, le déficit d'intériorisation des normes sociales dominantes serait à l'origine de comportements déviants, tel que celui des jeunes des gangs.
- La déviance peut aussi être analysée comme le résultat d'un affaiblissement des normes qui se traduit par un moindre contrôle social, de sorte que les individus ne savent plus comment orienter leur conduite. Ce type de déviance survient principalement dans les périodes de crise économique ou de forte et rapide prospérité. On observe par exemple que le taux de suicide augmente en cas de crise économique prolongée.

2 Le rôle clé des entrepreneurs de morale

- Les normes sociales sont le produit d'une construction sociale : elles sont définies par des individus qui vont chercher à les faire respecter et à désigner comme déviants ceux qui ne s'y conforment pas.
- Ces individus, appelés entrepreneurs de morale, établissent la norme. Pour cela, ils cherchent à participer à l'élaboration de la loi ou à attirer l'attention des médias sur un sujet qu'ils considèrent comme un problème social.

Mot clé

Les **entrepreneurs de morale** sont les individus ou groupes d'individus cherchant à influencer un groupe social afin de lui faire adopter ou maintenir une norme.

HGGSP

MATHS

II La carrière déviante

1 Processus d'étiquetage et stigmatisation

- La déviance n'est pas définie par ceux qui transgressent la norme, mais par ceux **qui désignent le comportement comme déviant**. C'est par l'étiquetage que l'individu fait son entrée dans la déviance.

- L'étiquetage peut devenir de la stigmatisation lorsqu'un individu est désigné comme déviant en raison d'une caractéristique qui le rend différent. Ce qui conditionne le jugement porté n'est pas ce que l'individu fait ou est, mais ce que les autres pensent de lui au regard de cet **attribut distinctif**. C'est le cas des personnes tatouées au Japon qui sont perçues comme des yakuzas et n'ont pas accès à certains lieux publics comme les piscines.

Mot clé

La **stigmatisation** désigne la mise à l'écart d'un individu en raison de son comportement ou de ses caractéristiques.

2 L'appropriation d'une sous-culture

- Lorsque l'individu est désigné comme appartenant à un groupe déviant, il en adopte les règles et les codes de comportement, ce qui lui donne un **sentiment d'appartenance**. Par exemple, les jeunes des gangs trouvent dans leur groupe un refuge leur fournissant un cadre et des règles structurant leur nouvelle identité.

- Cet étiquetage (ou stigmatisation) est le résultat d'une série d'**interactions sociales**. L'individu est désigné comme déviant, il va alors s'approprier l'identité déviante qu'on lui assigne, ce qui peut le conduire à rentrer dans une « carrière déviante ». Dans ce cas, c'est le contrôle social qui crée la déviance.

L'ESSENTIEL

La déviance, produit de processus sociaux

→ **Une construction sociale**
définie par rapport à une norme sociale collectivement adoptée et établie par des « entrepreneurs de morale »

→ **La carrière déviante**
- processus d'étiquetage et de stigmatisation
- appropriation d'une sous-culture et d'une identité déviante

La mesure de la délinquance

38

☐ OK

SES

Différents outils permettent de mesurer la délinquance et son évolution. Pour pallier les limites des statistiques officielles, d'autres dispositifs ont progressivement été mis en place, comme les enquêtes de victimation ou de délinquance autodéclarée.

I Les statistiques officielles

1 Les sources et les modes de comptabilisation

- Les **statistiques judiciaires** constituent la première source et la plus ancienne. Elles sont réalisées par le Compte général de l'administration de la justice criminelle et sont composées des condamnations prononcées et des personnes emprisonnées.
- La seconde source est l'ensemble des **statistiques policières** communiquées par le ministère de l'Intérieur et l'Observatoire de la délinquance, à partir des plaintes enregistrées et des interpellations réalisées. Elles sont devenues la principale source de mesure de la délinquance.

2 Leurs limites

- Ces outils mesurent la délinquance observée et non réelle. En effet, **toutes les infractions ne donnent pas lieu à une plainte**. Par exemple, si le nombre de plaintes pour agression sexuelle a fortement augmenté depuis l'affaire Weinstein et le mouvement « Me too », c'est parce que les personnes victimes de ces violences ont davantage porté plainte.

Mot clé

Il y a une différence entre la **délinquance observée**, c'est-à-dire mesurée par les statistiques officielles, et la délinquance réelle, qui s'est effectivement produite. Cette différence est désignée par ce que l'on appelle le « chiffre noir de la délinquance ».

- Les statistiques policières sont par ailleurs très **sensibles à l'évolution de la législation**. Par exemple, les lois adoptées depuis 2010 en matière de fraude fiscale ont fait augmenter le nombre de délinquants fiscaux.
- Enfin, les statistiques sont sensibles à l'intensité de l'**activité policière** : le nombre de faits constatés et d'interpellations est d'autant plus important que l'activité policière est zélée.

HGGSP

MATHS

II D'autres mesures de la délinquance

1 Les enquêtes de victimation

- Pour pallier les limites des statistiques officielles, dues au fait que certaines victimes hésitent à porter plainte, plusieurs outils ont été construits. Les enquêtes de victimation consistent à interroger les individus sur les infractions dont ils se sentent victimes.

> **Mot clé**
>
> Les **enquêtes de victimation** consistent à demander aux enquêtés s'ils ont été victimes d'actes délinquants dans une période donnée, de quel type d'acte et de combien d'actes.

- Ces enquêtes mettent en évidence les infractions sous-représentées dans les statistiques officielles, telles que les agressions sexuelles.
- Cependant, elles ne reflètent pas l'étendue des activités délinquantes : elles sont sujettes aux difficultés de qualification des actes par la victime et ne sont utilisables que pour les infractions pour lesquelles il y a une victime.

2 La délinquance autodéclarée

- Cet autre outil consiste à interroger les membres d'un échantillon sur les actes délinquants qu'ils ont commis, par exemple dans le cas de la délinquance juvénile.
- Il a aussi des limites, car il suppose une relation de confiance entre l'enquêté-délinquant et l'enquêteur. Or elle est difficile à mettre en place au travers d'un simple questionnaire.

L'ESSENTIEL

Mesurer la délinquance

- **statistiques** judiciaires et policières
  → limites : délinquance observée ≠ délinquance réelle, données soumises à l'évolution de la loi
- **enquêtes de victimation** sur les infractions sous-représentées
  → limites : caractère partiel dans les statistiques officielles
- **délinquance auto déclarée**
  → limites : relation de confiance difficile à instaurer

Quiz EXPRESS

39

Avez-vous bien révisé les fiches 35 à 38 ? On vérifie !

Les processus sociaux et la déviance

1 Le contrôle social

▶ FICHE 35

Lorsque le contrôle social est extérieur, cela signifie que...

- ☐ **a.** le respect des règles est assuré par l'individu lui-même.
- ☐ **b.** le contrôle social est formel.
- ☐ **c.** le contrôle social est réalisé par le groupe ou les autorités de manière formelle ou informelle.

2 La déviance

▶ FICHES 35 ET 37

1. Qu'est-ce que la délinquance ?

- ☐ **a.** une forme de déviance particulière
- ☐ **b.** la même chose que la déviance
- ☐ **c.** la transgression de normes sociales

2. Pourquoi dit-on que la déviance est une construction sociale ?

- ☐ **a.** parce qu'elle est le produit d'un travail de socialisation
- ☐ **b.** parce qu'elle n'existe que s'il y a transgression de normes sociales construites et légitimées par certains groupes sociaux
- ☐ **c.** parce qu'elle est le reflet de la société

3 La mesure de la délinquance

▶ FICHE 38

1. La délinquance observée est mesurée par...

- ☐ **a.** les enquêtes de victimation.
- ☐ **b.** les statistiques judiciaires et policières.

2. Parmi les affirmations suivantes, lesquelles sont vraies ?

- ☐ **a.** La délinquance est parfaitement mesurée par les statistiques officielles.
- ☐ **b.** Les enquêtes de victimation donnent une mesure de la délinquance toujours plus élevée que les statistiques officielles.
- ☐ **c.** Les statistiques officielles utilisées donnent une mesure de la délinquance limitée.

SES

HGGSP

MATHS

CORRIGÉS

1 Le contrôle social

Réponse c.

Le contrôle social est extérieur lorsqu'il est réalisé par le groupe ou par les autorités, de manière formelle ou informelle, et non par l'individu lui-même.

À noter

Le **contrôle social** désigne l'ensemble des dispositifs formels ou non, intériorisés ou non, qui assurent que l'individu se conforme aux normes de la société dans laquelle il vit.

2 La déviance

1. Réponse a.

La délinquance est une forme de déviance particulière, qui correspond à la transgression des normes juridiques.

2. Réponse b.

La déviance est une construction sociale, parce qu'elle n'existe que s'il y a transgression de normes sociales construites et légitimées par les entrepreneurs de morale.

À noter

La **déviance** n'existe pas « en soi », elle est le produit de la culture et d'interactions sociales multiples.

3 La mesure de la délinquance

1. Réponse b.

Les statistiques judiciaires et policières rassemblent les données statistiques issues des condamnations judiciaires et des dépôts de plaintes et interpellations policières.

2. Réponses b et c.

La proposition **a** est fausse car les statistiques officielles ne recensent que les actes ayant donné lieu à un dépôt de plainte.

Opinion publique et démocratie

40

☐ OK

SES

La notion d'opinion publique qui se construit avec la société démocratique présente plusieurs dimensions et relève d'une pluralité d'approches parfois opposées.

I Une notion polysémique, évolutive, débattue...

1 Les contours de l'opinion publique

- Dans son sens courant, l'opinion publique est l'ensemble des jugements partagés sur des questions d'intérêt général.
- Pour les sociologues, elle est une construction sociale, produit des croyances, des représentations et d'interactions avec des institutions.
- Qu'elle désigne le sens commun, constitué en partie de préjugés, ou des jugements éclairés, issus de la délibération rationnelle au sein de l'espace public, elle produit elle-même des effets en orientant la décision publique par le vote ou par la mise à l'agenda politique de certaines questions.

Mot clé

La **mise à l'agenda politique** désigne le fait qu'une « question » entre dans le débat public et devient l'objet d'une action ou d'une décision des institutions politiques.

2 L'évolution d'une notion

- Pour le philosophe allemand Habermas, l'opinion publique naît au XVIIIe siècle au sein de la bourgeoisie à l'initiative de certaines élites éloignées du pouvoir royal et le soumettant à la critique. Elle apparaît alors comme un contre-pouvoir et un intermédiaire entre le peuple et le pouvoir royal.
- Avec le développement des sondages, la notion d'opinion publique prend une acception nouvelle et devient le résultat de l'agrégation des opinions individuelles, qu'on cherche à mesurer et à influencer.
- Les médias jouent un rôle majeur dans la construction d'une opinion publique en diffusant des informations et des points de vue, permettant d'orienter le jugement et de s'en faire l'écho.

II ... et liée à l'avènement de la démocratie

1 Opinion publique et place de l'individu dans la société

- La notion d'opinion publique est indissociable de la société individualiste et démocratique qui donne une place centrale à l'individu et à

HGGSP

MATHS

ses facultés de jugement. Celles-ci s'incarnent dans des institutions où se posent, se discutent, se tranchent des opinions individuelles auxquelles on reconnaît une valeur égale.

- L'opinion publique, son expression et sa mesure deviennent des éléments centraux des démocraties. Les institutions représentatives dont il faut sélectionner les représentants reposent sur le vote. Celui-ci est un mode d'expression de l'opinion publique, créant une opinion majoritaire au travers des bulletins que chacun dépose dans l'urne.

2 Un rôle ambivalent

- Alexis de Tocqueville dans *De la démocratie en Amérique* (1835) met en évidence certaines contradictions de l'opinion publique. Si une opinion publique éclairée est nécessaire pour limiter le « despotisme de l'État », lui donner une place excessive peut lui conférer un pouvoir tyrannique non respectueux des opinions minoritaires.
- Les corps intermédiaires tels que la presse et les associations jouent alors un rôle essentiel pour permettre l'expression d'une opinion publique éclairée et développer des contre-pouvoirs.
- Cette ambivalence de la notion d'opinion publique est toujours vive dans les sociétés contemporaines, partagées entre le souci de favoriser son expression et les dangers d'une « démocratie d'opinion ».

Mot clé

Les **corps intermédiaires** désignent les institutions et organisations qui font le lien entre la base de la société et son sommet, créant une médiation entre les individus et l'État.

L'ESSENTIEL

L'opinion publique

Définition : ensemble des jugements partagés par une communauté d'individus sur des questions d'intérêt général.

Une notion évolutive...
- contre-pouvoir (XVIIIe s.)
- agrégation d'opinions individuelles (sondages)
- orientation de la décision publique

... liée à l'avènement de la démocratie
- l'expression et la mesure de l'opinion publique sont des éléments centraux des démocraties

Sonder l'opinion publique

41

☐ OK

SES

Le développement des sondages à partir des années 1960, s'appuie sur l'apport des techniques statistiques.
Mais l'outil est fortement critiqué par certains sociologues.

I Pourquoi sonder les opinions ?

- George Gallup s'appuie sur une critique de la démocratie représentative et de ses intermédiaires, éloignés de la population et influencés par les lobbies, pour justifier l'instauration des **sondages**, censés refléter « l'opinion publique réelle ».
- Les sondages apparaissent comme une forme de **démocratie directe**, permettant de connaître les points de vue et les aspirations des sondés de façon plus régulière et précise que lors des échéances électorales.
- Informés par les médias, les citoyens peuvent **trancher les débats** et apporter de façon directe leur consentement aux gouvernants, qui mettront alors en œuvre une politique conforme à leurs souhaits.

HGGSP

II Principes et techniques des sondages d'opinion

- Les sondages consistent à poser à des individus sélectionnés des **questions fermées**, aisées à traiter statistiquement. Celles-ci portent sur des représentations ou des pratiques ; elles sont complétées par des questions sur les caractéristiques sociodémographiques (âge, sexe, CSP…).
- Deux méthodes permettent de construire l'échantillon interrogé. La **méthode aléatoire** se fonde sur le tirage au sort. La **méthode des quotas** repose sur le respect des critères sociodémographiques de la population-mère, l'échantillon devant avoir la même structure que celle-ci.

> **Mot clé**
> La caractéristique essentielle d'un **échantillon** est d'être représentatif de la **population-mère**, c'est-à-dire d'avoir les mêmes caractéristiques sociodémographiques.

- La **difficulté** posée par l'échantillonnage tient à la complexité de la structure sociale qui, pour être fidèlement représentée, suppose un échantillon suffisamment vaste. Par exemple, tenir compte de la diversité du monde des agriculteurs est difficile quand ceux-ci ne représentent que 0,8 % de la population des plus de 15 ans en 2017.

MATHS

III Les critiques à l'encontre des sondages d'opinion

1 L'opinion publique : une construction

- La critique la plus radicale des sondages d'opinion a été initiée par le sociologue français **Pierre Bourdieu** (1930-2002) dans son article « L'opinion publique n'existe pas » (1973).
Il conteste les présupposés des sondages d'opinion dont la fonction est « d'imposer l'illusion qu'il existe une opinion publique ».

- Il conteste notamment l'**injonction à avoir une opinion**, l'occultation des non-réponses, les opinions considérées comme équivalentes alors que tous les sondés n'ont pas la même culture politique.

> **Mot clé**
> La **culture politique** désigne un ensemble de connaissances et de compétences permettant de comprendre les décisions et les débats politiques et leurs enjeux.

2 Des réponses sous influence

- La **formulation des questions** est une autre critique souvent mise en avant, celle-ci pouvant induire les réponses ou renvoyer à des problèmes qui ne font pas sens pour les sondés (on parle d'« imposition de problématique »).

- Les sondages représentent ainsi une addition d'opinions individuelles érigées en opinion publique afin de servir des projets politiques.

L'ESSENTIEL

Sonder l'opinion publique

Pourquoi ?
- sonder « l'opinion publique réelle »
- permettre aux citoyens d'exprimer directement leur point de vue

Comment ?
- sélection de questions fermées
- constitution d'un échantillon représentatif de la population-mère (méthode aléatoire ou des quotas)

Ce que les sondages font à la démocratie

42

☐ OK

SES

Les sondages d'opinion sont devenus un instrument essentiel des démocraties contemporaines. Ils contribuent à transformer la démocratie représentative en démocratie d'opinion.

I Les sondages influencent l'opinion publique…

- Dès l'introduction des sondages d'opinion, la question de leur **usage par les acteurs politiques** a été posée. Ces derniers peuvent y voir un moyen d'influencer ou de contrôler l'opinion publique, en lui substituant l'opinion des sondés.
- Dans la même logique, s'appuyer sur les sondages d'opinion peut être une façon de mettre en avant la « **majorité silencieuse** » contre les « minorités agissantes » et mobilisées dont on souhaite remettre en cause la légitimité de l'action.
- Cette **instrumentalisation** des sondages s'appuie sur les médias, indispensables pour leur donner un impact. Elle peut aussi être le fait des **groupes mobilisés** cherchant une approbation de leurs actions.

II … modifient le comportement des électeurs…

1 L'effet de mobilisation

L'effet « bandwagon » désigne l'effet de **mimétisme** des électeurs incités à voter pour le candidat que les sondages annoncent gagnant. L'effet « underdog » désigne au contraire l'effet de **mobilisation** en faveur du candidat en retard dans les sondages.

2 L'effet de démobilisation

Les sondages peuvent aussi avoir des effets de **démobilisation** des électeurs : des pronostics établis (qu'ils soient très favorables ou très défavorables), induisant l'idée que « les jeux sont faits », peuvent inciter à ne pas aller voter et contribuer au phénomène d'abstention.

Mot clé

L'**abstention** désigne le fait pour un électeur inscrit sur les listes électorales de ne pas aller voter lors d'une élection.

HGGSP

MATHS

III ... et transforment les institutions politiques

- La généralisation des sondages d'opinion conduit à **réduire la place des partis politiques** dans l'organisation de la vie politique, ceux-ci devenant de simples machines électorales au service des candidats.

- Les candidats aux élections les plus médiatisées tendent à être **sélectionnés par les sondages avant de l'être par leur parti**, éventuellement au travers de primaires. Les médias jouent un rôle majeur dans ce phénomène.

> **Mot clé**
> Une **élection primaire** consiste à désigner au travers d'un vote le candidat d'un parti ou d'une coalition de partis pour une élection.

- Les personnalités politiques s'appuient également sur les sondages relayés par les médias pour **se faire connaître et construire leur légitimité** auprès de l'opinion publique.

- À la démocratie représentative succède ainsi une « **démocratie d'opinion** ». La délibération démocratique s'exerce de plus en plus au sein des médias et sur les réseaux sociaux, influencés par les sondages et le travail des communicants politiques.

L'ESSENTIEL

Ce que les sondages font à la démocratie

Influence sur l'opinion publique
- instrumentalisation des sondages par les politiques et les médias

Modification du comportement des électeurs
- effets « bandwagon » et « underdog »
- démobilisation, abstention

Transformation des institutions publiques
- réduction de la place des partis
- « démocratie d'opinion » (Bernard Manin)

La participation électorale

43

☐ OK

SES HGGSP MATHS

Dans une démocratie représentative, le vote est un acte essentiel de la participation politique.
Cependant, la participation électorale comprend plusieurs dimensions et dépend de plusieurs facteurs.

I Les dimensions de la participation électorale

1 L'inscription sur les listes électorales

- Pour pouvoir voter, les citoyens doivent être inscrits sur les listes électorales de leur commune de résidence. Pour être inscrit, en France, il faut être âgé d'au moins 18 ans, avoir la nationalité française (les citoyens européens peuvent être inscrits sur des listes complémentaires pour participer aux élections municipales ou européennes), et jouir de ses droits civils et politiques.
- Depuis 1997, les jeunes de 18 ans ayant participé au recensement sont inscrits automatiquement sur les listes électorales. Si ce n'est pas le cas, ils doivent effectuer une démarche volontaire, notamment pour ceux qui ont déménagé ou qui ont acquis la nationalité française.

2 Participation électorale et abstention

- Le vote est l'expression de la participation électorale. En France, voter n'est pas obligatoire. On peut donc définir l'abstention comme le refus volontaire de participer à une élection.
- Le taux d'abstention mesure la part des inscrits sur les listes électorales n'ayant pas voté lors d'une élection.

Mot clé

Il faut distinguer le vote blanc, qui est un suffrage non exprimé, et l'**abstention**. Ni le vote blanc ni l'abstention ne sont pris en compte dans les résultats de l'élection.

II Les déterminants de la participation électorale

1 Les déterminants de l'inscription électorale

- Si le taux d'inscription électorale reste à peu près stable (proche de 90 %), on peut cependant mettre en évidence des déterminants sociaux expliquant la non-inscription. Si on excepte les non-inscrits volontaires, le plus souvent on retrouve des populations mal intégrées dans la société ou indifférentes à la politique, surtout des jeunes et des personnes culturellement ou scolairement défavorisées.

- En principe, l'inscription sur les listes électorales est obligatoire mais la non-inscription n'est pas sanctionnée. Cependant, s'inscrire résulte d'une **démarche volontaire**. Cette démarche peut avoir un coût pour des populations éloignées des lieux d'inscription.
- Si les procédures d'inscription ont été facilitées dans les années 1990, il existe toujours un taux de **mauvaise inscription** qui empêche les citoyens de voter. C'est le cas pour les changements de résidence ou pour les personnes venant d'acquérir la nationalité française.

2 Les déterminants de l'abstention

- L'abstention peut être analysée comme le signe d'une mauvaise intégration dans la société. Elle est aussi corrélée à l'**intérêt pour la politique** et au sentiment de compétence politique, ce que le sociologue Daniel Gaxie a qualifié de « cens caché ».

> **Mot clé**
> En France, au XIXe siècle, le **cens** était un seuil d'imposition qui permettait à un citoyen d'être électeur.

- Depuis les années 1970, la progression de l'abstention concerne surtout l'**abstention intermittente**. Les électeurs s'abstiennent en fonction du contexte de l'élection (national, local, européen) et de la personnalité des candidats. Les abstentionnistes intermittents sont plutôt bien intégrés socialement et politisés.

L'ESSENTIEL

La participation électorale

L'inscription sur les listes électorales
- 18 ans, nationalité française
- démarche volontaire (déterminants sociaux)
- inscription automatique depuis 1997

Le vote
- expression de la participation électorale

L'abstention
- refus de la participation électorale
- déterminants : mauvaise intégration dans la société, « cens caché » (Gaxie), abstention intermittente

Les déterminants du vote

44

☐ OK

SES

Si voter apparaît comme un acte purement individuel, l'étude des déterminants du vote par la sociologie électorale montre que les comportements électoraux répondent à des logiques complexes : le vote peut également être considéré comme un acte collectif.

I Le vote, un acte collectif

1 La sociologie électorale

- À l'origine de la sociologie électorale, on trouve les travaux d'André Siegfried en France au début du XXe siècle. Son approche est qualifiée d'« écologique » car elle établit des **relations entre l'environnement de l'électeur et son vote**. Une autre approche « historique » insiste sur le **rôle des événements historiques** (la Révolution française par exemple).
- À partir des années 1940, la sociologie électorale se développe aux États-Unis, notamment en introduisant la méthode d'enquêtes par interviews. Au début des années 1960, des sociologues américains proposent un modèle en établissant des corrélations entre comportement électoral et **caractéristiques sociologiques** des électeurs.

2 Les variables du comportement électoral

- Depuis les années 1960, les études sur le comportement électoral se sont multipliées. On peut l'expliquer par la demande sociale émanant des acteurs politiques (élus, partis politiques) et des médias, avec la multiplication des **sondages** en période électorale. Ces études ont permis de mettre en évidence des variables lourdes du comportement électoral.

> **Mot clé**
> Le **comportement électoral** désigne le choix d'un électeur lors d'une élection (voter ou non, voter pour tel ou tel parti).

- Parmi ces variables, on distingue :
  - les variables **démographiques** (âge, sexe) ;
  - les variables **socio-économiques** (catégorie socioprofessionnelle) ;
  - les variables **culturelles** (instruction, appartenance religieuse). Ces dernières apparaissent comme les plus prédictives.

HGGSP

MATHS

II Le vote, un acte individuel

1 L'approche économique du comportement électoral

- La sociologie électorale distingue **trois approches théoriques** du comportement électoral. Les deux premières (écologique, psychosociologique) font du vote un acte collectif. Une troisième, l'approche économique, insiste sur le caractère individualiste du vote.
- Dans le modèle économique, l'électeur se conduit comme un *homo œconomicus* : il veut **maximiser l'utilité** de son vote et raisonne en fonction du coût et des bénéfices associés à celui-ci. Cette théorie postule que les électeurs agissent, avant tout, en fonction de leurs intérêts individuels.

2 Les facteurs conjoncturels du vote

- Des facteurs conjoncturels peuvent influencer le choix des électeurs à court terme. C'est le cas du « **vote sur enjeu** ». Ce dernier recouvre des choix électoraux qui dépendent principalement de problèmes qui jouent un rôle important dans le débat politique à un moment donné.
- L'électeur peut adopter un **comportement de stratège**, notamment dans le cadre du scrutin majoritaire à deux tours comme l'élection présidentielle. L'électeur stratège est un électeur qui renonce à voter pour son candidat préféré et en choisit un autre de manière à accroître l'efficacité de son vote. Cette stratégie consiste à voter « utile » pour le candidat qui a le plus de chance de l'emporter au second tour.

Mot clé

L'élection présidentielle en France est un **scrutin majoritaire à deux tours** : seuls les deux candidats arrivés en tête au premier tour peuvent se présenter au second tour.

L'ESSENTIEL

Les déterminants du vote

Un acte collectif
- pour les tenants d'une approche écologique ou psychosociologique
- variables démographiques, socio-économiques, culturelles

Un acte individuel
- pour les tenants d'une approche économique
- intérêts individuels, facteurs conjoncturels (débat politique, électeur stratège)

La volatilité électorale

45

☐ OK

SES

L'analyse du vote depuis quelques années met en évidence une érosion des déterminants sociaux du vote et une plus grande volatilité électorale. Pour être expliqué, ce phénomène doit d'abord être défini.

I La notion de volatilité électorale

1 Définition et mesure de la volatilité électorale

- Depuis les années 1980, on observe, en France, une instabilité de plus en plus importante des comportements électoraux. Cette instabilité dans la participation électorale constitue la volatilité électorale.
- La volatilité électorale est difficile à mesurer car elle ne peut s'expliquer uniquement par des changements dans les choix politiques. Par exemple, l'évolution de l'offre politique peut favoriser l'abstention intermittente. ▶ FICHE 43
- L'indice de volatilité électorale permet de mesurer la volatilité électorale. On peut le calculer en reconstituant les itinéraires de vote entre plusieurs élections. On peut également déterminer le moment où l'électeur décide de son choix. Plus ce moment est proche de l'élection, plus l'instabilité électorale est forte.

HGGSP

2 Les formes de la volatilité électorale

- On distingue plusieurs formes de volatilité électorale. La plus significative concerne le passage du vote à l'abstention et inversement, ce qui correspond à l'abstentionnisme intermittent. Celui-ci est la principale cause des alternances politiques.

> **Mot clé**
>
> L'**alternance** politique est le changement de majorité politique d'une élection à l'autre.

- Deux autres formes de volatilité électorale concernent un changement partisan. Celui-ci peut s'opérer au sein de la même famille politique (la gauche ou la droite), le vote se déplaçant d'un parti à un autre. La volatilité peut aussi concerner le passage d'une famille à une autre (de la gauche vers la droite par exemple). Cette mobilité « transgressive » est la moins importante.

MATHS

II Les raisons de la volatilité électorale

1 L'effritement du vote de classe

- Les enquêtes électorales montrent que, depuis les années 1970, les **caractéristiques socio-économiques** jouent un rôle de moins en moins important dans le vote. Mais, si on constate que le vote de classe est moins prononcé, il n'a toutefois pas totalement disparu. Ainsi, le clivage entre le vote des indépendants et celui des salariés reste important.

- Pour expliquer le déclin du vote de classe, notamment celui de la classe ouvrière, un certain nombre d'explications ont été avancées. Les premières insistent sur les **transformations de la classe ouvrière**. Celle-ci, mieux éduquée et bénéficiant d'une certaine mobilité sociale ascendante, aurait le sentiment d'appartenir davantage à la classe moyenne qu'à la classe ouvrière.

> **Mot clé**
> On parle de **vote de classe** pour désigner la tendance à voter selon son appartenance à une classe ou à une catégorie sociale.

2 Les effets de contexte et de l'offre politique

- La volatilité électorale dépend en grande partie de la **nature de l'élection**. Ainsi, le niveau d'abstention est le plus faible pour l'élection présidentielle et les élections municipales. À l'inverse, les élections européennes ou régionales mobilisent moins d'électeurs. Ces différences s'expliquent principalement par la perception qu'ont les électeurs des **enjeux** de l'élection.

- Un facteur de la volatilité électorale est lié à la moindre polarisation des débats politiques. Depuis les années 1980, en France, les **alternances** se sont succédé alors que les divergences dans les politiques menées se sont atténuées.

L'ESSENTIEL

La volatilité électorale

- **La mesure** : indice de volatilité électorale, itinéraires de vote
- **Les formes** : abstentionnisme intermittent, changement partisan
- **Les raisons :**
  - effritement du vote de classe
  - effets de contexte et de l'offre politique

Quiz EXPRESS 46

Avez-vous bien révisé les fiches 40 à 45 ? On vérifie !

SES HGGSP MATHS

L'opinion publique et le vote

1 La formation et l'expression de l'opinion publique

▶ FICHES 40 À 42

1. Qu'est-ce qu'une opinion publique ?

☐ **a.** une opinion personnelle affirmée publiquement

☐ **b.** un jugement collectif sur une question politique, sociale ou sociétale

☐ **c.** la somme des opinions privées

2. Dans un sondage, qu'appelle-t-on la « population-mère » ?

☐ **a.** la population qui est interrogée ☐ **b.** l'échantillon

☐ **c.** la population dont on veut connaître les opinions

3. Une démocratie d'opinion est une démocratie…

☐ **a.** dont les institutions sont soumises aux sondages.

☐ **b.** où chacun donne son opinion.

☐ **c.** où le pouvoir se soumet aux désirs du peuple.

2 Voter : une affaire individuelle ou collective ?

▶ FICHES 43 À 45

1. Que mesure le taux d'abstention ?

☐ **a.** la part des inscrits sur les listes électorales ayant voté blanc

☐ **b.** la part de la population totale n'ayant pas voté

☐ **c.** la part des inscrits sur les listes électorales n'ayant pas voté

2. Qu'étudie la sociologie électorale ?

☐ **a.** les corrélations entre comportement électoral et variables socio-économiques ☐ **b.** la position sociale des électeurs

☐ **c.** le déterminisme social du comportement électoral

3. La forme la plus développée de la volatilité électorale concerne…

☐ **a.** le passage du vote à l'abstention et inversement.

☐ **b.** le changement partisan au sein d'une même famille politique.

☐ **c.** le changement de famille politique.

CORRIGÉS

1 La formation et l'expression de l'opinion publique

1. Réponse b.

Dans son acception courante, l'opinion publique correspond à un jugement largement partagé sur des questions à enjeu politique.

2. Réponse c.

La population-mère est la population de référence à partir de laquelle on construit l'échantillon qui sera sondé.

3. Réponse a.

On appelle démocratie d'opinion une démocratie dont le fonctionnement (élections, institutions...) est de plus en plus soumis à l'influence des sondages d'opinion.

2 Voter : une affaire individuelle ou collective ?

1. Réponse c.

Le taux d'abstention est la part des inscrits n'ayant pas voté.

2. Réponse a.

La sociologie électorale met en évidence des corrélations entre un certain nombre de variables (sociales, économiques, culturelles), mais on ne peut pas en déduire un strict déterminisme du vote.

> **Conseil**
>
> Attention à ne pas confondre **taux d'abstention** et **taux de non inscription** sur les listes électorales.

3. Réponse a.

Le passage du vote à l'abstention et inversement correspond le plus souvent à l'abstention intermittente. Le changement de famille politique est la forme de volatilité électorale la plus rare.

Les individus confrontés à des risques économiques et sociaux

47

☐ OK

SES

Les individus sont confrontés à différents risques tout au long de leur vie. Mais tous les groupes sociaux ne sont pas touchés de la même manière : on peut mettre en évidence des inégalités d'exposition et de comportement face à la survenue de ces risques.

I Des risques économiques et sociaux divers...

1 Du risque individuel au risque social

- Perdre son emploi, avoir un accident ou encore tomber malade sont des événements, plus ou moins prévisibles, qui peuvent affecter les individus au cours de leur existence. On parle alors de **risque** pour évoquer la probabilité d'y être confronté. Le risque est estimable et se distingue de l'incertitude.

- Pour les individus, la survenue du risque peut entraîner une privation de **revenus** ou des dépenses supplémentaires. Quant à la société, elle va se trouver privée de ressources productives et verra les **inégalités** augmenter, creusant ainsi l'écart entre les individus ayant des difficultés à faire face aux risques et le reste de la population. L'avènement d'un État-providence a permis de prendre progressivement en charge la plupart de ces risques, appelés **risques sociaux**.

> **Mot clé**
>
> En France, l'**État-providence** désigne un État qui intervient largement dans la sphère économique et sociale, notamment en prenant en charge les risques sociaux.

2 Les principaux risques sociaux

- La **maladie** comme l'**accident** nécessitent des soins qui se traduisent par l'achat de biens ou de services de santé. Ils peuvent également signifier une baisse de revenus résultant d'une incapacité à travailler.

- La **vieillesse** est un risque social lié, d'une part, au fait de devenir trop âgé pour pouvoir occuper un emploi et, d'autre part, à celui de devoir faire face à des dépenses supplémentaires pour se soigner.

- La **perte d'emploi** suite à un licenciement est également synonyme de perte de revenus et considérée à ce titre comme un risque social dans la plupart des économies développées.

HGGSP

MATHS

II ... qui frappent inégalement les individus

1 Des inégalités d'exposition au risque

- Face à la maladie, les populations à risque sont les **personnes âgées** et les personnes **fragilisées** par des modes de vie qui peuvent favoriser l'apparition de problèmes de santé.

- Les actifs sont inégalement exposés au risque de perte d'emploi : les **non qualifiés** et les **jeunes** connaissent les taux de chômage les plus élevés.

- Les **ouvriers de sexe masculin** sont plus exposés au risque d'accident du travail : leurs conditions de travail sont dangereuses ou pénibles.

> **Mot clé**
>
> Selon l'Insee, le **taux de chômage** est le pourcentage des chômeurs dans la population active. Les chômeurs sont des actifs sans emploi à la recherche d'un emploi.

2 Des attitudes différenciées face au risque

- La majorité des individus a une **aversion au risque** : ils sont prêts à payer pour être assurés et se montrent **prudents**, à l'inverse des individus dits **neutres** au risque. L'aversion au risque augmente avec l'âge.

- Face au risque, les **hommes** et les **femmes** ont des comportements différents, qui sont le résultat d'une **socialisation différenciée**. ▶ FICHE 26 Les conduites à risque (usage du tabac, excès de vitesse...) sont en effet valorisées chez les hommes car associées de manière stéréotypée à des comportements virils.

- Malgré le développement de l'**État-providence**, on assiste paradoxalement à un sentiment d'insécurité croissant. Les individus développent une aversion au risque.

L'ESSENTIEL

Les risques économiques et sociaux

→
- maladie
- accident
- vieillesse
- perte d'emploi

→
- effets différenciés selon les individus
- inégalités d'exposition
- inégalités de comportement

Effets positifs et négatifs du partage des risques

48

☐ OK

SES

La prise en charge des risques n'a pas que des avantages, elle a également des effets pervers en raison de problèmes d'asymétries d'information.

I Les effets positifs du partage des risques

1 Capital humain et incitation à innover

- La couverture de risques liés à la maladie ou aux accidents va favoriser un meilleur niveau de santé de la population. Cela va permettre de contribuer au capital humain, c'est-à-dire à l'ensemble des capacités productives d'une économie. De son côté, la couverture du risque chômage en limite la dépréciation : les individus ne sont pas obligés d'accepter un nouvel emploi pour lequel ils seraient trop qualifiés.
- La hausse du capital humain crée des externalités positives : même sans en avoir payé directement le prix, les producteurs bénéficient d'une main-d'œuvre plus productive et plus apte à innover. Or, à l'échelle macroéconomique, les innovations sont une source importante de croissance économique.

> **Mot clé**
> Les **innovations** englobent les nouveaux produits mis sur le marché, la mise en place de nouvelles méthodes de production et de distribution ou encore de nouvelles organisations du travail.

2 Le bien-être et la cohésion sociale : des effets sociaux positifs

- Les aléas de la vie peuvent constituer un véritable choc. C'est notamment le cas pour les individus les plus vulnérables, qui sont plus exposés aux risques et disposeraient de peu de moyens d'y faire face en l'absence de partage des risques.
- Se savoir protégé des risques sociaux majeurs procure aux individus une certaine sécurité économique, facteur de bien-être. Les individus peuvent faire des projets d'avenir sans crainte d'être confrontés à une baisse brutale de leurs revenus ou sans obligation d'accepter un emploi moins bien rémunéré. ▶ FICHE 47
- Au niveau de la société, le partage des risques favorise la cohésion sociale. En France, par exemple, le système de protection sociale produit de la solidarité collective. ▶ FICHE 50

HGGSP

MATHS

II Les effets négatifs du partage des risques

1 L'existence d'asymétries d'information

La gestion des risques nécessite de collecter des informations pour les estimer. Mais, à l'instar du marché des assurances, ceux qui protègent contre le risque et ceux qui sont protégés ne disposent pas des mêmes informations. On parle alors d'asymétries d'information. Contrairement à un marché de **concurrence pure et parfaite**, l'absence d'information parfaite peut créer des dysfonctionnements. ▶ FICHE 1

Mot clé

On appelle **asymétries d'information** les situations dans lesquelles, lors d'un échange ou d'un contrat, l'une des parties dispose d'informations que l'autre partie ignore.

2 Un effet pervers : l'aléa moral

La couverture des risques peut générer une situation particulière d'asymétrie d'information appelée **aléa moral**. L'individu peut changer de comportement : il peut adopter une conduite plus risquée que s'il n'était pas couvert, n'ayant pas à supporter les coûts additionnels liés à son manque d'effort ou d'attention.

Dans le domaine de la santé, par exemple, un individu assuré peut multiplier les visites chez le médecin. Cela génère une surconsommation de soins contribuant à une perte de bien-être et entraînant une hausse des dépenses à la charge de la collectivité.

Les pouvoirs publics sont ainsi conduits à prendre des **mesures incitatives** comme, par exemple, l'instauration d'un délai de carence avant de percevoir des indemnités en cas de maladie ou le remboursement partiel des médicaments.

L'ESSENTIEL

Le partage des risques

Effets positifs
- capital humain et innovation
- sécurité économique, bien-être
- cohésion sociale et solidarité

Effets négatifs
- asymétrie d'information
  → aléa moral

Principes et institutions permettant la gestion des risques

49

☐ OK

SES

La reconnaissance de risques sociaux nécessite une gestion collective : de la prévention à leur prise en charge, plusieurs institutions vont jouer un rôle complémentaire. Parmi elles, les pouvoirs publics ont une place privilégiée dans les économies développées.

I Les principes d'une gestion collective

1 La prévention des risques

- La prévention consiste à prendre des **mesures pour éviter la survenue du risque** et à en réduire la gravité s'il survient. Cela nécessite en amont d'évaluer les risques en s'appuyant sur l'expérience de dommages déjà réalisés.
- Des **politiques de santé publique** sont ainsi mises en œuvre : actions d'information et d'éducation pour la santé, réglementations visant à changer les comportements (ex. : interdiction de fumer dans les lieux publics), campagnes de dépistage de maladies ou de vaccination, etc.
- Pour prévenir le risque de chômage, des dispositifs cherchent à augmenter l'**employabilité** et la **productivité** des actifs, en favorisant par exemple l'accès à la formation initiale et continue.

Mots clés

- La **formation initiale** désigne la formation des enfants et des étudiants.
- La **formation continue** est destinée aux salariés actifs.

2 La mutualisation et la diversification des risques

- Mutualiser les risques consiste à **transférer un risque individuel à un groupe** d'agents d'économiques potentiellement exposés au même risque. Par exemple, quand une population d'individus souscrit une couverture maladie, la somme de leurs contributions est globalisée pour financer la prise en charge éventuelle de risques.
- Diversifier les risques correspond à l'adage populaire «ne pas mettre ses œufs dans le même panier». Face au risque de chômage, un couple peut choisir deux emplois inégalement exposés, par exemple entrepreneur et fonctionnaire. Les sociétés d'assurance couvrent des **risques indépendants** afin de mieux les gérer.

HGGSP

MATHS

II La variété des institutions impliquées

1 La famille

- Traditionnellement, la famille est perçue comme un lieu de **solidarités**, notamment entre générations. Les transformations familiales et la précarité croissante tendent cependant à fragiliser cette fonction.
- L'**épargne**, dite de précaution, peut permettre à une famille de se constituer une réserve pour faire face ultérieurement à un risque.

2 Les pouvoirs publics

- Les pouvoirs publics proposent une **couverture collective** de base et obligatoire. En France, la Sécurité sociale, encadrée par l'État mais gérée par des partenaires sociaux, joue ce rôle.
- Enfin, dans une **logique d'assistance**, des collectivités locales et l'État peuvent directement intervenir lorsque le système de base ne suffit pas. ▶ FICHE 50

> **Mot clé**
> Les **partenaires sociaux** regroupent les représentants des syndicats de salariés et des organisations patronales.

3 Les sociétés et mutuelles d'assurance

- Une **mutuelle** est un organisme de droit privé à **but non lucratif** qui gère les risques auxquels sont soumis ses **adhérents** : chacun paie une cotisation indépendamment du risque pour se constituer un filet de sécurité complémentaire.
- Les **sociétés d'assurance**, à **but lucratif**, sélectionnent les risques à assurer, contrairement aux mutuelles. Elles offrent des protections à tout **client** ayant payé sa prime d'assurance, calculée en fonction de la couverture souhaitée et de la probabilité du risque.

L'ESSENTIEL

La gestion des risques

Les principes
- prévention
- mutualisation
- diversification

Les institutions
- famille (solidarité, épargne)
- pouvoirs publics (couverture collective)
- mutuelles et sociétés d'assurance

La protection sociale en France

50

☐ OK

SES

HGGSP

MATHS

La plupart des économies développées ont instauré un système de couverture des risques sociaux qui crée de la solidarité collective. Si, historiquement, elles ont des systèmes de protection sociale différents, elles s'appuient sur deux logiques principales : l'assurance ou l'assistance.

I Les systèmes de protection sociale

1 La protection sociale : un système de couverture collective…

- La protection sociale désigne l'ensemble des dispositifs mis en place par les pouvoirs publics pour permettre aux ménages de faire face aux conséquences financières des risques sociaux.
- En France, les pouvoirs publics, par le biais de différentes institutions, versent des prestations sociales aux ménages, soit en espèces (pension de retraite ou indemnités chômage par exemple), soit en nature (remboursement de médicaments). ▶ FICHE 49

Mot clé

Les **prestations sociales** sont les revenus de transfert versés aux ménages afin de réduire la charge financière que représente la protection contre les risques sociaux.

2 … qui est le produit d'une histoire

- Au XIXe siècle, quelques grandes entreprises animées d'un esprit « paternaliste » protègent leurs ouvriers tandis qu'apparaissent les sociétés de secours mutuel, ancêtres des mutuelles. ▶ FICHE 49 Mais seule une minorité de la population est protégée. Les accidents du travail, à partir de 1898, sont les premiers risques sociaux reconnus.
- En Allemagne, à la même époque, le chancelier Bismarck instaure un système d'assurance obligatoire pour les travailleurs, pour « acheter » la paix sociale. En 1942, le britannique Beveridge expose un autre système, élargi à l'ensemble des citoyens. En France, il faut attendre la naissance de la Sécurité sociale en 1945 pour véritablement parler d'État-providence. ▶ FICHE 47
- Tout au long du XXe siècle, les pays développés vont élargir leur système de couverture des risques sociaux, s'inspirant de Bismarck et/ou de Beveridge. La volonté de créer une forme de solidarité collective va progressivement s'affirmer.

II Des mécanismes de solidarité collective

1 La logique de l'assurance

- Elle repose sur un **principe assurantiel** obligatoire : seuls sont couverts ceux qui ont contribué à son financement, c'est-à-dire les actifs.
- Les pensions de retraite, le remboursement des soins médicaux et les indemnités chômage obéissent à cette logique : ces prestations sont financées grâce aux cotisations sociales prélevées sur les revenus des salariés et des employeurs.
- Mécaniquement, la **mutualisation du risque** instaure une **solidarité** entre ceux qui cotisent et ceux qui sont confrontés au risque (ex. : les actifs financent les retraites). On parle de **redistribution horizontale**.

2 La logique de l'assistance

- Le principe d'assistance n'est pas contributif : les individus confrontés à des risques sociaux vont recevoir une protection **sans contrepartie**, grâce à un financement par l'impôt. Les bénéficiaires ne doivent pas dépasser un plafond de ressources : on parle de prestations attribuées sous conditions de revenu.
- Il s'agit de protéger les individus en leur procurant des **prestations uniformes**, dès qu'ils en ont besoin (ex. : RSA).

> **Mot clé**
>
> Il existe deux formes de prélèvements obligatoires : les **impôts**, prélevés par l'État et les collectivités locales, et les **cotisations sociales**, prélevées par les administrations de Sécurité sociale.

- Le versement de prestations sociales aux personnes les plus vulnérables, d'un côté, et leur financement par les impôts, de l'autre, instaure de fait de la **solidarité** entre des individus au niveau de revenu très différents. Il s'agit d'une forme de **redistribution** dite **verticale**.

L'ESSENTIEL

La protection sociale en France

Système de couverture collective
- 1945 : naissance de la Sécurité sociale en France (État-providence)
- versement de prestations sociales

Mécanismes sources de solidarité collective
- logique d'assurance : cotisations sociales
- logique d'assistance : impôts

La vie d'une entreprise et les étapes de son développement

51

☐ OK

SES

Les entreprises connaissent au cours de leur existence de nombreuses évolutions que l'on peut schématiser par un cycle de vie et qui s'expliquent notamment par des décisions stratégiques dès la création de l'entreprise.

I Le cycle de vie de l'entreprise

1 De la création à la maturité

- Dans la phase de création, l'entreprise rassemble les différentes ressources financières et humaines dont elle a besoin. Durant cette phase, les entrepreneurs se consacrent principalement au développement des produits et/ou services. Il est obligatoire de doter l'entreprise d'un statut juridique lors de sa création.
- L'étape suivante est une phase de développement de l'entreprise avec une croissance des ventes et des effectifs.

Mot clé

Le **statut juridique** détermine les règles de droit qui encadrent la création de l'entreprise, la fiscalité, les formalités comptables et administratives mais aussi les prises de décision au sein de l'entreprise.

- La phase de maturité correspond à une période d'optimisation de l'entreprise. Les produits et/ou services que l'entreprise propose ont atteint leur seuil de maturité. L'entreprise est rentable mais a besoin de s'adapter aux nouvelles tendances du marché.

2 Poursuite du développement ou déclin

- Pour éviter un déclin (dû à des erreurs stratégiques ou à une forte concurrence par exemple), l'entreprise doit engager une nouvelle dynamique en s'appuyant sur le développement de nouveaux produits ou par l'entrée sur de nouveaux marchés.
- L'entreprise, en cas d'échec, peut connaître des pertes financières, faire faillite ou encore être rachetée par une autre entreprise.

Chiffres clés

- 600 000 créations d'entreprises par an
- 60 000 défaillances d'entreprises par an
- Âge moyen des créateurs d'entreprises individuelles : 36 ans

HGGSP

MATHS

II Les facteurs de développement d'une entreprise

1 L'importance du business plan et de la définition de la stratégie

- En amont de la création, il est nécessaire de réaliser un business plan qui présente la stratégie de développement de l'entreprise.

- En effet, la croissance de l'entreprise peut nécessiter de changer d'organisation interne ou de forme juridique (besoin de nouveaux associés). Elle peut faire face à une pression concurrentielle ou à des évolutions technologiques ou réglementaires, qui nécessitent de rechercher des capitaux pour investir, recruter, lancer de nouveaux produits, racheter des concurrents, etc.

> **Mot clé**
>
> Un **business plan** est un document présentant les objectifs et l'organisation de l'entreprise ainsi que l'analyse du marché faite par le créateur de l'entreprise.

2 D'autres facteurs prépondérants

- Si le statut juridique est prépondérant pour la pérennité des entreprises, l'importance du secteur d'activité reste notable. Dans le secteur de l'enseignement, de la santé ou de la finance, près des trois quarts des projets lancés en 2010 sont encore actifs cinq ans plus tard.

- La survie de l'entreprise est d'autant plus élevée que le montant investi à la création est important. Elle dépend également beaucoup de l'expérience professionnelle du créateur d'entreprise.

L'ESSENTIEL

Le cycle de vie de l'entreprise

- création (statut juridique)
- développement (croissance)
- maturité (optimisation, rentabilité)
- renouveau (produits, marchés) ou déclin (faillite, rachat)

Les facteurs de développement d'une entreprise

- *business plan*
- organisation interne, recherche de capitaux
- statut juridique
- expérience professionnelle du créateur de l'entreprise

La diversité des figures de l'entrepreneur

52

☐ OK

SES

D'abord forgée autour de la notion de risque et d'innovation, la figure de l'entrepreneur a évolué avec les mutations des économies capitalistes : elle intègre désormais des dimensions managériales, financières et juridiques.

I Un créateur d'entreprise qui engage sa responsabilité

D'un point de vue juridique, lorsqu'il crée une entreprise, l'entrepreneur peut la créer comme entreprise individuelle (propriété du seul entrepreneur) ou sous la forme d'une société (comprenant éventuellement des associés au capital).

1 Une responsabilité juridique et financière

- L'entrepreneur, s'il est chef d'entreprise, possède le pouvoir d'agir au nom et pour le compte de l'entreprise. Sa responsabilité civile ou pénale peut ainsi être engagée en cas de préjudice ou d'infraction.
- La responsabilité financière de l'entrepreneur s'applique lorsque l'entreprise est incapable de faire face à ses créances. Ainsi, dans le cas d'une entreprise individuelle, l'entrepreneur est lui-même responsable des dettes de façon illimitée (le patrimoine personnel peut être saisi). Dans les autres cas, la responsabilité est limitée à ce que l'entrepreneur a apporté au sein de la société.

2 Une responsabilité fiscale et sociale

- Lorsqu'il crée son activité, l'entrepreneur choisit également un régime fiscal et social (ex. : régime micro-entrepreneur pour les entreprises individuelles).
- L'entrepreneur, en tant que chef d'entreprise, a des responsabilités envers ses salariés (respect du droit du travail), ses partenaires (respect des contrats) et plus largement la société (éthique et respect de l'environnement par exemple).

Mot clé

Un **régime fiscal et/ou social** est le système de fiscalité et de protection sociale auquel est soumis un travailleur (paiement des cotisations et des impôts, remboursement des prestations sociales).

HGGSP

MATHS

II Les rôles de l'entrepreneur dans l'économie

1 L'innovateur (XIXe s.)

- Selon l'économiste Joseph Schumpeter, l'entrepreneur est l'agent économique qui **introduit le changement technique et industriel** dans l'économie, grâce à la mise en œuvre de nouvelles combinaisons productives. En cela, il incarne le capitalisme industriel du XIXe siècle.

> **Mot clé**
> Une **innovation** désigne l'application réussie d'une invention dans le domaine économique et commercial.

- L'innovation, certes rémunérée par le profit, récompense surtout l'esprit d'aventure et le dynamisme de l'**entrepreneur**.

2 Entrepreneurs *vs* managers (XXe s.)

- Selon d'autres conceptions, l'entrepreneur est également un **organisateur** coordonnant et optimisant les moyens de production. Schumpeter avait d'ailleurs prédit l'avènement de grandes entreprises marquées par la dissociation entre la propriété (**actionnaires**) et la gestion de l'entreprise (**managers**).
- Au XXe siècle, le pouvoir économique est transféré au manager, considéré comme plus apte à générer de l'innovation et du profit.

3 Un renouveau à la fin du XXe siècle

- Depuis la fin du XXe siècle, l'entrepreneur retrouve sa place dans le capitalisme actionnarial. C'est le cas notamment avec le développement des technologies de l'information et de la communication et l'intervention d'investisseurs financiers dans des **entreprises naissantes à fort potentiel de croissance** (« start-up »).
- Ces différentes figures de l'entrepreneur se mêlent : s'il peut être manager et actionnaire, la réciproque n'est pas forcément vraie.

L'ESSENTIEL

La diversité des figures de l'entrepreneur

Les responsabilités du créateur d'entreprise
- juridique et financière
- fiscale et sociale

Les rôles de l'entrepreneur dans l'économie
- introduire l'innovation
- coordonner les moyens de production
- créer et financer des entreprises

La prise de décision au sein de l'entreprise

53

☐ OK

SES HGGSP MATHS

La prise de décision obéit à des règles de gouvernance et dépend des relations de pouvoir et d'autorité entre les acteurs au sein de l'entreprise.

I Des acteurs aux intérêts différents

Le fonctionnement et la performance de l'entreprise représentent des enjeux différents pour ses « parties prenantes ».

> **Mot clé**
>
> Les **parties prenantes** désignent les acteurs concernés par le fonctionnement de l'entreprise et pouvant influencer ou être affectés directement ou indirectement par les stratégies de celle-ci.

1 Des acteurs internes à l'entreprise

- Les propriétaires de l'entreprise, en tant que détenteurs du capital, sont intéressés aux résultats et exercent un droit de regard sur les prises de décision.
- Les salariés assurent la production au sein de l'entreprise et, par l'intermédiaire de leurs représentants et des syndicats, veillent au bon respect de leurs droits (emploi, salaire, conditions de travail).
- Les managers sont des salariés responsables de la gestion de l'entreprise. Les dirigeants peuvent avoir le statut de salariés ou de propriétaires.

2 Des acteurs externes à l'entreprise

- Les partenaires de l'organisation (fournisseurs, banques) et les clients expriment des exigences ou des contraintes que l'entreprise doit intégrer dans ses décisions.
- Des groupements professionnels (de salariés ou d'entreprises) ou les institutions étatiques peuvent limiter le pouvoir des dirigeants avec des normes juridiques à respecter. Enfin, les médias et l'opinion publique influencent les politiques économiques, sociales et environnementales de l'entreprise.
- Toutes ces « parties prenantes » ont intérêt à ce que l'entreprise fonctionne conformément à leurs propres objectifs. Elles peuvent avoir un rôle de partenariat, de surveillance, voire de contrôle de l'activité.

II Les modalités d'exercice du pouvoir

1 La gouvernance d'entreprise

- La gouvernance d'entreprise désigne l'**ensemble des règles** qui régissent la manière dont les entreprises sont contrôlées et dirigées, les droits et les obligations des actionnaires et des dirigeants.
- La gouvernance se concrétise dans l'entreprise par des **instances** (assemblée générale, conseil d'administration, comité sur les rémunérations des dirigeants) et des **procédures** de prise de décision (nomination des dirigeants, contrôle de la performance).

2 La répartition du pouvoir de décision

- La **centralisation** consiste à regrouper et/ou transférer le pouvoir de décision aux niveaux les plus élevés de l'organigramme.
- La **décentralisation** peut se justifier par la complexité de l'environnement, qui empêche les individus de calculer parfaitement les conséquences de leurs décisions.

Mot clé

L'**organigramme** est une formalisation des dispositifs par lesquels une entreprise organise, répartit, coordonne et contrôle ses activités.

3 L'exercice de l'autorité

- La sociologie des organisations propose d'étudier l'autorité comme le résultat des **interactions** entre niveaux hiérarchiques. ▶ FICHE 54
- L'autorité est certes un pouvoir légitimé par des règles bureaucratiques. Mais il s'appuie autant sur les **compétences techniques** du supérieur hiérarchique que sur son comportement managérial.

L'ESSENTIEL

La prise de décision au sein de l'entreprise

La coordination entre les parties prenantes
- acteurs internes : propriétaires, salariés, dirigeants
- acteurs externes : partenaires, clients, institutions

L'exercice du pouvoir
- règles et instances de gouvernement
- répartition plus ou moins centralisée du pouvoir
- interactions hiérarchiques

Les relations sociales au sein de l'entreprise

54

☐ OK

Les relations sociales au sein de l'entreprise dépassent les rapports hiérarchiques. Elles sont marquées par des comportements de coopération aussi bien que par des conflits, résolus par des négociations sociales.

I L'organisation de la coopération

La coopération désigne la collaboration entre plusieurs individus au sein de l'entreprise dans le but de réaliser des objectifs communs en dépassant les intérêts à court terme de chacun. L'entreprise recherche cette coopération pour améliorer ses performances et la qualité de sa production, et fidéliser la main-d'œuvre.

1 La relation hiérarchique et la culture d'entreprise

- La hiérarchie est un mode de coordination des acteurs mais elle réduit la coopération à un travail d'exécution dans le cadre d'un contrat de travail.
- La coopération peut être favorisée par la voie hiérarchique avec la mise en place de certaines formes d'organisation du travail, de pratiques managériales ou d'incitations. Celles-ci visent à donner plus d'initiative aux salariés, à les faire participer aux décisions et à les motiver : fixation d'objectifs, primes de résultat, participation aux bénéfices, etc.

mot clé

La **hiérarchie** est une structure de pouvoir organisée fixant des positions de supériorité et d'infériorité. Elle engendre des rapports de direction et d'autorité (ordres, récompenses, sanctions).

- La culture d'entreprise, en tant qu'ensemble de règles et de valeurs partagées, joue également un rôle dans la fidélisation et la motivation des employés au sein de l'entreprise.

2 Le cadre réglementaire et contractuel

- La coopération dans l'entreprise dépend de la qualité du dialogue social entre les représentants des salariés (dont les syndicats) et les employeurs : négociations, consultations, partage d'informations, etc.
- La signature d'un contrat de travail lors du recrutement engage les deux parties signataires (l'employeur et l'employé) à coopérer pour le bon fonctionnement de l'entreprise.

II Des conflits à résoudre

Compte tenu des enjeux différents des parties prenantes de l'entreprise (à propos des finalités ou du fonctionnement de l'entreprise), la prise de décision est inévitablement source de conflits.

1 Une diversité de formes et de motifs de conflits

- On désigne par conflit une **opposition entre des individus ou des groupes** défendant des valeurs ou des intérêts divergents, et cherchant à instaurer un rapport de force en leur faveur. Les conflits peuvent prendre une forme individuelle ou collective.
- Les **conflits collectifs** ont pour origine des inégalités au sein de l'entreprise ou des mutations de l'environnement économique. Ils portent sur la défense de l'emploi, les revendications salariales ou les conditions de travail.
- Les **conflits sociaux** prennent différentes formes de protestation : arrêt de travail (débrayage ou grève), occupation des locaux, pétition, manifestation...

2 L'importance des négociations sociales

- La **résolution des conflits** s'effectue dans le cadre d'un dialogue social réglementé par les pouvoirs publics (avec l'aide des syndicats d'employeurs et de salariés). Elle passe par la mise en place de négociations collectives au niveau des entreprises ou d'une branche d'activité.

> **mot clé**
> Un **syndicat** est une association de défense des intérêts professionnels communs de ses membres.

- Ces actions peuvent déboucher sur un nouvel équilibre des relations sociales, permettant de restaurer la coopération au sein de l'entreprise.

L'ESSENTIEL

Les relations sociales au sein de l'entreprise

L'organisation de la coopération
- relations hiérarchiques
- culture d'entreprise
- dialogue social

Les conflits à résoudre
- conflits individuels (désaccord entre employeur et employé)
- conflits collectifs
- résolution des conflits : dialogue social

Quiz EXPRESS 55

Avez-vous bien révisé les fiches 47 à 54 ? On vérifie !

SES HGGSP MATHS

Regards croisés

1 La gestion des risques

FICHES 47 À 50

1. Pourquoi la perte d'emploi est-elle considérée comme un risque social ?

- ☐ **a.** parce que le chômage est pris en charge par la société
- ☐ **b.** parce qu'il frappe une part croissante de la population
- ☐ **c.** parce qu'il se traduit par une baisse de revenus

2. Que peut-on dire à propos de la mutualisation des risques ?

- ☐ **a.** Elle ne peut être pratiquée que par les mutuelles.
- ☐ **b.** Elle correspond au principe de l'assurance.
- ☐ **c.** Elle coûte cher aux personnes qui en bénéficient.

3. La logique d'assistance de la protection sociale permet de recevoir des prestations…

☐ **a.** sous condition de revenus. ☐ **b.** si on a cotisé au préalable.

☐ **c.** sans conditions.

2 L'organisation et la gouvernance des entreprises

FICHES 51 À 54

1. Le choix d'un statut juridique est-il obligatoire lors de la création d'une entreprise ?

☐ **a.** Oui, toujours ☐ **b.** Oui, sauf pour les entreprises individuelles ☐ **c.** Non

2. Le patrimoine personnel de l'entrepreneur peut-il être saisi en cas de faillite ?

☐ **a.** obligatoirement ☐ **b.** jamais

☐ **c.** cela dépend du statut juridique de l'entreprise

3. L'autorité du supérieur hiérarchique s'appuie sur…

- ☐ **a.** ses compétences techniques.
- ☐ **b.** ses qualités managériales.
- ☐ **c.** ses compétences techniques et ses qualités managériales.

CORRIGÉS

1 La gestion des risques

1. Réponses a et c.

Les actifs au chômage qui ont déjà travaillé perçoivent des indemnités afin de compenser la baisse de revenus.

2. Réponse b.

La mutualisation des risques renvoie à l'assurance : chaque assuré verse une prime et les montants collectés sont mis en commun.

3. Réponse a.

La logique d'assistance de la protection sociale permet de recevoir des prestations, sous condition de revenus, mais sans avoir cotisé au préalable.

> **À noter**
> Les **minima sociaux** tels que le RSA correspondent à cette logique.

2 L'organisation et la gouvernance des entreprises

1. Réponse a.

Le statut juridique détermine certaines obligations légales et administratives que doit respecter une entreprise.

2. Réponse c.

Dans le cas d'une entreprise individuelle, le patrimoine personnel est confondu avec le patrimoine de l'entreprise, donc peut être saisi en cas de faillite.

3. Réponse c.

La compétence technique et les qualités managériales permettent de légitimer l'autorité.

HGGSP

SOMMAIRE

Quand vous avez révisé une fiche, cochez la case ☐ correspondante !

Comprendre un régime politique : la démocratie

Analyser les dynamiques des puissances internationales

Étudier les divisions politiques du monde : les frontières

S'informer : un regard critique sur les sources et modes de communication

SOMMAIRE

Analyser les relations entre États et religions

Vivre en démocratie aujourd'hui

1

☐ OK

Si l'on définit la démocratie comme « le pouvoir du peuple, par le peuple, pour le peuple », ce pouvoir est exercé par des représentants dans les démocraties modernes. Cette forme de régime politique a des principes et des caractéristiques communs.

I Les principes de la démocratie

1 La souveraineté du peuple

- Aujourd'hui, dans le cadre d'États-nations au territoire étendu, il est pratiquement impossible que le peuple exerce directement le pouvoir. C'est principalement pour cette raison que les démocraties modernes sont des démocraties représentatives. ▶ FICHE 4

Mot clé

Un **référendum** est un vote permettant de consulter directement les électeurs sur une question ou un texte proposé par le pouvoir exécutif.

- S'il n'exerce pas directement le pouvoir, c'est néanmoins le peuple qui décide en dernier ressort par l'intermédiaire de ses représentants élus ou par voie de référendum : c'est le principe de souveraineté du peuple.
- Dans la République française, le peuple est considéré comme un corps politique collectif indivisible dans le cadre de la Nation. Ainsi, la souveraineté du peuple s'apparente à la souveraineté nationale.

2 État de droit et séparation des pouvoirs

- L'État dans une démocratie est un État de droit car le pouvoir ne peut s'exercer d'une manière arbitraire en dehors de la loi, dont les sources sont multiples.
- On distingue trois types de pouvoir : la fonction législative qui consiste à édicter des règles, la fonction exécutive qui a pour rôle d'appliquer ces règles, la fonction judiciaire qui règle les différends.
- Le principe de séparation des pouvoirs, dans les démocraties, implique qu'une même autorité ne peut exercer ces trois fonctions. Il a pour but de limiter le pouvoir détenu par une même personne ou une même institution.

II Les caractéristiques de la démocratie

1 Liberté et égalité

- La liberté est une caractéristique fondamentale de la démocratie. En France, elle est garantie par la Déclaration des droits de l'homme et du citoyen de 1789. Elle recouvre la **liberté d'opinion, d'expression, de réunion, d'association**, etc.
- L'égalité constitue une autre caractéristique fondamentale de la démocratie, reconnue par la Déclaration universelle des droits de l'homme adoptée par les Nations unies en 1948. Ainsi, tous les citoyens d'une démocratie ont **les mêmes droits.** ▶ FICHE 4
- Liberté et égalité peuvent apparaître **contradictoires** dans une démocratie. La liberté peut amener à des inégalités, et l'égalité restreindre les libertés. L'État de droit et la séparation des pouvoirs sont un moyen de concilier les deux.

2 Le pluralisme politique

- La représentation dans les démocraties repose sur l'élection, libre et respectueuse du pluralisme politique. Celui-ci reconnaît la **diversité des opinions et des partis politiques**.
- Le pluralisme rend possible les **alternances**, c'est-à-dire les changements de majorité d'une élection à l'autre, garantes d'une vie politique pleinement démocratique.

L'ESSENTIEL

Les fondements de la démocratie

La souveraineté du peuple
- les élections
- le référendum

Un État de droit
- la loi contre l'arbitraire
- une hiérarchie des normes

Une séparation des pouvoirs
- un pouvoir législatif
- un pouvoir exécutif
- un pouvoir judiciaire

Des principes politiques
- la liberté
- l'égalité
- le pluralisme politique

Contre la démocratie : les régimes autoritaires

2

☐ OK

Les régimes autoritaires se distinguent des démocraties par un refus de l'expression de désaccords politiques en leur sein. Leurs caractéristiques s'opposent ainsi à celles des démocraties. Cependant, il faut distinguer plusieurs types de régime autoritaire.

I Les caractéristiques d'un régime autoritaire

1 Un pluralisme politique limité

- Si le pouvoir constitue toujours une autorité, dans les démocraties celle-ci est limitée et contrôlée par le pluralisme politique et la séparation des pouvoirs. ▶ FICHE 1 Les régimes autoritaires se caractérisent quant à eux par **une forme de gouvernement interdisant l'expression publique de désaccords**. On parle d'autoritarisme.

- Dans ce cadre, **le pouvoir des gouvernants ne peut être remis en cause** par des alternances politiques régulières. Quand il existe, le pluralisme est très limité. Certains régimes organisent ainsi des élections truquées ou mettent en place un système de parti unique, comme dans l'Espagne franquiste. ▶ FICHE 6

2 Des libertés restreintes

- Dans les régimes autoritaires, les pouvoirs législatif, exécutif et judiciaire sont peu, mal ou pas séparés, et aux mains d'**une minorité**. Peut s'exercer alors un contrôle étroit de la vie politique. La liberté d'opinion et d'expression se trouve restreinte, autorisée dans certains domaines seulement comme la religion ou la culture.

> **Mot clé**
>
> Le **contrôle de la vie politique** signifie la mainmise des structures étatiques sur la vie politique, la censure des médias ainsi que la surveillance de la population.

- Du fait de l'absence d'institutions pouvant servir d'intermédiaires, le pouvoir a recours à la **violence politique** face aux contestations. Lors des « printemps arabes » de 2011, les régimes autoritaires ont ainsi utilisé la force armée et la répression face aux manifestations populaires, notamment en Égypte.

SES

HGGSP

MATHS

II Les différents types de régime autoritaire

1 L'autoritarisme traditionnel

- L'autoritarisme traditionnel se retrouve dans les **monarchies absolues**. Celles-ci s'organisent autour de la personne du roi qui bénéficie d'une légitimité « naturelle » et dispose de presque tous les pouvoirs. Ce fut le cas en France sous l'Ancien Régime. Aujourd'hui, cette forme d'autoritarisme est en vigueur dans les monarchies du Golfe.

- Les **dictatures** constituent également des régimes autoritaires traditionnels au sein desquels le pouvoir n'est pas partagé. L'une des différences avec les monarchies absolues tient au fait que l'accession au pouvoir du dictateur est le plus souvent le résultat d'un coup d'État, à l'instar de celui du général Pinochet en 1973 au Chili. ▶ FICHE 5

2 L'autoritarisme populaire

- Dans l'autoritarisme populaire, le pouvoir définit sa principale finalité comme le « bien du peuple ». Le « **despotisme éclairé** » cherche ainsi à moderniser un pays pour améliorer le sort de sa population. C'est le cas de Frédéric II de Prusse au XVIIIe siècle, ou encore d'Habib Bourguiba en Tunisie au XXe siècle.

- À l'image de Napoléon Bonaparte après 1799, **le bonapartisme** est incarné par un leader charismatique qui prend le pouvoir par la force et qui s'appuie sur le peuple par des plébiscites. Le Venezuela d'Hugo Chavez au début du XXIe siècle est très proche du bonapartisme.

> **Mot clé**
> Un **plébiscite** est une forme de référendum consistant à faire confirmer par le peuple une décision du pouvoir.

L'ESSENTIEL

Les régimes autoritaires

Des caractéristiques communes
- un pluralisme politique limité
- une restriction des libertés
- un recours à la violence politique

Des types de régimes variés
- les monarchies absolues
- les dictatures
- le despotisme éclairé
- le bonapartisme

Être citoyen à Athènes au Vᵉ siècle avant J.-C.

3

☐ OK

Athènes est l'une des plus importantes cités grecques de l'âge classique (Vᵉ-IVᵉ s. av. J.-C.). Elle doit en particulier sa renommée au fait d'avoir inventé un régime nouveau : la démocratie. Une démocratie directe, mais limitée.

I Athènes et l'invention de la démocratie

1 La cité athénienne, lieu de naissance de la démocratie

- C'est en Grèce qu'est née une construction politique originale : la *polis*, ou cité-État. Installée sur un territoire (*chôra*) comportant une ville et la campagne environnante, la cité est avant tout une communauté de citoyens, c'est-à-dire un ensemble d'hommes partageant les mêmes lois.

- Dans la cité d'Athènes, au cœur de l'Attique, le tyran Hippias est renversé en –510. Après une lutte qui oppose les citoyens les plus riches au peuple, la démocratie est instaurée en –508/507 par les réformes de Clisthène.

Mot clé

Le terme **démocratie** est formé des mots grecs *demos* qui signifie le peuple, et *cratos* qui désigne le pouvoir, l'autorité.

- Ces réformes mettent en place une répartition des citoyens en dix groupes appelés tribus. Chaque tribu rassemble des citoyens de différentes conditions sociales et des différentes parties de la *chôra*. Ce système vise à assurer l'*isonomia*, c'est-à-dire l'accès égal pour tous aux fonctions de pouvoir.

2 Une démocratie directe

- Dans chaque tribu, cinquante citoyens sont tirés au sort pour composer la Boulè, chargée d'étudier les projets de lois et de vérifier les comptes des magistrats, détenteurs d'une autorité.

- Les citoyens siègent dans une assemblée, l'Ecclésia. Ils élisent les dix plus hauts magistrats, les stratèges, et votent les lois, les déclarations de guerre ou encore l'exil (ou ostracisme) des ennemis de la cité.

- Les citoyens doivent se battre en cas de guerre. Ils participent aussi à la religion civique autour du culte d'Athéna, déesse protectrice de la cité. Et ils sont tirés au sort pour siéger au tribunal du peuple, l'Héliée.

SES

HGGSP

MATHS

II Une démocratie limitée et inégalitaire

1 Le *demos* : une élite civique

- À l'apogée d'Athènes, on compte environ 40 000 citoyens (13 % de la population). Au sein de ce *demos*, seuls les plus riches peuvent devenir stratèges.
- Après la victoire de Salamine contre les Perses en –480, acquise grâce aux rameurs des galères de guerre, les plus modestes voient leur rôle s'accroître. Périclès leur octroie vers –450 une rémunération pour participer à la vie publique, le *misthos*.
- Mais dans le même temps, l'accès à la citoyenneté est limité aux enfants de parents athéniens.

Mini bio

Élu stratège à quinze reprises, **Périclès** (vers 495-429) étend la puissance d'Athènes sur le monde grec et décide la construction des monuments de l'Acropole.

2 Les exclus de la démocratie politique

- Les femmes athéniennes ne participent pas à la vie politique. Elles ont cependant des droits économiques et sociaux. Elles peuvent engager un procès à condition d'être représentées par un homme.
- Les métèques sont les étrangers qui vivent à Athènes. Payant des impôts et pouvant être mobilisés dans l'armée, ils ne sont pas reconnus comme citoyens.
- Même si leurs conditions de vie peuvent varier selon les cas, les esclaves ne disposent quant à eux officiellement d'aucun droit.

L'ESSENTIEL

Athènes, une démocratie directe →
- le principe du tirage au sort
- l'élection des stratèges
- le vote des lois à l'Ecclésia
- la participation à la guerre

Athènes, une démocratie inégalitaire →
- 13 % des citoyens
- des postes réservés aux plus riches
- des citoyens de parents athéniens
- des exclus : femmes, métèques, esclaves

Formes et limites de la démocratie d'après Constant et Tocqueville

4

☐ OK

Dans une France qui connaît de nombreux soubresauts politiques après 1789, Benjamin Constant et Alexis de Tocqueville représentent une tradition libérale. Tous deux s'attachent à penser le système politique, en plaçant en son cœur le respect des libertés.

I Constant : participer ou être représenté ?

1 Homme de lettres et théoricien du libéralisme

- Benjamin Constant (1767-1830) est né à Lausanne dans une famille protestante. Arrivé à Paris en 1795, il participe à la vie intellectuelle de son temps et mène une riche carrière politique, présent dans nombre d'assemblées après la Révolution. Il y défend le principe de liberté.
- De son parcours naît une œuvre à la fois littéraire (*Adophe*, 1816) et politique (*Principes de politique*, 1815).

2 Une société politique fondée sur la liberté privée

- Dans la conférence intitulée « De la liberté des Anciens comparée à celle des Modernes » (1819), Constant analyse les cités antiques et la société politique de son temps.
- Selon lui, la supériorité des Modernes repose surtout sur la liberté individuelle qui permet à chacun d'entreprendre. Si les citoyens antiques participaient aux affaires politiques, ils n'avaient en revanche que peu de libertés privées. ▶ FICHE 3

3 Le refus de la démocratie directe

- Dès lors, les citoyens des sociétés modernes, trop absorbés par leurs activités privées, n'ont pas le temps de se consacrer à la vie publique, d'où la nécessité selon Constant d'un régime représentatif.
- Constant est par ailleurs favorable à un régime réservant aux élites sociales la direction des affaires politiques. Il prône ainsi le suffrage censitaire, faisant dépendre le droit de vote des conditions de fortune.

Mot clé

Un **régime représentatif** est un type de régime dans lequel le peuple souverain élit des représentants (députés) qui votent la loi en son nom.

II Tocqueville : de la démocratie à la tyrannie ?

1 Un grand penseur de la démocratie libérale

- Alexis-Charles-Henri Clérel, comte de Tocqueville (1805-1859) est issu d'une grande famille de la noblesse normande. Il mène **une brillante carrière** : juge, député, académicien, ministre des Affaires étrangères.
- Juriste et théoricien politique, Tocqueville est l'auteur de **deux ouvrages majeurs** : *De la démocratie en Amérique* en 1835-1840 et *L'Ancien Régime et la Révolution* en 1856.

2 L'égalité en démocratie

- D'après Tocqueville, l'égalité est la **« passion » politique** de son temps. Il la voit dans la démocratie américaine fondée en 1787 et croit à son avènement en Europe.
- L'**égalité** n'est pas de nature économique pour lui, mais **juridique et politique**. Il s'oppose donc à la société d'ordres et prône le suffrage universel.

Mot clé

Aux États-Unis, la **démocratie** repose sur la Constitution de 1787 fondant un régime républicain fédéral avec séparation des pouvoirs.

3 Le risque du despotisme démocratique

- Pour Tocqueville, l'égalité ne va pas forcément de pair avec la liberté et pourrait même accoucher d'une **forme nouvelle de despotisme**. Dans un système basé sur l'élection, l'égalité peut en effet aboutir à la « **tyrannie de la majorité** ». Les citoyens peuvent se désintéresser des affaires publiques, donc renoncer à leur liberté, et **s'en remettre à un chef**, élu, mais tout-puissant.
- Face à ce danger, Tocqueville en appelle à une **citoyenneté active**, par l'éducation, une presse et des partis politiques libres.

L'ESSENTIEL

La démocratie d'après Constant	Les risques de la démocratie d'après Tocqueville
▸ la liberté individuelle ▸ la représentation ▸ le suffrage censitaire	▸ la tyrannie de la majorité ▸ l'indifférence politique ▸ une solution : la citoyenneté active

Crise et fin de la démocratie : le Chili de 1970 à 1973

5

☐ OK

La présidence de Salvador Allende offre l'exemple singulier d'une expérience socialiste dans un cadre démocratique. Celle-ci suscite des tensions sociales et politiques aboutissant au renversement de la démocratie par l'armée.

I La « voie chilienne vers le socialisme »

1 1970 : la victoire électorale de l'Unité populaire

- Depuis les années 1940, le Chili connaît une réelle **stabilité politique** dans un cadre démocratique. Mais le pays est également marqué par de **très fortes inégalités sociales** : 10 % de propriétaires possèdent 86 % des terres fertiles.
- C'est dans ce contexte que le leader de gauche **Salvador Allende** est élu président le 4 septembre 1970. Celui-ci est parvenu à réunir les partis socialiste et communiste au sein d'une alliance électorale, **l'Unité populaire** (UP).
- Son programme prévoit de vastes nationalisations et une accélération de la réforme agraire lancée par son prédécesseur démocrate-chrétien.

Mots clés

- Une **nationalisation** consiste à faire passer sous le contrôle de l'État des entreprises privées.
- Une **réforme agraire** est une politique visant à répartir les terres agricoles de manière plus équitable.

2 La politique économique et sociale de l'Unité populaire

- En 1971, suivant son programme électoral, l'UP **nationalise** les industries de base, les banques, les mines, en particulier celles de cuivre, minerai qui constitue la première ressource du pays.
- De grands domaines agricoles (*latifundios*) sont **saisis et répartis** entre les paysans. L'UP procède également à d'importantes **hausses de salaires**, de l'ordre de 40 à 60 %.
- Ces réformes entraînent une augmentation importante de la production. Mais elles sont également à l'origine d'une **pénurie** croissante des biens alimentaires et d'une très forte **inflation**. Cette mauvaise situation économique, ajoutée aux occupations d'usines et de terres, **mécontente les classes moyennes**.

II La montée des périls

1 Des oppositions multiples

- Par crainte d'une contagion socialiste en Amérique latine, **les États-Unis utilisent l'arme économique** contre l'UP. Les compagnies américaines présentes au Chili s'opposent aux nationalisations, financent l'opposition et les grèves.
- À l'**extrême gauche**, certains poussent vers une révolution communiste de type castriste et rêvent d'armer les masses.
- À **droite**, d'autres pensent aussi à un coup d'État. La démocratie chrétienne, quant à elle, glisse vers une opposition frontale. En décembre 1971 est organisée à Santiago une « marche des casseroles vides » contre les pénuries.

> **Mot clé**
>
> Le **castrisme** désigne le mouvement mené par Fidel Castro. En 1959, celui-ci prend le pouvoir sur l'île de Cuba et y instaure une dictature communiste.

2 La chute d'Allende

- La grève lancée par la droite en octobre 1972 échoue tandis que les **législatives de mars 1973** donnent 44 % des suffrages à l'UP. Ce résultat traduit la bipolarisation de la société chilienne.
- L'**armée** est également fortement divisée. Le 29 juin 1973, Allende résiste, grâce au soutien du général Carlos Prats, à une tentative de putsch militaire.
- Mais, le 11 septembre 1973, le **coup d'État du général Augusto Pinochet** entraîne la chute de la République et la mise en place d'une **dictature** qui dure jusqu'en 1990.

L'ESSENTIEL

L'échec de la démocratie au Chili (1970-1973)

1. élection du socialiste Allende, soutenu par l'Unité populaire
2. nationalisations, réforme agraire, hausse des salaires
3. inflation, pénurie de biens alimentaires
4. opposition des États-Unis, tensions politiques
5. coup d'État de Pinochet, dictature militaire

Transition démocratique au Portugal et en Espagne (1974-1982)

6

☐ OK

L'Espagne et le Portugal ont des trajectoires politiques proches. États ruraux ancrés dans le souvenir d'un passé glorieux, ils subissent la dictature avant de s'ouvrir à la démocratie dans les années 1970.

I Deux dictatures traditionalistes

1 Le Portugal de Salazar (1932-1974)

- En 1932, António de Oliveira Salazar, professeur d'économie à l'université de Coimbra, devient le chef du gouvernement portugais.
- Mélange de nationalisme et de traditionalisme catholique, la dictature salazariste, appelée *Estado Novo* (État nouveau), maintient le Portugal dans le sous-développement. ▶ FICHE 2 Le multipartisme est interdit, la presse censurée et les opposants pourchassés par la police.

2 L'Espagne de Franco (1939-1975)

- Vainqueur de la guerre d'Espagne (1936-1939), le général Francisco Franco met en place une dictature, particulièrement meurtrière dans ses premières années. Elle s'appuie sur l'armée et l'Église.
- À la fin des années 1950, Franco engage l'Espagne dans un début de modernisation économique. Les années 1960 sont ainsi marquées par une remarquable croissance et une hausse importante du niveau de vie.

Mot clé

La **guerre d'Espagne** oppose les républicains, soutenus par l'URSS, aux nationalistes de Franco, qui bénéficient de l'appui de l'Italie fasciste et de l'Allemagne nazie.

II Le retour de la démocratie

1 Le Portugal et la « révolution des Œillets » (25 avril 1974)

- Dans les années 1960, Salazar engage le Portugal dans de coûteuses et traumatisantes guerres coloniales en Angola, au Mozambique et en Guinée. En 1968, malade, il cède la place à Marcello Caetano.
- C'est finalement l'armée qui va renverser le régime lors de la « révolution des Œillets », le 25 avril 1974, sans violence. Les militaires annoncent alors le retour à la démocratie.

2 La transition démocratique en Espagne

- Désigné comme successeur par Franco, **Juan Carlos de Bourbon** devient roi à la mort du dictateur en 1975. En 1976, il nomme **Adolfo Suárez** chef du gouvernement. Malgré l'opposition des nostalgiques du franquisme, celui-ci autorise le **multipartisme** et les syndicats, rétablit l'autonomie de la Catalogne et du Pays basque.
- En contrepartie du rétablissement de la démocratie, Suárez obtient du socialiste Felipe González et du communiste Santiago Carrillo qu'ils acceptent la **monarchie constitutionnelle** comme régime légitime.

III Vers une normalisation démocratique

1 Le Portugal : une difficile transition vers la démocratie

- En 1974-1975, plusieurs tentatives de **coup d'État** ont lieu. Mais les **élections législatives d'avril 1975** voient le Parti socialiste portugais (PSP) de Mário Soares arriver en tête.
- La **Constitution**, qui est votée en avril 1976, instaure un **régime semi-présidentiel**, avec une place importante accordée à l'armée. Cette tutelle ne disparaît qu'avec la réforme constitutionnelle de 1982.

2 L'Espagne : un processus vers l'alternance politique

- Les premières **élections libres** ont lieu le 15 juin 1977. Une **Constitution** est votée en 1978, ratifiée par près de 90 % des Espagnols.
- Mais la jeune démocratie doit faire face à une **tentative de coup d'État** militaire en février 1981. Un an après, la victoire des socialistes emmenés par Felipe Gonzáles aux élections législatives marque la première **alternance pacifique** du pays.

L'ESSENTIEL

Les transitions démocratiques

Portugal	Espagne
dictature de Salazar depuis 1932	dictature de Franco depuis 1939
révolution des Œillets (1974)	Juan Carlos, roi (1975)
tentatives de coup d'État	monarchie constitutionnelle (1978)
régime semi-présidentiel (1976)	tentative de coup d'État (1981)

Le fonctionnement de l'Union européenne

7

☐ OK

Le traité de Maastricht en 1992 a créé, formellement, l'Union européenne (UE). Celle-ci est une association volontaire d'États qui conjugue démocratie représentative et démocratie déléguée.

I Union européenne et démocratie représentative

1 Les institutions de l'Union européenne

- En l'absence de Constitution, ce sont les traités européens, notamment celui de **Lisbonne (2007)**, qui définissent le cadre du système politique de l'UE. On y retrouve les trois pouvoirs : exécutif, législatif et judiciaire. ▶ FICHE 1
- Le **pouvoir exécutif** est représenté par deux institutions. Le **Conseil européen** réunit les chefs d'État ou de gouvernement des pays membres de l'UE, le président de la Commission européenne et le haut représentant pour les Affaires étrangères et la politique de sécurité. Deuxième organe exécutif, la **Commission européenne** est composée de commissaires désignés par les pays membres de l'UE.
- Le **pouvoir législatif** de l'UE est partagé entre le Conseil européen, la Commission européenne et le **Parlement européen**, dont les membres sont élus pour les citoyens de l'UE.
- La Cour de justice de l'Union européenne est l'**autorité judiciaire** de l'UE. Ses juges, nommés par les États, veillent, en collaboration avec les juridictions nationales, à l'application et à l'interprétation uniforme du droit de l'Union.

2 Le Parlement européen, institution représentative

- Les députés européens sont les **représentants des citoyens** de l'UE. Ils sont élus au suffrage universel, pour cinq ans, selon un scrutin proportionnel plurinominal.
- Le Parlement participe à l'**élaboration de la législation** de l'UE. C'est également lui qui **vote le budget** européen. Enfin, il **investit la Commission européenne** et, par une motion de censure, peut l'obliger à démissionner.

Mot clé

Dans le **scrutin proportionnel plurinominal,** les électeurs votent pour des listes de candidats, lesquelles obtiennent un nombre d'élus proportionnel au total des suffrages obtenus.

NOTEZ BIEN

Les chiffres clés de l'Union européenne

- 751 députés européens (mai 2019)
- 28 commissaires européens
- 56 juges à la Cour de justice de l'UE
- Plus de 300 millions d'électeurs

II L'Union européenne, une démocratie déléguée

1 Des compétences partagées avec les États

- L'UE est une **institution supranationale** bénéficiant d'un transfert de certains pouvoirs et compétences de la part de ses États membres.
- Au sein de l'UE, on distingue les **compétences exclusives de l'UE** (politique monétaire, accords commerciaux, etc.), les compétences **partagées entre l'UE et les États** (aménagement du territoire, politique sociale, etc.) et enfin les compétences dont les États conservent l'**exclusivité** (sécurité intérieure, fiscalité, etc.).

2 Le principe de subsidiarité

- Le principe de subsidiarité, défini par le traité de Maastricht, touche à la répartition des compétences. Celles-ci doivent être transférées au **niveau le plus efficace et le plus proche des citoyens**, aboutissant à une gouvernance multiniveaux.
- Cette répartition des compétences signifie ainsi que **les États délèguent à l'UE** une partie de leur pouvoir **dans un cadre qui reste démocratique**.

Mot clé

La **gouvernance multiniveaux** désigne un mode de gestion et d'administration à différentes échelles, ici régionale, étatique et européenne.

L'ESSENTIEL

L'UE, démocratie représentative	une séparation des pouvoirs des députés élus au suffrage universel un Parlement aux pouvoirs étendus
L'UE, démocratie déléguée	des compétences partagées un principe de subsidiarité une gouvernance multiniveaux

L'Union européenne face aux citoyens et aux États

8

☐ OK

La construction européenne repose sur l'idée d'une association de pays souverains partageant des valeurs communes : la démocratie, la volonté de vivre en paix, l'économie de marché. Or, cette union fait face, depuis 1992, à des remises en question.

I Union européenne et souveraineté des États

1 Intégration européenne et souveraineté nationale

- Institution supranationale, l'UE a pour objectif de renforcer l'intégration européenne tout en respectant la souveraineté nationale de ses membres. ▶ FICHE 7
- En 1992, la création d'une monnaie unique, entérinée par le traité de Maastricht, est rejetée à ce titre par certains États : ils refusent de perdre leur pouvoir monétaire, élément essentiel de souveraineté nationale. Des clauses d'exemption, ou de retrait, sont alors négociées.
- Néanmoins, l'UE connaît aussi des avancées en termes de souveraineté partagée : en 2001, le traité de Nice prévoit le vote à la majorité qualifiée, et non plus à l'unanimité, au Conseil européen.

Mot clé

Une **clause d'exemption** permet à un État membre de l'UE de ne pas appliquer le droit communautaire en vigueur. En 1992, le Royaume-Uni, le Danemark et la Suède refusent ainsi d'adhérer à la zone euro.

2 Le repli souverainiste

- Face aux crises, les États de l'UE sont tentés également de privilégier leurs intérêts nationaux au détriment de la solidarité européenne. Ainsi, en 2003, ils se divisent face à l'intervention américaine en Irak. La crise financière de 2007 puis celle de la dette en 2010 mettent à mal l'unité de l'UE.
- À partir de la seconde moitié des années 2000, avec l'arrivée au pouvoir de forces politiques conservatrices et nationalistes en Europe centrale puis en Italie, certains principes de la démocratie libérale semblent remis en cause : contrôle du pouvoir judiciaire par le pouvoir exécutif, limitation de la liberté d'expression, non-respect du droit d'asile. ▶ FICHE 27

II Une remise en cause par les citoyens

1 Entre défiance et rejets

- En 1992, les débats sur le traité de Maastricht révèlent un **revirement des opinions** publiques : la part des citoyens considérant que l'UE est bénéfique tend à baisser. Le traité est même refusé par les Danois.
- Symptomatique de cette remise en cause croissante de l'UE, **le projet d'une Constitution européenne est rejeté** en 2005 par les électeurs français et néerlandais.
- Cet euroscepticisme se manifeste plus fortement encore avec le **Brexit** : en 2016, 51,9 % des Britanniques choisissent par référendum de quitter l'UE.

> **Mot clé**
>
> L'**euroscepticisme** désigne les formes de défiance des citoyens vis-à-vis de la construction européenne.

2 Une crise de légitimité

- Les citoyens reprochent à l'UE son **déficit démocratique**. La Commission européenne, non élue, apparaît ainsi comme une instance prenant des décisions à la place des gouvernements démocratiquement élus, ces décisions pouvant aller à l'encontre des intérêts des peuples.
- Les politiques européennes sont par ailleurs remises en cause. Sont ainsi décriées les **mesures d'austérité** mises en place dans certains pays après la crise financière de 2007, mais également l'incapacité de l'UE à traiter la **question migratoire** depuis 2015.
- Cependant, cette défiance touche inégalement les pays : elle est plus importante dans le sud de l'Europe. Surtout la confiance des citoyens européens dans l'UE reste relativement élevée : en 2018, 43 % d'entre eux en ont **une image positive**.

L'ESSENTIEL

Des remises en cause de l'UE

par ses États membres
- la défense de la souveraineté nationale
- le poids des intérêts nationaux
- un repli nationaliste

par ses citoyens
- le rejet d'une Constitution (2005)
- le Brexit (2016)
- une légitimité démocratique critiquée

Quiz EXPRESS

9

Avez-vous bien révisé les fiches 1 à 8 ? On vérifie !

Comprendre un régime politique

1 La démocratie

▶ FICHES 1 À 6

1. Dans une démocratie, l'élection des représentants implique...
- ☐ a. le pluralisme politique.
- ☐ b. l'existence du référendum.
- ☐ c. la limitation du nombre de partis politiques.

2. Quelle est l'institution fondamentale à Athènes ?
☐ a. l'Ecclésia ☐ b. la Boulè ☐ c. l'Héliée

3. Pour Benjamin Constant, la supériorité des Modernes repose sur...
- ☐ a. la participation de la vie publique.
- ☐ b. la Révolution industrielle.
- ☐ c. la liberté individuelle.

4. Au Chili, quelle institution cause la chute de la démocratie en 1973 ?
☐ a. l'administration ☐ b. l'armée ☐ c. l'Église

5. Quels sont les grands acteurs de la transition démocratique en Espagne ?
☐ a. Francisco Franco ☐ b. Adolfo Suárez ☐ c. Felipe Gonzáles

2 L'Union européenne et la démocratie

▶ FICHES 7 ET 8

1. En quelle année est signé le traité de Lisbonne ?
☐ a. 1957 ☐ b. 1992 ☐ c. 2007

2. La Commission européenne est composée...
- ☐ a. des chefs d'État des pays membres de l'UE.
- ☐ b. de commissaires élus au suffrage universel.
- ☐ c. de commissaires désignés par les pays membres de l'UE.

3. La défiance envers l'UE touche surtout...
- ☐ a. les plus petits États membres de l'UE.
- ☐ b. les États du Nord de l'UE.
- ☐ c. les États du Sud de l'UE.

CORRIGÉS

1 La démocratie

1. Réponse a. Dans une démocratie, l'élection des représentants nécessite le pluralisme politique, c'est-à-dire la diversité des opinions et des partis lors des élections.

2. Réponse a. L'institution où s'exprime par le vote la souveraineté du *demos* est d'abord l'Ecclésia. La Boulè est le conseil où se préparent les lois, l'Héliée est le tribunal du peuple.

> **À noter**
> À l'**Ecclésia**, les citoyens votent les lois, élisent les stratèges, décident de la guerre.

3. Réponse c. Selon Constant, la supériorité des Modernes repose sur leur liberté individuelle, contrairement aux cités antiques où était mise en avant la participation à la vie publique.

4. Réponse b. L'armée chilienne joue un rôle ambivalent. Si certains officiers furent les meilleurs soutiens de Salvador Allende, c'est finalement le général Pinochet qui renversa la démocratie.

5. Réponses b et c. C'est l'entente du centre droit démocratique d'Adolfo Suárez et de l'opposition de gauche, socialiste de Felipe Gonzáles et communiste, qui a rendu possible la transition démocratique.

2 L'Union européenne et la démocratie

1. Réponse c. Le traité de Lisbonne a été signé en 2007. Il fixe le cadre du système politique de l'UE.

2. Réponse c. La Commission européenne est composée de commissaires désignés par les États membres de l'Union européenne. Elle est investie par le Parlement européen.

3. Réponse c. La défiance envers l'UE touche surtout les États du Sud de l'Europe, car ce sont les pays les plus touchés par la crise financière de 2007.

> **À noter**
> La Commission européenne partage avec le Conseil européen, qui réunit les chefs d'État ou de gouvernement des pays membres, le pouvoir exécutif au sein de l'UE.

Les caractéristiques de la puissance

10

☐ OK

La puissance est la capacité pour un État à s'imposer et à influencer. Dans cette perspective, il recourt au *hard power* et au *soft power*.

I L'évolution des fondements de la puissance

- Depuis l'Antiquité, la puissance est traditionnellement l'apanage des pays disposant d'un vaste territoire et d'une population nombreuse. Ces deux atouts permettent de disposer d'une armée puissante grâce à laquelle est possible la conquête d'immenses espaces. ▶ FICHE 11
- Mais la Révolution industrielle, qui débute en Angleterre à la fin du XVIIIe siècle, redéfinit les fondements de la puissance. La maîtrise des techniques (machine à vapeur, puis électricité, chimie, etc.) et de l'économie devient essentielle pour dominer.

II Le *hard power* ou une puissance dure

1 Des moyens militaires...

- Le *hard power* s'appuie sur la force militaire. Traditionnellement, celle-ci repose sur le nombre de soldats et la capacité à utiliser des armes les plus destructrices possible. Depuis 1945, la puissance militaire appartient en particulier à celui qui détient un arsenal nucléaire.

Mot clé

Le ***hard power*** est la capacité d'un État à imposer sa volonté à un autre État par la contrainte.

- La puissance militaire correspond aussi à la capacité à mener la guerre à l'extérieur du territoire national. Porte-avions et bases militaires à l'étranger permettent aujourd'hui cette projection. ▶ FICHE 18

2 ... associés à une mainmise économique et financière

- La puissance économique dépend de la capacité de certains pays à produire plus de richesses que les autres, et donc à imposer leurs intérêts financiers. Elle se mesure notamment par les investissements directs étrangers (IDE) qui permettent de contrôler les échanges internationaux, à l'instar de la récente stratégie chinoise. ▶ FICHE 15
- Certains États disposent également d'un moyen de pression grâce à leur monnaie. C'est le cas des États-Unis avec le dollar. ▶ FICHE 16

III Le *soft power* ou une puissance douce

1 Des dimensions linguistique et culturelle

Mot clé
Le ***soft power*** est la capacité d'influence et de persuasion d'un État.

- Le *soft power* d'un État peut être véhiculé par une culture diffusée au cinéma et à la télévision. L'*American way of life* en est l'exemple le plus célèbre.
- Certains pays tentent de véhiculer une image positive en organisant des événements sportifs internationaux, par exemple la Coupe du monde de football en Russie en 2018. FICHE 12
- Le *soft power* d'un État s'exprime aussi au travers de la langue dont il s'agit de promouvoir l'usage. FICHE 13

2 Au-delà de la sphère étatique

- Les États affirment également leur pouvoir de persuasion à travers les institutions internationales, tout particulièrement les cinq membres permanents du Conseil de sécurité de l'Organisation des Nations unies (ONU).
- Enfin certaines firmes transnationales, en particulier dans le domaine des nouvelles technologies, exercent une influence de plus en plus grande. FICHE 14

L'ESSENTIEL

Les fondements de la puissance →
- un vaste territoire
- une population nombreuse
- la maîtrise technique

Le *hard power* →
- la force militaire
- une capacité de projection
- le contrôle des échanges

Le *soft power* →
- la diffusion de la langue et de la culture
- une image positive par le sport
- une influence diplomatique

L'Empire ottoman, de l'essor au déclin

11

☐ OK

Fondé en 1299, l'Empire ottoman se distingue tant par sa longévité que par l'étendue de son territoire et son organisation politique. Mais la naissance de l'idéologie nationale au début du XIXe siècle remet en cause cet ensemble multi-ethnique qui disparaît en 1923.

I Les fondements de la puissance ottomane

- Autour de 1300, des **tribus turques nomades**, les Ottomans, installées au sud-est de la mer de Marmara, s'imposent militairement face aux Byzantins et à un autre clan turc, celui des Seldjoukides, en Orient.
- Leurs descendants poursuivent les **conquêtes**, notamment le sultan Mourad Ier (1362-1389) dans les Balkans. Son successeur Bayezid Ier (1389-1402) parvient **jusqu'à la rive droite du Danube**.
- L'**idéologie musulmane de conquête** (*djihad*) inspire les Ottomans. En 1516-1517, Sélim Ier place ainsi les villes saintes de l'islam sous la tutelle ottomane.

II Les caractéristiques de la puissance ottomane

- Mehmet II (1444-1481) installe un **conseil impérial**, le *divan*, dirigé par un vizir qu'il peut révoquer. Le chef de l'Empire ottoman concentre **tous les pouvoirs**. Il est **calife**, commandant des musulmans en tant que successeur du prophète de l'islam Mohamed. Il est aussi **sultan**, c'est-à-dire chef politique et militaire. ▶ FICHE 43
- Au XVIe siècle, pour **unifier** un empire de plus de 5 millions de km², Soliman Ier, cherche à regrouper les **textes de lois** et à les faire appliquer sur tout le territoire.

> **Mini bio**
>
> **Soliman Ier** (1520-1566), dit le Magnifique, « sultan des sultans du monde », représente l'âge d'or des Ottomans.

- Dans un empire peuplé de 22 millions d'habitants aux origines diverses, les sultans accordent une **grande autonomie aux régions conquises**, s'appuyant notamment sur les notables locaux.
- Les **juifs** et les **chrétiens** sont placés dans une situation d'infériorité juridique, mais bénéficient de la protection du souverain.

SES
HGGSP
MATHS

III Le déclin de l'empire (1770-1923)

1 Un empire face aux nationalismes

- Au début du XIXe siècle, l'Empire ottoman se voit concurrencer par les **puissances européennes**. Les **mouvements nationalistes** qui se développent sur le continent conduisent à l'indépendance de la Grèce, à l'autonomie de la Serbie et de la Roumanie.
- L'empire se voit amputer de nombreuses provinces et d'un cinquième de sa population à la suite de la **guerre de 1877-1878 contre la Russie**.

2 Des réformes qui sapent la puissance ottomane

- La réorganisation (ou *tanzimat*) par Abdülmecid Ier (1839-1861) tente de **moderniser l'empire** en centralisant la collecte de l'impôt et en unifiant le statut des habitants.
- S'inspirant des nationalismes européens, le **mouvement Jeune-Turc**, né en 1908, veut réformer l'Empire ottoman en s'appuyant uniquement sur la population de langue turque. Il mène une **politique d'élimination des minorités ethniques et religieuses**, qui aboutit à un génocide.
- Mais, **vaincu** en 1918, **démembré** par le traité de Sèvres de 1920, l'Empire ottoman cède la place en 1923 à une **république** nationaliste, laïque et centralisatrice fondée par Mustafa Kemal. ▶ FICHE 44

> **Mot clé**
> En 1915-1916, les chrétiens arméniens de l'Empire ottoman sont victimes d'un **génocide** qui fait 1,5 million de victimes.

L'ESSENTIEL

L'Empire ottoman, de l'essor au déclin

1. un empire fondé en 1299 et porté par le *djihad*
2. centralisation du pouvoir et autonomie locale
3. un âge d'or au XVIe siècle avec Soliman le Magnifique
4. la concurrence du nationalisme au XIXe siècle
5. la naissance d'une république nationaliste et laïque (1923)

La Russie depuis 1991 : une puissance en reconstruction

12

☐ OK

Après 1945, l'Union des républiques socialistes soviétiques (URSS) disposait de la première armée et de la deuxième économie du monde. Les révolutions de 1989-1991 sonnent le glas de cette puissance, que la Russie tente de reconstruire depuis.

I La perte du *hard power*

1 La fin d'un empire

- À la suite des accords de Minsk du 8 décembre 1991, l'URSS cesse d'être une puissance territoriale. La Russie, l'Ukraine et la Biélorussie forment la Communauté des États indépendants (CEI).
- Les États baltes deviennent membres de l'Union européenne en 2004, tandis que les États du Caucase (Géorgie, Arménie) se rapprochent de l'Organisation du traité de l'Atlantique nord (OTAN), sous contrôle des États-Unis.
- La perte d'influence de la Russie se manifeste également sur le plan militaire : son armée s'enlise ainsi dans un long et meurtrier conflit en Tchétchénie en 1994-1996 et en 1999-2000.

2 Une puissance économique sur le déclin

- Le président Boris Eltsine (1991-1999) transforme l'économie communiste en un système libéral. Il privatise les entreprises d'État et les services publics. Cette « thérapie de choc » provoque un chômage massif et un appauvrissement de la population russe.
- L'économie russe n'est plus aujourd'hui celle d'une grande puissance. Elle produit peu : les hydrocarbures représentent 63 % des exportations totales, ce qui place le pays dans une situation critique lorsque les cours du pétrole chutent.

II Des stratégies de puissance innovantes

1 Un *soft power* autoritaire

- Au pouvoir depuis 1999, Vladimir Poutine veut restaurer la grandeur perdue de son pays. Il met en avant un conservatisme et un nationalisme exacerbés.

- La Russie cherche à imposer cette idéologie à l'étranger, grâce à l'agence de presse Sputnik et la chaîne de télévision RT diffusée en cinq langues.

- Moscou utilise aussi le sport pour donner une image positive du pays : Jeux olympiques d'hiver de Sotchi en 2014, Coupe du monde de football en 2018.

2 Une guerre hybride

- N'ayant plus les moyens de se lancer dans une guerre classique, la Russie mène une guerre hybride, utilisant des méthodes non conventionnelles afin d'induire l'ennemi en erreur. En janvier 2018, des bombardiers russes ont ainsi sillonné l'espace aérien britannique pour entretenir l'idée d'une menace.

- Depuis les années 2000, la Russie investit dans un *sharp power*, s'appuyant sur des armes intelligentes. Des hackers russes mettent au point des virus capables de pénétrer les serveurs informatiques, comme ceux du parti démocrate américain lors de l'élection présidentielle de 2016.

> **Mot clé**
>
> Le ***sharp power*** désigne la capacité d'un régime autoritaire à manipuler l'opinion, afin d'imposer ses vues.

3 Des interventions militaires ciblées

- La Russie a toujours tenu à conserver une influence dans ses anciennes républiques (son « étranger proche »). En 2014, elle s'oppose au gouvernement ukrainien porté au pouvoir par les révolutionnaires de Maidan et en profite pour annexer la Crimée.

- Depuis 2015, la Russie soutient militairement le président syrien Bachar Al-Assad, seul rempart selon Moscou face aux groupes islamistes présents dans la région.

L'ESSENTIEL

La Russie depuis 1991

Une puissance déchue	qui cherche à renaître
• la disparition de l'URSS • des ex-républiques qui s'éloignent • des difficultés socio-économiques	• un renouveau nationaliste • un *soft power* autoritaire • guerre hybride et *sharp power*

L'enjeu de la langue

13

☐ OK

On estime que sept mille langues sont actuellement parlées dans le monde. Mais seules une dizaine d'entre elles sont utilisées à l'échelle mondiale, manifestation de la puissance de certains États et vecteur de l'affirmation de leur *soft power*. ▶ FICHE 10

I La langue, manifestation de la puissance

1 L'importance historique du français

- À partir de la fin du XVIIe siècle, le français devient la langue de la diplomatie. Son omniprésence illustre le rôle majeur de la France dans le domaine politique, diplomatique et culturel, en particulier pendant le règne de Louis XIV (1661-1715).
- Malgré les défaites de Napoléon, le congrès de Vienne en 1815 se déroule en français. Mais un siècle plus tard, lors du traité de Versailles en 1919, cette suprématie est révolue au profit de l'anglais.
- En 1945, la France obtient que l'une des six langues de travail des Nations unies soit le français. Mais son influence tend à décliner : en 1966, 43 délégations s'y exprimaient en français ; elles ne sont plus que 21 en 2000.

2 L'omniprésence contemporaine de l'anglais

- C'est au cours du XIXe siècle que l'anglais s'impose comme une langue internationale. Le Royaume-Uni est alors le premier empire colonial.
- L'utilisation de l'anglais comme langue internationale s'accentue au lendemain de la Seconde Guerre mondiale lorsque les États-Unis deviennent la première puissance militaire et économique du monde. L'anglais est alors parlé dans les organisations internationales les plus importantes.
- L'anglais est la langue privilégiée du monde des affaires, du spectacle et des sciences. Ainsi, plus de la moitié des contenus diffusés sur Internet est en anglais alors qu'un quart des internautes est anglophone.

Chiffres clés

On estime que l'anglais est parlé par **1,132 milliard** d'individus, en tant que langue maternelle et seconde langue, contre **1,116 milliard** pour le chinois.

SES

HGGSP

MATHS

II La langue, outil de puissance et d'influence

1 Le modèle de la francophonie

- Afin de résister à l'anglais, la France a **institutionnalisé les relations entre les pays francophones du monde**, représentant 280 millions de locuteurs. En 1970 est ainsi créée l'Agence de coopération culturelle et technique (ACCT).
- Devenue l'Organisation internationale de la francophonie (OIF) en 2005, cette structure est vue par ses détracteurs comme un **outil de puissance au service de la France**, notamment dans le cadre de ses relations avec ses anciennes colonies africaines.

> **Mot clé**
> Forte de 88 membres, l'**OIF** a des objectifs larges : promouvoir la langue française, favoriser la paix et la démocratie, appuyer l'éducation.

- Sur le modèle de l'OIF, ont été créés la **Communauté des pays de langue portugaise** (CPLC) ou encore le **Conseil turcique** qui regroupe cinq États turcophones.

2 Les instituts de langue

- Promouvoir une langue passe également par son **apprentissage**. Les États ont ainsi créé des **centres de langue** répartis dans le monde entier. Les instituts Goethe, par exemple, diffusent l'allemand depuis 1951.
- À partir de 2004, le gouvernement chinois met en place le réseau des **instituts Confucius**. Il en existe **près de 500** aujourd'hui. Dispensant des cours et délivrant des diplômes, ils participent à la **diffusion de la culture chinoise** dans le monde. Pour certains, ils relèvent d'une stratégie de *sharp power*. ▶ FICHE 12

L'ESSENTIEL

La langue, un enjeu international

Un reflet de la puissance
- le français (XVIIe-XIXe siècles)
- l'anglais (XXe siècle)

Des communautés linguistiques
- OIF, CPLC, Conseil turcique
- la promotion de la langue et de valeurs

Un vecteur d'influence
- les instituts de langue (Goethe, Confucius)
- la diffusion de la culture

Puissance des géants du numérique, impuissance des États ?

14

☐ OK

Les GAFAM sont des firmes transnationales américaines spécialisées dans les services numériques. Elles ont pour rivales les BATX, ces entreprises chinoises qui s'imposent à leur tour comme des géants d'Internet. ▶ FICHE 32

I Des nouveaux géants

1 Un poids économique sans précédent

- Les nouvelles technologies de l'information et de la communication (NTIC) ont permis, depuis la fin du XXe siècle, une accumulation de capital et de richesse inédite. En 2017, la capitalisation boursière des GAFAM dépasse les 3 000 milliards de dollars, soit plus que le PIB de la France.

> **Mot clé**
> L'acronyme **GAFAM** désigne les entreprises américaines Google, Amazon, Facebook, Apple et Microsoft.

- Les entreprises de ce secteur tirent leurs bénéfices d'activités à forte économie d'échelle – le coût d'un client baisse quand leur nombre augmente – et à forts effets de réseau – l'utilité d'un bien augmente avec le nombre d'utilisateurs.
- De par leur taille, ces entreprises mondialisées concurrencent la puissance étatique. C'est ainsi qu'en 2017 le Danemark s'est doté d'un ambassadeur auprès des GAFAM.

2 Une capacité d'influence qui inquiète

- Ces géants du numérique constituent des monopoles dans leur domaine. Google, par exemple, concentre 90 % des recherches sur Internet dans le monde.
- Ces entreprises tirent également leur puissance de la collecte des données personnelles de leurs utilisateurs. Grâce à des algorithmes de plus en plus performants, elles peuvent anticiper les demandes et orienter les choix.
- S'agissant de l'information, notamment politique, cette puissance représente un risque pour la démocratie. ▶ FICHE 36 Une entreprise liée à Facebook, Cambridge Analytica, aurait ainsi influencé le vote des citoyens britanniques en faveur du Brexit en 2016.

II Une reprise en main par les États ?

1 La mise en place d'autorités de contrôle

Mot clé

L'acronyme **BATX** désigne les entreprises chinoises Baidu, Alibaba, Tencent et Xiaomi.

- Face à la puissance des GAFAM et des BATX, les Nations unies ont tenté dans les années 2000 de mettre en place une **gouvernance mondiale d'Internet, sans succès**.

- De son côté, l'Union européenne a promulgué en mai 2018 un **règlement général pour la protection des données** (RGPD), protégeant les citoyens contre l'utilisation frauduleuse de leurs données personnelles. C'est à ce titre qu'en janvier 2019, la France a condamné Google à une sanction de 50 millions d'euros pour non-respect de la RGPD.

2 Entre censure et contrôle d'Internet

- Certains États cherchent à **maîtriser l'information diffusée** sur Internet. ▶ FICHE 36 Cette forme de contrôle peut aller jusqu'à la **censure** : c'est le cas en Corée du Nord ou en Iran.

- Le gouvernement chinois utilise quant à lui les données collectées en ligne (ou *big data*) pour un programme de « crédit social » qui **classe les citoyens** selon leur « fiabilité ».

L'ESSENTIEL

Des géants nommés GAFAM et BATX	▸ des entreprises mondialisées ▸ une puissance supérieure à celle des États ▸ des risques pour la démocratie
Des réponses étatiques diverses	▸ l'échec d'une réglementation mondiale ▸ une censure dans les régimes autoritaires ▸ *big data* et contrôle social

Les nouvelles routes de la soie

15

☐ OK

En 2013, le président chinois Xi Jinping déclare vouloir faire de son pays la première puissance mondiale à l'horizon 2050. Pour atteindre son objectif, il lance un gigantesque projet d'infrastructures de transports surnommé les « nouvelles routes de la soie ».

I Résoudre des problèmes internes chinois

1 Assurer le bien-être de la population

- Depuis 1949, la Chine est un **régime totalitaire**. Pour se maintenir au pouvoir, ses dirigeants doivent assurer un **niveau de vie convenable** à la population afin de compenser le manque de libertés.
- Mais la Chine ne dispose pas d'un territoire capable de fournir en quantité suffisante nourriture et ressources énergétiques. Elle doit donc **s'approvisionner en matières premières** à l'étranger.

2 La « route » terrestre

- Pour ce faire, le président Xi Jinping lance en 2013 un projet de « nouvelles routes de la soie ». En 2017, celui-ci prend le nom d'« **initiative de la ceinture et de la route** » (*Belt and Road Initiative* ou BRI).
- La « route » se matérialise en particulier par une **voie ferrée de 11 000 kilomètres** reliant Wuhan à Duisbourg en Allemagne. Elle permet à la Chine de s'approvisionner en **pétrole**, **terres rares** et **produits agricoles**.

Mot clé

L'expression **« routes de la soie »** désigne le réseau de routes commerciales qui existait entre l'Asie et l'Europe, du IIe siècle avant J.-C. jusqu'aux Grandes Découvertes du XVe siècle.

II Assurer sa supériorité économique

1 Accroître ses exportations

- Deuxième puissance économique du monde, la Chine a fondé son développement sur la **production** et sur l'**exportation de biens manufacturés** à bas prix.
- Pour assurer sa croissance, le pays a donc besoin de **s'insérer toujours plus dans les échanges commerciaux internationaux**.

SES

HGGSP

MATHS

2 Une « ceinture » maritime

- La « ceinture » désigne le **réseau de ports et de bases militaires** liés à Pékin dans l'océan Indien, en mer Rouge et en Méditerranée. L'objectif est d'**assurer la sécurité** des convois de produits chinois.
- Des **zones franches** sont créées dans ces ports afin de produire et de stocker les marchandises chinoises. En 2016, **le port du Pirée** à Athènes passe même sous le contôle d'une entreprise chinoise.

III Contrôler de nouveaux territoires

- Situées pour la plupart dans des pays en développement, les infrastructures de la BRI sont financées par la Chine *via* la Banque asiatique d'investissement pour les infrastructures (BAII).
- Or les gouvernements des pays concernés ne peuvent pas toujours rembourser leurs créances et se voient contraints de **céder le contrôle des infrastructures à la Chine**.
- Cette **asymétrie des rapports** entre la Chine et ses partenaires a valu à Pékin des critiques, dénonçant une forme de **néocolonialisme** et une prise de contrôle de territoires souverains.

Mot clé

Créée en 2014, la **BAII** a vocation à concurrencer le Fonds monétaire international (FMI) et la Banque mondiale en tant qu'organisme international de crédit.

L'ESSENTIEL

La Chine et les nouvelles routes de la soie

« L'initiative de la ceinture et de la route »
- terrestre (autoroutes, voies ferrées)
- maritime (ports, bases militaires)

Des objectifs géopolitiques
- s'approvisionner en matières premières
- exporter les biens *made in China*

Aménagement et financement
- l'intégration de territoires
- un organisme de crédit : la BAII

Un néocolonialisme ?
- un contrôle des infrastructures
- un contrôle des territoires ?

Les lieux et les formes de la puissance américaine

16

☐ OK

SES

HGGSP

MATHS

La célébrité planétaire des lieux qui incarnent la puissance américaine, tant économique, diplomatique que culturelle, révèle le leadership mondial des États-Unis. ▶ FICHE 10 **Sa remise en cause peut d'ailleurs passer par la destruction de ces lieux symboliques, comme lors des attentats du 11 septembre 2001.**

I Une puissance multiforme incarnée dans des lieux

1 Le *hard power* américain dans ses murs

- La puissance américaine se définit d'abord par sa capacité inégalée à avoir recours à la force. Situé à Arlington, près de Washington, le Pentagone – et ses 28 kilomètres de couloirs ! – abrite le département de la Défense, centre névralgique de la première armée du monde.
- Ces moyens militaires sont fondés sur les investissements de la première économie du monde. Wall Street à New York et la Réserve fédérale à Washington symbolisent la domination américaine sur les flux financiers et monétaires internationaux.
- Les États-Unis jouent un grand rôle diplomatique au sein des institutions internationales. New York abrite ainsi le siège de l'Organisation des Nations unies (ONU). ▶ FICHE 17

Mots clés

- **Wall Street** est le siège du New York Stock Exchange (NYSE), première Bourse du monde.
- La **Réserve fédérale** des États-Unis est la banque centrale qui gère notamment la politique monétaire du pays.

2 Le *soft power* de l'*American way of life*

- Le rayonnement international des États-Unis tient en la capacité d'attraction de l'*American dream*. Aux XIXe et XXe siècles, des millions de migrants affluent vers le Nouveau Monde : dans le port de New York, ils sont accueillis par la statue de la Liberté, allégorie des valeurs portées par la Constitution du pays.
- La domination américaine est enfin celle de sa culture, et notamment de son cinéma. Sur le trottoir du Walk of Fame à Hollywood s'alignent ainsi 2 621 étoiles représentant autant de célébrités connues dans le monde entier.

II Une puissance à toutes les échelles spatiales

1 D'un quartier, d'une ville…

- Les **universités** américaines, les plus renommées du monde, se déploient sur de **vastes campus**. L'université de Stanford en Californie s'étend ainsi sur 32 km^2 : c'est là que se rencontrèrent Sergey Brin et Larry Page, les fondateurs de Google.
- La fascination qu'exercent les États-Unis se fait jour aussi dans **des villes emblématiques**. À **Las Vegas, capitale internationale du jeu**, les innombrables casinos et centres commerciaux drainent les touristes du monde entier.

2 … à la conquête de vastes espaces

- La puissance des États-Unis passe également par la **mise en valeur de l'espace**. Les immenses **surfaces agricoles** du Middle West font du pays le premier exportateur mondial du secteur, tandis que les vastes **champs pétrolifères** de l'Alaska ou du golfe du Mexique le classent désormais comme le premier pays producteur d'or noir.
- La conquête américaine se fait aussi **hors de notre planète**. C'est depuis le centre de la National Aeronautics and Space Administration (NASA) à Houston (Texas) que fut guidé Neil Armstrong, le premier homme à avoir marché sur **la Lune** en 1969.

L'ESSENTIEL

***Hard* et *soft powers* américains**

Une économie compétitive
- la première économie mondiale
- le premier exportateur agricole
- le premier producteur pétrolier

Un modèle culturel et scientifique
- l'*American way of life*
- le cinéma d'Hollywood
- des universités prestigieuses

Un acteur militaire et diplomatique
- la première armée du monde
- le siège de l'ONU

Un pays attractif
- des migrations depuis le XIXe siècle
- tourisme et loisirs

Unilatéralisme et multilatéralisme : un débat international

17

☐ OK

Après la Première Guerre mondiale, le XXe siècle voit la mise en place d'instances de délibération multilatérales aux ambitions variées. Mais, les États, et notamment le plus puissant d'entre eux, les États-Unis, ont souvent cherché à les contourner pour défendre d'abord leur intérêt national.

I L'avènement du multilatéralisme

1 Préserver la paix

Mot clé

Le **multilatéralisme** est un mode de relations internationales qui privilégie les négociations, les accords et les coopérations entre plus de deux pays.

- La création de la Société des Nations (SDN) en 1919 puis de l'Organisation des Nations unies (ONU) en 1945 est en grande partie le fruit d'initiatives américaines. À travers elles, les États-Unis entendent créer un cadre multilatéral de relations internationales.
- Le Congrès américain refuse l'adhésion du pays à la SDN, dans un réflexe traditionnel d'isolationnisme. ▶ FICHE 18 Cependant, à partir de 1945 les États-Unis deviennent un membre actif du Conseil de sécurité de l'ONU.
- Au cours de la guerre du Golfe en 1991, les Américains s'engagent pleinement dans cette démarche multilatérale en prenant la tête d'une vaste coalition onusienne afin de libérer le territoire du Koweït envahi par l'Irak. Pour George H. W. Bush, les États-Unis doivent être les « gendarmes du monde » en liaison avec l'ONU.

2 Favoriser la prospérité économique et l'environnement

- Les États-Unis entendent aussi établir un système économique stable par les accords de Bretton Woods (1944) et la création du Fonds monétaire international (FMI). Ils promeuvent une économie ouverte grâce au *General Agreement on Tariffs and Trade* (GATT) en 1947 et à l'Organisation mondiale du commerce (OMC) constituée en 1995.
- Les États-Unis participent également au cadre multilatéral en matière de protection de l'environnement : en 1987, ils signent le protocole de Montréal, qui vise à l'élimination des gaz nocifs à la couche d'ozone.

SES HGGSP MATHS

II Le poids des intérêts nationaux

1 Les Nations unies sous pression américaine

- Mais, lorsque leur sécurité nationale ou leurs intérêts vitaux sont en jeu, les États-Unis n'hésitent pas à contourner le cadre multilatéral. En 1996, l'administration Clinton refuse ainsi de renouveler mandat du secrétaire général de l'ONU, Boutros-Ghali, jugé trop indépendant.
- Leur unilatéralisme se manifeste en 2003 quand George W. Bush s'engage dans un nouveau conflit irakien visant à renverser Saddam Hussein : cette fois, les États-Unis interviennent sans l'aval de l'ONU.

Mot clé

L'**unilatéralisme** consiste pour un État à décider d'une action indépendamment de tout avis extérieur, en ne prenant en considération que ses intérêts.

2 Un cadre bilatéral

- Washington tend également à privilégier les relations d'État à État. Dans le domaine économique, face à la concurrence chinoise, les négociations multilatérales dans le cadre de l'OMC sont bloquées.
- Sur le plan diplomatique, face à la menace nucléaire nord-coréenne, Donald Trump privilégie les négociations directes avec Kim Jong-un.

3 Des retraits spectaculaires

- Enfin, les États-Unis peuvent revenir sur leur participation à des instances multilatérales. Ainsi, bien qu'ils aient pris part à la création de la Cour pénale internationale (CPI) en 1998, ils n'en ont jamais ratifié le statut par la suite.
- Cette position peut aller jusqu'au retrait : en 2017, le président Trump annonce que son pays se retire de l'accord de Paris sur le climat.

L'ESSENTIEL

La tradition multilatérale américaine

- en faveur de la paix : SDN, ONU
- en faveur de l'économie : Bretton Woods, FMI, GATT, OMC
- en faveur de l'environnement : protocole de Montréal

Les tentations unilatérales américaines

- au service d'intérêts nationaux
- le bilatéralisme, avec la Chine ou la Corée du Nord
- entre repli et retraits : CPI, accord de Paris sur le climat

Points d'appui et zones d'influence de la puissance américaine

18

☐ OK

SES

HGGSP

MATHS

Dans un monde multipolaire, les États-Unis possèdent un avantage stratégique incomparable : c'est le seul pays à disposer d'une capacité d'intervention à l'échelle de la planète.

I L'économie et le territoire, bases de la puissance

1 Une économie au service de la puissance

- Les États-Unis disposent d'un **complexe militaro-industriel** qui repose sur une étroite collaboration entre le gouvernement fédéral et l'industrie de la défense. Il permet d'entretenir la première armée au monde (1,4 million d'hommes), dotée de moyens inégalés.
- La puissance américaine est aussi à l'œuvre par la force de son **réseau diplomatique**, qui emploie plus de 28 000 fonctionnaires.
- Enfin les moyens financiers des États-Unis leur permettent d'investir dans les **organisations internationales** ainsi que dans l'**aide au développement**, *via* notamment son agence Usaid. ▶ FICHE 17

2 Un territoire protecteur et protégé

- Le principal point d'appui de la puissance américaine s'inscrit dans son vaste territoire où servent près d'**1,2 million de militaires** stationnés dans **513 bases**. Ils ont d'abord pour rôle de protéger les citoyens américains, surtout depuis les attentats du 11 septembre 2001.
- La défense des États-Unis passe également par la **surveillance de ses frontières** contrôlées par des forces spécialisées. ▶ FICHE 20

II Une capacité de projection à l'échelle de la planète

1 Une présence dans le monde entier

- La politique étrangère américaine alterne entre isolationnisme et interventionnisme militaire. Pourtant, avec la Seconde Guerre mondiale puis la guerre froide, les États-Unis sont conduits à inscrire durablement leur **action à l'échelle mondiale**.

Mot clé

L'**isolationnisme** est la politique d'un État qui refuse toute intervention à l'extérieur.

- Pour ce faire, Washington s'appuie sur un réseau structuré de **260 représentations diplomatiques** dans le monde et sur la présence de près de **200 000 militaires dans 42 pays**.

- Héritées de l'histoire, les principales implantations se localisent au **Japon** (île d'Okinawa) où leur présence semble pérennisée du fait des tensions actuelles avec la Russie, la Corée du Nord et la Chine. On trouve également des hommes en **Allemagne** ou au **Moyen-Orient** (Turquie, Émirats arabes unis).

2 Une influence exercée par de multiples alliances

- La présence américaine passe également par des **alliances militaires** : en 1949 est fondée l'Organisation du traité de l'Atlantique nord (OTAN) ; en 1951 est signé le traité de sécurité ANZUS avec la Nouvelle-Zélande et l'Australie. Tous deux s'inscrivent dans la politique de *containment* du communisme.

> **Mot clé**
>
> L'**OTAN** réunit 26 États : les États-Unis, le Canada, la plupart des pays européens ainsi que la Turquie. Son siège est à Bruxelles.

- Ces organisations peuvent servir de **points d'appui** aux interventions américaines. L'OTAN a ainsi été mobilisée lors de la guerre du Kosovo en 1999 ainsi qu'en Afghanistan entre 2001 et 2014.

- Des **accords bilatéraux** permettent d'entretenir des relations privilégiées avec certains pays : c'est le cas avec l'Arabie Saoudite face à la menace que représente l'Iran. En remplacement de l'Accord de libre-échange nord-américain (ALENA), les États-Unis se sont engagés en août 2018 dans un nouveau partenariat avec le Mexique.

L'ESSENTIEL

Les points d'appui de la puissance américaine →
- un complexe militaro-industriel
- un territoire protégé et surveillé
- une puissance diplomatique et militaire

Des zones d'influence sécurisées →
- une présence à l'étranger
- des alliances militaires : OTAN, ANZUS
- des accords bilatéraux

Quiz EXPRESS

19

Avez-vous bien révisé les fiches 10 à 18 ? On vérifie !

SES | HGGSP | MATHS

Les puissances internationales

1 Les dynamiques des puissances internationales

▶ FICHES 10 À 15

1. Quels sont les fondements traditionnels de la puissance ?

☐ **a.** une population nombreuse

☐ **b.** une armée puissante

☐ **c.** un vaste territoire

2. Qui incarne le renouveau de la Russie depuis 1999 ?

☐ **a.** Poutine ☐ **b.** Medvedev ☐ **c.** Eltsine

3. Que désigne l'acronyme GAFAM ?

☐ **a.** les principales firmes transnationales chinoises du numérique

☐ **b.** un règlement de protection des données personnelles

☐ **c.** les grandes firmes transnationales américaines du numérique

4. Quel est l'objectif de la partie maritime des nouvelles routes de la soie ?

☐ **a.** exporter les productions chinoises

☐ **b.** contrôler les convois de marchandises chinoises

☐ **c.** favoriser les migrations de populations chinoises

2 La puissance des États-Unis aujourd'hui

▶ FICHES 16 À 18

1. Dans quelle ville se situe le siège principal de l'ONU ?

☐ **a.** San Francisco ☐ **b.** New York ☐ **c.** Washington

2. Qu'est-ce que le GATT ?

☐ **a.** le quartier général de l'armée américaine

☐ **b.** un accord général de libre-échange

☐ **c.** le nom des services secrets américains

3. Qu'est-ce que l'OTAN ?

☐ **a.** l'armée permanente de l'Organisation des Nations unies

☐ **b.** l'Organisation du traité de l'Atlantique nord

☐ **c.** le sigle français pour NATO, nom officiel de l'armée américaine

CORRIGÉS

1 Les dynamiques des puissances internationales

1. Réponses a, b et c. Les fondements traditionnels de la puissance sont un vaste territoire et une population nombreuse qui permettent d'entretenir une armée puissante.

2. Réponse a. Vladimir Poutine, au pouvoir depuis 1999, représente le renouveau de la Russie par son ambition de restaurer la grandeur de son pays.

3. Réponse c. Les GAFAM sont les principales firmes transnationales américaines spécialisées dans le numérique : Google, Apple, Facebook, Amazon et Microsoft.

4. Réponse b. La « ceinture » maritime des nouvelles routes de la soie a pour but premier de contrôler les convois de marchandises chinois.

À noter

Les principales firmes transnationales chinoises du numérique sont les BATX : Baidu, Alibaba, Tencent et Xiaomi, auxquelles on ajoute parfois Huawei (BATHX).

2 La puissance des États-Unis aujourd'hui

1. Réponse b. Le siège principal de l'ONU est à Manhattan (New York). San Francisco fut le siège de la conférence qui donna naissance à l'organisation en 1945.

2. Réponse b. Le *General Agreement on Tariffs and Trade* (GATT) est un accord de libre-échange signé en 1947 à l'initiative des États-Unis. Il est l'ancêtre de l'Organisation mondiale du commerce (OMC), constitutée en 1995.

Conseil

Certaines dates sont à connaître par cœur. Elles vous permettront de bien structurer votre copie.

3. Réponse b. L'OTAN est l'Organisation du traité de l'Atlantique nord. NATO est son sigle en anglais *(North Atlantic Treaty Organization)*. L'Organisation des Nations unies (ONU) n'a pas d'armée permanente.

Un monde de frontières

20

☐ OK

SES · HGGSP · MATHS

La frontière est une ligne, juridiquement construite, qui sépare deux États souverains. En 2016, on compte environ 252 000 kilomètres de frontières internationales terrestres. Elles sont le fruit d'un processus historique de délimitation et de démarcation.

I Des frontières récentes et plus nombreuses

1 Des marges frontalières aux frontières linéaires

- La frontière linéaire s'est imposée progressivement au détriment de **régions frontalières mouvantes** et imprécises. Malgré quelques exemples connus de délimitation (muraille de Chine, mur d'Hadrien en Angleterre), jusqu'au XVIIe siècle la plupart des puissances politiques et territoriales étaient séparées par de vastes zones ou marches frontières.

> **Mot clé**
> Au Moyen Âge, une **marche** est un fief créé dans une zone frontalière, après une conquête par exemple, auquel le souverain attribue une fonction de défense contre les territoires voisins.

- La **frontière linéaire** est étroitement liée à l'État moderne. Elle marque la limite entre deux territoires souverains, deux systèmes politiques, juridiques, monétaires, fiscaux, et deux identités nationales.

2 Sur terre, sur mer et dans les airs

- Les frontières continuent de se multiplier. Sur terre, 27 000 kilomètres de **frontières nouvelles** ont été institués depuis 1991, pour l'essentiel en Europe et en Asie, notamment suite au démantèlement du bloc soviétique. ▶ FICHE 12
- Les frontières s'étendent aussi **sur mer**. L'appropriation des espaces maritimes a débouché sur la création de zones économiques exclusives (ZEE). On estime que 40 % environ des espaces marins ont été ainsi appropriés tandis que les 60 % restants correspondent à la haute mer, internationale. ▶ FICHE 25
- L'**espace aérien**, enfin, est la projection verticale des frontières nationales d'un pays. Ainsi l'article premier de la convention de Chicago adoptée en 1944 reconnaît la souveraineté exclusive des États sur leurs espaces aériens respectifs.

II La fabrique des frontières

1 Tracer les frontières

- À première vue, il peut sembler exister des **frontières « naturelles »**, c'est-à-dire s'appuyant sur des éléments de géographie physique. Ainsi la Manche paraît naturellement séparer la France du Royaume-Uni.
- Pourtant l'emplacement des frontières relève toujours d'un choix ou d'**un rapport de force politique**. Par exemple, la frontière entre la France et l'Espagne résulte du traité des Pyrénées de 1659.
- La cartographie des frontières est alors nécessaire, et c'est souvent sur les **cartes** que se négocient les tracés définitifs des territoires. ▶ FICHE 22

> **Mot clé**
> La **cartographie** consiste à concevoir et réaliser des cartes à partir de relevés sur le terrain.

2 Démarquer les frontières

- Une fois les frontières fixées, il faut les **matérialiser** dans l'espace : poser des bornes, créer des postes de douane sur les axes de circulation, etc. Pour les **faire respecter**, des forces de police sont également créées. La Customs and Border Patrol américaine, avec ses 60 000 agents, contrôle chaque jour un million de passagers et 67 000 conteneurs.
- Parfois on assiste à la création de **véritables murs**, comme celui érigé de 1993 à 2013 entre l'Inde et le Bangladesh sur 3 200 kilomètres.

L'ESSENTIEL

Les frontières aujourd'hui

Un phénomène récent
- des marches frontières aux frontières linéaires
- une limite entre États-nations

La multiplication des frontières
- une accélération contemporaine
- sur terre, sur mer et dans les airs

Une délimitation concrète
- des opérations de traçage
- une matérialisation dans l'espace

Des frontières entre contestations et débats

21

☐ OK

Dans les années 1990, les frontières ont semblé perdre de leur importance au profit de la libre circulation des hommes, des idées et surtout des marchandises, mais on assiste aujourd'hui à un retour en force de l'idée de frontière et des contestations frontalières.

I Des frontières contestées et négociées

1 La permanence des contestations

- Les contestations de frontières ont **diverses causes** : limites pas ou mal bornées, cartes imprécises, règles internationales incertaines, etc. Mais elles peuvent aussi relever de **revendications territoriales** contradictoires. ▶ FICHE 48

- Ces situations peuvent déboucher sur des **conflits**, l'intervention militaire ayant pour but de déplacer la frontière, comme lors de la guerre de Corée. ▶ FICHE 23 Les contentieux se sont aussi multipliés **en mer** pour la délimitation des ZEE, surtout si des ressources en hydrocarbures sont en jeu. ▶ FICHE 25

2 Des espaces de négociation

- Les frontières sont généralement fixées dans des **traités bilatéraux**, négociés entre les États limitrophes. L'Inde et la Chine ont ainsi signé un accord en 2005 pour régler leur différend territorial dans l'Himalaya.

- En cas de désaccord, les tracés se prêtent à des **règlements internationaux** – qui ne sont pas toujours acceptés par les États. Depuis 1945, la Cour internationale de justice rend ainsi des sentences arbitrales : en 2014, elle a par exemple accordé au Pérou une zone maritime auparavant sous souveraineté chilienne.

> **Mot clé**
>
> La **Cour internationale de justice** est un organe des Nations unies. Son siège est situé à La Haye, aux Pays-Bas.

- Enfin, la mise en place et la gestion d'**espaces transfrontaliers** montre que les frontières sont loin d'être seulement conflictuelles. La création de régions frontalières en Europe ou l'établissement de zones franches permettent d'encourager les flux de travailleurs comme de marchandises. ▶ FICHE 28

SES

HGGSP

MATHS

II | Les frontières en débat

1 Vers la fin des frontières ?

- Dans les années 1990, les **zones de libre-échange** se sont multipliées : Union européenne (UE), Accord de libre-échange nord-américain (ALENA), Association des nations de l'Asie du Sud-Est (ASEAN), Mercosur en Amérique du Sud.
- La création d'un « espace sans frontières » au sein de l'UE, à la suite de l'accord de **Schengen** en 1985, a modifié en profondeur la nature juridique des frontières. ▶ FICHE 22 On parle de **dématérialisation**.

2 Le retour des frontières ?

- Mais quand surgissent des drames (exode de demandeurs d'asile vers l'Europe dans les années 2010) et des crises graves (attentats de 2015 en France), on voit apparaître dans l'opinion une demande de **retour à la frontière** et de renforcement des contrôles.
- Sur le plan économique, face aux excès d'une mondialisation dont les conséquences sociales sont dénoncées, on assiste également à la réaffirmation du **protectionnisme**.
- En termes de mobilité, la dématérialisation est loin de signifier la disparition de la frontière. Celle-ci peut même être « **externalisée** » vers des pays tiers. ▶ FICHE 26

L'ESSENTIEL

Des frontières...

contestées
- des problèmes de matérialisation
- des revendications territoriales

négociées
- des traités bilatéraux
- des règlements internationaux

en débat
- la fin des frontières ? dépassement et dématérialisation
- le retour des frontières ? renforcement des contrôles et repli protectionniste

Pourquoi tracer des frontières ? 22

☐ OK

SES HGGSP MATHS

Dans l'Antiquité, les frontières sont l'une des premières manifestations de la création des États. Cette tendance s'exprime pleinement jusqu'à la fin du XIXe siècle.

I Le *limes* rhénan, une frontière pour se protéger

1 La matérialisation de la frontière

- Sous le règne de Vespasien (69-79), les Romains étendent leur territoire à l'est du Rhin, qui était jusque-là une frontière « naturelle ». Ils construisent **une route pavée** entre Mayence et Augsbourg, sur près de 500 kilomètres : c'est la première matérialisation de la limite de l'Empire romain.
- L'empereur Domitien (81-96) érige les premiers **forts**. Puis Trajan (98-107) fait construire une **palissade** de troncs de chêne, remplacée par des tranchées et des murets au IIIe siècle. À son apogée, ce *limes* rhénan est constitué de 60 **camps** et 900 **tours de guet**.

Mot clé

Le ***limes*** comprend les murs d'Hadrien et d'Antonin en Écosse, ainsi que des systèmes défensifs en Germanie, Autriche et Roumanie.

2 Une zone tampon entre deux mondes

- L'objectif principal du *limes* est **défensif** : il s'agit d'empêcher les incursions des Barbares à l'intérieur du monde romain – ce qui est le cas jusqu'en 258.
- Marche frontière, le *limes* a également pour fonction de **contrôler la circulation** des marchandises et des personnes. ▶ FICHE 20

II La conférence de Berlin : un partage de l'Afrique

1 L'expansionnisme européen en Afrique

- En 1800, l'Afrique est le continent le moins peuplé de la Terre, du fait notamment de la déportation de ses habitants par la traite négrière. Cette **faiblesse d'occupation** permet l'établissement des Européens dès 1815.
- La France fait ainsi la **conquête** de l'Algérie (1830) puis du Sénégal et de la Tunisie ; le Royaume-Uni occupe l'Égypte et le Soudan.

- Ces visées expansionnistes entrent en concurrence dans le bassin du fleuve Congo, opposant la Belgique, la France et le Portugal.

2 Un cadre « légal » à l'occupation

- En novembre 1884, le chancelier allemand Otto von Bismarck invite à Berlin les dirigeants européens à donner un cadre juridique à l'expansion coloniale européenne en Afrique.

> **Mot clé**
>
> La **colonisation** a pour objectif d'occuper un territoire en le plaçant sous la dépendance économique et politique d'un autre État, la métropole.

- Après plus de trois mois de négociations, est octroyé au roi des Belges Léopold II un vaste territoire dénommé « État indépendant du Congo » tandis que les possessions respectives du Portugal et de la France – en Angola et au Congo-Brazzaville – sont garanties.
- La conférence fixe les conditions du tracé des futures frontières : un territoire n'est attribué que si une présence de fait est établie.

3 La « course aux drapeaux » de 1895 à 1914

- La colonisation de l'Afrique s'intensifie alors. En l'espace de dix ans, 90 % des territoires africains sont occupés par les Européens.
- Les Africains sont tenus à l'écart de ce partage. Des rébellions éclatent : en 1904, celle des Hereros en Afrique du Sud-Ouest, entre 1905 et 1907, celle des Maji-Maji en Afrique orientale.

L'ESSENTIEL

Deux fonctions des frontières

Se protéger Le *limes* rhénan (Ier-IIIe siècles)	Partager des territoires La conférence de Berlin (1885)
palissade et murets, camps, tours de guet défendre l'Empire romain contrôler les échanges	tracer des frontières en Afrique occuper des territoires des rébellions contre la colonisation

Entre les deux Corée, une frontière politique

23

☐ OK

SES

HGGSP

MATHS

La Corée a été, durant presque dix siècles, un royaume unifié facilitant le commerce entre la Chine et le Japon. Or, elle est aujourd'hui coupée en deux autour d'une frontière infranchissable qui sépare deux systèmes politiques antagonistes.

I Une division entérinée par la guerre froide

- En novembre 1905, la Corée devient un **protectorat japonais**. Une partie des élites collabore alors avec l'occupant tandis que les paysans expropriés de leurs terres fuient en Chine ou en Union des républiques socialistes soviétiques (URSS).
- Victorieux du Japon en 1945, les États-Unis et l'URSS se partagent le territoire coréen de part et d'autre du 38e parallèle : **les Soviétiques au nord, les Américains au sud**.
- Cette séparation est entérinée par la **création de deux États** en 1948 : la République de Corée au sud et la République populaire démocratique de Corée au nord. En juin 1950, la Corée du Nord envahit le Sud. Le conflit s'enlise le long d'une **ligne de front**. Celle-ci sert de frontière lors du cessez-le-feu en 1953.

> **Mot clé**
>
> La **guerre de Corée** oppose la Corée du Nord, l'URSS et la Chine à la Corée du Sud et aux États-Unis *via* l'Organisation des Nations unies.

II Deux systèmes politiques qui se font face

- À partir des années 1960, la Corée du Sud connaît un **décollage économique** spectaculaire et s'insère dans les échanges commerciaux internationaux. Dans les années 1980, la dictature au pouvoir à Séoul doit faire face à d'importantes manifestations, aboutissant à la tenue d'**élections libres** en 1987.
- Dans les années 1960, le dirigeant nord-coréen Kim Il-sung prône l'indépendance face à ses deux voisins communistes. Le pays cherche à assurer son **autosuffisance** ainsi que son **autodéfense** militaire. Cette politique, qui conduit à une famine sans précédent dans les années 1990, est poursuivie par les successeurs de Kim Il-sung, dans le cadre d'une **dictature dynastique**.

III Une situation toujours complexe

1 Une frontière militarisée

- Une zone tampon sépare les deux Corée depuis la fin de la guerre : la *demilitarized zone* (ou DMZ), protégée par des clôtures électrifiées et plus d'un million de mines antipersonnel. 600 000 soldats stationnent dans des bunkers au sud et un million au nord.

Mot clé

La ***demilitarized zone*** mesure 248 km de long et 4 km de large, de part et d'autre de l'ancienne ligne de front de la guerre de Corée.

- Depuis 1953, cette frontière hermétique a coûté la vie aux quelque 1 000 personnes qui ont essayé de la franchir.

2 Entre tensions et tentatives de réconciliation

- Depuis 2006, le gouvernement de Pyongyang menace la sécurité de ses voisins sud-coréen et japonais en multipliant les essais nucléaires. En 2010, contestant le tracé de sa frontière maritime dans les eaux de la mer Jaune, il a également fait bombarder l'île de Yeonpyeong occupée par la Corée du Sud.
- Cependant, les tentatives de rapprochement entre les deux Corée existent. En 2000 puis en 2007, deux sommets intercoréens ont eu lieu. En 2018, une démilitarisation de la DMZ a débuté.

L'ESSENTIEL

La frontière intercoréenne

Un enjeu de la guerre froide
- une zone sous influence américaine
- une zone sous influence soviétique

Entre deux systèmes politiques
- la Corée du Sud, un État libéral et démocratique
- la Corée du Nord, un État communiste et autoritaire

Une frontière militarisée
- une ligne de front
- une *demilitarized zone* (DMZ)

Rapprochement et tensions
- des sommets intercoréens
- la menace nucléaire nord-coréenne

La frontière germano-polonaise, entre guerre et diplomatie (1939-1990)

24

☐ OK

SES

HGGSP

MATHS

Les frontières polonaises sont redessinées au cours de la Seconde Guerre mondiale. Issu d'une occupation militaire, le nouveau découpage ne sera validé juridiquement qu'en 1990.

I 1939-1945 : des frontières dessinées par la guerre

1 Un premier partage de la Pologne

- Le 23 août 1939, un traité de non-agression est signé entre l'Union des républiques socialistes soviétiques (URSS) et l'Allemagne nazie. Ce **pacte germano-soviétique** prévoit un partage secret de l'Europe entre les deux puissances.
- En application de ce traité, l'**Armée rouge envahit la Pologne** en septembre, décalant ainsi sa frontière de 300 kilomètres environ à l'ouest.

2 Le glissement de la Pologne vers l'ouest

- Mais en juin 1941, l'Allemagne nazie attaque l'URSS. Joseph Staline se rapproche alors des Alliés et entame des **négociations pour se voir reconnaître les territoires occupés** en 1939.
- À la conférence de Téhéran fin 1943, les États-Unis et le Royaume-Uni acceptent la revendication soviétique et proposent en échange au gouvernement polonais un **déplacement de la frontière à l'ouest** aux dépens de l'Allemagne.

II 1945-1970 : une limite provisoire qui s'éternise

1 Une solution provisoire entérinée à Postdam

- Sans attendre un accord international, Staline organise en mai 1945 l'**occupation de fait** de l'Allemagne orientale par le gouvernement communiste polonais.
- En juillet 1945, à la conférence de Postdam, les Alliés entérinent la **cession à la Pologne** de près de 100 000 km^2 pris sur le Reich. La frontière germano-polonaise est alors fixée sur la ligne Oder-Neisse dans l'**attente d'un traité** définitif.

> **Mot clé**
>
> La **ligne Oder-Neisse**, longue de près de 500 kilomètres, tient son nom du fleuve Oder et de son affluent la Neisse.

2 Entre RDA et RFA

- Issue de la scission de l'Allemagne en 1949, la République démocratique allemande (RDA), membre du bloc de l'Est, reconnaît la **ligne Oder-Neisse** comme frontière (traité de Görlitz, 1950).
- Mais la République fédérale d'Allemagne (RFA), proche de l'Ouest, considère que seules les **frontières du Reich de 1937** sont légales.

III 1970-1990 : une frontière validée par le droit

1 Une reconnaissance diplomatique partielle

- En 1970, par le **traité de Varsovie**, la RFA accepte de reconnaître la ligne Oder-Neisse.
- Mais, dans le même temps, Bonn rappelle qu'aucun traité de paix ne sera valide tant que **l'Allemagne n'est pas réunifiée**.
- De plus, selon les accords de paix signés à la sortie de la Seconde Guerre mondiale, les quatre puissances victorieuses en mai 1945 conservent « **des droits et des responsabilités** » sur l'Allemagne.

2 La fin d'un imbroglio diplomatique

- En novembre 1989, la **chute du mur de Berlin** marque le début du processus de réunification allemande, qui aboutira en octobre 1990.
- En septembre 1990, les quatre puissances occupantes de l'Allemagne en 1945 et les deux États allemands se réunissent à Moscou pour signer un traité qui **entérine juridiquement la frontière** acquise par les armes 45 ans plus tôt.

L'ESSENTIEL

La frontière germano-polonaise (1939-1990)

1. 1939 : invasion de la Pologne par l'Armée rouge
2. 1945 : cession à la Pologne de territoires allemands
3. 1950 : reconnaissance par la RDA de la ligne Oder-Neisse
4. 1970 : acceptation par la RFA de la ligne Oder-Neisse
5. 1990 : reconnaissance juridique internationale

Dépasser les frontières : le droit de la mer

25

☐ OK

Depuis le XVe siècle, les hommes cherchent un consensus pour tracer des frontières sur les mers et les océans. En 1982, cette utopie devient (presque) une réalité.

I Comment découper les océans ?

- En 1493, le pape Alexandre VI concède au roi du Portugal le contrôle de l'océan Indien. En 1494, par le **traité de Tordesillas**, il divise le globe terrestre, et donc les océans, entre Portugais et Espagnols.
- À la même époque, de manière plus réaliste, les Génois proposent une autre frontière maritime : leur souveraineté s'étend à **un espace égal à deux jours de navigation**, soit 100 milles marins (185 kilomètres), au-delà de leur ville.
- Dans son ouvrage *Mare liberum* (1609), le juriste hollandais Grotius définit le principe d'une **liberté générale de la mer** « jusque dans les approches terrestres ». En 1782, la limite en est fixée à **3 milles**, l'équivalent d'un tir de boulet de canon, par l'Italien Ferdinando Galiani.

II L'apparition de frontières sur les océans

1 Deux codifications successives

- En 1958, une première conférence des Nations unies sur le droit de la mer se réunit à **Genève**. Elle statue sur la mer territoriale, qu'elle fait passer de 3 à 6 milles.
- En 1982, une nouvelle conférence onusienne aboutit à la signature de la **convention de Montego Bay**, entrée en vigueur en 1994.

2 Trois principales zones de découpage

- La **mer territoriale** passe de 6 à 12 milles. L'État riverain y exerce le contrôle, la sécurité et l'exploitation.
- Au-delà de ces 12 milles, s'étend la **zone économique exclusive** (ZEE) sur une largeur de 188 milles. Les États côtiers peuvent y exploiter toutes les ressources.
- Les États côtiers ont également la **possibilité d'étendre la ZEE** de 150 milles maximum si leur plateau continental s'étend au-delà de la ZEE initiale.

III Vers un océan mondial retrouvé

1 Un principe fondamental : la liberté de navigation

- Dans la **mer territoriale**, la liberté de navigation est garantie, et la circulation dans les détroits ne peut être bloquée par les États riverains.
- La **ZEE** n'est qu'une zone d'exploitation : l'État n'y exerce aucune souveraineté politique. La liberté de circulation y est identique à celle de la haute mer.
- La **haute mer**, c'est-à-dire l'ensemble des eaux qui se situe au-delà de la ZEE ou de son extension, représente 64 % des espaces marins. Elle bénéficie du statut de patrimoine commun de l'humanité.

Mot clé

Le **patrimoine commun de l'humanité** désigne des espaces appartenant à l'humanité entière. À ce jour, il concerne la Lune et les espaces marins.

2 Des limites au droit de la mer

- Certains pays, comme les États-Unis ou la Turquie, **refusent de signer et/ou de ratifier** le texte de la convention de 1982.
- D'autres **ne respectent pas les règles** de droit que la convention impose. Ainsi le Timor-Oriental dénonce la frontière tracée en 1972 en mer de Timor par l'Australie pour s'approprier l'exploitation d'un gisement d'hydrocarbures.

L'ESSENTIEL

Le droit de la mer

La convention de Montego Bay (1982)
- une mer territoriale
- une zone économique exclusive
- une extension possible

La liberté de navigation
- garantie dans la mer territoriale et dans la ZEE
- la haute mer : patrimoine commun de l'humanité

Quelles frontières en mer ?
- une souveraineté variable
- la liberté générale de la mer

Des limites
- des pays non participants au droit
- le non-respect des règles

L'espace Schengen : venir en Europe, passer la frontière

26

☐ OK

Entré en vigueur en 1995, l'accord de Schengen crée un espace de libre circulation des personnes entre les États membres. Il suppose, dans le même temps, un contrôle renforcé aux limites de cet espace.

I Un espace de libre circulation

1 26 États membres

- L'espace Schengen regroupe aujourd'hui 26 États : 22 pays de l'Union européenne (UE) et quatre États associés, non membres de l'UE (Norvège, Islande, Suisse et Liechtenstein). L'ensemble représente plus de 4 millions de kilomètres carrés de superficie et 422 millions de personnes.
- Six pays de l'UE n'y participent pas : Royaume-Uni, Roumanie, Bulgarie, Croatie, Chypre et Irlande.

> **Mot clé**
>
> **Schengen** est le nom de la ville luxembourgeoise où, le 14 juin 1985, la France, la République fédérale d'Allemagne (RFA) et les trois pays du Benelux signèrent l'accord de libre circulation des personnes.

2 La liberté de circulation... sous conditions

- La liberté de circulation des personnes signifie que tout individu, ressortissant de l'UE ou disposant d'un visa *ad hoc*, une fois qu'il est entré dans l'espace Schengen, peut en franchir les frontières intérieures sans contrôles. Les liaisons aériennes au sein de cet espace sont ainsi considérées comme des vols intérieurs.
- Néanmoins, un État peut rétablir des contrôles en cas d'atteinte à l'ordre public ou à la sécurité nationale pour une durée de six mois maximum (deux ans en cas de circonstances exceptionnelles), avec l'accord des autres États membres. Par ailleurs, la « procédure Dublin » impose depuis 2013 le renvoi des personnes sans visa dans les pays de leur première entrée dans l'espace Schengen.

II La « forteresse Europe »

1 Les règles aux frontières extérieures

- Pour entrer dans l'espace Schengen, une personne non ressortissante de l'UE doit disposer d'un « visa Schengen », soit temporaire (90 jours maximum), soit de longue durée (pour les étudiants ou les travailleurs), soit à validité territoriale limitée. Dans ce dernier cas, la circulation est restreinte à un ou plusieurs pays.

- Aux limites extérieures de l'UE, **les contrôles sont progressivement renforcés** sur les 45 000 kilomètres de frontières maritimes et les 12 000 kilomètres de frontières terrestres, dont 1 200 kilomètres ont été clôturés.

- Une **Agence européenne de garde-frontières et de garde-côtes** (Frontex), basée à Varsovie, est créée en 2004. Réformée en 2016, elle a pour mission principale, en lien avec les États membres de l'espace Schengen mais aussi ceux de l'UE, de **sécuriser les frontières extérieures** et de lutter contre l'immigration illégale. ▶ FICHE 27

2 Crise migratoire et externalisation

- En 2015-2016, l'UE est confrontée à une crise migratoire liée à plusieurs conflits géopolitiques, en particulier en Syrie. En 2016, on dénombre **240 000 entrées irrégulières** sur le territoire de l'espace Schengen.

- Face à ces flux migratoires que l'UE ne parvient pas à maîtriser, une partie de **la gestion des frontières est** externalisée aux pays qui sont des points de passage vers l'Union comme la Turquie ou la Libye.

- Des accords conclus avec l'UE incitent ces pays à retenir les candidats à l'exil sur leur territoire, parfois au détriment des droits de l'homme. Les **camps de rétention** s'y multiplient.

> **Mot clé**
>
> L'**externalisation** des frontières consiste à délocaliser la gestion des flux migratoires à proximité des frontières de l'UE, dans des pays de transit.

L'ESSENTIEL

L'espace Schengen

Une zone de libre circulation
- 26 États
- pas de contrôle aux frontières intérieures
- des exceptions en cas de danger

Une zone de plus en plus fermée
- des contrôles aux frontières extérieures
- une surveillance renforcée
- l'externalisation de la frontière

L'Italie, une frontière de l'Union au cœur des échanges européens

27

☐ OK

L'Italie, un des pays fondateurs de l'UE, est membre de l'espace Schengen. ▶ FICHE 26 **Elle participe à la coopération transfrontalière avec ses voisins. Mais ses frontières méridionales constituent une limite de l'UE et son territoire est l'une des routes migratoires vers le nord de l'Europe.**

I L'Italie, une frontière de l'UE

1 Point de passage et de surveillance

- L'une des principales **routes migratoires** vers l'Europe est celle de la Méditerranée centrale, depuis la Libye ou la Tunisie vers l'Italie. Au sud de la Sicile, à seulement 140 kilomètres des côtes tunisiennes, l'île de **Lampedusa** en est un point d'entrée privilégié par les migrants.
- Près de **120 000 arrivées** ont été comptabilisées en 2017 par l'agence Frontex. ▶ FICHE 26 Le passage se fait par voie maritime et est organisé par **des réseaux de passeurs**, en toute illégalité et dans des conditions très dangereuses.
- Après un naufrage près de Lampedusa qui fait 336 victimes le 3 octobre 2013, la marine italienne met en place l'**opération humanitaire** « Mare nostrum » afin de secourir les migrants. Elle est remplacée en 2014 par la mission européenne « Triton », puis « Themis » en 2018.

Mots clés

« **Triton** » et « **Themis** » sont des missions de surveillance et de sauvetage en mer dirigées par Frontex.

2 L'Italie et la gestion des flux migratoires

- L'Italie est un pays de **transit**, vers les pays du nord de l'Europe. La question migratoire crée de plus en plus de **tensions** avec les voisins européens : la France reproche à l'Italie d'avoir fermé ses ports aux navires des organisations non gouvernementales (ONG), tandis que Rome dénonce le manque de solidarité et le renvoi des migrants en Italie.
- Pour faire face à cette situation, le gouvernement italien cherche à « **externaliser** » sa frontière méridionale. ▶ FICHE 26 En mai 2017, il conclut des accords controversés avec la Libye, le Niger et le Tchad afin d'installer des centres d'accueil sur leur territoire et ainsi empêcher les migrants de traverser la Méditerranée.

SES HGGSP MATHS

- L'Italie adopte en parallèle une stratégie de « dissuasion totale ». En juin 2018, Rome refuse que le bateau humanitaire *Aquarius*, avec à son bord 630 migrants sauvés en mer, accoste dans ses ports. En novembre 2018, le gouvernement impose l'enfermement des migrants dans des centres d'accueil et autorise l'usage de la force à leur encontre.

II Les relations transfrontalières

1 Renforcer les liens au sein de l'UE

- Avec les pays de l'UE, l'Italie multiplie les formes de coopération, notamment dans le cadre d'Interreg. Le groupement européen de coopération territoriale « Tyrol-Haut Adige-Trentin » voit par exemple le jour entre l'Italie et l'Autriche en 2011. ▶ FICHE 28 Il permet de favoriser les échanges dans cette région.

> **Mot clé**
>
> **Interreg** est un programme de l'UE visant à soutenir la coopération entre les régions européennes à travers le financement de projets communs.

- Les flux entre l'Italie et ses voisins sont également favorisés par l'UE qui finance de grandes infrastructures, tel le projet de tunnel transalpin ferroviaire Lyon-Turin. Celui-ci, bien que largement contesté, vise à développer le fret et le trafic passager.

2 Tisser des partenariats hors UE

- La péninsule italienne est aussi un pont vers les Balkans. Des lignes de ferry permettent ainsi de traverser la mer Adriatique, reliant deux littoraux touristiques.
- L'Italie tisse également des liens avec les pays hors UE. Le programme Italie-Tunisie s'intègre à la Politique européenne de voisinage. Il concerne cinq provinces de Sicile et six régions côtières de Tunisie.

L'ESSENTIEL

L'Italie, frontière de l'UE au sud →
- un point de passage des migrations
- entre contrôles et surveillance
- l'externalisation de la frontière
- une politique de dissuasion

L'Italie et ses voisins →
- des coopérations au sein de l'UE
- des infrastructures communes
- une ouverture au-delà de l'UE

Les espaces transfrontaliers intra-européens

28

☐ OK

SES

Au sein de l'espace Schengen, la libre circulation est garantie. ▶ FICHE 26 **Cette spécificité engendre une multiplication de flux transfrontaliers quotidiens. De part et d'autre des frontières internes à l'UE, les espaces s'organisent et se structurent.**

I Traverser la frontière au quotidien

1 Les mobilités professionnelles

- En 2015, **2 millions** de résidents d'un pays européen travaillent au moins une fois par semaine dans un autre pays. Ce chiffre inclut les travailleurs transfrontaliers et les personnes qui se déplacent régulièrement dans le cadre de leur profession.

> **Mot clé**
>
> Un **travailleur transfrontalier** est une personne dont le lieu de travail est situé sur le territoire d'un État autre que celui de son État de résidence, où il retourne en principe chaque jour ou au moins une fois par semaine.

- Les **pays les plus peuplés** sont ceux qui envoient le plus grand nombre de travailleurs à l'étranger : la France, l'Allemagne, la Pologne et l'Italie. Cependant les « petits » **pays d'Europe centrale et orientale** se distinguent également, comme la Slovaquie, la Roumanie et la Hongrie.

- Ces chiffres ne représentent que **0,9 % de la population** active européenne âgée de 15 à 64 ans. Mais dans certaines régions, la part de ceux qui travaillent à l'étranger est bien supérieure (12,2 % dans l'ancienne région Lorraine).

HGGSP

2 Les autres formes de mobilités quotidiennes

- Les **relations sociales**, familiales ou amicales, les **études** ou encore les **loisirs** participent aussi du dynamisme transfrontalier. Les étudiants représentent par exemple 28 % des flux transfrontaliers de la France vers la Belgique.

- D'autres mobilités s'expliquent par un **différentiel des prix** : coût de la vie, taux de change, taxation de certains produits – ainsi les cigarettes, plus taxées en France que dans les pays limitrophes.

MATHS

II Encourager les mobilités transfrontalières

1 La coopération transfrontalière

- Des **programmes de coopération transfrontalière** sont financés depuis 1989 par l'UE, au titre du FEDER. Ils représentent une enveloppe d'environ 10 milliards d'euros sur la période 2014-2020.
- Le programme **Interreg** ▶ FICHE 27 finance ainsi des projets transfrontaliers économiques et environnementaux.
- En 2006, l'UE a créé les **groupements européens de coopération territoriale** (GECT). Souvent constitués de collectivités locales, ce sont des organismes territoriaux permettant de favoriser les échanges transfrontaliers.

> **Mot clé**
> Créé en 1975, le **Fonds européen de développement économique régional** a pour objectif de réduire les écarts économiques et sociaux entre les régions.

2 Des infrastructures et équipements communs

- Alors que la voiture reste le principal mode de transport transfrontalier, on assiste au développement des **transports en commun**. Depuis 2017, un tram relie ainsi Strasbourg, en France, à Kehl, en Allemagne.
- Des **équipements publics** peuvent également être mutualisés au-delà de la frontière. C'est le cas de l'hôpital de Cerdagne géré par la Catalogne et la France.

L'ESSENTIEL

Passer et dépasser la frontière au quotidien

Des mobilités variées
- les travailleurs transfrontaliers
- relations sociales, études, loisirs, achats

Des mobilités institutionnalisées
- un fonds de développement : le FEDER
- un programme de financement : Interreg
- des groupements de coopération : les GECT

Des mobilités favorisées
- des transports collectifs
- des équipements en commun

Quiz EXPRESS 29

Avez-vous bien révisé les fiches 20 à 28 ? On vérifie !

SES HGGSP MATHS

Les frontières

1 Étudier les divisions politiques du monde

▶ FICHES 20 À 25

1. Quelle est l'institution internationale chargée de régler les différends frontaliers ?

☐ **a.** l'Union européenne

☐ **b.** la Cour internationale de justice

☐ **c.** le Conseil de sécurité de l'Organisation des Nations unies

2. Quel pays européen reçoit le vaste territoire du Congo lors de la conférence de Berlin en 1885 ?

☐ **a.** l'Allemagne ☐ **b.** la Belgique ☐ **c.** la France

3. Sur quelle doctrine politique et économique se fonde le gouvernement nord-coréen ?

☐ **a.** le communisme ☐ **b.** le libéralisme ☐ **c.** la démocratie

4. Les États exercent-ils une souveraineté politique sur la zone économique exclusive (ZEE) ?

☐ **a.** Oui.

☐ **b.** Non.

☐ **c.** Cela dépend des décisions de l'ONU.

2 Les frontières internes et externes de l'Union européenne

▶ FICHES 26 À 28

1. L'espace Schengen comprend…

☐ **a.** 28 États. ☐ **b.** 26 États. ☐ **c.** 24 États.

2. Comment s'appelle la mission de surveillance et de sauvetage en mer au large des côtes italiennes pour la période 2014-2018 ?

☐ **a.** « Triton » ☐ **b.** « Zeus » ☐ **c.** « Poséidon »

3. Comment s'appelle le programme spécifique de coopération transfrontalière de l'Union européenne ?

☐ **a.** Interreg ☐ **b.** Frontex ☐ **c.** FEDER

CORRIGÉS

1 Étudier les divisions politiques du monde

1. Réponse b. La Cour internationale de justice (CIJ) est l'organe judiciaire principal des Nations unies. Elle a pour fonction de régler les conflits juridiques soumis par les États, y compris les différends frontaliers.

Conseil

Ne confondez pas la Cour internationale de justice (**CIJ**) avec la Cour pénale internationale (**CPI**) qui juge les personnes accusées notamment de crime contre l'humanité et de génocide.

2. Réponse b. Le Congo – qui porte aujourd'hui le nom de République démocratique du Congo (RDC) – devient une colonie belge lors de la conférence de Berlin en 1885.

3. Réponse a. La République populaire démocratique de Corée (RPDC) au nord est un régime communiste, né de l'occupation du pays par l'URSS, à partir de 1945.

4. Réponse b. L'État riverain n'exerce aucune souveraineté politique sur la ZEE. La liberté de circulation y est identique à la haute mer.

2 Les frontières internes et externes de l'Union européenne

1. Réponse b. L'espace Schengen compte 26 États : 22 sont membres de l'Union européenne (UE), et quatre sont associés, non membres de l'UE.

2. Réponse a. « Triton » est l'opération de l'agence européenne Frontex, effective entre le 1er novembre 2014 et le 31 janvier 2018. Elle a été remplacée par l'opération « Themis » en 2018.

3. Réponse a. Le programme spécifique de coopération transfrontalière de l'Union européenne s'appelle Interreg. Il est financé par le Fonds européen de développement économique régional (FEDER).

Comment s'informe-t-on aujourd'hui ?

30

☐ OK

La quantité d'informations disponible aujourd'hui est telle qu'il devient quasiment impossible pour un citoyen de les assimiler. La frontière est fragile entre excès d'informations et désinformation ; et chacun s'informe différemment en fonction de sa situation individuelle.

I La prolifération des médias

1 La diversité des sources et des opinions

- Les médias existent aujourd'hui sous des formes et des natures très variées. Les journaux papier, qu'ils soient gratuits ou payants, côtoient les sources audio (radio, podcasts) et les écrans (télévision, ordinateurs, tablettes, smartphones).
- La liberté de la presse est un principe démocratique fondamental. ▶ FICHE 33 Toutes les sensibilités politiques et idéologiques doivent pouvoir s'exprimer dans les médias. La variété des expressions dans les journaux, sur les chaînes de télévision ou les sites internet reflète et entretient la diversité des opinions.

2 Un monde d'informations

- Les supports de communication n'ont jamais été aussi nombreux que de nos jours. Les individus disposent d'un accès inédit à l'information, dans son instantanéité mais aussi dans sa quasi-exhaustivité : il est ainsi possible de savoir ce qui se passe partout dans le monde à chaque instant.
- Cette omniprésence médiatique peut avoir des effets pervers. La masse des éléments transmis par les différents canaux est en effet impossible à trier et à assimiler pour le citoyen, aboutissant à une surcharge informationnelle.
- Ce phénomène d'accélération et d'accumulation est visible notamment à travers les chaînes d'information en continu, comme BFMTV ou CNews en France. Le temps long de l'analyse n'est pas compatible avec cette information éclair.

Mot clé

La notion de **surcharge informationnelle** désigne la situation de désinformation à laquelle peut mener une multitude excessive d'informations. L'individu ne peut les comprendre et finit par être mal informé.

SES HGGSP MATHS

II Des pratiques d'information différenciées

1 Selon les groupes sociaux

- L'appartenance à une catégorie sociale, économique et culturelle influe sur la façon de s'informer. Le **niveau de vie**, le **pouvoir d'achat** et les **diplômes** déterminent l'accès aux canaux d'information. 45 % du lectorat du journal *Le Monde* est ainsi composé de membres de catégories socioprofessionnelles supérieures.
- Les enquêtes sociologiques démontrent que les **cercles étroits de socialisation** (famille, amis) influencent les pratiques d'information. On a tendance à regarder les mêmes émissions que ses proches, et à les comprendre de la même manière.

2 Selon les territoires

- Les habitudes d'information sont très différentes **d'un lieu à un autre**. Ainsi la lecture des **journaux locaux** reste davantage pratiquée en milieu rural.
- La **fracture numérique** impacte aussi fortement l'accès aux médias. Certains territoires sont en effet mal couverts par les nouvelles technologies de l'information et de la communication (NTIC) : le taux de pénétration d'Internet n'est que de 34 % en Afrique par exemple (contre 80 % en Europe).

L'ESSENTIEL

S'informer aujourd'hui

- **Des médias omniprésents**
  - presse écrite, radio, télévision, Internet
  - liberté de la presse, liberté d'opinion
- **Une surcharge informationnelle**
  - entre accélération et accumulation
  - un risque de désinformation
- **Des pratiques différenciées**
  - selon l'appartenance sociale
  - selon le territoire

Les grandes révolutions techniques de l'information

31

☐ OK

La diffusion des informations passe par des supports matériels. Leur évolution liée aux progrès technologiques entraîne des mutations spectaculaires dans les médias. Triomphant au XIXe siècle, l'écrit est concurrencé au XXe siècle par le son et l'image.

I L'information sur support papier

1 Les étapes de la diffusion de l'imprimerie

- La naissance de l'imprimerie, au XVe siècle, ouvre une succession de progrès en matière journalistique. Les « occasionnels » sont de petits journaux publiés de façon épisodique, mais qui gagnent en régularité au cours du XVIe siècle. En 1631 *La Gazette* de Théophraste Renaudot est le premier hebdomadaire français : composée de quatre pages, elle est éditée jusqu'à 800 exemplaires par semaine.
- Le XVIIIe siècle voit l'Angleterre dominer le monde des journaux. La presse s'y développe, devenant un « quatrième pouvoir ». Cependant la censure ralentit l'essor des journaux en Europe. Les rois et l'Église tiennent à contrôler les publications et il faut soumettre les éditions à des autorisations afin de publier.

Mot clé

L'expression « **quatrième pouvoir** », inventée par l'Anglais Edmund Burke en 1787, exprime le rôle fondamental de la presse en démocratie. Elle contrôle les pouvoirs législatif, exécutif et judiciaire.

2 Vers la presse à grand tirage

- Le XIXe siècle marque l'apogée de la presse écrite en Occident. Sa diffusion et son lectorat s'accroissent grâce à des progrès techniques (presse à vapeur, puis rotatives), à la scolarisation (recul de l'illettrisme) et à la liberté de la presse. En 1914, *Le Petit Parisien* atteint le tirage record de 1,5 million d'exemplaires.
- Concurrencée au XXe siècle par la radio puis la télévision, la presse écrite résiste et s'adapte : magazines spécialisés, presse féminine…
- Mais la presse connaît une grave crise générale. En France, les tirages des quotidiens nationaux sont ainsi passés de 6 millions en 1946 à 1,5 million en 2010, mettant en danger l'équilibre financier de nombreuses publications.

II L'information par le son et l'image

1 La révolution médiatique de la radio

- La radio naît pendant l'**entre-deux-guerres**, d'abord aux États-Unis puis en Europe. Accessible et ludique, ce média connaît un **succès immense**. D'emblée, les gouvernements tentent de le contrôler, voire d'en conserver le **monopole** comme en Allemagne ou en Angleterre.

- Instrument de la **propagande** nazie et vichyste mais aussi de la Résistance, la radio est au centre d'une « guerre des ondes » pendant la Seconde Guerre mondiale.

> **Mot clé**
> La « **guerre des ondes** » vise à emporter l'adhésion des auditeurs des émissions de radio.

- Après guerre, l'enjeu du contrôle demeure. En France, de 1964 à 1974, c'est l'**Office de radiodiffusion-télévision française** (ORTF) qui pilote les émissions et leur contenu.

2 La suprématie du petit écran

- Née dans les années 1930, la télévision ne s'impose véritablement qu'**après 1945**. Les évolutions techniques et la baisse des prix en font le **premier canal d'information** dès les années 1960. En 2017, 94 % des foyers français sont encore équipés d'une télévision.

- Aujourd'hui, le paysage télévisuel international est dominé par les **grandes chaînes occidentales** comme CNN ou la BBC. Face à elles, des États promeuvent leurs propres chaînes, comme le Qatar avec Al-Jazeera. La télévision apparaît dès lors comme un important **enjeu géopolitique**. ▶ FICHE 10

L'ESSENTIEL

La presse écrite →
- de l'imprimerie aux journaux
- un « quatrième pouvoir » au XIXe siècle
- un média en crise après 1945

La radio →
- née dans l'entre-deux-guerres
- un média de masse et de loisir
- contrôle et guerre des ondes

La télévision →
- le média de l'après-1945
- premier canal d'information
- des enjeux géopolitiques

L'information mondialisée et individualisée : Internet

32

☐ OK

Innovation récente à l'échelle du temps long de l'histoire des médias, Internet constitue un bouleversement équivalent à celui de l'invention de l'imprimerie. ▶ FICHE 31 **Les mutations qu'il impose à la diffusion de l'information sont considérables.**

I La révolution numérique

1 Naissance du réseau Internet

- En 1969, l'Advanced Research Projects Agency (ARPA) du ministère de la Défense des États-Unis parvient à relier entre eux les ordinateurs de laboratoires de recherche de plusieurs universités américaines. L'objectif est alors d'optimiser les travaux des scientifiques en mettant en commun leurs découvertes *via* un transfert de données. Ce « filet » prend le nom d'Arpanet.

- Dans les années 1970, sont définies un certain nombre de normes (protocole de communication, nom de domaine) : Arpanet devient Internet. En 1982, son accès est rendu intégralement gratuit, 60 universités américaines et 3 en Europe s'y relient, soit 5 000 utilisateurs.

Mot clé

Internet est une contraction d'« Interconnected Networks », ce qui signifie que les ordinateurs peuvent désormais non seulement communiquer entre eux mais aussi être pilotés à distance.

2 Quand Internet devient un média

- Une innovation supplémentaire fait d'Internet un média à part entière : la création en 1991 par le Centre européen pour la recherche nucléaire (CERN) de Genève d'un système de liens hypertextes qui relie entre eux des documents stockés à différents endroits du réseau. Le World Wide Web, qui donnera le « www » figurant au début des adresses Internet, est né.

- Simultanément, les avancées technologiques (miniaturisation des appareils, naissance de logiciels de navigation simples, baisse du prix des ordinateurs) permettent une démocratisation de l'informatique. Les foyers s'équipent en masse dans les années 2000 : Internet est adopté par le grand public. Aujourd'hui, on compte plus de 4 milliards d'internautes dans le monde.

II Un impact majeur dans l'univers de l'information

1 Les médias traditionnels et Internet

- Si le support papier a gardé jusqu'au début des années 2000 un réel avantage par rapport à Internet, l'apparition des **tablettes numériques**, des **smartphones** et de la **connexion sans fil** a radicalement changé la donne, accélérant notamment la crise de la presse. ▶ FICHE 31
- Mais les médias traditionnels s'adaptent à Internet. Les journaux proposent des **éditions en ligne**, comme le *Washington Post*, dès 1998 ; la radio et la télévision développent **podcasts** et **replays**. Une réelle complémentarité s'installe ainsi.

2 L'information pour chacun ?

- Avec l'apparition des **réseaux sociaux**, qui permettent interactions et partage de contenu entre individus à travers le monde, chacun peut avoir accès à une **information totalement individualisée**. En s'abonnant aux pages Facebook ou aux comptes Twitter des médias qui les intéressent, les internautes ne reçoivent que les informations qui les concernent directement. ▶ FICHE 36
- Cette information est cependant dépendante d'un **accès libre** à Internet : or, certains États comme la Chine ont mis en place **de nouvelles formes de censure** sur le Web. ▶ FICHE 14

L'ESSENTIEL

Internet

Un réseau mondial
- Arpanet et transfert de données
- développement et gratuité d'Internet

Un média grand public
- un système de liens hypertextes
- progrès technologiques et démocratisation

Un impact médiatique majeur
- une concurrence entre médias
- complémentarité et adaptation

Une information individualisée
- les réseaux sociaux
- les risques de censure

L'information dépendante de l'opinion ? L'affaire Dreyfus

33

☐ OK

Si les journaux influencent les avis de leurs lecteurs, ils doivent en retour s'adapter aux évolutions de la société. À la fin du XIXe siècle, l'affaire Dreyfus en France illustre bien ce lien étroit et complexe.

I La rencontre de la presse et de l'opinion publique

1 Le rôle de l'opinion dans l'erreur judiciaire

- L'opinion publique française connaît une vague d'**antisémitisme** à la fin du XIXe siècle, véhiculant la haine des juifs dans une large part de la société. La défaite de 1870 contre l'Allemagne entretient par ailleurs un violent désir de revanche. Le **nationalisme** est exacerbé par les efforts du gouvernement pour garantir la meilleure défense militaire à la France.

Mot clé

Mouvante et difficile à saisir, l'**opinion publique** correspond aux idées et valeurs partagées par une majorité d'individus au sein d'une société à une époque donnée.

- Dans ce contexte, **Alfred Dreyfus**, un officier juif de l'armée française, est reconnu coupable en 1894 d'avoir transmis des documents secrets à l'ennemi allemand. Cette **affaire d'espionnage** est révélée par un **journal antisémite d'extrême droite**, *La Libre Parole*. Condamné à la déportation à vie au bagne, Dreyfus clame son innocence.

2 La presse transforme ce fait divers en « affaire »

- Bientôt, il apparaît que le véritable coupable est en réalité **Ferdinand Esterhazy**, un commandant endetté. En janvier 1898, ce dernier est jugé à huis clos par un tribunal militaire, mais **acquitté** après un procès entaché de nombreuses irrégularités.
- Cette injustice décide l'écrivain **Émile Zola** à dévoiler au grand public l'ensemble des faits. Sa célèbre lettre ouverte intitulée « **J'accuse** » fait la une de l'édition du 13 janvier du journal *L'Aurore*, dirigé par Georges Clemenceau : y sont nommés les hauts responsables militaires concernés par le scandale.
- Alors que le journal ne tire habituellement qu'à 60 000 exemplaires, il s'en vend ce jour-là près de 300 000 : **l'affaire est lancée**.

II Médias et opinion publique : qui façonne qui ?

1 Une presse qui s'adapte à ses lecteurs

- Les médias reflètent les clivages de l'opinion. Ainsi les **journaux antidreyfusards** comme *La Croix* ou *La Libre Parole* s'adressent aux Français qui partagent une attitude critique vis-à-vis du régime républicain, un **nationalisme** virulent et un antisémitisme marqué.

- Au contraire, la **presse dreyfusarde** comme *La Petite République*, dans laquelle écrit Jean Jaurès, a des lecteurs attachés à la République et aux droits de l'homme. À travers Dreyfus, ces journaux défendent des **idées universalistes**, telle la justice.

2 Des médias dépendants de l'opinion ?

- L'affaire Dreyfus a comme cadre la loi sur la liberté de la presse. Celle-ci permet une **expression indépendante** : les journalistes peuvent dès lors critiquer l'armée ou le gouvernement.

- Pour un journal, prendre position vis-à-vis de l'opinion publique a également des **enjeux financiers**. Ainsi *Le Petit Journal* choisit de rejoindre le camp antidreyfusard… et perd la moitié de son lectorat.

- Enfin, l'affaire Dreyfus acte l'émergence de la figure de l'intellectuel, tels Zola ou Jaurès, **relais d'opinion** dont l'avis va guider les idées de ses concitoyens.

> **Mot clé**
>
> La **loi sur la liberté de la presse** de 1881 garantit un cadre légal aux publications, fixant leurs libertés et responsabilités.

L'ESSENTIEL

L'affaire Dreyfus et la presse

Le rôle des médias
- des faits d'espionnage révélés et utilisés par les journaux
- une affaire lancée par la presse à grand tirage : « J'accuse » de Zola

Presse et opinion
- des journaux antidreyfusards nationalistes et antisémites
- une presse dreyfusarde républicaine et humaniste

L'information entre le marché et l'État : l'agence Havas et l'AFP

34

☐ OK

SES

HGGSP

MATHS

Idéalement, la diffusion des informations devrait être totalement neutre et indépendante. L'histoire d'Havas et de l'AFP montre qu'elle est au centre d'intérêts économiques et politiques.

I La genèse des informations : d'épineux enjeux de pouvoir

1 Aux origines d'Havas

Mot clé

Une **agence de presse** dispose d'antennes à l'étranger pour collecter les informations locales et les transmettre aux différents médias du monde.

- Lorsqu'au XIXe siècle la circulation des informations **s'étend au monde**, la majorité des journaux n'a pas les moyens d'entretenir les correspondants nécessaires. Les agences de presse répondent alors à ce nouveau besoin.
- Le Normand **Charles Havas** fonde son agence en 1835. D'abord simple bureau de traduction de la presse étrangère, celle-ci devient vite un véritable **réseau de correspondants** qui couvre tous les continents. Son succès repose sur la transmission d'informations précieuses alors pour les Français : les cours de la Bourse de Londres et les nouvelles de la guerre en Crimée (1853-1856).
- Charles Havas complète ensuite l'activité de son agence en créant une **régie publicitaire** : il achète aux journaux des espaces de publicité pour les revendre ensuite aux annonceurs. Ainsi, il devient l'**intermédiaire indispensable** entre la presse et les commerçants.

2 Un fonctionnement contestable

- Malgré la naissance de rivaux (Associated Press en 1846 aux États-Unis, Reuter en 1851 en Grande-Bretagne), Havas conserve un **quasi-monopole** sur la fourniture d'informations internationales aux journalistes français. Ceux-ci relaient donc tous des nouvelles obtenues auprès de **la même source** !
- De plus, l'association étroite des activités d'information et de publicité met en cause l'**indépendance** des premières vis-à-vis des intérêts financiers des annonceurs. En effet, ces clients, en apportant de l'argent aux journaux, peuvent dès lors exercer indirectement un **droit de regard** sur le contenu rédactionnel.

II Une évolution qui suscite la polémique

1 La scission d'Havas

- En 1945, les deux branches d'Havas sont séparées : l'**agence France-Presse** (AFP) s'occupe de la fourniture d'informations tandis que l'**entreprise Havas** conserve la publicité.
- Forte de son emprise indirecte sur le secteur *via* la publicité, Havas cherche à obtenir une **mainmise directe sur les médias** : elle fonde ainsi des périodiques gratuits (*Marseille 7* en 1971) et participe à la création de Canal + en 1984.
- Aujourd'hui Havas, 6e agence de publicité dans le monde, appartient à **Vivendi**, un groupe spécialisé dans les médias et la communication.

2 Une information vraiment libre ?

- Pour éviter que des acteurs privés (grandes entreprises ou riches particuliers) n'en prennent le contrôle, l'AFP n'a **pas d'actionnaire** : elle est définie comme un « organisme autonome ».
- Cependant la menace d'une **privatisation** plane depuis les années 2000, ce qui viendrait remettre en cause l'indépendance de l'agence.
- L'AFP a par ailleurs **un lien ambivalent avec l'État**. L'équilibre de son budget dépend en effet pour 50 % de contributions publiques. Une telle situation questionne la **neutralité** que l'agence peut conserver face au gouvernement.

L'ESSENTIEL

La création d'Havas (1835)	▸ une agence de presse ▸ une régie publicitaire
Un acteur puissant	▸ un quasi-monopole sur l'information ▸ des conflits d'intérêts
Une scission (1945)	▸ la publicité au secteur privé : Havas ▸ l'information au secteur public : l'AFP
Menaces et dangers	▸ Havas et le contrôle des médias ▸ la faiblesse financière de l'AFP

Information et propagande pendant la guerre du Vietnam

35

☐ OK

Les médias ont joué un rôle fondamental dans le conflit vietnamien. D'abord relais du gouvernement américain, ils ont ensuite, en révélant la situation sur le terrain, participé à la montée du pacifisme.

I L'intense propagande de guerre des États-Unis

1 *The living room war*

- La guerre du Vietnam, des années 1960 au début des années 1970, coïncide avec l'**essor des médias de masse** : journaux, magazines, radios et télévisions sont partout. ▶ FICHE 31 Dès lors, le conflit entre **à l'intérieur de chaque foyer**.

- Les médias sont utilisés pour diffuser la version officielle. Dans le cadre de la guerre froide, il faut **convaincre l'opinion** du bien-fondé de la lutte contre le Sud-Vietnam communiste. L'État met en place une véritable propagande selon laquelle les ennemis sont dangereux et néfastes mais **la guerre sera courte** et la victoire aisée.

> **Mot clé**
>
> La **propagande** désigne les actions exercées afin d'influencer l'opinion publique. Elle est souvent le fait d'un gouvernement, *via* les médias.

2 Des informations partielles et partiales

- La population reçoit **des informations orientées, voire falsifiées**. Ainsi le président Lyndon Johnson ment à propos de l'incident du golfe du Tonkin en 1964, accusant les bateaux nord-vietnamiens d'avoir attaqué les forces américaines. Cette **version officielle**, relayée par les médias, justifiera le déploiement massif de troupes.

- Les grands médias (*Washington Post*, *New York Times*) adhèrent à cette **soumission aux intérêts nationaux** : ils ne montrent que des soldats américains victorieux ou des prisonniers nord-vietnamiens. Jusqu'au milieu des années 1960, **cette propagande fonctionne** : en dépit des pertes humaines et du coût financier lié au conflit, une grande partie de l'opinion publique est **favorable à la guerre**.

II La fin des années 1960 : un tournant médiatique

1 Les médias révèlent la vérité

- Le basculement s'opère en 1968 avec la **médiatisation de l'offensive du Têt**. Cet assaut de grande envergure des forces nord-vietnamiennes **contredit la version officielle** d'une victoire américaine proche. L'opinion publique aux États-Unis prend alors conscience des mensonges de son gouvernement.

- Les médias livrent progressivement **des informations plus proches de la réalité** du conflit. Les **reporters de guerre** jouent ici un rôle fondamental : ils diffusent des images mettant en évidence le caractère meurtrier des combats et l'enlisement de la guerre.

Chiffres clés

La guerre du Vietnam a coûté la vie à :
- **58 209** GI américains
- **1,2 million** de soldats nord-vietnamiens
- **2 millions** de civils

2 Une médiatisation à l'impact inédit

- L'opinion américaine en vient alors à s'interroger. Déjà en germe, le **mouvement pacifiste** grandit. Acculé, le président Richard Nixon consent à **rapatrier les troupes** engagées au Vietnam à partir de 1969.

- La médiatisation du conflit est **internationale** : le monde entier découvre ainsi le recours massif aux défoliants fait par l'armée américaine. L'**image des États-Unis** en est durablement détériorée.

L'ESSENTIEL

Les médias et la guerre du Vietnam

Une guerre en direct
- une large couverture médiatique
- un public informé

La propagande officielle
- des médias soumis au pouvoir
- une vérité tronquée, voire falsifiée

Basculement de la médiatisation
- les reporters de guerre
- une vérité révélée

Un impact décisif
- pacifisme et retrait militaire
- les États-Unis discrédités

Vers une information fragmentée et horizontale ?

36

☐ OK

Internet donne un accès presque illimité aux faits et aux idées. Mais il apparaît aussi comme hors de contrôle, tant il est vaste et protéiforme.

I Internet, une révolution médiatique...

1 Aujourd'hui, tous journalistes ?

- Internet est un **espace d'expression inédit**. Les nombreux blogs en ligne regorgent d'écrits rédigés par de simples citoyens et la présence de caméras sur les téléphones portables **transforme des témoins en journalistes**, suivis par des millions d'internautes.
- Les réseaux sociaux complètent cette révolution. ▶ FICHE 32 Les chiffres de vues, de partages, de commentaires mettent en évidence la masse inédite d'**informations disponibles, immédiates, relayées et discutées**.

Chiffres clés

En 2018, on compte **2 milliards** d'utilisateurs de Facebook et **800 millions** pour Instagram. **500 millions** de tweets et **3 milliards** de snaps sont échangés chaque jour.

2 Une information fragmentée

- Mais les nouvelles sur Internet se révèlent **parcellaires et éclatées** du fait même de la diversité des sources. Sur un « fil d'actualité », les faits s'ajoutent sans cesse, voire se contredisent parfois.
- Une **tendance à la simplification** se fait également jour sur le Web en raison du format médiatique : un tweet de 280 caractères empêche une présentation complète des événements.
- Par ailleurs, relayer un fait sur Internet ne signifie pas nécessairement de le comprendre. Dès lors, les informations sont susceptibles d'être **partielles et tronquées**.

3 Entre erreurs et *fake news*

- Plus grave, les nouvelles sur la Toile peuvent se révéler **erronées**. Si aucun média n'est à l'abri d'erreurs ou de fausses nouvelles, celles-ci disposent avec Internet d'un auditoire mondial.
- Ces erreurs peuvent être délibérées : les ***fake news***, ou informations fallacieuses, véhiculent ainsi mensonges et contre-vérités, alimentant notamment les théories du complot. ▶ FICHE 38

II ...devenue incontrôlable ?

1 Une information horizontale

- L'intense interactivité offerte par Internet est à l'origine d'une **nouvelle circulation de l'information**, plus horizontale. Valorisant les prises de position spontanées des citoyens, elle se fait **au détriment des professionnels** de la communication, des médias traditionnels et des intellectuels. ▶ FICHE 33
- Ce mode de diffusion de l'information fait d'Internet un lieu où règne une **grande liberté** d'opinion. Des informations qui n'étaient diffusées ni par la presse ni par la télévision peuvent alors émerger.

2 Comment maîtriser l'information sur Internet ?

- Cette formidable liberté sur Internet, où la parole est souvent anonyme, pose malgré tout la question de ses bornes. La loi fixe ainsi des **limites à la liberté d'expression**, notamment contre les propos diffamatoires et injurieux, l'incitation à la haine raciale, ethnique et religieuse ou encore l'apologie du terrorisme.
- Le recours aux journalistes professionnels constitue par ailleurs une garantie de qualité de l'information. Ceux-ci sont tenus à des **principes de recoupement de leurs sources** et de déontologie.
- Enfin, les gouvernements cherchent à **contrôler le Net**. Ainsi en 2018, la France s'est dotée d'une loi contre les *fake news*.

L'ESSENTIEL

Le média Internet

Une information horizontale
- des contenus produits par les internautes
- commentaires, relais, discussions

Une information fragmentée
- simplification et partialité
- erreurs et *fake news*

Une information à maîtriser
- sanctionner l'injure, la diffamation et l'incitation à la haine
- valoriser le rôle des journalistes

Témoignages et lanceurs d'alerte 37

☐ OK

Avec l'accroissement des flux d'informations numériques, se développe aussi une forme de vigilance citoyenne, opérée notamment par les lanceurs d'alerte. Ces *insiders* trouvent avec Internet un média de choix.

I Les témoignages et les alertes à l'heure du Web

1 Une pratique historique réactivée par Internet

- Les révélations de scandales par les médias ne sont pas nouvelles, mais elles prennent une dimension particulière avec Internet. ▶ FICHE 33

- Depuis les années 1990, sur le Net, les lanceurs d'alerte sont plus nombreux et actifs. Ils informent les citoyens sur des questions aussi bien sanitaires que politiques ou socio-économiques.

Mot clé

Un **lanceur d'alerte** est défini par le Conseil de l'Europe comme toute personne qui révèle, dans le cadre de son travail, des informations concernant des menaces ou un préjudice pour l'intérêt général.

2 Un canal qui facilite les révélations

- Internet décuple les possibilités de témoigner. Anonymat, rapidité et horizontalité de la circulation sur la Toile assurent une protection aux individus, qui craignent alors moins de révéler ce qu'ils savent.

- Internet favorise aussi les espaces de collaboration pour les lanceurs d'alerte. Ainsi, sur la plateforme WikiLeaks, créée en 2006 par Julian Assange, des millions de documents ayant trait à des délits commis par des gouvernements et des entreprises ont été publiés.

MINI BIO

Edward Snowden

- Employé de la CIA et de la NSA américaines.
- En 2013, il révèle la surveillance des citoyens organisée par les États-Unis.
- Inculpé pour espionnage, il vit en exil en Russie.

SES HGGSP MATHS

II Une chance ou un risque pour nos démocraties ?

1 Plus de transparence, plus de démocratie

- Les lanceurs d'alerte sont des acteurs de la **vigilance citoyenne**. En surveillant les pouvoirs publics et les grandes multinationales, et en révélant par exemple leurs malversations, ils contribuent à consolider les systèmes démocratiques.

- L'ère du numérique et de l'interactivité intensifie cette participation citoyenne. Celle-ci peut prendre la forme d'un **cybermilitantisme**, n'hésitant pas à recourir au **piratage informatique**. C'est le cas du groupe d'hacktivistes Anonymous créé au début des années 2000.

Mot clé

Le terme **hacktivisme** est formé des mots *hacker*, désignant un individu capable de pénétrer illégalement dans un système informatique, et activisme, qui renvoie à une forme d'action directe.

2 Mais des dangers indéniables

- Mais témoigner de scandales est **risqué** et le lanceur d'alerte se met en **danger**, professionnellement, personnellement, voire physiquement. Julian Assange et Edward Snowden sont ainsi sous le coup d'inculpations de la part du gouvernement américain.

- Pour **protéger les témoins**, de nombreux pays se sont dotés de lois visant à empêcher les poursuites judiciaires ou les représailles (licenciement, rétrogradation, etc.) dont ceux-ci pourraient être victimes.

- Mais il existe aussi un **risque de dérives** avec les alertes *via* Internet. Les frontières sont floues parfois avec la diffamation, la délation ou encore la **tentation de se substituer à la justice**.

L'ESSENTIEL

La sentinelle Internet →
- des témoins
- des lanceurs d'alerte
- des cybermilitants

Un « sport de combat » →
- les dangers du témoignage
- la protection des lanceurs d'alerte
- diffamation et délation

Les théories du complot

38

☐ OK

SES

HGGSP

MATHS

En 2018, un sondage révélait que 79 % des Français adhèrent à au moins une thèse complotiste. La recrudescence actuelle de ces « théories » est notamment favorisée par Internet.

I Comment Internet stimule le complotisme ?

1 Des réflexes conspirationnistes anciens...

- Les théories du complot ne sont pas nouvelles : l'une des premières date de la Révolution française. L'abbé de Barruel se persuade à l'époque que « tout a été prévu, médité, combiné, résolu » par des hommes agissant dans l'ombre.

> **Mot clé**
>
> L'expression **« théories du complot »** est critiquée car elle semble fournir une assise scientifique à ces thèses. On peut alors les désigner sous les vocables de complotisme ou conspirationnisme.

- La croyance en l'existence de groupes occultes, très puissants, qui tenteraient de s'imposer à l'échelle mondiale en manipulant l'opinion publique est au fondement de ces « théories ». Dès le XVIIIe siècle, les francs-maçons ont été incriminés, puis les juifs, les Illuminati, les communistes ou plus récemment les Reptiliens.

2 ...réactivés par les technologies modernes

- Internet permet aux théories complotistes de se consolider parce qu'il fournit les moyens de « prouver » de façon apparemment indubitable leur véracité. En effet, les supports visuels donnent l'illusion de la preuve scientifique irréfutable : le public doute beaucoup moins d'une photo ou d'une vidéo que d'un texte.
- D'autres caractéristiques du média Internet facilitent par ailleurs le conspirationnisme en ligne. Son horizontalité enlève ainsi aux journalistes ou aux scientifiques leur capacité de vérification, tandis que son immédiateté empêche souvent de prendre le temps d'examiner les « preuves » véhiculées. ▶ FICHE 36
- La diffusion à l'échelle mondiale permise par le Web donne enfin aux thèses complotistes un auditoire qui les renforce. Davantage partagées, elles séduisent toujours plus de monde, et apparaissent alors d'autant plus crédibles.

II Mieux combattre le phénomène

1 Des mécanismes similaires

- Les théories conspirationnistes obéissent à de nombreux ressorts, notamment psychologiques. Face à un monde perçu comme complexe et donc angoissant, il apparaît commode et rassurant de **désigner des responsables** aux événements tragiques ou inexpliqués.
- Le complotisme se nourrit également d'une **méfiance à l'égard des institutions**, et en particulier des États. Ainsi une thèse largement diffusée rend le gouvernement américain responsable des attentats du 11 septembre 2001.
- Ceux qui adhèrent aux thèses du complot ont par ailleurs le sentiment très valorisant de **détenir une vérité** qui serait cachée au plus grand nombre.

2 Quels remparts contre ces théories ?

- La lutte la plus efficace contre le conspirationnisme est l'**éducation aux médias** et l'acquisition d'un **esprit critique** et d'une solide **culture générale** *via* l'école. Un sondage de 2018 montre que les Français les plus séduits par le complotisme sont les jeunes et les moins diplômés.
- Pour endiguer la diffusion de ces théories, certains en appellent à un **contrôle** accru du Net. Mais censurer des auteurs conspirationnistes peut s'avérer **contre-productif** : dans leur logique de persécution, ceux-ci pourraient y voir la confirmation d'un complot !

L'ESSENTIEL

Les théories du complot

Des « théories » favorisées par Internet
- l'illusion de la preuve (photos, vidéos)
- horizontalité, immédiateté, diffusion

Des mécanismes simples
- la recherche de responsables
- la méfiance à l'égard des institutions

Lutter contre le complotisme
- l'éducation aux médias
- esprit critique et culture générale

Quiz EXPRESS

39

Avez-vous bien révisé les fiches 30 à 38 ? On vérifie !

SES HGGSP MATHS

S'informer

1 Sources et modes de communication

▶ FICHES 30 À 35

1. Qu'appelle-t-on la « fracture numérique » ?

☐ **a.** l'inégale connexion des territoires aux NTIC

☐ **b.** le service après-vente défaillant des opérateurs des NTIC

☐ **c.** la révolution constituée par l'apparition d'Internet au XXe siècle

2. Quel siècle est considéré comme « l'âge d'or » de la presse écrite ?

☐ **a.** le XVIIIe siècle ☐ **b.** le XIXe siècle ☐ **c.** le XXe siècle

3. Internet est né au sein du ministère américain de...

☐ **a.** la Communication. ☐ **b.** la Culture. ☐ **c.** la Défense.

4. *Le Petit Journal* était un périodique de tendance...

☐ **a.** dreyfusarde. ☐ **b.** neutre. ☐ **c.** antidreyfusarde.

2 L'information à l'heure d'Internet

▶ FICHES 36 À 38

1. La révolution liée à Internet en matière d'information concerne...

☐ **a.** la nature des informations.

☐ **b.** la quantité des informations.

☐ **c.** l'origine des informations.

2. Qu'est-ce qu'un lanceur d'alerte ?

☐ **a.** Un citoyen qui informe l'opinion publique sur des scandales dont il a connaissance.

☐ **b.** Un espion envoyé dans une grande entreprise.

☐ **c.** Un membre du gouvernement qui informe ses collaborateurs d'une crise à venir.

3. L'expression « théories du complot » désigne...

☐ **a.** l'adhésion à des croyances inexactes.

☐ **b.** la certitude que le monde est gouverné par des groupes agissant dans l'ombre.

☐ **c.** un système de pensée s'appuyant sur un raisonnement d'apparence scientifique.

CORRIGÉS

1 Sources et modes de communication

1. Réponse a. La fracture numérique est l'inégale connexion des territoires aux nouvelles technologies de l'information et de la communication (NTIC).

2. Réponse b. L'âge d'or de la presse écrite est le XIXe siècle. Elle se verra concurrencée au XXe siècle par la radio, puis la télévision, avant l'arrivée d'Internet.

> **À noter**
> Flagrante par exemple entre l'Europe et l'Afrique, la **fracture numérique** existe au sein même d'un pays, y compris développé, notamment entre zones urbaines et rurales.

3. Réponse c. Internet est né au sein de l'Advanced Research Projects Agency (ARPA) qui dépend du ministère américain de la Défense.

4. Réponse c. Au début de l'affaire Dreyfus, *Le Petit Journal* était un média plutôt neutre mais il a évolué ensuite vers le camp antidreyfusard. Il perd alors beaucoup de lecteurs.

2 L'information à l'heure d'Internet

1. Réponses a, b et c. Internet a révolutionné l'information à tous les niveaux. La massification des textes, des photos et des vidéos qui circulent est le fait de nouveaux acteurs médiatiques.

2. Réponse a. Un lanceur d'alerte est un citoyen qui informe l'opinion publique sur des scandales dont il a connaissance. Une définition stricte en limite le cadre au milieu professionnel.

3. Réponses a, b et c. Les « théories » du complot sont des idées fausses, pseudo-scientifiques, à propos de puissances cachées qui tenteraient de manipuler l'opinion dans leur intérêt.

> **À noter**
> À propos des « théories » du complot, on peut aussi parler de complotisme ou de conspirationnisme.

États et religions dans le monde : des cadres juridiques divers

40

☐ OK

En Europe, les relations entre le pouvoir politique et le pouvoir religieux semblaient réglées. ▶ FICHES 42 ET 43 **Mais, quand 84 % des êtres humains déclarent avoir une religion, la définition du rapport juridique entre l'État et les religions reste un enjeu essentiel.**

I Une majorité des pays sans religion d'État

1 La séparation État-religion : un modèle dominant

- Si la France est l'un des rares États au monde à avoir inscrit la laïcité dans sa Constitution, la plupart des pays ont aujourd'hui adopté le principe de séparation entre l'État et la religion.

> **Mot clé**
> La **laïcité** est le principe selon lequel la religion n'a pas à interférer dans le domaine politique et doit limiter son expression à la sphère privée.

- Sauf exception, en Europe, en Amérique, au Japon ainsi que dans de nombreux pays d'Afrique, il n'y a pas de religion d'État et la liberté religieuse est garantie. ▶ FICHE 41 Les emplois publics y sont ainsi ouverts à tous.
- Certains pays se déclarent officiellement athées : c'est le cas de la Chine, où la liberté religieuse est reconnue, ou encore de la Corée du Nord, qui interdit la religion.

2 Une séparation juridiquement plus ou moins stricte selon les pays

- En France, l'article 2 de la loi de séparation des Églises et de l'État (1905) précise que « la République ne reconnaît, ne salarie ni ne subventionne aucun culte ».
- Mais dans de nombreux pays, l'État peut financer les activités sociales ou éducatives des religions au titre du « service public religieux ». Ainsi, en Allemagne, l'État autorise les Églises à percevoir l'impôt ecclésiastique acquitté par les croyants volontaires et organise des cours d'histoire religieuse.
- En Turquie, l'un des rares pays musulmans à avoir adopté la laïcité, la religion est encadrée par le gouvernement qui finance et forme les imams et les écoles religieuses. ▶ FICHE 44

II Une minorité de pays avec une religion d'État

1 Religion officielle et respect du pluralisme religieux

- Dans un monde qui s'est considérablement sécularisé, la **religion d'État** n'a cependant pas disparu. C'est le cas de l'anglicanisme au Royaume-Uni, du luthéranisme au Danemark ou du bouddhisme au Cambodge.

> **Mot clé**
> Des sociétés sont dites **sécularisées** quand le sacré et les principes religieux ont peu d'importance dans la vie publique.

- Si la religion officielle y bénéficie d'un **statut juridique supérieur** aux autres croyances, ces pays respectent cependant le **pluralisme religieux** et l'égalité de tous devant la loi.

2 Théocratie et discrimination des autres croyances

- En **Arabie Saoudite**, l'islam sunnite est religion d'État et **seuls les musulmans peuvent être citoyens**. ▶ FICHE 43 Les lieux de culte non musulmans sont interdits tandis que la loi islamique, la *charia*, s'applique à tous : **religion et politique se confondent** donc.
- En **Iran**, la religion d'État est l'islam chiite. **Le religieux domine le politique** : le pouvoir y est détenu par les autorités religieuses, avec à leur tête un **ayatollah**. Les fonctions militaires et politiques sont interdites aux non-musulmans. La Constitution reconnaît néanmoins la **liberté de culte** pour les chrétiens, les juifs et les zoroastriens.

L'ESSENTIEL

Des pays sans religion d'État →
- un principe : la séparation État-religion
- une séparation plus ou moins stricte
- des interventions de l'État

Des pays avec religion d'État →
- une religion officielle
- du pluralisme religieux aux discriminations confessionnelles

Les libertés de conscience et de religion dans le monde

41

☐ OK

Les libertés de conscience et de religion sont l'un des critères fondamentaux de la démocratie. Néanmoins, le nombre d'États limitant ou interdisant les libertés religieuses tend à croître.

I Fondements et limites en démocratie

1 Libertés de conscience et de religion

- La plupart des États démocratiques de par le monde garantissent les libertés de conscience et de religion. Par ailleurs, la liberté d'expression et d'opinion inclut le droit de critiquer les religions. ▶ FICHE 1
- Le degré de laïcité varie selon les États. ▶ FICHE 40 En France, la tradition républicaine distingue nettement politique et religion. Aux États-Unis à l'inverse, les groupes religieux interviennent souvent dans le débat politique. ▶ FICHE 45

Mot clé

Il y a **liberté de conscience et de religion** lorsque chacun est libre de croire, de pratiquer son culte, de changer de religion, ou encore de ne pas croire.

2 Des limitations à la liberté religieuse

- Un principe de neutralité religieuse peut s'appliquer dans les services publics, notamment à l'école, aboutissant à interdire les signes religieux, plus ou moins ostentatoires. C'est le cas en Belgique, en France ou encore au Québec.
- La liberté religieuse proscrit les discours de haine à l'égard des autres religions ou des non-croyants. Le prosélytisme, qui vise à convertir les autres à sa religion, est ainsi autorisé à condition qu'il ne s'accompagne pas de pressions.
- Mais les bornes sont parfois floues. Ainsi la scientologie est autorisée aux États-Unis en tant que religion, alors qu'en France ou en Allemagne elle est considérée comme une secte, du fait de soupçons de manipulation et de contrainte.

3 La lutte contre les dérives religieuses

- Par ailleurs, les démocraties ne sont pas à l'abri des violences religieuses, comme en témoigne l'augmentation des actes antisémites en France récemment.

- Pour lutter contre les discours de haine, les États se dotent d'un arsenal juridique permettant une **surveillance accrue** et la **fermeture de lieux de culte** en raison de la nature des propos qui y sont tenus. Mais les **risques** de telles législations sont grands pour la démocratie.

II Des libertés bafouées voire niées

1 Le non-respect de la liberté religieuse

- Si le principe des libertés de conscience et de religion est aujourd'hui largement reconnu, dans la pratique il n'est pas toujours respecté. Un État peut ainsi **favoriser une religion** : en Inde, l'hindouisme jouit d'une position privilégiée. ▶ FICHES 46 ET 47
- Un État peut aussi **réprimer une religion**. En Chine, dont la Constitution garantit la liberté religieuse, l'Église catholique voit nombre de ses lieux de culte détruits et ses prêtres internés, tandis que les musulmans ouïgours sont soumis à des **mesures discriminatoires**.

2 Des lois restreignant la liberté religieuse

- Le droit peut être mobilisé contre la liberté religieuse. La loi dans certains pays punit le **blasphème**. Au Maroc, par exemple, la rupture du jeûne de ramadan en public est passible d'un an de **prison**.
- D'autres États limitent, voire empêchent, de changer de religion. En Algérie, une ordonnance de 2006 **interdit de convertir** un musulman.
- Enfin, les **violences** à l'égard des minorités religieuses peuvent être **encouragées par l'État** lui-même. C'est le cas en Birmanie où la minorité rohingya (musulmane) a dû fuir vers le Bangladesh.

L'ESSENTIEL

Les libertés de conscience et de religion

Un principe
- croire librement, changer de religion
- pouvoir critiquer ou ne pas croire

Des limitations
- la neutralité dans l'espace public
- l'interdiction des discours de haine

Des pratiques discriminatoires
- des religions favorisées
- des religions réprimées

Des restrictions à la liberté religieuse
- des interdictions légales
- des violences politiques

Le pape et l'empereur, deux figures de pouvoir

42

☐ OK

Le 25 décembre 800, dans la basilique Saint-Pierre, à Rome, le roi des Francs, Charlemagne, est couronné empereur par le pape. Cet événement, fondateur de l'histoire européenne, est l'aboutissement d'un processus qui a vu au cours du VIIIe siècle les papes, chefs spirituels de la chrétienté, se rapprocher des souverains francs.

I Une relation ancienne

- Les Francs, peuple germanique venu du Rhin, s'installent en Gaule au cours du ve siècle. Leur roi, **Clovis**, fondateur de la dynastie mérovingienne, reçoit le baptême chrétien **vers 498**. C'est le début d'une **relation étroite entre la monarchie franque et l'Église**.
- Traditionnellement le **protecteur du pape** était l'empereur (*basileus*) byzantin. ▶ FICHE 43 Mais, au VIIIe siècle, la faiblesse militaire de celui-ci pousse le souverain pontife Étienne II, menacé par les Lombards, à **se tourner vers les Francs**.
- En 754, **Pépin III**, dit le Bref, fondateur de la dynastie des **Carolingiens**, intervient en Italie. En échange de son aide, Étienne II sacre personnellement le roi des Francs.

Mot clé

Le **sacre** est une cérémonie au cours de laquelle le roi est oint d'une huile censée avoir été apportée par le Saint-Esprit lors du baptême de Clovis. Il symbolise ainsi le pouvoir de droit divin du souverain.

II Charlemagne et la renaissance carolingienne

- À la fin du VIIIe siècle, le roi **Charlemagne** contrôle la plus grande partie de l'Europe occidentale. Le **prestige** du souverain est alors immense. Installé à Aix-la-Chapelle à partir de 794, il fait de son palais un centre de **rayonnement culturel** réunissant quelques-uns des plus grands lettrés d'Europe.
- Célébré pour sa piété, il contribue à **réorganiser l'Église franque**, notamment en favorisant la création d'écoles pour améliorer la formation du clergé. Son objectif est également **politique**, de nombreux clercs formant les cadres de l'administration royale.

III La restauration de l'Empire romain d'Occident

1 La résurgence de l'idée impériale

- L'idée d'une restauration de l'Empire romain d'Occident, lequel a disparu en 476, apparaît parmi les **clercs de l'Église franque**. Pour Alcuin notamment, les victoires de Charlemagne **face aux « païens »** (Saxons, Avars, musulmans d'Espagne) font de ce dernier le **protecteur de la chrétienté**.
- Du reste, pour ces hommes d'Église, il n'y a **plus d'empereur légitime à Byzance** en raison de l'usurpation du trône par une femme, l'impératrice Irène, en 797.

2 Le sens du couronnement impérial

- En 799, le pape **Léon III**, chassé par l'aristocratie romaine, **est rétabli sur son trône** grâce à Charlemagne. Le pouvoir spirituel apparaît alors étroitement **dépendant** de l'action du pouvoir temporel.
- Pourtant, lors de la cérémonie du 25 décembre 800 qui fait de Charlemagne le nouvel empereur d'Occident, c'est **Léon III** qui **couronne le souverain franc**, rappelant symboliquement la **primauté du pouvoir spirituel**.

> **Mot clé**
> Dès son origine, le christianisme distingue :
> - le **pouvoir temporel**, celui des rois et des empereurs,
> - le **pouvoir spirituel**, celui de Dieu, représenté par le pape.

L'ESSENTIEL

La royauté franque et la papauté →
- Clovis, un roi baptisé (v. 498)
- les Francs, défenseurs du pape
- Pépin III, un roi sacré (754)

L'empire carolingien de Charlemagne →
- une puissance territoriale et militaire
- un renouveau culturel
- une politique en faveur de l'Église

Le couronnement de Charlemagne (800) →
- le protecteur de la chrétienté
- un nouvel Empire romain d'Occident
- sacre et primauté symbolique du spirituel

Le calife et l'empereur byzantin aux IXᵉ-Xᵉ siècles

43

☐ OK

Dans l'Empire byzantin, la distinction entre pouvoirs temporel et religieux semble moins nette qu'en Occident. ▶ FICHE 42 Byzance se distingue néanmoins du monde musulman où religieux et politique se confondent dans la personne du calife.

I L'Empire byzantin et le califat aux IXᵉ-Xᵉ siècles

1 Le temps du premier apogée de l'Empire byzantin

- **Héritier de l'Empire romain d'Orient**, Byzance perd le contrôle du Proche-Orient dans les années 630. À deux reprises, les Arabes assiègent Constantinople.
- Au IXᵉ siècle, les Byzantins reconquièrent l'Asie mineure. Sous le règne de **Basile II** (976-1025), l'empire connaît son premier apogée.

2 Apogée et divisions de l'empire arabo-musulman

- Après la mort du prophète Mohamed en 632, les musulmans conquièrent un **immense empire** s'étendant de la Perse à l'Espagne et dirigé par un calife.
- Sous les **Abbassides**, sunnites, la civilisation arabo-musulmane atteint son apogée, en particulier sous le règne d'Haroun al-Rachid (786-809). **Bagdad** est alors un centre majeur de culture.
- Mais à partir du Xᵉ siècle, **le pouvoir des Abbassides est concurrencé** par les califats fatimide chiite et ommeyyade de Cordoue.

Mots clés

Née de querelles de succession après la mort de Mohamed, la distinction entre **sunnites** et **chiites** se double de différences théologiques.

II *Basileus* et calife : deux pouvoirs dissemblables

1 Le *basileus*, premier des chrétiens

- L'empereur byzantin est appelé ***basileus***. Il **détient son pouvoir de Dieu** dont il est le « lieutenant sur la Terre ». Le **sacre** qu'il reçoit **du patriarche de Constantinople** dit l'origine divine de son pouvoir.
- Le *basileus* a pour charge de **défendre l'Église et l'orthodoxie** (« la foi juste ») contre les hérésies et les ennemis du Christ.

SES

HGGSP

MATHS

2 Le calife, commandeur des croyants

Le calife est, au sens littéral, celui qui succède à Mohamed. Chez les sunnites où il n'y a pas de clergé, il est le commandeur des croyants. Guide (*imam*) suprême, le calife dirige la prière de la communauté des croyants (*oumma*). Aidé des docteurs de la foi (*oulémas*), il applique et interprète la loi islamique (*charia*).

III Monarchie byzantine et califat

1 La monarchie byzantine : un césaro-papisme ?

- La monarchie byzantine est souvent décrite comme un césaro-papisme. La crise iconoclaste, quand des *basileis* interdisent le culte des images des saints, ou la déposition du patriarche Ignace par l'empereur Michel III (858) le montreraient.

> **Mot clé**
> Le **césaro-papisme** désigne un régime dans lequel le pouvoir temporel utilise le pouvoir religieux à son profit.

- Cependant, le chef de l'Église orthodoxe est le patriarche de Constantinople. Le *basileus* n'est pas censé définir le dogme, ne dirige pas le culte et ne délivre aucun sacrement.

2 Le califat : une théocratie

- L'islam sunnite ne distingue pas le spirituel du temporel. Le Coran sur lequel se fonde le califat régit la plupart des domaines de la vie : mariage, héritage, commerce, ce qui est licite (*halal*) et illicite (*haram*).
- Le calife doit combattre les ennemis de l'islam. Mais, à la fin du xe siècle, s'ils restent le principal symbole religieux du sunnisme, les califes abbassides perdent leur pouvoir politique au profit de leurs vizirs et sultans perses, puis turcs.

L'ESSENTIEL

Le califat	L'Empire byzantin
• un empire arabo-musulman • le calife, successeur du prophète Mohamed • un chef religieux et politique • le Coran, fondement de l'ordre social	• un empire chrétien • le *basileus*, lieutenant de Dieu sur terre • un sacre par le patriarche orthodoxe • un césaro-papisme ?

La laïcité en Turquie : l'abolition du califat en 1924 par Mustafa Kemal

44

☐ OK

Entré en guerre en octobre 1914 aux côtés de l'Allemagne, l'Empire ottoman se disloque sous le choc de la défaite de 1918. C'est sur ses ruines que Mustafa Kemal érige une nouvelle Turquie, républicaine et laïque.

I La fin de l'Empire ottoman et du califat

1 La dislocation de l'empire

- Le 30 octobre 1918, l'Empire ottoman ▶ FICHE 10 signe un **armistice** avec les Alliés. À Istanbul, le **sultan Mehmed VI** peine à contenir les exigences territoriales des Britanniques et des Français.
- Le sultan doit aussi faire face à l'opposition de l'un de ses généraux, **Mustafa Kemal**. Depuis Ankara en Anatolie, celui-ci dénonce la **trahison de Mehmed VI** et **remet en cause son pouvoir théocratique**. ▶ FICHE 43
- En janvier 1920, à la chambre des députés nouvellement élue, les kémalistes sont majoritaires. Réunie à Ankara, celle-ci forme la **Grande Assemblée nationale de Turquie** (GANT).
- Mehmet VI perd ses derniers soutiens en signant le **traité de Sèvres** le 10 août 1920, qui prévoit le démembrement de la Turquie.

2 La proclamation de la République

- En 1922, Kemal l'emporte face aux armées étrangères, notamment grecque, qui occupaient en partie le pays. Mehmet VI s'exile tandis que la **fonction de sultan est supprimée** le 1er novembre.
- Au pouvoir, Kemal cherche à renégocier les conditions de paix avec les Alliés. Signé le 24 juillet 1923, le **traité de Lausanne** reconnaît l'intégrité territoriale de la Turquie.
- Sauveur du pays, Kemal fait proclamer la **République** le 29 octobre 1923, dont il est élu président par la GANT. Le 3 mars 1924, il réussit à faire voter l'**abolition du califat**. Contestée en Turquie, cette décision suscite des troubles dans tout le monde sunnite.

II Laïcisation et modernisation de la Turquie

1 La séparation du religieux et du politique

- Admirateur de la France, Kemal voit dans la **laïcité** un progrès. ▸ FICHE 1 L'islam perd alors son statut de religion d'État et le droit islamique (*fikh*) est remplacé par un **nouveau code civil** en 1926.
- Un **contrôle de la religion** se met en place. Les fondations musulmanes sont interdites, les imams deviennent des fonctionnaires.
- Dès 1924, un effort particulier est entrepris en faveur de l'**éducation**. Les écoles religieuses (*madrasas*) sont fermées et remplacées par des établissements mixtes et laïques.

2 Entre occidentalisation et turquisation du pays

- **Influencé par les pays européens**, Kemal occidentalise la Turquie. Le **calendrier grégorien** est adopté en 1925. L'émancipation des femmes est favorisée.
- Ces réformes s'inscrivent dans un **cadre nationaliste**. Kemal « turquise » ainsi la liturgie musulmane, remplaçant l'arabe par un **alphabet turc** aux caractères latins.

Mot clé

L'**émancipation des femmes** passe par l'interdiction partielle du voile et de la polygamie et le droit de vote et d'éligibilité.

- S'appuyant sur un **parti unique**, Kemal impose ce réformisme de manière **autoritaire**, jusqu'à sa mort en 1938.

L'ESSENTIEL

La Turquie de Mustafa Kemal

La dislocation de l'Empire ottoman
- un empire vaincu (1918)
- une remise en cause du pouvoir du sultan
- un démembrement territorial (1920)

La fin du califat
- la suppression de la fonction de sultan (1922)
- la République (1923)
- l'abolition du califat (1924)

Une séparation État-religion
- laïcité et code civil
- un contrôle de la religion
- une politique publique d'éducation

Modernisation et autoritarisme
- une émancipation des femmes
- entre turquisation et nationalisme
- un régime de parti unique

États et religions dans la politique intérieure des États-Unis depuis 1945

45

☐ OK

Aux États-Unis, la liberté religieuse, garantie par la Constitution, se conjugue avec une religion civile qui s'est accrue.

SES

HGGSP

MATHS

I Un modèle original

1 Un « mur de séparation » entre religion et politique

- Le premier amendement à la **Constitution de 1787** déclare : « Le Congrès ne fera aucune loi qui touche l'établissement ou interdise le libre exercice d'une religion. » En 1802, le président **Thomas Jefferson** parle du « mur de séparation » entre le politique et le religieux. ▶ FICHE 40
- Même si tous les présidents des États-Unis, hormis John F. Kennedy, sont protestants, **l'État fédéral n'a aucune religion**.

2 Un modèle de sécularisation ?

- L'État fédéral se doit d'observer une **stricte neutralité** et un respect égal envers toutes les religions. La Cour suprême, plus haute juridiction américaine, impose ce même principe aux États fédérés à partir de 1940.
- Dans un pays où près de **70 % des habitants se déclarent chrétiens**, même si l'athéisme augmente, la référence à Dieu reste forte.

II L'omniprésence de la religion dans la vie politique

1 Une pratique politique fortement teintée de religion

- La pratique politique intègre un **ensemble de croyances, de symboles, de rites** à forte connotation religieuse. Chaque année, la fête de **Thanksgiving** commémore les prières des colons remerciant Dieu pour leur première récolte (1621).
- Des concepts tels que ceux de « **peuple élu** » ou de « destinée manifeste », imposant aux États-Unis d'étendre la liberté dans le monde, sont issus du puritanisme.

Mot clé

Le **puritanisme** est un protestantisme caractérisé par son organisme moral et la discipline de la vie communautaire.

2 Une présence croissante du religieux

- Lors de son investiture, le président prête **serment sur la Bible**. Depuis 1937, des **prières publiques** sont dites. En 1956 une nouvelle devise proclame « ***In God we Trust*** » (« Nous avons foi en Dieu »).
- En 2002, la Cour suprême assouplit le « mur de séparation » et autorise le **financement d'écoles religieuses par des fonds publics**.

III La religion, matrice du combat politique

1 Religions et luttes politiques

Nombre de luttes politiques sont inspirées d'idéaux religieux. **Martin Luther King**, figure emblématique du combat des Noirs pour les droits civiques dans les années 1960, est un pasteur baptiste. **Malcom X** voit, lui, dans l'islam un moyen de rompre avec la société américaine.

2 Le poids politique de l'évangélisme

- Dès les années 1950, l'évangélisme se mobilise contre le communisme. Le **prédicateur Billy Graham** entretient d'étroites relations avec tous les présidents jusqu'à Barack Obama.
- L'arrêt de la Cour suprême autorisant l'avortement en 1973 amène les évangéliques à militer pour un retour à ce qu'ils désignent comme les **« vraies valeurs de l'Amérique »** (religion, famille, nation).

Mot clé

L'**évangélisme** est un courant protestant prêchant un rapport individuel à Dieu, à travers la « conversion » du croyant.

L'ESSENTIEL

États et religions aux États-Unis depuis 1945

Une séparation entre États et religions
- garantie par la Constitution fédérale
- appliquée dans tous les États fédérés

Un mélange de politique et de religieux
- la tradition protestante puritaine
- une présence accrue du religieux

La religion, un enjeu politique
- religions et combats politiques
- l'évangélisme au cœur du pouvoir

« Sécularisme » et dimension politique de la religion en Inde

46

☐ OK

SES

HGGSP

MATHS

Ancienne colonie britannique, l'Inde devient indépendante en 1947. ▶ FICHE 48 Sa Constitution, entrée en vigueur en 1950, met en place un régime démocratique dans lequel toutes les religions sont censées être égales.

I L'Union indienne : un État sécularisé ?

1 La Constitution et la question religieuse

- En 1947, après la partition de l'Inde, l'**hindouisme** est la religion de plus de 85 % des Indiens. La **minorité musulmane**, la première du pays, ne représente alors que 10 % de la population. ▶ FICHE 47
- Conformément aux vœux de Mohandas Karamchand **Gandhi** et de Jawaharlal **Nehru**, tous deux pourtant hindous, le parti du Congrès, principal artisan de l'indépendance, refuse le principe d'une religion d'État. La Constitution reconnaît ainsi aux minorités religieuses les **mêmes droits** qu'à l'hindouisme.

2 La lutte contre les discriminations religieuses

- Dans l'hindouisme traditionnel, les castes assignent à chacun une **place prédéfinie dans l'ordre social et cosmique** (*dharma*). Les hors-castes, ou intouchables, sont considérés comme impurs.
- La Constitution de 1950 **supprime l'intouchabilité** et interdit toute discrimination fondée sur la caste. Un système de places réservées dans le système éducatif et l'administration est mis en place en faveur des intouchables et des castes les plus basses.

Mot clé

Le système de **castes** divise la société en quatre *varna* (prêtres, guerriers, artisans et commerçants, serviteurs), répartis dans une multitude de *jati* (catégories socio-professionnelles).

3 Les limites de la sécularisation

- Malgré la loi, les intouchables ou *dalits* (les opprimés), qui représentent 15 % de la population, subissent de **nombreuses discriminations**.
- Le code civil **ne s'applique pas uniformément** à chaque communauté. Ainsi, en matière de mariage, les musulmans ne sont pas soumis au droit commun mais à la *charia*. ▶ FICHE 43

II L'hindouisme politique : une menace ?

1 La montée en puissance de l'hindouisme politique

- Dans les années 1920, Vinayak Damodar Savarkar théorise le concept d'*hindutva* (hindouité) : est indien celui qui habite l'Inde et qui est de culture hindoue.
- Le Rashtriya Swayamsevak Sangh (RSS, Organisation des volontaires nationaux), fondé en 1925, s'emploie à diffuser ces idées. C'est l'un de ses anciens membres qui, en 1948, assassine Gandhi, accusé d'être trop favorable aux musulmans.
- Le RSS crée en 1964 la Vishva Hindu Parishad (VHP, Association hindoue universelle) afin de structurer l'hindouisme dans sa dimension nationaliste.

2 Le BJP au pouvoir : remise en cause du sécularisme ?

- En 1980, les nationalistes hindous créent le Bharatiya Janata Party (BJP, Parti du peuple indien). Celui-ci utilise la religion à des fins politiques comme lors de l'affaire d'Ayodhya.
- En 2014, le BJP gagne les élections générales et son leader, Narendra Modi, devient Premier ministre. Réélu en 2019, son action mêle nationalisme intransigeant et culture hindoue.

Mot clé

En 1992, la **mosquée de Babri à Ayodhya**, sise sur le site d'un ancien temple hindou, est détruite par des nationalistes hindous, entraînant des affrontements intercommunautaires qui font 2 000 morts dans le pays.

L'ESSENTIEL

La place de la religion en Inde

Le sécularisme indien
- des religions égales selon la Constitution
- des politiques antidiscriminatoires
- des limites persistantes

L'utilisation politique de la religion
- la montée de l'hindouisme politique
- des violences intercommunautaires
- un Premier ministre aux valeurs hindoues

Les minorités religieuses en Inde

47

☐ OK

En Inde, la domination de l'hindouisme, qui représente 79,8 % de la population, est très nette. Mais le pays n'en comporte pas moins une grande diversité religieuse. Égales aux yeux de la loi, les religions sont pourtant à l'origine de tensions qui mettent à mal l'Union indienne.

I Diversité et statut légal des minorités religieuses

1 La minorité musulmane

- Les musulmans constituent la **première minorité religieuse** (14,2 %). Leur poids relatif, en raison d'une démographie dynamique, tend à augmenter.
- Avec plus de 180 millions de personnes, la communauté musulmane d'Inde est la **deuxième du monde** après celle d'Indonésie.

2 Les autres minorités

- Les autres minorités constituent à peine 6 % de la population. Les **chrétiens** de diverses confessions en représentent 2,3 %, les **sikhs** 1,7 %, les **bouddhistes** 0,7 % et les **jaïns** 0,4 %. Les **zoroastriens** (Parsis) ont presque totalement disparu.
- Souvent **mieux intégrées** économiquement, les minorités non musulmanes stagnent ou déclinent démographiquement en raison d'une **natalité plus basse**.

3 Une égalité garantie par la loi

- La Constitution de 1950 **interdit les discriminations fondées sur l'appartenance religieuse**. Elle autorise le prosélytisme religieux des non-hindous, et les minorités peuvent ouvrir des écoles confessionnelles ou recevoir des **subventions publiques**.

> **Mot clé**
>
> Le **prosélytisme** désigne l'ensemble des actions qui visent à convertir autrui à sa religion.

- Désireux de ne pas encourager le sécessionnisme, notamment musulman ou sikh, Jawaharlal Nehru, Premier ministre de 1947 à 1964, renonce à imposer un code civil uniforme. ▶ FICHE 46 **Des musulmans accèdent à des postes importants**, ainsi Zakir Husain président de l'Union indienne.

II Vers une restriction de la liberté religieuse ?

1 Des restrictions légales

- La Constitution invite les États de la fédération à **protéger les bovins**, la vache étant un animal sacré pour les hindous. Le gouvernement indien cherche aussi à restreindre l'activité des missionnaires chrétiens.
- Depuis les années 1980, on assiste à un **durcissement progressif de la loi** à l'égard des minorités. Des **lois anti-conversion** existent, à ce jour, dans huit États (sur 29).
- L'arsenal répressif concernant l'**abattage des bovins** n'a cessé de se renforcer. En 2017, l'État du Gujarat a adopté une loi prévoyant la **prison à perpétuité** pour toute personne abattant illégalement une vache.

2 Des violences intercommunautaires en forte hausse

- La violence intercommunautaire constitue une donnée fondamentale de l'histoire indienne, mais elle **s'accélère à partir des années 1980**.
- Au Pendjab, les années 1980-1990 sont marquées par la violence terroriste de l'**indépendantisme sikh** et la répression militaire qui culmine en juin 1984 lors de l'**attaque du temple d'Or d'Amritsar**.
- Les **attaques antichrétiennes** peuvent aboutir à de véritables massacres comme en 2008 dans l'État d'Odisha, faisant une centaine de victimes.
- Mais, perçus comme une menace pour l'hindouité et accusés d'être des traîtres au service du Pakistan, ce sont **les musulmans** qui constituent la **première cible du nationalisme hindou**. ▶ FICHES 46 ET 48

L'ESSENTIEL

Les minorités religieuses en Inde

L'hindouisme, religion dominante
- 79,8 % de la population
- une large influence sur la société

La loi en matière religieuse
- des religions égales de par la loi
- des restrictions

Des minorités diverses
- l'islam, première minorité (14,2 %)
- chrétiens, sikhs, bouddhistes, jaïns

Des violences
- l'indépendantisme sikh
- entre communautés

Des enjeux géopolitiques : l'Inde et le Pakistan

48

☐ OK

SES

HGGSP

MATHS

Issus de la partition des Indes britanniques, qui unifiaient dans un même ensemble des peuples et des territoires fort divers, l'Inde et le Pakistan voient le jour en 1947, selon des critères religieux. Leur rivalité géopolitique s'est poursuivie jusqu'à nos jours.

I La naissance conflictuelle de deux États

1 Les origines de la partition

- Dès 1885, le pouvoir colonial britannique fait face à des revendications indépendantistes du parti du Congrès. Si ses leaders sont pour la plupart hindous, celui-ci défend l'idée d'une Inde unie et sécularisée. ▶ FICHE 46

- Pour affaiblir le Congrés, les Britanniques soutiennent la Ligue musulmane, fondée en 1906 et dirigée par Muhammad Ali Jinnah. Celle-ci prône la création d'un État musulman séparé.

2 Les indépendances et leurs conséquences

- Alors que des violences se multiplient depuis 1945, le Pakistan et l'Inde deviennent indépendants les 14 et 15 août 1947.

- Cette partition entre les hindous et les musulmans entraîne des déplacements de populations massifs et meurtriers.

Chiffres clés

Ces déplacements concernent **12 à 15 millions de personnes** et font plus de **500 000 victimes.**

II Les trois guerres indo-pakistanaises (1947-1971)

1 La question du Cachemire

- La partition est source de discordes territoriales. Les revendications concurrentes des deux nouveaux États sur la région du Cachemire déclenchent une première guerre dès la fin 1947, aboutissant à la division de la province.

- Le règlement du conflit prévoyait un référendum sur le devenir du Cachemire. L'Inde refusant de l'organiser, l'armée pakistanaise infiltre le territoire pour y soutenir des mouvements de guérilla, déclenchant une deuxième guerre en 1965.

2 La partition du Pakistan

- Depuis 1947, le Pakistan est composé de **deux entités**, à l'ouest et à l'est de l'Inde. Dans les années 1970, des **séparatismes** s'expriment dans la partie orientale.
- Ceux-ci reçoivent le **soutien de l'Inde**, ce qui aboutit à une nouvelle guerre indo-pakistanaise et à la création d'un nouvel État, le **Bangladesh**, en **1971**.

III Entre tensions et rapprochements

1 Des enjeux multiples

- Aux conséquences de la partition de 1947, s'ajoutent des enjeux géopolitiques sur fond de **guerre froide**. Officiellement non alignée, l'Inde penche du côté soviétique tandis que le Pakistan est soutenu par les États-Unis.
- Les deux États sont tous deux dotés de l'**arme nucléaire**. Si certains observateurs estiment alors toute guerre impossible entre eux, d'autres à l'inverse y voient un risque accru.

2 L'impossible normalisation des relations indo-pakistanaises

- Les années 1980-1990 sont émaillées de **tensions**, entre incidents de frontière et attentats fomentés par les services secrets pakistanais.
- La décennie 2000 voit des **tentatives de discussions**, mais la **méfiance** reste grande. En 2019, le Jammu-et-Cachemire est de nouveau le théâtre d'affrontements politiques et militaires.

L'ESSENTIEL

Deux États : l'Inde et le Pakistan	▸ 1947, partition des Indes britanniques ▸ un État hindou, un État musulman ▸ violences et déplacements de population
Trois guerres indo-pakistanaises	▸ deux conflits au Cachemire (1947, 1965) ▸ 3e guerre : création du Bangladesh (1971)
Des relations géopolitiques tendues	▸ la guerre froide sur le sous-continent ▸ tensions frontalières et terrorisme ▸ des tentatives de règlement

Quiz EXPRESS 49

Avez-vous bien révisé les fiches 40 à 48 ? On vérifie !

Les relations entre États et religions

SES

HGGSP

MATHS

1 Des relations anciennes mais diverses

▶ FICHES 40 À 45

1. Quel est le pourcentage d'êtres humains qui déclarent avoir une religion ?

☐ **a.** 50 % ☐ **b.** 75 % ☐ **c.** 84 %

2. La liberté de conscience et de religion autorise à...

☐ **a.** pratiquer un culte choisi sans aucune limite.

☐ **b.** pratiquer un culte dans la limite de l'ordre public et du respect des autres croyances.

☐ **c.** pratiquer le seul culte autorisé par la loi.

3. Qui est le premier roi carolingien ?

☐ **a.** Charles Martel ☐ **b.** Pépin le Bref ☐ **c.** Charlemagne

4. En quelle année le califat est-il supprimé en Turquie ?

☐ **a.** 1920 ☐ **b.** 1923 ☐ **c.** 1924

5. Quelle est la devise des États-Unis ?

☐ **a.** « Nous avons foi en Dieu »

☐ **b.** « Dieu et mon droit »

☐ **c.** « Unis dans la diversité »

2 État et religions en Inde

▶ FICHES 46 À 48

1. Qu'est-ce qu'un hindou ?

☐ **a.** un habitant de l'Inde

☐ **b.** un fidèle de la religion hindouiste

☐ **c.** une personne qui parle hindi

2. Quelle est la première minorité religieuse en Inde ?

☐ **a.** les bouddhistes ☐ **b.** les chrétiens ☐ **c.** les musulmans

3. Qui était le leader de la Ligue musulmane ?

☐ **a.** Ali Jinnah ☐ **b.** Nehru ☐ **c.** Gandhi

4. En quelle année eut lieu la séparation des deux Pakistan ?

☐ **a.** 1947 ☐ **b.** 1965 ☐ **c.** 1971

CORRIGÉS

1 Des relations anciennes mais diverses

1. Réponse c. D'après la dernière enquête du Pew Research Center sur le sujet, 84 % des personnes déclarent avoir une religion en 2017.

2. Réponse b. La liberté de conscience et de religion autorise à pratiquer sa religion librement, dans les limites fixées par la loi et à la condition de ne pas porter atteinte à autrui.

3. Réponse b. Pépin le Bref est le premier Carolingien à prendre le titre de roi, en 751. Charlemagne, son fils, est empereur à partir de 800.

4. Réponse c. Ce n'est qu'en 1924 que Mustafa Kemal parvient à supprimer le califat. Cette décision provoque des troubles dans tout le monde musulman.

5. Réponse a. « Nous avons foi en Dieu » (*In God We Trust*) est la devise des États-Unis depuis 1956.

Info
L'adoption de cette nouvelle devise s'inscrit dans le cadre de la guerre froide, contre l'Union soviétique athée.

2 État et religions en Inde

1. Réponse b. Les fidèles de la religion hindouiste sont des hindous, les habitants de l'Inde des Indiens, et la majorité des Indiens parle hindi.

2. Réponse c. Les musulmans sont la première minorité religieuse en Inde. Ils représentent environ 14 % de la population du pays, les chrétiens 2,3 % et les bouddhistes 0,7 %.

3. Réponse a. Ali Jinnah fut le principal leader de la Ligue musulmane. Gandhi et Nehru étaient les principaux dirigeants du parti du Congrès.

4. Réponse c. C'est en 1971 qu'a lieu la partition du Pakistan oriental, qui devient le Bangladesh, à la suite de la troisième des guerres indo-pakistanaises.

MATHS

SOMMAIRE

Quand vous avez révisé une fiche, cochez la case ☐ correspondante !

ALGORITHMIQUE ET PROGRAMMATION

Notion de liste

ALGÈBRE

Équations et fonctions polynômes du second degré

Suites numériques, modèles discrets

ANALYSE

Dérivation

Fonction exponentielle

Étude de fonctions

Fonctions trigonométriques

SOMMAIRE

GÉOMÉTRIE

Calcul vectoriel – Produit scalaire

Géométrie repérée

PROBABILITÉS ET STATISTIQUES

Probabilités conditionnelles et indépendance

Variables aléatoires réelles

Rappels : variables, boucles, fonctions

1

☐ OK

SES

HGGSP

MATHS

I Affectation de variables

- Une **variable** est un emplacement (une « boîte ») dans lequel on peut stocker une « valeur » (nombre, texte...), repéré par une « étiquette » (son nom) qui permet d'avoir accès à son contenu. Ce contenu peut varier au cours de l'exécution d'un programme.
- L'affectation est notée « ← » dans un algorithme (pseudocode) et « = » en Python. *Exemples* :

Algorithme	Code Python	Sens
$A \leftarrow 12$	$A = 12$	Affecte à A la valeur 12, la valeur précédemment contenue dans A est « écrasée ».
$B \leftarrow A$	$B = A$	Affecte à B la valeur contenue dans A, ne modifie pas A.
$A \leftarrow A + 3$	$A = A + 3$	Ajoute 3 à la valeur numérique contenue dans A. Si A valait 12, A vaut alors 15.

II Boucles et fonctions

Boucle bornée (avec nombre d'itérations connu)

L'instruction *Pour...* (*for...* en langage Python) permet de répéter l'exécution d'un bloc d'instructions **un nombre connu de fois**.

Boucle non bornée (avec arrêt conditionnel)

L'instruction *Tant Que...* (*while...* en langage Python) permet de répéter l'exécution d'un bloc d'instructions **tant qu'une certaine condition est réalisée** : l'exécution s'arrête dès que la condition n'est plus remplie.

Fonctions

- Si, dans un programme, on doit exécuter plusieurs fois la même série d'instructions, on peut enregistrer ces instructions dans une **fonction**, qu'on appelle quand on en a besoin.
- La fonction peut prendre des **arguments** (ou paramètres) et renvoyer une **valeur** (en Python, l'instruction correspondante est *return* « valeur »).
- Certaines fonctions prédéfinies en Python peuvent être utilisées en chargeant des « bibliothèques » en début de programme.

Méthodes

1 Utiliser une boucle

Une société propose, sur abonnement, la livraison hebdomadaire d'un panier de fruits et légumes. Initialement, le nombre d'abonnés est 65. Les responsables font l'hypothèse que d'un mois à l'autre 20 % des abonnements sont résiliés et 18 abonnements supplémentaires sont souscrits.

Écrire un programme déterminant et affichant le nombre de mois au bout duquel le nombre d'abonnés sera pour la première fois supérieur ou égal à 85.

Conseils

Expliciter la relation entre les nombres d'abonnés de deux mois successifs. Le programme comportera une boucle qui calcule le nombre d'abonnés tant qu'il est inférieur à 85, et un « compteur » du nombre d'exécutions.

SOLUTION

Si on note u_n le nombre d'abonnés au bout de n mois et u_{n+1} le nombre d'abonnés au bout de $n+1$ mois, alors $u_{n+1} = 0{,}8u_n + 18$. On trouve $N = 8$. On vérifie que $u_7 < 85$ et $u_8 > 85$. Programme en Python ci-contre.

```
U=65
N=0
while U<85 :
    N=N+1
    U=0,8×U+18
print(N)
```

2 Définir et utiliser une fonction

Écrire un programme Python qui définit une fonction « *somcar* » renvoyant, pour tout entier naturel n non nul, la somme $1^2+2^2+\ldots+n^2$.

Conseils

La somme cherchée est « stockée » dans une variable s qui doit être initialisée. À chaque étape, on ajoute un terme à la valeur précédente de s.

SOLUTION

L'instruction « for *k* in range(1, n+1) » signifie « pour k variant de 1 (compris) à $n+1$ (exclu) », c'est-à-dire de 1 à n.

```
def somcar(n) :
    s=0
    for k in range(1, n+1) :
        s=s+k**2
    return s
```

Génération d'une liste

2

☐ OK

SES

HGGSP

MATHS

I Créer une liste

- Pour créer une liste **en extension**, il suffit de saisir ses éléments entre crochets, séparés par des virgules.

Exemple : liste1 = [36,11,"bonjour"].

L'instruction print(liste1) renvoie : [36, 11, 'bonjour'].

- On crée une liste **en compréhension** à partir des éléments d'une liste initiale, éventuellement ceux vérifiant une certaine condition (filtrage).

Exemples : Les instructions suivantes définissent une liste dont les éléments sont les carrés :

- des éléments de la liste *aliste* :
[n**2 for n in aliste] ;
- des entiers de 2 à 8 inclus :
[n**2 for n in range(2,9)] ;
- des entiers de 2 à 8 qui sont multiples de 3 : [n**2 for n in range(2,9) if n% 3==0].

> **À noter**
> « n%3 » est le reste de *n* dans la division euclidienne par 3 ou « reste de *n* modulo 3 ».

II Modifier une liste

On suppose que l'on a déjà créé une liste nommée *liste2*, éventuellement vide (on crée une liste vide en tapant liste2 = [ ]).

- **La méthode « append »** ajoute un élément en dernière position d'une liste. La syntaxe est liste2.append(56) : ajoute 56 en dernier élément (la nouvelle *liste2* a un élément de plus).

On peut ainsi créer une liste à partir d'une liste vide en ajoutant les éléments un par un. Dans une boucle *for* ou *while*, c'est une manière de créer une liste de données qu'on calcule au fur et à mesure.

- **La méthode « extend »** ajoute tous les éléments de la liste prise en argument (ici *liste3*) à la fin de la *liste2* : liste2.extend(liste3).

- On obtient les mêmes résultats par **concaténation**, mais en créant une nouvelle liste qui enregistre le résultat.

Exemples : liste4 = liste2 + [56] et liste5 = liste2 + liste3.

- On peut créer une liste par **répétition des éléments d'une liste**.

Exemple : Les éléments de la liste [1,2,3] sont répétés 3 fois : liste6 = [1,2,3]*3 crée la liste [1, 2, 3, 1, 2, 3, 1, 2, 3].

Méthodes

1 Créer une liste d'entiers

a. Écrire un programme Python permettant de créer puis d'afficher la liste des 10 premiers multiples strictement positifs de 7.

b. Écrire un programme Python permettant de créer puis d'afficher la liste des diviseurs (positifs) de 360.

Conseils

a. Les multiples de 7 sont de la forme $7k$, k entier de 1 à 10 (in range(1,11)).
b. On crée une liste vide. Pour chaque entier k de 1 à 360 (in range(1,361)), on teste si k est un diviseur de 360. Si oui, k est ajouté à la liste.

SOLUTION

a. La première instruction correspond à la création de la liste *mult7*, la deuxième instruction permet de l'afficher.

```
mult7=[7*k for k in range(1,11)]
print(mult7)
```

b. « if 360 % k==0 » signifie « si le reste dans la division euclidienne de 360 par k est égal à 0 ». On obtient une liste de 24 diviseurs.

```
div=[ ]
for k in range(1,361) :
    if 360%k==0 :
        div.append(k)
print(div)
```

2 Permuter deux éléments d'une liste

Écrire un programme permettant de transformer la liste [cylindre, hexagone, octogone, pyramide, quadrilatère] en la liste [quadrilatère, hexagone, octogone, pyramide, cylindre].

Conseils

Pour permuter les valeurs des variables A et B, il ne suffit pas d'écrire $A = B$ puis $B = A$, les variables A et B contiendraient la même valeur (celle de B). On stocke temporairement la valeur de A dans une variable auxiliaire.

SOLUTION

Remarque : Avec Python, on peut aussi plus simplement écrire : figures[0], figures[4] = figures[4], figures[0].

```
figures = ["cylindre","hexagone",
"octogone","pyramide","quadrilatère"]
aux = figures[0]
figures[0] = figures[4]
figures[4] = aux
```

Manipulations sur les éléments d'une liste

3

☐ OK

I Ajouter, modifier ou supprimer un élément

- Les méthodes « append » et « extend » permettent d'**ajouter** ou de **modifier** un élément dans une liste. ▶ FICHE 2
- La méthode « insert » permet d'**insérer** un élément dans une liste.

Exemple : liste5.insert(2, 27) insère 27 à l'index 2 (c'est-à-dire en troisième position) de *liste5* et décale les éléments suivants.

- Pour **supprimer** un élément d'une liste d'**index déterminé** en Python, on utilise « del ».

Exemple : del liste5[1] supprime l'élément d'index 1 (c'est-à-dire le deuxième élément) de *liste5*.

- Pour **supprimer** un élément d'une **valeur donnée**, on utilise la méthode de liste « remove ».

Exemple : liste5.remove(1) supprime la première occurrence de la valeur « 1 » dans *liste5*, pas les éventuelles autres occurrences de cette valeur.

II Parcourir, itérer ou rechercher dans une liste

- **Itérer sur les éléments d'une liste :**
  - sans index, par exemple :

```
for x in liste6 :
    print(x)
```

  - avec index, par exemple :

```
for n, x in enumerate(liste6) :
    print(n, x)
```

- **Accéder** à l'élément d'index donné, **modifier** sa valeur :
  - liste6[2] : pour accéder à l'élément d'index 2 de *liste6* ;
  - liste6[2]=18 donne à l'élément d'index 2 de *liste6* la valeur 18.
- **Rechercher une valeur dans une liste :**

2 in liste6 : renvoie « True » si l'un des éléments de *liste6* est 2, « False » sinon.

- **Étudier les occurrences d'une valeur :**
  - liste6.count(2) donne le nombre d'**occurrences** de la valeur 2 dans *liste6* (renvoie 0 si 2 ne figure pas dans *liste6*) ;
  - liste6.index(2) renvoie l'**index de la première occurrence** de 2 dans *liste6* si 2 figure dans *liste6*, renvoie un message d'erreur sinon.

Mot clé

Un opérateur **booléen** est un type de données qui ne peut prendre que deux valeurs : True (vrai) et False (faux).

SES

HGGSP

MATHS

Méthode

Supprimer une à une les différentes occurrences d'une valeur dans une liste

On considère la liste (nommée simplement *liste*) :

[1, 1, 2, 1, 2, 3, 4, 1, 2, 1, 8, 7, 1].

Écrire un programme supprimant un par un dans cette liste les éléments de valeur 1, en affichant à chaque étape la liste obtenue :

a. avec une boucle *for* ;

b. avec une boucle *while*.

Conseils

On saisit la liste en extension.
a. On peut utiliser une boucle *for* exécutée *n* fois, où *n* est le nombre d'occurrences de la valeur 1 dans la liste initiale, *n* étant défini au préalable.
À chaque étape, on demande au programme de supprimer la première occurrence de la valeur 1 ; cette manipulation est effectuée *n* fois, les occurrences de la valeur 1 sont supprimées une à une (dans l'ordre croissant de leurs index).
b. Si on utilise une boucle *while*, elle est exécutée tant que la valeur 1 figure dans la liste. Dans ce cas, il n'est pas nécessaire de compter au préalable le nombre d'occurrences du 1.

SOLUTION

a. *n* est le nombre d'occurrences de la valeur 1, et *k* est un « compteur » qui prend successivement comme valeurs tous les entiers de 0 à *n* – 1.

```
n=liste.count(1)
for k in range(n) :
      liste.remove(1)
      print(liste)
```

L'instruction « liste.remove(1) » peut être remplacée par la séquence d'instructions :

```
i = liste.index(1)
del liste[i]
```

b. « liste.count(1)!=0 » signifie « le nombre d'occurrences du 1 dans la liste est différent de 0 ». On peut remplacer « !=0 » par « >0 ».

```
while liste.count(1) != 0 :
      liste.remove(1)
      print(liste)
```

Remarque : L'indentation indique que l'instruction d'affichage est dans la boucle. On demande à chaque étape l'affichage de la liste : on obtient 6 listes successives de plus en plus courtes.

Opérations globales sur les listes

4

☐ OK

I Réaliser des opérations sur des listes

- On obtient le nombre d'éléments (la **longueur**) de la liste nommée *liste* avec l'instruction len(liste).
- La **somme** des éléments de la liste (si les valeurs sont numériques) s'obtient par sum(liste).

À noter

En combinant ces deux opérations, on peut aisément calculer, lorsque les éléments de la liste ont tous des valeurs numériques, la moyenne de toutes les valeurs.

- Pour **inverser** l'ordre des éléments d'une liste, on utilise la méthode « reverse() ».

Exemple : avec liste7.reverse(), la liste *liste7* est modifiée, remplacée par la liste « inversée ».

- Pour simplement **afficher dans l'ordre inverse** les éléments de *liste7* (sans modification de *liste7*), on peut saisir :

```
for i in reversed(liste7) :
    print(i)
```

Les valeurs sont affichées les unes en dessous des autres (dans l'ordre inverse de celui où elles figurent dans *liste7*).

II Trier les éléments d'une liste

- Pour **trier** les éléments d'une liste suivant leur valeur (**ordre croissant** pour des nombres, **ordre alphabétique** pour des chaînes de caractères), on utilise :
  - La méthode de liste « sort() ». *Exemple* : liste7.sort() : la liste *liste7* est modifiée, sa « valeur » initiale est « perdue », remplacée par la nouvelle liste ordonnée.
  - La fonction « sorted() ». *Exemple* : sorted(list7) : la liste *liste7* n'est pas modifiée, il faut nommer et enregistrer la nouvelle liste.

À noter

Le tri permet de déterminer les valeurs minimale et maximale de valeurs numériques. Il existe en Python les méthodes min(*liste*) et max(*liste*).

- Pour obtenir un tri dans l'**ordre inverse** (décroissant) : liste7.sort(reverse = True) ou sorted(list7, reverse = True).

SES

HGGSP

MATHS

Méthode

Déterminer la valeur médiane d'une liste de valeurs numériques

Écrire une fonction en Python permettant de déterminer la note médiane d'une série de notes.

On rappelle que pour une série statistique ordonnée (x_1 ; x_2 ; x_3 ; ... ; x_n), la médiane M est définie par :

- si n est impair, alors $M = x_{\frac{n+1}{2}}$;
- si n est pair avec $n = 2k$, alors $M = \frac{x_k + x_{k+1}}{2}$.

Vérifier avec les deux listes suivantes :

a. L1 = [11, 7, 2, 14, 10, 11, 5, 12, 8, 16, 6, 15, 12, 7, 7, 18, 10].

b. L2 = [10, 1, 5, 6, 11, 3, 19, 11, 10, 9, 3, 14, 7, 13, 4, 15].

Conseils

Il est plus commode de classer par ordre croissant les éléments de la liste.
On effectue ensuite un test sur la parité du nombre d'éléments.
Il faut faire attention aux index des éléments de la liste : si la série ordonnée est (x_1 ; x_2 ; x_3 ; ... ; x_n) et si la liste correspondante est notée L, alors, pour tout entier j compris entre 1 et n, $x_j = L[j-1]$.

SOLUTION

```
def mediane(L):
    L.sort()
    n = len(L)
    if n%2==0:
        return (L[int(n/2)-1]+L[int(n/2)])/2
    else:
        return L[int((n-1)/2)]
```

Avec l'instruction « L.sort() », la liste L est ordonnée, la liste initiale (mêmes valeurs mais dans un ordre éventuellement différent) est « écrasée ».

« if n%2==0 » signifie « si le reste de n dans la division euclidienne par 2 est 0 », autrement dit « si n est pair ».

a. En appliquant cette fonction à L1, on trouve **10** pour la médiane.

b. En l'appliquant à L2, on trouve une médiane égale à **9,5**.

Remarque : Les index des éléments d'une liste doivent être des nombres entiers. Même si n est pair, $\frac{n}{2}$ n'est pas considéré par Python comme un entier, d'où int(n/2) qui transforme cette valeur en entier.

Quiz EXPRESS 5

Avez-vous bien révisé les fiches 1 à 4 ? On vérifie !

Notion de liste

1 Variables, boucles, fonctions

FICHE 1

Une cuve de récupération des eaux pluviales est formée de deux parallélépipèdes rectangles superposés (schéma ci-contre, dimensions en m). On considère le programme ci-dessous :

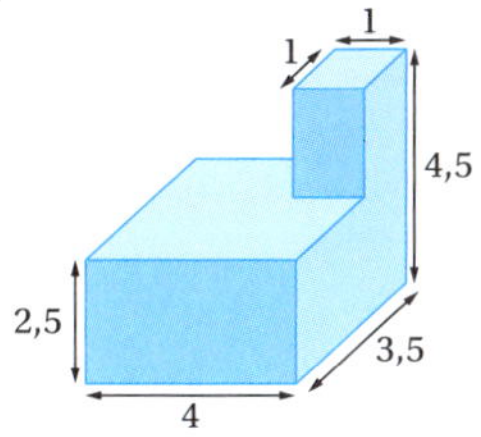


```
def vol(h)
  if h < 2,5 :
    v = 14 * h
  else :
    v = ... + h
  return v
```

Pour que ce programme définisse une fonction qui retourne le volume d'eau (en m^3) dans la cuve en fonction de la hauteur d'eau h (en m), par quelle valeur doit-on compléter l'avant-dernière ligne ?

☐ **a.** 35 ☐ **b.** 32,5 ☐ **c.** 63

2 Génération d'une liste

FICHE 2

L'instruction [n**2 for n in range(3,6)] définit la liste :

☐ **a.** [9, 16, 25, 36] ☐ **b.** [9, 16, 25] ☐ **c.** [16, 25, 36]

3 Manipulation sur les élements d'une liste

FICHE 3

On considère le programme ci-contre.

À la fin de son exécution, le résultat affiché est :

☐ **a.** 1

☐ **b.** 2

☐ **c.** 3

```
L=[2,12,41,18,24,16]
m3=0
for k in L :
  if k%3==0 :
    m3=m3+1
print(m3)
```

SES HGGSP MATHS

CORRIGÉS

1 Variables, boucles, fonctions

Réponse b.

En effet, « else » signifie ici « s'il y a 2,50 m d'eau ou plus dans la cuve » c'est-à-dire « si $h \geqslant 2{,}5$ ».

La cuve contient un volume *v* d'eau égal à la somme du volume d'eau dans le parallélépipède du bas de hauteur 2,50 m, soit 35 m^3, et du volume de l'eau dans l'autre parallélépipède, de section 1 m^2 et de hauteur d'eau ($h - 2{,}5$).

Soit :

$$v = 4 \times 3{,}5 \times 2{,}5 + 1 \times 1 \times (h - 2{,}5)$$
$$= 35 + h - 2{,}5$$
$$= \mathbf{32{,}5} + \boldsymbol{h}.$$

2 Génération d'une liste

Réponse b.

Avec Python, *range* permet de créer une liste d'entiers.

« range(3,6) » équivaut à « [3,4,5] » (la borne supérieure de *range* n'est pas prise dans la liste).

[n**2 for n in range(3,6)] définit la liste des carrés des entiers de la liste [3, 4, 5].

À noter

« range(3,6) » définit la liste des entiers de 3 (compris) à 6 (non compris), avec un « pas » par défaut égal à 1. Si on souhaite un « pas » différent, on le saisit en troisième argument. Par exemple, « range(2, 14, 3) » donne [2, 5, 8, 11].

3 Manipulations sur les éléments d'une liste

Réponse c.

Le programme donné teste, pour chacun des éléments *k* de la liste *L*, s'il est divisible par 3 (multiple de 3) et ajoute 1 au compteur *m3* dans ce cas.

Dans la liste donnée, il y a trois multiples de 3 : 12, 18 et 24.

Donc, à la fin de l'exécution du programme, la valeur affichée (celle contenue dans *m3*) est 3.

Équations et fonctions polynômes du second degré

6

☐ OK

SES HGGSP MATHS

I Définitions

- Une **fonction polynôme du second degré** à coefficients réels est une fonction P, définie sur $\mathbb{R}$, telle qu'il existe trois réels a, b et c avec $a \neq 0$, et telle que pour tout réel x, $P(x) = ax^2 + bx + c$.
- Les réels a, b et c sont appelés les **coefficients** de P (a en est le coefficient **dominant**).
- Soit a, b et c des réels tels que $a \neq 0$. L'équation $ax^2 + bx + c = 0$ est appelée **équation du second degré**.
- Une **racine** du polynôme $P(x) = ax^2 + bx + c$ est une solution de l'équation $ax^2 + bx + c = 0$.

II Produit de deux fonctions affines et étude de signe

1 Produit de fonctions affines

- Soit a, b, c et d des réels tels que $a \neq 0$ et $c \neq 0$, alors le **produit des deux fonctions affines** $x \mapsto (ax + b)(cx + d)$ est une fonction polynôme du second degré.
- Ses racines x_1 et x_2 sont $-\frac{b}{a}$ et $-\frac{d}{c}$.
- Son signe est résumé dans le **tableau de signes** (ici $x_1 < x_2$).

Valeurs de x	$-\infty$	x_1		x_2	$+\infty$
Signe de $ax + b$	Signe de $(-a)$	0	Signe de a		Signe de a
Signe de $cx + d$	Signe de $(-c)$		Signe de $(-c)$	0	Signe de c
Signe de $(ax + b)(cx + d)$	Signe de $a \times c$	0	Signe de $(-a \times c)$	0	Signe de $a \times c$

2 Identités remarquables

Pour tous réels a et x, on a :

- $x^2 + 2ax + a^2 = (x + a)^2$;
- $x^2 - 2ax + a^2 = (x - a)^2$;
- $x^2 - a^2 = (x + a)(x - a)$.

À noter

Deux fonctions polynômes du second degré sont égales si et seulement si elles ont les mêmes coefficients.

Méthode

Déterminer les racines et le signe d'un produit de fonctions affines

Résoudre l'équation $(1-4x)(3x+2)=0$.

Puis résoudre l'inéquation $(1-4x)(3x+2)<0$.

Conseils

- Pour résoudre une équation-produit, on s'assure tout d'abord qu'elle est bien de la forme $f(x)\times g(x)=0$. On identifie ensuite chacun des facteurs, puis on résout chacune des équations obtenues.
On rappelle le théorème suivant : un produit de facteurs est nul si et seulement si un des facteurs est nul.
- Pour résoudre une inéquation de la forme $f(x)\times g(x)>0$ ou $f(x)\times g(x)<0$, on détermine tout d'abord le signe de chacun des facteurs puis on dresse un tableau de signes du produit.

SOLUTION

- On a pour tout réel x :

$$(1-4x)(3x+2)=0 \Leftrightarrow 1-4x=0 \text{ ou } 3x+2=0$$
$$\Leftrightarrow 1=4x \text{ ou } 3x=-2$$
$$\Leftrightarrow x=\frac{1}{4} \text{ ou } x=-\frac{2}{3}.$$

L'équation $(1-4x)(3x+2)=0$ admet pour seules solutions $\mathbf{\frac{1}{4}}$ et $\mathbf{-\frac{2}{3}}$.

- On a le tableau de signes suivant :

Valeurs de x	$-\infty$		$-\frac{2}{3}$		$\frac{1}{4}$		$+\infty$
Signe de $1-4x$		+		+	0	−	
Signe de $3x+2$		−	0	+		+	
Signe de $(1-4x)(3x+2)$		−	0	+	0	−	

On en déduit que l'inéquation $(1-4x)(3x+2)<0$ admet pour solutions les réels appartenant à $\left]-\infty\,;-\frac{2}{3}\right[\cup\left]\frac{1}{4}\,;+\infty\right[$.

Remarque : Soit m et p deux réels, $m\neq 0$; le signe de la fonction $x\mapsto mx+p$ est déterminé par le signe de m et par sa racine $-\frac{p}{m}$: si $m>0$, la fonction est négative puis positive ; si $m<0$ la fonction est positive puis négative.

Forme canonique, factorisation, racines et signe

7

☐ OK

I Forme canonique et racines

Soit trois réels a, b et c avec $a \neq 0$ et soit la fonction polynôme du second degré P définie pour tout réel x par $P(x) = ax^2 + bx + c$.

- La **forme canonique de $P(x)$** s'écrit, pour tout $x \in \mathbb{R}$:

$$P(x) = a\left(\left(x + \frac{b}{2a}\right)^2 - \frac{b^2 - 4ac}{4a^2}\right)$$

- Le réel $\Delta = b^2 - 4ac$ est appelé **discriminant** de P ou discriminant de l'équation $ax^2 + bx + c = 0$.

	Racines de P	Factorisation de P
$\Delta < 0$	aucune	aucune
$\Delta = 0$	$x_0 = -\frac{b}{2a}$	$P(x) = a\left(x + \frac{b}{2a}\right)^2$
$\Delta > 0$	$x_1 = \frac{-b - \sqrt{\Delta}}{2a}$ et $x_2 = \frac{-b + \sqrt{\Delta}}{2a}$	$P(x) = a\left(\left(x + \frac{b}{2a}\right) - \frac{\sqrt{\Delta}}{2a}\right)\left(\left(x + \frac{b}{2a}\right) + \frac{\sqrt{\Delta}}{2a}\right)$

II Signe d'une fonction polynôme du second degré

- **Règle générale :** toute fonction polynôme du second degré est du signe de son coefficient dominant sauf éventuellement entre ses racines.
- Plus précisément, soit P une fonction polynôme de coefficient dominant le réel non nul a et de discriminant Δ.

• Si $\Delta < 0$ alors pour tout réel x, $P(x)$ est du signe de a.

• Si $\Delta = 0$ et si x_0 est l'unique racine de P alors pour tout réel x, $P(x) = a(x - x_0)^2$ et $P(x)$ est du signe de a.

À noter

Il ne faut pas confondre le signe du discriminant et le signe de la fonction polynôme.

• Si $\Delta > 0$ et si x_1 et x_2 sont les racines de P avec $x_1 < x_2$ alors pour tout réel x, $P(x) = a(x - x_1)(x - x_2)$.

Si $x \in]-\infty\,; x_1[\cup]x_2\,; +\infty[$ alors $P(x)$ est du signe de a et si $x \in]x_1\,; x_2[$ $P(x)$ est du signe de $-a$.

SES

HGGSP

MATHS

Méthodes

1 Résoudre des équations du second degré

Résoudre les équations suivantes.

a. $-6x^2+x+1=0$ b. $5x^2-6x+2=0$ c. $2x^2+2x+\frac{1}{2}=0$

Conseils

On calcule le discriminant et on déduit de son signe l'existence et le nombre de solutions, puis on calcule leurs valeurs.

SOLUTION

a. L'équation admet pour discriminant $\Delta_1=1^2-4\times(-6)\times1$, soit $\Delta_1=25$ et $\Delta_1>0$. Elle a donc deux solutions réelles distinctes :

$x_1=\frac{-1-\sqrt{25}}{2\times(-6)}$ et $x_2=\frac{-1+\sqrt{25}}{2\times(-6)}$ soit $\boldsymbol{x_1=\frac{1}{2}}$ et $\boldsymbol{x_2=-\frac{1}{3}}$.

b. L'équation a pour discriminant $\Delta_2=(-6)^2-4\times5\times2$, soit $\Delta_2=-4$ et $\Delta_2<0$. L'équation n'admet **pas de solution réelle**.

c. L'équation admet pour discriminant $\Delta_3=2^2-4\times2\times\frac{1}{2}=0$.

L'équation admet pour unique solution $x_0=-\frac{2}{2\times2}$ soit $\boldsymbol{x_0=-\frac{1}{2}}$.

2 Factoriser des polynômes du second degré

Factoriser si possible les fonctions polynômes suivantes en produit de fonctions affines.

a. $P(x)=-x^2+2x+3$

b. $Q(x)=\frac{1}{3}x^2-\frac{1}{3}x+\frac{1}{12}$

c. $R(x)=-3x^2+2x-1$

Conseils

On détermine tout d'abord comme ci-dessus les racines éventuelles des polynômes du second degré, pour ensuite les factoriser.

SOLUTION

a. P admet pour discriminant 16 et pour racines −1 et 3, donc pour tout réel x : $\boldsymbol{P(x)=-(x+1)(x-3)}$.

b. Q admet pour discriminant 0 et pour unique racine $\frac{1}{2}$, donc pour tout réel x, $\boldsymbol{Q(x)=\frac{1}{3}\left(x-\frac{1}{2}\right)^2}$.

c. R admet pour discriminant −8 et n'est **pas factorisable** dans $\mathbb{R}$ en produit de fonctions affines.

Somme et produit des racines 8

☐ OK

I Expression de la somme et du produit des racines

Soit trois réels a, b et c avec $a \neq 0$ et soit la fonction polynôme du second degré P définie pour tout réel x par $P(x) = ax^2 + bx + c$.

On suppose que P admet deux racines distinctes x_1 et x_2.

- **Somme** des racines de P :

$$x_1 + x_2 = -\frac{b}{a}$$

- **Produit** des racines de P :

$$x_1 x_2 = \frac{c}{a}$$

À noter

Ces relations sont encore vérifiées si P admet une unique racine x_0, en prenant $x_1 = x_2 = x_0$.

Théorème.

Soit s et p deux réels. Il existe deux réels u et v tels que $u + v = s$ et $u \times v = p$ si, et seulement si $s^2 - 4p \geqslant 0$.

Dans ce cas, les réels u et v sont les solutions de l'équation :

$$x^2 - sx + p = 0$$

À noter

Si $s^2 - 4p = 0$, les réels u et v sont égaux.

II Fonction polynôme du second degré de racines données

Soit P une fonction polynôme du second degré dont on connaît les deux racines u et v. Notons s et p la somme et le produit de ces racines : $s = u + v$ et $p = uv$.

Alors il existe un réel a non nul tel que pour tout réel x :

$$P(x) = a(x^2 - sx + p)$$

Remarque : Ceci permet de vérifier les solutions trouvées lors de la résolution d'une équation du second degré.

À noter

Le réel a est bien sûr le coefficient dominant de P.

SES

HGGSP

MATHS

Méthodes

1 Résoudre des équations du second degré dont une solution est évidente

Résoudre l'équation $-x^2 + 4x + 5 = 0$ après en avoir déterminé une solution « évidente ».

Conseils

- Pour trouver une solution « évidente » autre que zéro, on teste les valeurs entières 1 et -1 puis 2 et -2...
- On utilise ensuite la valeur du produit ou de la somme des racines pour déterminer l'autre racine.

SOLUTION

- L'équation admet pour solution $x_1 = -1$ car $-(-1)^2 + 4(-1) + 5 = 0$.
- L'autre solution x_2 vérifie $-1 \times x_2 = \dfrac{5}{-1}$ (ici, $a = -1$ et $c = 5$) donc

$\mathbf{x_2 = 5}$. On en déduit également que pour tout réel x :

$$-x^2 + 4x + 5 = -(x + 1)(x - 5).$$

2 Déterminer deux réels dont la somme et le produit sont donnés

Résoudre les systèmes suivants : (1) $\begin{cases} x + y = 30 \\ xy = 200 \end{cases}$ et (2) $\begin{cases} x + y = 2 \\ xy = 2 \end{cases}$

Conseils

Pour un tel système, on résout d'abord l'équation $X^2 - sX + p = 0$.
Si cette dernière a deux solutions distinctes u et v, on obtient deux couples solutions pour le système : (u, v) et (v, u). Si elle a une unique solution u, le système a pour solution (u, u). Sinon le système n'a pas de solution.

SOLUTION

- Les couples (x, y) solutions du système (1) sont tels que x et y sont solutions de l'équation $X^2 - 30X + 200 = 0$ qui admet pour discriminant $\Delta = 30^2 - 4 \times 200$, soit $\Delta = 100$. Elle admet donc deux solutions $X_1 = \dfrac{30 + 10}{2} = 20$ et $X_2 = \dfrac{30 - 10}{2} = 10$.

Le système (1) admet pour solutions les couples **(10, 20)** et **(20, 10)**.

- Pour le système (2), l'équation $X^2 - 2X + 2 = 0$ a pour discriminant $\Delta = -4$. Le système n'admet donc **pas de solution**.

Quiz EXPRESS 9

Avez-vous bien révisé les fiches 6 à 8 ? On vérifie !

Second degré : équation et signes

1 Résoudre une équation sans discriminant

▶ FICHE 6

1. L'équation $x^2 = -x$:

☐ **a.** n'a aucune solution réelle ☐ **b.** a pour unique solution 0

☐ **c.** a pour solutions 0 et -1

2. L'équation $(3x+1)(1-4x) = 0$ admet pour solutions :

☐ **a.** $\frac{1}{3}$ et $\frac{1}{4}$ ☐ **b.** $-\frac{1}{3}$ et $-\frac{1}{4}$ ☐ **c.** $-\frac{1}{3}$ et $\frac{1}{4}$

2 Résoudre une équation avec son discriminant

▶ FICHE 7

1. L'équation $-x^2 - x + 6 = 0$:

☐ **a.** a pour discriminant -23 ☐ **b.** a pour solutions -2 et 3

☐ **c.** a pour solutions 2 et -3

2. L'équation $3x^2 + 3x + \frac{3}{4} = 0$:

☐ **a.** admet pour discriminant 0 ☐ **b.** admet deux solutions

☐ **c.** admet pour solution $\frac{1}{2}$

3. Soit Δ le discriminant de $P : x \mapsto 2x^2 - 1{,}2x + 0{,}4$ alors :

☐ **a.** $\Delta > 0$ et pour tout réel x, $P(x) > 0$

☐ **b.** $\Delta < 0$ et pour tout réel x, $P(x) < 0$

☐ **c.** $\Delta < 0$ et pour tout réel x, $P(x) > 0$

3 Utiliser la somme et le produit des racines

▶ FICHE 8

1. L'équation $-x^2 + 23x + 24 = 0$ a pour solutions -1 et :

☐ **a.** 24 ☐ **b.** -25 ☐ **c.** -24

2. Soit u et v de somme 2 et de produit p alors :

☐ **a.** u et v sont solutions de l'équation $x^2 + 2x + p = 0$

☐ **b.** $p > 1$ ☐ **c.** $p < 1$

CORRIGÉS

1 Résoudre une équation sans discriminant

1. Réponse c. Pour tout réel x :

$$x^2 = -x \Leftrightarrow x^2 + x = 0$$
$$\Leftrightarrow x(x+1) = 0$$
$$\Leftrightarrow x = 0 \text{ ou } x = -1.$$

2. Réponse c. Pour tout réel x :

$$(3x+1)(1-4x) \Leftrightarrow 3x+1 = 0 \text{ ou } 1-4x = 0$$
$$\Leftrightarrow 3x = -1 \text{ ou } -4x = -1$$
$$\Leftrightarrow x = -\frac{1}{3} \text{ ou } x = \frac{1}{4}.$$

2 Résoudre une équation avec son discriminant

1. Réponse c. L'équation $-x^2 - x + 6 = 0$ a le discriminant $\Delta = (-1)^2 - 4 \times 6 \times (-1)$ soit $\Delta = 25$ et les solutions :

$$\frac{-(-1)+\sqrt{25}}{2\times(-1)} = -3 \text{ et } \frac{-(-1)-\sqrt{25}}{2\times(-1)} = 2.$$

2. Réponse a. L'équation $3x^2 + 3x + \frac{3}{4} = 0$ a pour discriminant $\Delta = 3^2 - 4 \times \frac{3}{4} \times 3$ soit $\Delta = 3^2 - 9 = 0$ et pour unique solution $-\frac{3}{2\times 3} = -\frac{1}{2}$.

3. Réponse c. Le discriminant de $P : x \mapsto 2x^2 - 1{,}2x + 0{,}4$ est $\Delta = 1{,}2^2 - 4 \times 0{,}4 \times 2$ soit $\Delta = -1{,}76$ donc P ne s'annule pas et est du signe de son coefficient dominant $a = 2$.

3 Utiliser la somme et le produit des racines

1. Réponse a. Le produit des racines de $x \mapsto -x^2 + 23x + 24$ est $\frac{24}{-1}$ donc l'autre racine est 24.

2. Réponse c. Si u et v sont deux solutions de l'équation $x^2 - 2x + p = 0$, son discriminant $\Delta = 4 - 4p$ doit être strictement positif ; ainsi $4 - 4p > 0$ soit $4p < 4$ et $p < 1$.

Généralités sur les suites

I Définitions et modes de génération

- **Définition.** Soit n_0 un entier naturel. Une **suite numérique** définie **à partir du rang** n_0 est une fonction à valeurs réelles définie pour tout entier n, $n \geqslant n_0$. On note parfois cette suite $(u_n)_{n \geqslant n_0}$.
- L'image d'un entier naturel n par une suite u est notée u_n ou $u(n)$: c'est le **terme général** de la suite ou encore son terme de **rang** n.

> **À noter**
> Le **premier terme** d'une suite est le terme de rang n_0 (généralement 0 ou 1).

- On peut définir une suite par une **propriété caractéristique** : la suite des entiers pairs, des décimales de π…
- Soit f une fonction définie sur une partie E de $\mathbb{N}$. On peut définir **explicitement** une suite u par $u_n = f(n)$ pour tout $n \in E$.
- Une suite peut être définie par **récurrence** : la donnée de son ou ses premiers termes et de l'expression de chacun de ses termes en fonction de celui ou de ceux qui le précèdent.
- Un **algorithme** comportant une boucle permet de calculer les termes d'une suite.

```
K ← 1 ; U ← A
Tant Que K < N :
   U ← f(U)
   K ← K + 1
Fin Tant Que
```

```
U ← A
Pour K allant de 1 à N :
   U ← f(U)
Fin Pour
```

II Représentation graphique et variations

Soit un entier naturel n_0 et soit une suite u définie à partir du rang n_0.

- Dans un repère du plan, la représentation graphique de la suite u est l'ensemble des points de coordonnées $(n\,;u_n)$ pour tout entier $n \geqslant n_0$.

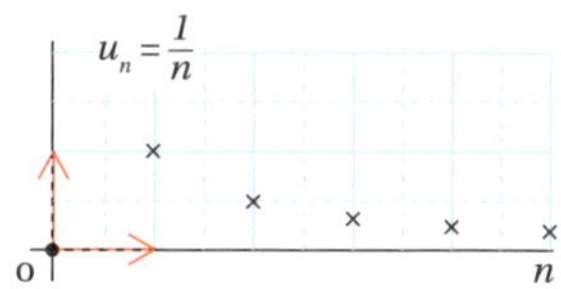

- Une suite u est **croissante** (respectivement **décroissante**) à partir du rang n_0 si et seulement si pour tout entier naturel $n \geqslant n_0$, $u_{n+1} \geqslant u_n$ (respectivement $u_{n+1} \leqslant u_n$).

On dit qu'une suite est **monotone** si elle est croissante ou décroissante.

> **À noter**
> On définit les suites strictement monotones à l'aide d'inégalités strictes.

Méthodes

1 Déterminer certains termes d'une suite et les représenter

Déterminer et représenter les trois premiers termes des suites u, v et w suivantes :

a. pour tout $n \geqslant 2$, $u_n = \dfrac{6}{n(n-1)}$;

b. $v_0 = 0$ et, pour tout $n \geqslant 0$, $v_{n+1} = 2v_n - 1$;

c. w est définie par l'algorithme ci-contre.

```
W ← -1
Pour K de 1 à N
  W ← W² - 1
Fin Pour
```

Conseils

Pour une suite définie explicitement, on calcule les termes demandés en remplaçant n par la valeur appropriée. Pour une suite définie par récurrence, on utilise pour chaque calcul le terme donné ou calculé précédemment.

SOLUTION

a. On a $u_2 = \dfrac{6}{2\times(2-1)}$, $u_3 = \dfrac{6}{3\times 2}$ et $u_4 = \dfrac{6}{4\times 3}$, soit :

$\boldsymbol{u_2 = 3}$, $\boldsymbol{u_3 = 1}$ et $\boldsymbol{u_4 = \frac{1}{2}}$.

b. On a $\boldsymbol{v_0 = 0}$, $v_1 = 2v_0 - 1$, soit $\boldsymbol{v_1 = -1}$, puis $v_2 = 2v_1 - 1$, soit $v_2 = 2\times(-1) - 1$ d'où $\boldsymbol{v_2 = -3}$.

c. On a $\boldsymbol{w_0 = -1}$, $\boldsymbol{w_1 = w_0^2 - 1 = 0}$ et $\boldsymbol{w_2 = w_1^2 - 1 = -1}$.

2 Étudier le sens de variation d'une suite

Étudier le sens de variation de la suite définie pour tout $n \in \mathbb{N}^*$ par $u_n = n + \dfrac{1}{n}$.

Conseils

Pour exprimer u_{n+1}, on remplace dans l'expression de u_n chaque occurrence de n par $n+1$. Pour les variations de u, on détermine le signe de $u_{n+1} - u_n$.

SOLUTION

On a pour tout $n \in \mathbb{N}^*$: $u_{n+1} - u_n = n + 1 + \dfrac{1}{n+1} - \left(n + \dfrac{1}{n}\right)$

soit $u_{n+1} - u_n = \dfrac{n(n+1) + n - (n+1)}{n(n+1)} = \dfrac{n^2 + n - 1}{n(n+1)}$.

Or, si $n \geqslant 1$ alors $n^2 + n \geqslant 2$ donc $n^2 + n - 1 > 0$ et $u_{n+1} - u_n > 0$: la suite **(u_n) est donc strictement croissante.**

Suites arithmétiques

11

☐ OK

I Définitions et caractérisation

- **Définition.** Une suite u est **arithmétique** si et seulement s'il existe un réel r tel que, pour tout entier naturel n, $u_{n+1} = u_n + r$.

Le réel r s'appelle la **raison** de la suite.

- On utilise les suites arithmétiques pour modéliser l'évolution d'une quantité dont les accroissements successifs sont constants.
- **Théorème.** La suite u est arithmétique si et seulement s'il existe des réels r et a tels que pour tout entier naturel n :

$$u_n = a + n \times r$$

II Propriétés

- Dans un repère du plan, toute suite arithmétique est représentée par des points de la courbe représentative d'une fonction affine (une droite), les points sont donc alignés.

> **À noter**
> Pour montrer qu'une suite u n'est pas arithmétique, il suffit d'un contre-exemple comme $u_1 - u_0 \neq u_2 - u_1$.

- Une suite u est arithmétique si et seulement si pour tout $n \in \mathbb{N}$, $u_{n+1} - u_n$ est indépendant de n.
- Soit une suite u arithmétique de raison r, alors pour tous entiers naturels n et p :

$$u_n - u_p = (n - p)r.$$

III Somme $1 + 2 + ... + n$

- **Théorème.** Pour tout entier naturel non nul n, on a :

$$1 + 2 + \ldots + n = \frac{n(n+1)}{2}$$

- **Application.** Soit la suite u arithmétique de raison r et de premier terme $u_0 = a$ et n un entier naturel non nul :

$$u_0 + u_1 + \ldots + u_n = (n+1)a + \frac{n(n+1)}{2}r = (n+1) \times \frac{u_0 + u_n}{2}$$

Remarque : Cette somme contient $n + 1$ termes.

SES

HGGSP

MATHS

Méthodes

1 Déterminer si une suite est arithmétique

On considère les suites u, v, w et t définies pour tout $n \in \mathbb{N}$ par :

- $u_n = n^4 - 6n^3 + 11n^2 - 5n$
- $v_n = \dfrac{5+3n}{2}$
- $w_0 = 2$ et $3w_{n+1} = 3w_n - 8$
- $t_0 = 0$ et $t_{n+1} = t_n + n + 1$

a. Calculer u_0, u_1, u_2 et u_3. La suite u est-elle arithmétique ?

b. Les suites v, w et t sont-elles arithmétiques ?

Conseils

Pour montrer qu'une suite (x_n) est arithmétique, soit on montre que $x_{n+1} - x_n$ est constant, soit on montre que x_n est une fonction affine de n.

SOLUTION

a. On a $\boldsymbol{u_0 = 0}$, $\boldsymbol{u_1 = 1}$, $\boldsymbol{u_2 = 2}$ et $\boldsymbol{u_3 = 3}$. Mais $u_4 \neq 4$ donc la suite ***u* n'est pas arithmétique**.

Remarque : La connaissance des premiers termes ne suffit pas pour établir la nature de la suite.

b. • Pour tout $n \in \mathbb{N}$, $v_n = \dfrac{5}{2} + \dfrac{3}{2}n$, donc par application immédiate d'un théorème du cours, la suite ***v* est arithmétique** de premier terme $v_0 = \dfrac{5}{2}$ et de raison $r = \dfrac{3}{2}$.

• Pour tout $n \in \mathbb{N}$, $3w_{n+1} = 3w_n - 8$ donc $w_{n+1} = w_n - \dfrac{8}{3}$. Par définition, la suite ***w* est arithmétique** de raison $r = -\dfrac{8}{3}$.

• On a $t_1 - t_0 = 1$ et $t_2 - t_1 = 2$ donc la suite ***t* n'est pas arithmétique**.

2 Déterminer un terme ou la raison d'une suite arithmétique

a. Soit la suite arithmétique u de raison -2 telle que $u_5 = 7$. Que vaut u_{10} ?

b. Soit la suite arithmétique v telle que $v_7 = 7$ et $v_{10} = 0$. Quelle est sa raison r ?

Conseils

On sait que pour une suite arithmétique x de raison r, $x_m - x_n = (m-n) \times r$.

SOLUTION

a. On a $u_{10} - u_5 = (10-5) \times (-2)$ soit $u_{10} = u_5 + 5 \times (-2)$ donc $\boldsymbol{u_{10} = -3}$.

b. On a $v_{10} - v_7 = (10-7) \times r = 3 \times r$, soit $3 \times r = -7$ donc $\boldsymbol{r = -\dfrac{7}{3}}$.

Suites géométriques

12

☐ OK

SES

HGGSP

MATHS

I Définitions et caractérisation

- **Définition.** Une suite u est **géométrique** si et seulement s'il existe un réel q tel que, pour tout entier naturel n, $u_{n+1} = u_n \times q$.
Le réel q s'appelle la **raison** de la suite.

- On utilise les suites géométriques pour modéliser l'évolution d'une quantité dont les accroissements successifs sont à taux constants.

- **Théorème.** La suite u est géométrique si et seulement s'il existe des réels q et a tels que pour tout entier naturel n :

$$u_n = a \times q^n$$

II Propriétés

- Dans un repère du plan, toute suite géométrique est représentée par des points de la courbe représentative d'une **fonction exponentielle**.
▶ FICHE 19

- Une suite à termes non nuls u est géométrique si et seulement si pour tout $n \in \mathbb{N}$, $\frac{u_{n+1}}{u_n}$ est indépendant de n.

- Soit une suite u géométrique de raison q non nulle alors, pour tous entiers naturels n et p :

$$u_n = u_p q^{n-p}$$

À noter

Un contre-exemple suffit.

Par exemple, si $\frac{u_1}{u_0} \neq \frac{u_2}{u_1}$, la suite u n'est pas géométrique.

III Somme $1 + q + ... + q^n$

- **Théorème.** Pour tout entier naturel non nul n et pour tout réel $q \neq 1$ on a :

$$1 + q + \ldots + q^n = \frac{1 - q^{n+1}}{1 - q}$$

- **Application.** Soit la suite u géométrique de raison q et de premier terme $u_0 = a$ et n un entier naturel non nul :

$$u_0 + u_1 + \ldots + u_n = u_0 \frac{1 - q^{n+1}}{1 - q}$$

À noter

Au numérateur du membre de droite, l'exposant de q est le nombre de termes de la somme de gauche.

Méthodes

1 Déterminer si une suite est géométrique

On considère les suites u, v et w définies pour tout $n \in \mathbb{N}$ par :

• $u_n = (3n+1)^2$ • $v_n = 5 \times \dfrac{2^{n-2}}{3^n}$ • $w_n = \dfrac{1}{3}(4^n - 1)$

Les suites u, v et w sont-elles géométriques ?

Conseils

Pour montrer qu'une suite (x_n) est géométrique, soit on montre que le quotient $\dfrac{x_{n+1}}{x_n}$ est constant, soit on montre que (x_n) est une fonction de n de la forme $n \mapsto a \times q^n$.

SOLUTION

• On a $u_0 = 1$, $u_1 = 16$ et $u_2 = 49$, comme $\dfrac{u_1}{u_0} \neq \dfrac{u_2}{u_1}$, la suite ***u* n'est pas géométrique.**

• Pour tout $n \in \mathbb{N}$, $v_n = 5 \times 2^n \times \dfrac{1}{4} \times \dfrac{1}{3^n}$ donc $v_n = \dfrac{5}{4}\left(\dfrac{2}{3}\right)^n$. On en déduit que la suite ***v* est géométrique** de premier terme $v_0 = \dfrac{5}{4}$ et de raison $q = \dfrac{2}{3}$.

• On a $w_0 = 0$ et $w_1 = 1$, quelque soit le réel q, donc $w_1 \neq q \times w_0$ donc la suite ***w* n'est pas géométrique.**

2 Déterminer un terme ou la raison d'une suite géométrique

a. Soit la suite géométrique u de raison -3 telle que $u_3 = 2$. Que vaut u_5 ?

b. Soit une suite géométrique v telle que $v_4 = 3$ et $v_6 = 15$. Quelle est sa raison q ?

Conseils

On sait que pour une suite géométrique x de raison q, $\dfrac{x_m}{x_n} = q^{m-n}$.

SOLUTION

a. On a $u_5 = u_3 \times (-3)^2$ donc $\boldsymbol{u_5 = 18}$.

b. On a $\dfrac{v_6}{v_4} = q^2$ donc $q^2 = 5$ puis $\boldsymbol{q = -\sqrt{5}}$ **ou** $\boldsymbol{q = \sqrt{5}}$.

Remarque : Il ne suffit pas toujours de connaître deux termes d'une suite géométrique pour en connaître la raison.

Notions de limite

13

☐ OK

I Limites finies et infinies

- Une suite de terme général u_n **admet pour limite $+\infty$**, si ses termes deviennent aussi grands que l'on veut à partir d'un certain rang. On note $\lim\limits_{n \to +\infty} u_n = +\infty$.

Exemple : les suites de termes généraux n, n^2 et $\sqrt{n}$ ont pour limite $+\infty$.

- Une suite de terme général u_n **admet pour limite un réel ℓ**, si ses termes deviennent aussi proches que l'on veut de ℓ à partir d'un certain rang. On note $\lim\limits_{n \to +\infty} u_n = \ell$.

Exemple : les suites de termes généraux $\frac{1}{n}$, $\frac{1}{n^2}$ et $\frac{1}{\sqrt{n}}$ ont pour limite 0.

II Algorithme

- Le rang à partir duquel les termes d'une suite réalisent une des conditions précédentes peut être recherché à l'aide d'un algorithme. On parle alors de **seuil** à partir duquel la condition est réalisée.
- Algorithme de seuil pour une suite de limite $+\infty$:

Suite $u_n = f(n)$	Suite $u_{n+1} = f(u_n)$

$U \leftarrow f(0)$
$N \leftarrow 0$
Tant que $U < A$
    $N \leftarrow N+1$
    $U \leftarrow f(N)$
	$U \leftarrow u_0$
	$N \leftarrow 0$
	Tant que $U < A$
	    $N \leftarrow N+1$
	    $U \leftarrow f(U)$

À la fin de l'exécution de l'un ou l'autre de ces algorithmes, la variable N contient le premier rang à partir duquel $u_n \geqslant A$.

- Algorithme de seuil pour une suite de limite ℓ :

Suite $u_n = f(n)$	Suite $u_{n+1} = f(u_n)$

$U \leftarrow f(0)$
$N \leftarrow 0$
Tant que $U < \ell - E$ et $U > \ell + E$
    $N \leftarrow N+1$
    $U \leftarrow f(N)$
	$U \leftarrow u_0$
	$N \leftarrow 0$
	Tant que $U < \ell - E$ et $U > \ell + E$
	    $N \leftarrow N+1$
	    $U \leftarrow f(U)$

À la fin de l'exécution de l'un ou l'autre de ces algorithmes, la variable N contient le premier rang à partir duquel $\ell - E \leqslant u_n \leqslant \ell + E$.

À noter

Sur les calculatrices, on utilise les commandes While et While End ou While et End.

SES HGGSP MATHS

Méthodes

1 Conjecturer la limite d'une suite

On considère les suites de termes généraux $u_n = n + \frac{1}{n}$ et $v_n = 3 - \frac{1}{n}$.

Que peut-on dire du comportement de ces suites pour de grandes valeurs de n ?

Conseils

Dans un premier temps, comparer ces suites à des suites dont la limite est connue. Utiliser ensuite un tableur pour conjecturer ce comportement.

SOLUTION

- Pour tout entier $n > 0$, $u_n > n$ donc u_n est aussi grand que l'on veut à partir d'un certain rang : cette suite semble avoir pour **limite $+\infty$.**
- $\frac{1}{n}$, donc $-\frac{1}{n}$, est aussi proche que l'on veut de zéro pour n suffisamment grand : la suite (v_n) semble admettre pour **limite 3**.

2 Utiliser un algorithme de seuil

On considère la suite de terme général $u_n = 1 + \frac{1}{2^n}$.

On admet que la suite u est décroissante et admet pour limite 1. Donner un algorithme calculant le plus petit entier p tel que $u_p < 1{,}01$.

Donner, dans un tableau, des valeurs approchées des variables à chaque étape de l'algorithme (on arrondira au millième).

Conseils

Lorsque l'on recherche un seuil, une boucle « Tant que » est souvent appropriée. Il ne faut pas hésiter à faire fonctionner l'algorithme pas à pas.

SOLUTION

Algorithme

$N \leftarrow 0$
$U \leftarrow 2$
Tant que $U \geqslant 1{,}01$
    $N \leftarrow N + 1$
    $U \leftarrow 1 + \frac{1}{2^N}$

Tableau de valeurs

N	0	1	2	3	4
U	2	1,5	1,25	1,125	1,063

N	5	6	7
U	1,031	1,016	1,008

On a $p = 7$.

Quiz EXPRESS 14

Avez-vous bien révisé les fiches 10 à 13 ? On vérifie !

Suites numériques, modèles discrets

1 Calcul d'un terme d'une suite

▶ FICHE 10

1. Le terme de rang 1 de la suite définie par $u_0 = 1$ et $u_{n+1} = 2u_n + n$ est :

☐ **a.** 3 ☐ **b.** 2 ☐ **c.** 1

2. u est définie pour tout $n \in \mathbb{N}$ par $u_n = 3 - (-1)^n$, pour tout $n \in \mathbb{N}$:

☐ **a.** $u_{2n} = 2$ ☐ **b.** $u_0 = 3$ ☐ **c.** $u_{n+1} = -u_n$

2 Étude des variations d'une suite

▶ FICHE 10

La suite de terme général $u_n = 3 - \frac{1}{n}$:

☐ **a.** est croissante ☐ **b.** est décroissante

☐ **c.** n'est pas monotone

3 Suites arithmétiques et géométriques

▶ FICHES 11 ET 12

1. La suite de terme général $u_n = \frac{2^{1-2n}}{5}$ est :

☐ **a.** arithmétique ☐ **b.** géométrique

☐ **c.** ni arithmétique, ni géométrique

2. La suite de terme général $u_n = \frac{1-2n}{5}$ est :

☐ **a.** arithmétique ☐ **b.** géométrique

☐ **c.** ni arithmétique, ni géométrique

4 Limites et seuil

▶ FICHE 13

Pour tout entier naturel $n \geqslant 10$ on a :

☐ **a.** $2^n \geqslant 2\,000$ ☐ **b.** $2^{n+1} \leqslant 2\,000$

☐ **c.** $0{,}5^n \leqslant \frac{1}{1\,000}$ ☐ **d.** $0{,}5^n \geqslant \frac{1}{1\,000}$

CORRIGÉS

1 Calcul d'un terme d'une suite

1. **Réponse b.** On a $u_1 = 2u_0 + 0 = 2$.

2. **Réponse a.** Pour tout $n \in \mathbb{N}$, $u_{2n} = 3 - (-1)^{2n} = 2$ car $(-1)^{2n} = 1$.
D'autre part, $u_0 = 3 - 1 = 2$ donc $u_0 \neq 3$.
De plus, $u_1 = 3 - (-1) = 4$ donc $u_1 \neq -u_0$.

2 Étude des variations d'une suite

Réponse a. Pour tout $n \in \mathbb{N}$:

$$u_{n+1} - u_n = 3 - \frac{1}{n+1} - 3 + \frac{1}{n} = \frac{n+1-n}{n(n+1)} = \frac{1}{n(n+1)} \geqslant 0.$$

La suite u est donc croissante.

3 Suites arithmétiques et géométriques

1. **Réponse b.** Pour tout $n \in \mathbb{N}$:

$$\frac{u_{n+1}}{u_n} = \frac{2^{1-2(n+1)}}{5} \times \frac{5}{2^{1-2n}} = \frac{2^{1-2n-2}}{2^{1-2n}} = 2^{1-2n-2-1+2n} = 2^{-2} = \frac{1}{4}.$$

La suite u est géométrique de raison $\frac{1}{4}$.

2. **Réponse a.** Pour tout $n \in \mathbb{N}$, $u_n = \frac{1}{5} - \frac{2}{5}n$, donc la suite u est arithmétique de premier terme $\frac{1}{5}$ et de raison $\frac{2}{5}$.

Remarque : On peut aussi montrer que pour tout $n \in \mathbb{N}$, $u_{n+1} - u_n = \frac{2}{5}$.

4 Limites et seuil

Réponse c. On a $0{,}5^n > 0$ et si $n \geqslant 10$, $2^n > 2^{10}$ donc :

$$\frac{1}{2^n} < \frac{1}{1\,024} < \frac{1}{1\,000} \text{ donc } 0{,}5^n \leqslant \frac{1}{1\,000}.$$

On a $2^{10} = 1\,024$ donc $2^{10} < 2\,000$, la réponse **a.** est fausse ; on a $2^{11} > 2\,000$ donc la réponse **b.** est fausse.

Nombre dérivé et tangente

15

☐ OK

I Nombre dérivé d'une fonction en un point

1 Taux de variation

Soit f une fonction définie sur un intervalle ouvert I, soit a un réel appartenant à I tel que $a+h$ soit aussi dans I, pour h réel non nul.

On appelle **taux de variation** de f entre a et $a+h$ le réel $t(h)$ défini par :

$$t(h) = \frac{f(a+h) - f(a)}{h}$$

À noter

C'est le coefficient directeur de la droite (AM) où A est le point de la courbe représentant f d'abscisse a et M le point d'abscisse $a+h$.

2 Nombre dérivé en un point

- On dit que **f est dérivable en a**, si la limite lorsque h tend vers 0 du taux de variation de f entre a et $a+h$ est un nombre réel.
- Dans ce cas, la limite du taux de variation est appelée **nombre dérivé** de f en a. On note cette limite $f'(a)$ et on a :

$$f'(a) = \lim_{h \to 0} \frac{f(a+h) - f(a)}{h}$$

II Tangente en un point

Soit f une fonction définie et dérivable sur un intervalle I, a un nombre réel appartenant à I. Soit $\mathscr{C}$ la courbe représentant f dans un repère du plan. Soit $A(a\,;f(a))$ le point de $\mathscr{C}$ d'abscisse a. On appelle **tangente à la courbe** $\mathscr{C}$ la droite passant par le point A et de coefficient directeur $f'(a)$.

L'équation de cette tangente est :

$$y = f'(a)(x-a) + f(a)$$

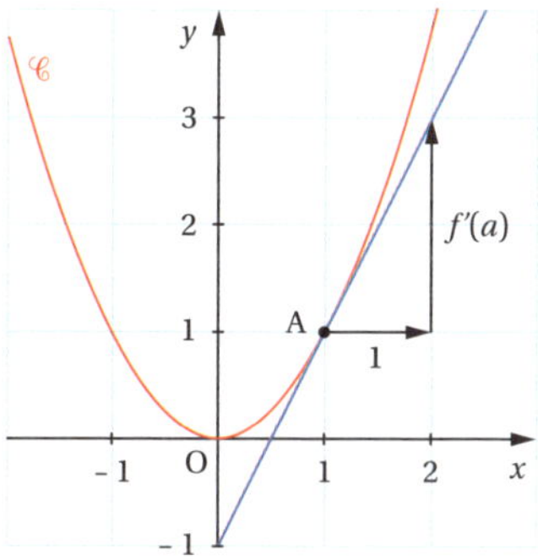

Méthodes

1 Calculer un nombre dérivé

Soit f la fonction définie sur $\mathbb{R}$ par $f(x) = x^2 + x$. Déterminer, s'il existe, le nombre dérivé de f en 2.

Conseils

On calcule le taux de variation de f entre 2 et $2 + h$, puis sa limite lorsque h tend vers 0.

SOLUTION

- On calcule le taux de variation $t(h)$:

$$t(h) = \frac{f(2+h) - f(2)}{h} = \frac{(2+h)^2 + (2+h) - (2^2+2)}{h}$$
$$= \frac{4 + 4h + h^2 + 2 + h - 6}{h} = \frac{h^2 + 5h}{h} = h + 5.$$

- Puis on calcule la limite de ce taux de variation lorsque h tend vers 0. On a $\lim\limits_{h \to 0} t(h) = \lim\limits_{h \to 0} (h+5) = 5$.
- Alors, le nombre dérivé de f en 2 vaut 5, on a donc $\boldsymbol{f'(2) = 5}$.

2 Lire un nombre dérivé

On a tracé la courbe représentative d'une fonction f et ses tangentes aux points d'abscisses −1, 0 et 2.

Déterminer graphiquement $f'(-1)$, $f'(0)$ et $f'(2)$.

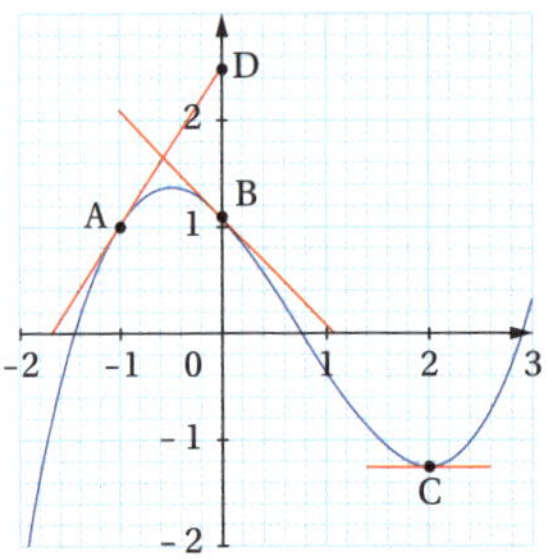

Conseils

Pour lire graphiquement $f'(a)$:
– on repère le point d'abscisse a sur la courbe ;
– on repère la tangente à la courbe en ce point ;
– on lit le coefficient directeur de cette droite

SOLUTION

- $f'(-1)$ est le coefficient directeur de la tangente à la courbe au point A de coordonnées (−1 ; 1). Cette tangente passe par A et D de coordonnées (0 ; 2,5). Le coefficient directeur est égal à la valeur du déplacement vertical correspondant à un déplacement horizontal de 1 vers la droite, soit 1,5. On a donc $\boldsymbol{f'(-1) = 1{,}5}$.
- De même le coefficient directeur de la tangente en B est $\boldsymbol{f'(0) = -1}$.
- La tangente en C est parallèle à l'axe des abscisses donc $\boldsymbol{f'(2) = 0}$.

Fonction dérivée
Dérivées usuelles

16

☐ OK

I Fonction dérivée

- Soit f une fonction définie sur un intervalle I. On dit que f est **dérivable** sur I si f est dérivable en tout point de I.
- La **fonction dérivée** de f est notée f'. C'est la fonction qui, à tout élément a de I, associe le nombre dérivé $f'(a)$ notée $f' : a \mapsto f'(a)$.

II Dérivée des fonctions usuelles

1 Tableau des dérivées

Dans le tableau ci-dessous, f désigne une fonction et f' sa dérivée. I est l'intervalle sur lequel f est dérivable.

f	f'	I
$x \mapsto C, C \in \mathbb{R}$	$x \mapsto 0$	$\mathbb{R}$
$x \mapsto ax+b$	$x \mapsto a$	$\mathbb{R}$
$x \mapsto x^2$	$x \mapsto 2x$	$\mathbb{R}$
$x \mapsto x^3$	$x \mapsto 3x^2$	$\mathbb{R}$
$x \mapsto x^n, n \in \mathbb{Z}$	$x \mapsto nx^{n-1}, n \in \mathbb{Z}$	$\mathbb{R}$ si $n \in \mathbb{N}^*$ $]-\infty ; 0[$ et $]0 ; +\infty[$ sinon
$x \mapsto \dfrac{1}{x}$	$x \mapsto \dfrac{-1}{x^2}$	$]-\infty ; 0[$ et $]0 ; +\infty[$
$x \mapsto \sqrt{x}$	$x \mapsto \dfrac{1}{2\sqrt{x}}$	$]0 ; +\infty[$

2 Calculs des nombres dérivés

Ce tableau permet de déterminer des nombres dérivés sans revenir à la définition. En effet, pour calculer un nombre dérivé en x_0 il suffit de déterminer la fonction dérivée et de remplacer, dans l'expression de cette fonction, x par x_0.

Exemple : Pour déterminer le nombre dérivé en 2 de la fonction f définie sur $\mathbb{R}$ par $f(x) = x^2 + 1$, on détermine la fonction dérivée f' de f et on calcule $f'(2)$:
$f'(x) = 2x$, donc le nombre dérivé de f en 2 est $f'(2) = 2 \times 2 = 4$.

Méthodes

1 Déterminer l'équation réduite d'une tangente

Soit f la fonction définie sur $\mathbb{R}$ par $f(x) = x^2$. Déterminer l'équation réduite de la tangente à la courbe représentative de f au point d'abscisse 1.

Conseils

On commence par calculer son coefficient directeur c'est-à-dire $f'(1)$, puis on applique la formule donnant l'équation d'une tangente. ▶ FICHE 15

SOLUTION

- Déterminons le coefficient directeur de cette tangente c'est-à-dire le nombre dérivé de f en 1 soit $f'(1)$.
La fonction dérivée de f est $f'(x) = 2x$, on a donc $f'(1) = 2 \times 1 = 2$.
- L'équation réduite de la tangente à la courbe au point d'abscisse 1 est donc $y = f'(1)(x - 1) + f(1)$, soit $y = 2(x - 1) + 1$ ou encore $\mathbf{y = 2x - 1}$.

2 Étudier la dérivabilité de la fonction valeur absolue en 0

Soit f la fonction définie sur $\mathbb{R}$ par $f(x) = |x|$. Étudier la dérivabilité de f en 0.

Conseils

On étudie la limite du taux de variation de f en 0 lorsque h tend vers 0.

SOLUTION

- Pour tout réel h non nul, le taux de variation en 0 est donné, par :

$$\frac{f(0+h) - f(0)}{h} = \frac{|h|}{h} = \begin{cases} 1, \text{ si } h > 0 \\ -1, \text{ si } h < 0 \end{cases}.$$

- Donc $\dfrac{f(0+h) - f(0)}{h}$ tend vers 1 lorsque h tend vers 0 avec $h > 0$ et tend vers -1 lorsque h tend vers 0 avec $h < 0$.

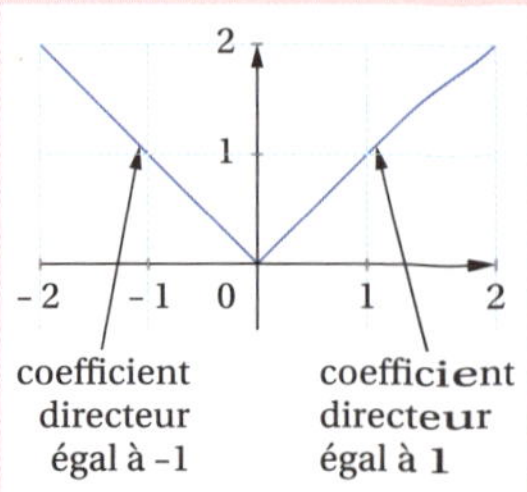

Le taux de variation de f entre 0 et $0 + h$ n'a donc pas de limite lorsque h tend vers 0. **La fonction valeur absolue n'est donc pas dérivable en 0.**

Opérations sur les dérivées

17

☐ OK

SES

HGGSP

MATHS

I Somme et produit de fonctions

Soient u et v deux fonctions dérivables sur un intervalle I.

- La fonction **somme** $u + v$ est dérivable sur I et sa fonction dérivée est :

$$u' + v'$$

- La fonction **produit** uv est dérivable sur I et sa dérivée est :

$$u'v + uv'$$

À noter

Si u est une fonction constante égale à k, alors $(kv)' = kv'$.

II Inverse et quotient

Soient u et v deux fonctions dérivables sur un intervalle I.

- On suppose que la fonction v ne s'annule pas sur I. Alors, la fonction **inverse** de v est dérivable sur I et sa dérivée est :

$$\frac{-v'}{v^2}$$

- On suppose que v ne s'annule pas sur I. La fonction **quotient** $\frac{u}{v}$ est dérivable sur I, et sa dérivée est :

$$\frac{u'v - uv'}{v^2}$$

III Fonction de la forme $x \mapsto g(ax + b)$

Soit g une fonction dérivable sur un intervalle I. La fonction $x \mapsto g(ax + b)$ est dérivable pour tout x tel que $ax + b \in$ I et a pour dérivée :

$$x \mapsto ag'(ax + b)$$

Exemple : La fonction $k : x \mapsto \sqrt{4x - 5}$ est définie si et seulement si $4x - 5 \geqslant 0$, soit $x \geqslant \frac{5}{4}$, et est dérivable pour $x > \frac{5}{4}$. La fonction k est de la forme $x \mapsto g(ax + b)$ avec $g(x) = \sqrt{x}$ et $ax + b = 4x - 5$, on a donc :

$k'(x) = ag'(ax + b) = 4\frac{1}{2\sqrt{4x - 5}} = \frac{2}{\sqrt{4x - 5}}$.

Méthode

Déterminer une fonction dérivée

Déterminer les dérivées des fonctions suivantes en précisant l'intervalle sur lequel ces fonctions sont dérivables.

a. $f : x \mapsto x^2 + 3x$ b. $g : x \mapsto (x+1)\sqrt{x}$ c. $h : x \mapsto \dfrac{x^2 + 2x}{2x - 3}$

Conseils

- Préciser l'intervalle sur lequel les fonctions sont dérivables.
- L'expression de chaque fonction vous indique si elle est une somme, un produit, un quotient de plusieurs autres fonctions. ▶ FICHES 16 ET 17
- Selon les cas, utiliser la formule adéquate du cours donnant la dérivée, en consultant au besoin de tableau du mémo visuel.

SOLUTION

a. • On a $f(x) = x^2 + 3x$, f est définie sur $\mathbb{R}$ et dérivable sur $\mathbb{R}$.

• f est une somme de deux fonctions u et v définies par $u(x) = x^2$ et $v(x) = 3x$ et telles que $u'(x) = 2x$ et $v'(x) = 3$.

• On a donc $f' = u' + v'$, soit pour tout x de $\mathbb{R}$, $\boldsymbol{f'(x) = 2x + 3}$.

b. • $x \mapsto \sqrt{x}$ est définie sur $[0\,;+\infty[$ et dérivable sur $]0\,;+\infty[$. De plus $x \mapsto x + 1$ est définie et dérivable sur $\mathbb{R}$ donc g est dérivable sur $]0\,;+\infty[$.

• g est un produit de deux fonctions u et v définies par $u(x) = x + 1$ et $v(x) = \sqrt{x}$ telles que $u'(x) = 1$ et $v'(x) = \dfrac{1}{2\sqrt{x}}$.

• On a donc $g' = u'v + uv'$. Pour tout x de $]0\,;+\infty[$:

$$\boldsymbol{g'(x) = \sqrt{x} + (x+1) \times \frac{1}{2\sqrt{x}}}.$$

c. • $h(x)$ est définie si et seulement si $2x - 3 \neq 0$ soit $x \neq \dfrac{3}{2}$. h est donc dérivable sur $\left]-\infty\,;\dfrac{3}{2}\right[$ et sur $\left]\dfrac{3}{2}\,;+\infty\right[$.

• h est le quotient de deux fonctions u et v définies par $u(x) = x^2 + 2x$ et $v(x) = 2x - 3$ telles que $u'(x) = 2x + 2$ et $v'(x) = 2$.

• On a donc $h' = \dfrac{u'v - uv'}{v^2}$. Soit pour tout réel x :

$$h'(x) = \frac{(2x+2)(2x-3) - (x^2+2x) \times 2}{(2x-3)^2}.$$

$$h'(x) = \frac{4x^2 + 4x - 6x - 6 - 2x^2 - 4x}{(2x-3)^2}, \text{ soit } \boldsymbol{h'(x) = \frac{2x^2 - 6x - 6}{(2x-3)^2}}.$$

Quiz EXPRESS 18

Avez-vous bien révisé les fiches 15 à 17 ? On vérifie !

Dérivation

1 Nombre dérivé

▶ FICHE 15

1. Soit f une fonction dérivable en 2, le nombre dérivé de f en 2 est :

☐ **a.** $f(2)$ ☐ **b.** $\dfrac{f(2+h)-f(2)}{h}$ ☐ **c.** $\lim\limits_{h\to 0} \dfrac{f(2+h)-f(2)}{h}$

2. Pour tout h réel non nul, on sait que $\dfrac{f(1+h)-f(1)}{h} = h^2 + 3h - 1$.

Alors $f'(1)$ est égal à :

☐ **a.** $h^2 + 3h - 1$ ☐ **b.** -1 ☐ **c.** 3

2 Tangente à une courbe

▶ FICHE 15

1. f est une fonction telle que $f(2) = 1$ et $f'(2) = -3$.

Dans un repère du plan, la tangente à la courbe au point d'abscisse 2 a pour équation :

☐ **a.** $y = -3x + 7$ ☐ **b.** $y = -3x + 1$ ☐ **c.** $y = x - 3$

2. Soit f la fonction définie sur $\mathbb{R}$ par $f(x) = x^2$. Si h est un réel non nul, le taux de variation de f entre 5 et $5 + h$ est :

☐ **a.** 30 ☐ **b.** $3h + 30$ ☐ **c.** $h + 10$

3 Fonctions dérivées

▶ FICHE 16

f est la fonction $x \mapsto x^4$. Pour tout x réel, $f'(x)$ est égal à :

☐ **a.** $4x^3$ ☐ **b.** x^3 ☐ **c.** $4x^4$

4 Opérations sur les dérivées

▶ FICHE 17

Pour tout x réel strictement supérieur à -1, on pose $f(x) = 5x - 2$ et $g(x) = 2x + 2$. Alors la dérivée de $\dfrac{f}{g}$ est la fonction définie par :

☐ **a.** $x \mapsto \dfrac{5}{2}$ ☐ **b.** $x \mapsto \dfrac{6}{(2x+2)^2}$ ☐ **c.** $x \mapsto \dfrac{14}{(2x+2)^2}$

CORRIGÉS

1 Nombre dérivé

1. Réponse c. D'après la définition du cours, le nombre dérivé de f est la limite du taux de variation.

2. Réponse b. D'après le cours, le nombre dérivé d'une fonction en 1 est la limite de $\dfrac{f(1+h)-f(1)}{h}$ quand h tend vers 0, soit :

$$\lim_{h\to 0}\frac{f(1+h)-f(1)}{h}=\lim_{h\to 0}(h^2+3h-1)=-1.$$

2 Tangente à une courbe

1. Réponse a. La tangente au point d'abscisse 2 a pour équation $y=f'(2)(x-2)+f(2)$. On a alors : $y=-3(x-2)+1$ soit $y=-3x+6+1$ ou encore $y=-3x+7$.

2. Réponse c. Le taux de variation de f entre 5 et $5+h$ est donné par $\dfrac{f(5+h)-f(5)}{h}$, c'est-à-dire : $\dfrac{(5+h)^2-5^2}{h}=10+h$.

3 Fonctions dérivées

Réponse a. La fonction $f : x \mapsto x^4$ est de la forme $x \mapsto x^n$ avec $n=4$. D'après le tableau des dérivées usuelles, la dérivée de f s'écrit $x \mapsto 4x^3$.

4 Opérations sur les dérivées

Réponse c. f et g sont définies et dérivables sur $\mathbb{R}$. De plus, pour tout x différent de -1, $g(x)$ ne s'annule pas donc $x \mapsto \dfrac{f(x)}{g(x)}$ est dérivable sur $]-\infty\,;-1[$ et $]-1\,;+\infty[$.

Pour tout $x \neq -1$, $f'(x)=5$ et $g'(x)=2$. La dérivée de $\dfrac{f}{g}$ s'écrit $\dfrac{f'g-fg'}{g^2}$. D'où pour tout $x \neq -1$ on a :

$$\left(\frac{f}{g}\right)'(x)=\frac{5(2x+2)-2(5x-2)}{(2x+2)^2}=\frac{10x+10-10x+4}{(2x+2)^2}=\frac{14}{(2x+2)^2}.$$

Propriétés algébriques de la fonction exponentielle

19

☐ OK

I Définition et notations

- La fonction **exponentielle** est l'**unique** fonction f définie et dérivable sur $\mathbb{R}$ telle que $f' = f$ et $f(0) = 1$. On la note **exp**.

On a ainsi :

$$\begin{cases} \exp(0) = 1 \\ \text{pour tout réel } x, \exp'(x) = \exp(x) \end{cases}$$

À noter

La fonction exponentielle n'est pas la seule à être égale à sa fonction dérivée, mais **c'est la seule** qui vaut 1 en 0.

- On pose $\exp(1) = \mathrm{e}$; une valeur approchée de e est 2,7182818284591 et pour tout réel x, on note :

$$\exp(x) = \mathrm{e}^x$$

- En particulier : $\mathrm{e}^0 = 1$; $\mathrm{e}^1 = \mathrm{e}$ et $\mathrm{e}^{-1} = \dfrac{1}{\mathrm{e}}$.

II Propriétés algébriques

- Pour tout réel x, $\exp(x) \neq 0$ et $\exp(-x) = \dfrac{1}{\exp(x)}$.
- Pour tout réel a et tout réel b :

$$\exp(a + b) = \exp(a) \times \exp(b)$$
$$\exp(a - b) = \frac{\exp(a)}{\exp(b)}$$

- Pour tout réel a et pour tout entier relatif n :

$$\exp(na) = (\exp(a))^n$$

À noter

Ces propriétés opératoires sont les mêmes que celles des puissances.

III Suites géométriques et fonction exponentielle

Soit a un réel. La suite de terme général $u_n = \mathrm{e}^{na}$ est une **suite géométrique**. Son premier terme est 1 et sa raison est $q = \mathrm{e}^a$.

À noter

On a en effet $\mathrm{e}^0 = 1$ et $\mathrm{e}^{na} = (\mathrm{e}^a)^n$.

SES

HGGSP

MATHS

Méthodes

1 Simplifier ou transformer une expression

On pose $A = \dfrac{e^{-2} \times e^3}{e}$ et, pour tout réel x, $f(x) = \dfrac{e^x - e^{-x}}{e^x + e^{-x}}$.

Montrer que A est un entier et que pour tout réel x, $f(x) = \dfrac{e^{2x} - 1}{e^{2x} + 1}$.

Conseils

Pour simplifier A, on utilise les règles sur le produit et le quotient. Pour f, on peut multiplier le numérateur et le dénominateur par e^x qui est un réel strictement positif.

SOLUTION

- On a $\dfrac{e^{-2} \times e^3}{e} = e^{-2+3-1}$. Donc $A = e^0$, soit $\mathbf{A = 1}$.
- Pour tout réel x, comme $e^x \neq 0$, on a :

$$f(x) = \frac{e^x - e^{-x}}{e^x + e^{-x}} \cdot \frac{e^x}{e^x} = \frac{e^{x+x} - e^{-x+x}}{e^{x+x} + e^{-x+x}} = \frac{e^{2x} - 1}{e^{2x} + 1}.$$

2 Montrer qu'une suite définie par une exponentielle est géométrique

On considère les suites de termes généraux $u_n = e^{-n}$, $v_n = e^{3n+1}$ et $w_n = e^{0,5n^2}$. Déterminer parmi ces suites celles qui sont géométriques. En donner le cas échéant la raison et le premier terme.

Conseils

Pour montrer qu'une suite est géométrique, on pourra mettre son terme général sous la forme $a \times q^n$. Pour montrer qu'elle ne l'est pas, on pourra comparer les quotients de deux termes consécutifs. ▶ FICHE 12

SOLUTION

- On a, pour tout $n \in \mathbb{N}$, $u_n = \dfrac{1}{e^n} = \left(\dfrac{1}{e}\right)^n$, en particulier $u_0 = e^0 = 1$, donc la suite (u_n) est **géométrique de raison $\dfrac{1}{e}$ et de premier terme 1.**
- On a, pour tout $n \in \mathbb{N}$, $v_n = e \times e^{3n} = e \times (e^3)^n$ et $v_0 = e \times e^{3 \times 0} = e$. Donc la suite (v_n) est **géométrique de raison e^3 et de premier terme e.**
- On a $w_0 = e^0 = 1$; $w_1 = e^{0,5}$ et $w_2 = e^{0,5 \times 4} = e^2$; donc $\dfrac{w_1}{w_0} = e^{0,5}$ et $\dfrac{w_2}{w_1} = e^{1,5}$. Comme $\dfrac{w_2}{w_1} \neq \dfrac{w_1}{w_0}$, la suite (w_n) **n'est donc pas géométrique.**

Propriétés analytiques de la fonction exponentielle

20

☐ OK

I Propriétés

- Pour tout réel x, on a $e^x > 0$.
- La fonction exponentielle est **strictement croissante** sur $\mathbb{R}$.
- Pour tout réel x, $e^x > 1$ si et seulement si $x > 0$.
- Pour tout réel a et tout réel b :

  $e^a = e^b$ si et seulement si $a = b$
  $e^a < e^b$ si et seulement si $a < b$

À noter

En particulier $e^x = 1 \Leftrightarrow x = 0$.

II Tableau de variations et courbe représentative

- Tableau de variation de la fonction exponentielle :

x	$-\infty$	0	$+\infty$
Variations de $x \mapsto e^x$	↗	1	↗

- Dans le plan muni d'un repère, la courbe représentative de la fonction exponentielle admet en son point d'abscisse 0 une tangente d'équation $y = x + 1$.

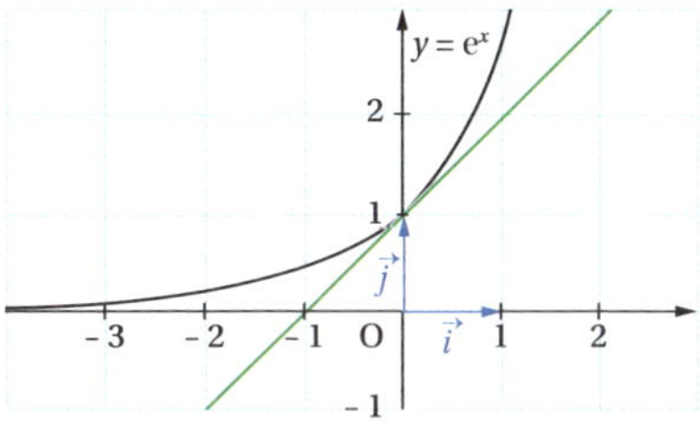

III Fonctions associées

Soit k un réel strictement positif.

- La fonction $u : x \longmapsto e^{kx}$ admet pour fonction dérivée $x \mapsto ke^{kx}$. La fonction u est strictement croissante sur $\mathbb{R}$.
- La fonction $v : x \longmapsto e^{-kx}$ admet pour fonction dérivée $x \mapsto -ke^{-kx}$. La fonction v est strictement décroissante sur $\mathbb{R}$.

À noter

Le calcul de cette dérivée fait appel à la **dérivée** des fonctions du type $x \mapsto g(ax + b)$.
▶ FICHE 17

SES

HGGSP

MATHS

Méthodes

1 Résoudre des équations et des inéquations

Déterminer les solutions de l'équation $e^{2x} = e^x$ et de l'inéquation $xe^x > x$.

Conseils

Pour résoudre ce type d'équation, on montre qu'elle est équivalente à une équation de la forme $A \times B = 0$. De même, pour une inéquation, on montre qu'elle est équivalente à une inéquation de la forme $A \times B > 0$.

SOLUTION

• On a pour tout réel x :
$e^{2x} = e^x \Leftrightarrow e^{2x} - e^x = 0 \Leftrightarrow e^x(e^x - 1) = 0 \Leftrightarrow e^x = 0$ ou $e^x = 1 \Leftrightarrow x = 0$.
Cette équation admet 0 pour unique solution.
Remarque : Pour tout $x \in \mathbb{R}$, $e^x > 0$ donc l'équation $e^x = 0$ n'admet pas de solution réelle.
• On a pour tout réel x :
$xe^x > x \Leftrightarrow xe^x - x > 0 \Leftrightarrow x(e^x - 1) > 0$.
On peut faire un tableau de signe ou remarquer que, pour tout $x \in \mathbb{R}$, $e^x > 1 \Leftrightarrow x > 0$.
Les facteurs x et $e^x - 1$ sont de même signe, le produit est donc strictement positif sur $]-\infty ; 0[\cup]0 ; +\infty[$ et nul pour $x = 0$. Cette inéquation admet pour solutions **tous les réels non nuls.**

2 Étudier les variations d'une fonction

On considère la fonction définie sur $\mathbb{R}$ par $f(x) = xe^{-x}$.

a. Déterminer la fonction dérivée de f.

b. En déduire les variations de la fonction f sur $\mathbb{R}$.

Conseils

Pour dériver f, on utilise la formule de la dérivée d'un produit de fonctions. Pour les variations, on étudie le signe de $f'(x)$ après l'avoir factorisé.

SOLUTION

a. Pour tout réel x, $f'(x) = 1 \times e^{-x} + x \times (-e^{-x})$ donc $\boldsymbol{f'(x) = (1 - x)e^{-x}}$.
b. Pour tout réel x, $e^{-x} > 0$ donc $f'(x)$ est du signe de $1 - x$. La fonction f est donc **strictement croissante sur $]-\infty ; 1]$ et strictement décroissante sur $[1 ; +\infty[$.**

Quiz EXPRESS

21

Avez-vous bien révisé les fiches 19 et 20 ? On vérifie !

Fonction exponentielle

1 Calculer une image

▶ FICHE 19

Si f est définie sur $\mathbb{R}$ par $f(x) = 2x - e^x$ alors :

☐ **a.** $f(0) = 0$ ☐ **b.** $f(0) = 1$ ☐ **c.** $f(0) = -1$

2 Identifier des expressions

▶ FICHE 19

Si f est définie sur $\mathbb{R}$ par $f(x) = e^x - e^{-x}$ alors, pour tout réel x :

☐ **a.** $f(x) = \dfrac{1 - e^{-2x}}{e^{-x}}$ ☐ **b.** $f(x) = f(-x)$ ☐ **c.** $f'(x) = f(x)$

3 Résoudre une équation ou une inéquation

▶ FICHE 20

1. L'équation $e^{3x+1} = \dfrac{1}{e}$:

☐ **a.** a pour solution -1 ☐ **b.** n'a pas de solution

☐ **c.** a pour solution $-\dfrac{2}{3}$

2. Pour tout réel x, $e^{1-x} \leqslant 1$ équivaut à :

☐ **a.** $x \leqslant 1$ ☐ **b.** $x \geqslant 0$ ☐ **c.** $e^x \geqslant e^1$

4 Calculer des dérivées, étudier des variations

▶ FICHES 19 ET 20

1. La fonction $f : x \mapsto xe^{-x} + 2$ admet pour fonction dérivée :

☐ **a.** $f' : x \mapsto e^{-x} + xe^{-x}$

☐ **b.** $f' : x \mapsto e^{-x} - xe^{-x} + 2$

☐ **c.** $f' : x \mapsto e^{-x} - xe^{-x}$

2. La fonction $f : x \mapsto -xe^x$ est décroissante :

☐ **a.** sur $\mathbb{R}$ ☐ **b.** sur $[1 ; +\infty[$ ☐ **c.** sur $[-1 ; +\infty[$

CORRIGÉS

1 Calculer une image

Réponse c.

$e^0 = 1$, donc $f(0) = 0 - 1 = -1$.

2 Identifier des expressions

Réponse a.

$$\frac{1 - e^{-2x}}{e^{-x}} = \frac{1}{e^{-x}} - \frac{e^{-2x}}{e^{-x}}$$
$$= e^{x} - e^{-2x+x}$$
$$= f(x).$$

De plus, pour tout réel x,
$f(-x) = e^{-x} - e^{x} = -f(x)$
et $f'(x) = e^{x} + e^{-x}$ avec, par exemple, $f'(0) \neq f(0)$.

À noter

Pour montrer que deux fonctions ne sont pas égales, il suffit de trouver un réel qui n'a pas la même image par ces deux fonctions.

3 Résoudre une équation ou une inéquation

1. **Réponse c.**

L'équation $e^{3x+1} = \dfrac{1}{e}$ équivaut à $e^{3x+1} = e^{-1}$ soit à $3x + 1 = -1$ puis à $x = -\dfrac{2}{3}$.

2. **Réponse c.**

Pour tout réel x, $e^{1-x} \leqslant 1$ équivaut à $e^{1-x} \leqslant e^{0}$ soit à $1 - x \leqslant 0$ puisque la fonction exp est strictement croissante sur $\mathbb{R}$.

Donc $e^{1-x} \leqslant 1$ équivaut à $1 \leqslant x$ puis à $e^{1} \leqslant e^{x}$.

4 Calculer des dérivées, étudier des variations

1. **Réponse c.**

Pour tout réel x :
$f'(x) = 1 \times e^{-x} + x \times (-1) \times e^{-x} + 0 = e^{-x} - xe^{-x}$.

2. **Réponse c.**

Pour tout réel x,
$f'(x) = -1 \times e^{x} - x \times e^{x} = (-1 - x) \times e^{x}$ et $e^{x} > 0$ donc $f'(x)$ est du signe de $-1 - x$. Ainsi, si $x > -1$, $f'(x) < 0$ et si $x < -1$, $f'(x) > 0$.

Sens de variation d'une fonction

22

☐ OK

I Étude des variations d'une fonction

- Étudier le **sens de variation** d'une fonction consiste à déterminer si la fonction est croissante, décroissante ou constante sur un intervalle donné I.
- Une fonction est dite **monotone** sur un intervalle I si elle est croissante ou décroissante sur cet intervalle
- **Théorème.** Soit f une fonction dérivable sur un intervalle I.
  - f est **croissante** sur I si et seulement si pour tout x de I, $f'(x)$ est positive ou nulle.
  - f est **décroissante** sur I si et seulement si pour tout x de I, $f'(x)$ est négative ou nulle.
- Si dans ce théorème les inégalités sont **strictes**, alors f est **strictement** croissante ou **strictement** décroissante sur I.
- *Remarque* : Sur un intervalle I, la dérivée f' d'une fonction f peut changer plusieurs fois de signe. Dans ce cas, on est amené à partager l'intervalle I en plusieurs intervalles tels que f' ait un signe constant sur chacun d'eux.

À noter

Le signe de la dérivée permet de déterminer le sens de variation de f, mais les variations de f ne donnent pas forcément le signe de f.

II Sens de variation et comparaison

- Dire qu'une fonction f est **croissante** sur un intervalle I signifie qu'elle **conserve l'ordre**, c'est-à-dire que quels que soient les nombres a et b de I :

$$\text{si } a \leqslant b, \text{ alors } f(a) \leqslant f(b)$$

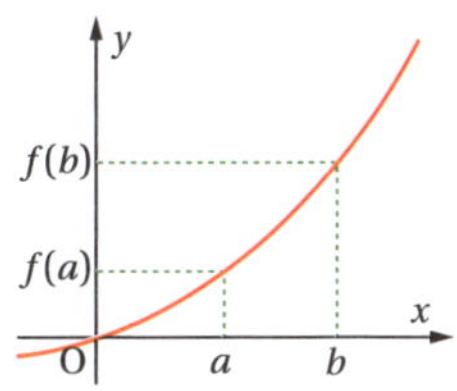

- Dire qu'une fonction f est **décroissante** sur un intervalle I signifie qu'elle **inverse l'ordre**, c'est-à-dire que quels que soient les nombres a et b de I :

$$\text{si } a \leqslant b, \text{ alors } f(a) \geqslant f(b)$$

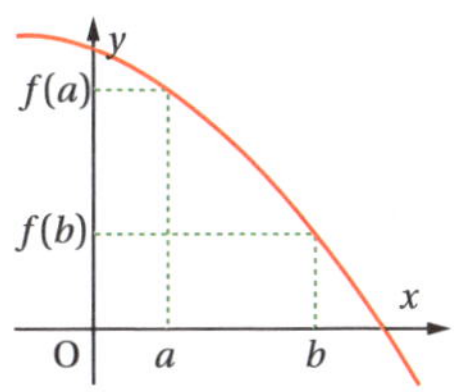

Méthode

Étudier un sens de variation

Étudier le sens de variation de la fonction f définie sur $\mathbb{R}$ par :

$$f(x) = x^3 + 2x^2 - 7x - 1.$$

Conseils

Étape 1. On détermine la fonction f' dérivée de f sur $\mathbb{R}$. ▶ FICHES 16 ET 17
Étape 2. On étudie le signe de $f'(x)$ sur $\mathbb{R}$.
Étape 3. On résume les résultats obtenus dans un tableau de variations.

SOLUTION

Étape 1. f est définie sur $\mathbb{R}$, f est une fonction polynôme de degré 3, f est donc dérivable sur $\mathbb{R}$, et pour tout $x \in \mathbb{R}$:

$$\mathbf{f'(x) = 3x^2 + 4x - 7.}$$

Étape 2. Étudions le signe de $f'(x)$.

$f'(x)$ est un polynôme du second degré, on détermine donc ses racines pour étudier son signe. ▶ FICHE 7

Calculons le discriminant : $\Delta = 4^2 - 4 \times 3 \times (-7) = 16 + 84 = 100$.

$f'(x)$ a donc deux racines : $x_1 = \dfrac{-4-10}{2 \times 3} = \dfrac{-7}{3}$ et $x_2 = \dfrac{-4+10}{2 \times 3} = 1$.

Remarque : On sait qu'un polynôme du second degré est du signe du coefficient de x^2 à l'extérieur de ses racines.

On en déduit que $f'(x)$ est positive sur $\left]-\infty ; \dfrac{-7}{3}\right] \cup [1 ; +\infty[$ et négative sur $\left]\dfrac{-7}{3} ; 1\right[$. f est donc croissante sur $\left]-\infty ; \dfrac{-7}{3}\right]$ et sur $[1 ; +\infty[$ et décroissante sur $\left]\dfrac{-7}{3} ; 1\right[$.

Étape 3. Résumons ces résultats dans un tableau de variations.

x	$-\infty$		$\frac{-7}{3}$		1		$+\infty$
$f'(x)$		$+$	0	$-$	0	$+$	
$f(x)$		↗	$\frac{365}{27}$	↘	-5	↗	

Extremum d'une fonction

23

☐ OK

SES HGGSP MATHS

I Définitions

- Soient f une fonction définie sur un intervalle I et x_0 un élément de I. Soit J un intervalle ouvert inclus dans I et contenant x_0.
  - $f(x_0)$ est un **maximum local** de f si, pour tout x de J, $f(x) \leqslant f(x_0)$.
  - $f(x_0)$ est un **minimum local** de f si, pour tout x de J, $f(x) \geqslant f(x_0)$.
  - $f(x_0)$ est un **extremum local** de f si $f(x_0)$ est un maximum ou un minimum local de f sur J.
- On dit alors que f admet un maximum, un minimum ou un extremum local en x_0 qui vaut $f(x_0)$.

II Extemum et dérivée

- Soient f une fonction définie sur un intervalle I et x_0 un élément de I. Si f présente un extremum local en x_0 alors $f'(x_0) = 0$.

À noter

La réciproque de cette propriété est fausse. En effet, la fonction cube $x \mapsto x^3$ admet pour dérivée $f'(x) = 3x^2$. Alors $f'(0) = 0$ et pourtant cette fonction n'admet pas d'extremum local en 0.

- Soient f une fonction définie sur un intervalle I et x_0 un élément de I. Si **f' s'annule en x_0 et change de signe** en x_0 alors f admet un extremum local en x_0.

III Représentation graphique

- Graphiquement, si f admet un extremum local en x_0, sa courbe représentative admet au point d'abscisse x_0 une **tangente horizontale**.
- Si f est croissante « avant » x_0 puis décroissante, alors elle admet un maximum en x_0. Si f est décroissante « avant » x_0 puis croissante, alors elle admet un minimum en x_0.

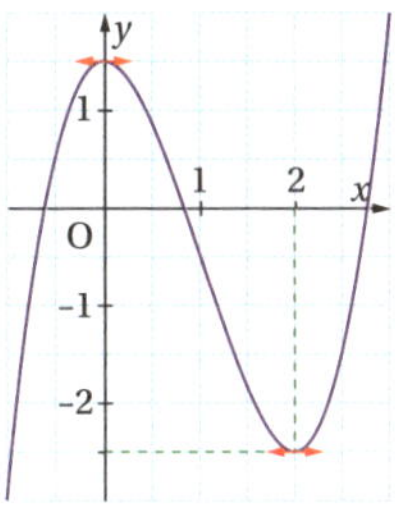

Exemple : Sur le graphique $f(0) = \frac{3}{2}$ est un maximum local sur $[-1\,;\,1]$ et $f(2) = -\frac{5}{2}$ est un minimum local sur $[1\,;\,3]$.

Méthode

Rechercher un extremum

Soit f la fonction définie sur $\mathbb{R}$ par $f(x) = 2x^3 + 3x^2 - 12x + 7$.

Démontrer que la fonction f admet un minimum local sur $[-2\,;+\infty[$ et un maximum local sur $]-\infty\,;1]$.

Conseils

Étape 1. Déterminer la dérivée f' de f sur $\mathbb{R}$.
Étape 2. Étudier le signe de $f'(x)$ sur $\mathbb{R}$ et dresser le tableau de variations de f.
Étape 3. À l'aide du tableau de variations de f, donner les extrema de f.

SOLUTION

Étape 1. f est définie sur $\mathbb{R}$, f est une fonction polynôme de degré 3, f est donc dérivable sur $\mathbb{R}$ et pour tout $x \in \mathbb{R}$, $\boldsymbol{f'(x) = 6x^2 + 6x - 12}$.

Étape 2. $f'(x)$ est un polynôme du second dégré, on détermine donc ses racines pour étudier son signe.
Calculons le discriminant : $\Delta = 6^2 - 4 \times 6 \times (-12) = 324 = 18^2$.
$f'(x)$ a donc deux racines : $x_1 = \dfrac{-6-18}{2\times 6} = -2$ et $x_2 = \dfrac{-6+18}{2\times 6} = 1$.
On en déduit que $f'(x)$ est positive sur $]-\infty\,;-2] \cup [1\,;+\infty[$ et négative sur $]-2\,;1[$. f est donc croissante sur $]-\infty\,;-2]$ et sur $[1\,;+\infty[$ et décroissante sur $]-2\,;1[$.
On peut donc dresser le tableau de variations de f sur $\mathbb{R}$.

x	$-\infty$		-2		1		$+\infty$
$f'(x)$		$+$	0	$-$	0	$+$	
$f(x)$	↗		27	↘	0	↗	

Étape 3. On voit sur le tableau de variations que la dérivée s'annule et change de signe en -2 et en 1. $f(-2)$ et $f(1)$ sont donc des extrema.
f est croissante sur $]-\infty\,;-2]$ puis décroissante sur $]-2\,;1[$, **$f(-2)$ est donc un maximum local de f sur $]-\infty\,;1]$.**
De plus f est décroissante sur $]-2\,;1[$ puis croissante sur $[1\,;+\infty[$, donc **$f(1)$ est un minimum local** sur $[-2\,;+\infty[$.
Remarque : La connaissance d'un extremum peut permettre de déterminer dans certains cas le signe de $f(x)$ sur un intervalle, ici, pour tout $x \in [-2\,;+\infty[$, $f(x) \geqslant 0$.

Positions relatives de deux courbes

24

☐ OK

SES HGGSP MATHS

I Définition

- Étudier la position relative de deux courbes $\mathscr{C}_1$ et $\mathscr{C}_2$ revient à savoir sur quel intervalle $\mathscr{C}_1$ est au-dessus (respectivement en dessous) de $\mathscr{C}_2$.

- *Exemple* : Sur le graphique ci-contre, on voit que sur [–2 ; 2] l'ordonnée de M_2 est supérieure à celle de M_1 on peut donc en déduire que $\mathscr{C}_1$ est en dessous de $\mathscr{C}_2$.

Les fonctions f_1 et f_2 sont définies par $f_1(x) = x - 2$ et $f_2(x) = -x^2 + x + 2$.

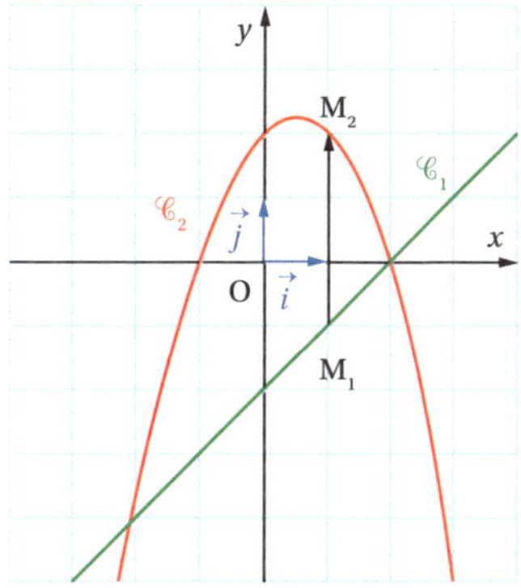

II Propriétés

- Soit $\mathscr{C}_1$ et $\mathscr{C}_2$ les courbes représentatives de deux fonctions f_1 et f_2. On considère deux points M_1 et M_2 de même abscisse x appartenant respectivement à $\mathscr{C}_1$ et $\mathscr{C}_2$, leurs ordonnées respectives sont donc $f_1(x)$ et $f_2(x)$.
  - **$\mathscr{C}_1$ est au-dessus de $\mathscr{C}_2$** si et seulement si $f_1(x) \geqslant f_2(x)$ ou encore $f_1(x) - f_2(x) \geqslant 0$.
  - **$\mathscr{C}_1$ est en dessous de $\mathscr{C}_2$** si et seulement si $f_1(x) \leqslant f_2(x)$ ou encore $f_1(x) - f_2(x) \leqslant 0$.
  - **$\mathscr{C}_1$ et $\mathscr{C}_2$** se croisent si et seulement si $f_1(x) = f_2(x)$.

- *Exemple* : On peut retrouver le résultat obtenu graphiquement précédemment en faisant l'étude du signe de la différence $f_1(x) - f_2(x)$.

On a alors :
$f_1(x) - f_2(x) = x - 2 - (-x^2 + x + 2) = x^2 - 4 = (x - 2)(x + 2)$.

On obtient un polynôme du second degré dont les racines sont –2 et 2. On en déduit que cette différence est négative entre les racines, c'est-à-dire sur [–2 ; 2] et positive à l'extérieur des racines, c'est-à-dire sur]–∞ ; –2[et]2 ; +∞[.

$\mathscr{C}_1$ est donc en dessous de $\mathscr{C}_2$ sur [–2 ; 2] et au-dessus sur]–∞ ; –2[et]2 ; +∞[.

Méthode

Étudier la position relative de deux courbes

Soient f et g les fonctions définies sur $\mathbb{R}$ par :

$$f(x) = -2x^2 - x + 5 \text{ et } g(x) = -x + 1.$$

On appelle $\mathscr{C}_f$ et $\mathscr{C}_g$ leurs courbes représentatives.

Étudier la position relative de ces deux courbes sur $\mathbb{R}$.

Conseils

Étape 1. Pour comparer les ordonnées de deux points de même abscisse x, l'un appartenant à $\mathscr{C}_f$ et l'autre à $\mathscr{C}_g$, on calcule $f(x) - g(x)$.
Étape 2. On étudie le signe de cette différence.

SOLUTION

Étape 1. Déterminons la différence :

$$\begin{aligned} f(x) - g(x) &= (-2x^2 - x + 5) - (-x + 1) \\ &= -2x^2 - x + 5 + x - 1 \\ &= \mathbf{-2x^2 + 4.} \end{aligned}$$

Étape 2. Étudions alors le signe de $f(x) - g(x) = -2x^2 + 4$.
Les racines de l'équation du second degré $-2x^2 + 4 = 0$ sont $x = \sqrt{2}$ et $x = -\sqrt{2}$.
Donc $-2x^2 + 4$ est positif sur $[-\sqrt{2} ; \sqrt{2}]$ et négatif sur $]-\infty ; -\sqrt{2}[\cup]\sqrt{2} ; +\infty[$. Ainsi :
- si $x \in [-\sqrt{2} ; \sqrt{2}]$, $f(x) \geqslant g(x)$ et **la courbe représentant f est située au-dessus de celle représentant g** ;
- si $x \in]-\infty ; -\sqrt{2}[\cup]\sqrt{2} ; +\infty[$, $f(x) \leqslant g(x)$ et **la courbe représentant f est située en dessous de celle représentant g.**

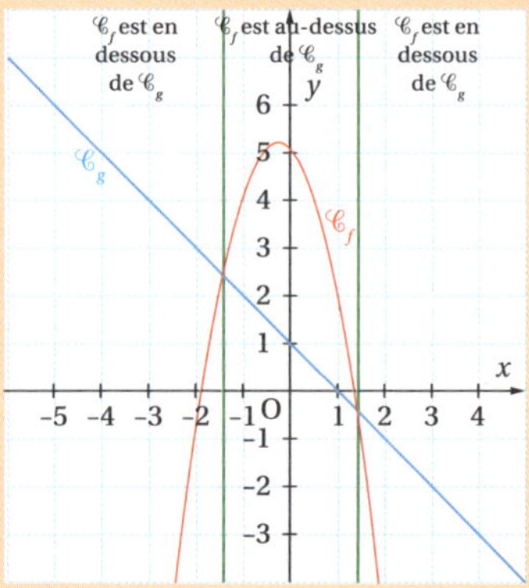

Quiz EXPRESS 25

Avez-vous bien révisé les fiches 22 à 24 ? On vérifie !

Étude de fonctions

1 Sens de variation d'une fonction

▶ FICHE 22

1. Soit f la fonction définie sur $\mathbb{R}$ par $f(x) = -x^3 - 6x$. Alors :

☐ **a.** f a même sens de variation que $x \mapsto -x + 3$.

☐ **b.** f est croissante sur $[0 ; 2]$.

☐ **c.** f est croissante sur $[2 ; +\infty[$.

2. f est une fonction définie et dérivable sur l'intervalle $[-4 ; 4]$, le tableau de signes de sa dérivée f' est ci-dessous. Alors :

☐ **a.** $f(2) \geqslant f(3)$

☐ **b.** $f(2) \leqslant f(4)$

☐ **c.** $f(2) \geqslant f(1)$

x	-4		1		4
$f'(x)$		$+$	0	$-$	

2 Extremum d'une fonction

▶ FICHE 23

On donne le tableau de variations d'une fonction f sur $[0 ; +\infty[$.

x	0		7		15		20
$f'(x)$	2	↗	12	↘	-4	↗	6

☐ **a.** Sur $[0 ; 8]$, 2 est le minimum de f atteint pour $x = 0$.

☐ **b.** Sur $[0 ; 20]$, 12 est le maximum de f atteint pour $x = 7$.

☐ **c.** 20 est le maximum de f atteint en 6.

3 Position relative de deux courbes

▶ FICHE 24

Soit f, g et h les fonctions définies sur $\mathbb{R}^+$ dont les courbes $\mathscr{C}_f$, $\mathscr{C}_g$ et $\mathscr{C}_h$ sont données ci-contre.

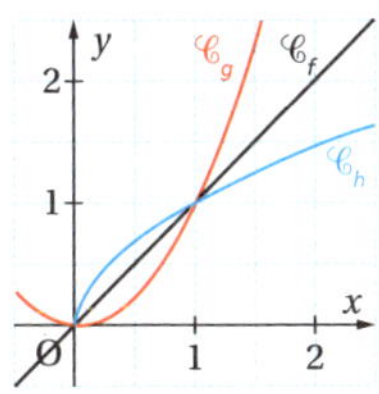

☐ **a.** Sur $[0 ; 1]$, $\mathscr{C}_f$ est au-dessus de $\mathscr{C}_g$.

☐ **b.** Sur $[0 ; 1]$, $\mathscr{C}_g$ est au-dessus de $\mathscr{C}_f$.

☐ **c.** Sur $[1 ; +\infty[$, $\mathscr{C}_f$ est en dessous de $\mathscr{C}_h$.

CORRIGÉS

1 Sens de variation d'une fonction

1. Réponse a. f est dérivable sur $\mathbb{R}$ et $f'(x) = -3x^2 - 6$. Pour étudier les variations de f, il suffit d'étudier le signe de $f'(x)$ sur $\mathbb{R}$. On s'aperçoit que $f'(x)$ est toujours négative, f est donc décroissante sur $\mathbb{R}$. De même, la fonction $x \mapsto -x + 3$, est décroissante sur $\mathbb{R}$. Les affirmations **b.** et **c.** sont fausses, f étant décroissante sur $\mathbb{R}$.

À noter

Pour étudier le sens de variation d'une fonction on peut étudier le signe de sa dérivée. ▶ FICHE 16

Une fonction affine est croissante si son coefficient directeur est positif et décroissante s'il est négatif.

2. Réponse a. puisque f' est négative sur $[1 ; 4]$, on en déduit que f est décroissante sur cet intervalle, donc elle « inverse l'ordre ». Or 1, 2, 3 et 4 sont trois éléments de l'intervalle $[1 ; 4]$ tels que $1 \leqslant 2 \leqslant 3 \leqslant 4$. On a donc $f(1) \geqslant f(2) \geqslant f(3) \geqslant f(4)$.

2 Extremum d'une fonction

Réponse b. 12 est bien le maximum de f sur $[0 ; 20]$ car pour tout $x \in [0 ; 20]$, $f(x) \leqslant 12$.

Sur $[7 ; 15]$, f est décroissante, l'image de 8 pourrait être inférieure à 2, donc l'affirmation **a.** est fausse.

L'affirmation **c.** est fausse, en effet 6 peut-être considéré comme un maximum sur $[15 ; 20]$. Dans ce cas on dit que 6 est un maximum local de f sur $[15 ; 20]$ atteint en 20.

3 Position relative de deux courbes

Réponse a. Pour une abscisse x choisie entre 0 et 1, on voit que le point de $\mathscr{C}_f$ est situé au-dessus du point de même abscisse de $\mathscr{C}_g$ donc $\mathscr{C}_f$ est au-dessus de $\mathscr{C}_g$ sur $[0 ; 1]$. Sur $[1 ; +\infty[$, on voit que le point de $\mathscr{C}_f$ est situé au-dessus du point de même abscisse de $\mathscr{C}_h$ donc $\mathscr{C}_f$ est au-dessus de $\mathscr{C}_h$ et l'affirmation **c.** est fausse.

À noter

Étudier la position relative des courbes revient, graphiquement, à prendre un point de même abscisse x sur les trois courbes et comparer les différentes ordonnées.

Cercle trigonométrique
Mesure d'un angle

26

☐ OK

SES

HGGSP

MATHS

I Le cercle trigonométrique

1 Définition

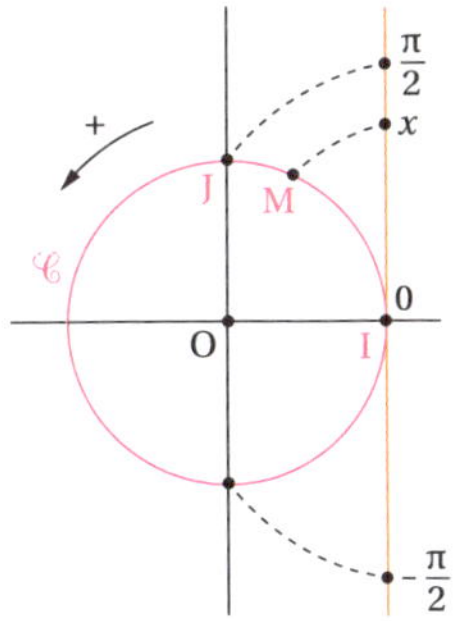

Le plan est muni d'un repère orthonormé (O ; I, J).

- Le **cercle trigonométrique** est le cercle $\mathscr{C}$ de centre O et de rayon 1, orienté dans le sens « inverse des aiguilles d'une montre » appelé « **sens trigonométrique** ».

2 Enroulement de la droite réelle

- On définit une « graduation » du cercle $\mathscr{C}$ en enroulant la droite réelle autour de $\mathscr{C}$, de manière à faire coïncider chaque réel x avec un point de $\mathscr{C}$, le réel 0 étant associé au point I.
- Tout réel x est associé à un unique point M de $\mathscr{C}$, appelé **image de x**.
- Tout point de $\mathscr{C}$ correspond à une infinité de nombres réels : les réels x_1 et x_2 sont associés au même point du cercle $\mathscr{C}$ si et seulement si $x_2 - x_1$ est un multiple de 2π.
- Si x est un réel appartenant à $[0 ; \pi]$ et M le point de $\mathscr{C}$ image de x, alors x est la **longueur de l'arc $\overset{\frown}{IM}$** du cercle $\mathscr{C}$.

II Mesure d'angle : le radian

- Le **radian** (symbole : rad) est la mesure d'un angle au centre qui intercepte sur le cercle trigonométrique $\mathscr{C}$ un arc de longueur 1.
- Plus généralement, si A et B sont deux points du cercle $\mathscr{C}$ tels que l'arc $\overset{\frown}{AB}$ du cercle $\mathscr{C}$ ait pour longueur ℓ, alors ℓ est la mesure en radians de $\widehat{AOB}$.
- Si x est un réel appartenant à $[0 ; \pi]$ et M le point de $\mathscr{C}$ image de x, alors x est la mesure en radians de l'angle $\widehat{IOM}$.
- Un angle plat (180°) a pour mesure π radians.

À noter

Les mesures d'angles en degrés et en radians sont proportionnelles, ex. $\frac{\pi}{2}$ rad = 90°.

Méthodes

1 Placer sur le cercle trigonométrique le point image d'un réel donné

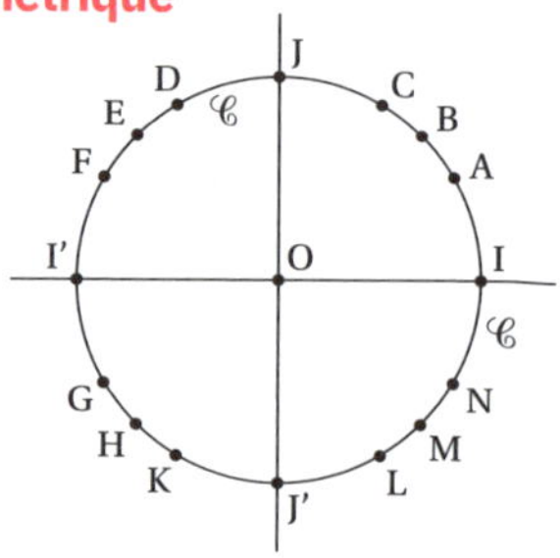

Sur le cercle trigonométrique 𝒞, les points A et C (respectivement D et F, G et K, L et N) partagent l'arc $\widehat{IJ}$ (respectivement $\widehat{JI'}$, $\widehat{I'J'}$, $\widehat{J'I}$) en trois arcs de même longueur. B (respectivement E, H, M) est le milieu de l'arc $\widehat{AC}$ (respectivement $\widehat{DF}$, $\widehat{GK}$, $\widehat{LN}$).

Donner le point image du réel $-\dfrac{\pi}{3}$.

Conseils

Si $a > 0$, son image sur le cercle 𝒞 s'obtient en parcourant sur ce cercle une distance égale à a dans le sens positif à partir du point I. Si $a < 0$, on parcourt une distance égale à $-a$ dans le sens négatif à partir de I.

SOLUTION

$-\dfrac{\pi}{3} < 0$, on parcourt 𝒞 dans le sens négatif. $\widehat{IN}$ et $\widehat{NL}$ ont pour longueur $\dfrac{1}{3} \times \dfrac{\pi}{2} = \dfrac{\pi}{6}$ et $\widehat{IL}$ pour longueur $\dfrac{\pi}{3}$. **L'image de $-\dfrac{\pi}{3}$ est L.**

2 Passer des degrés aux radians et inversement

a. Convertir 75° en radians. b. Convertir $\dfrac{5\pi}{6}$ rad en degrés.

Conseils

Utiliser la proportionnalité des mesures d'angles en degrés et en radians, et la relation $\dfrac{\pi}{2}$ rad = 90°.

SOLUTION

a. Si 75° = t rad, alors $t = \dfrac{75 \times \dfrac{\pi}{2}}{90} = \dfrac{75\pi}{180}$. D'où **75° = $\dfrac{5\pi}{12}$ rad.**

b. Si $\dfrac{5\pi}{6}$ rad = α°, alors $\alpha = \left(90 \times \dfrac{5\pi}{6}\right) \div \dfrac{\pi}{2} = 90 \times \dfrac{5}{6} \times 2$ et **$\dfrac{5\pi}{6}$ rad = 150°.**

Cosinus et sinus d'un nombre réel

27

☐ OK

I Définition et propriétés

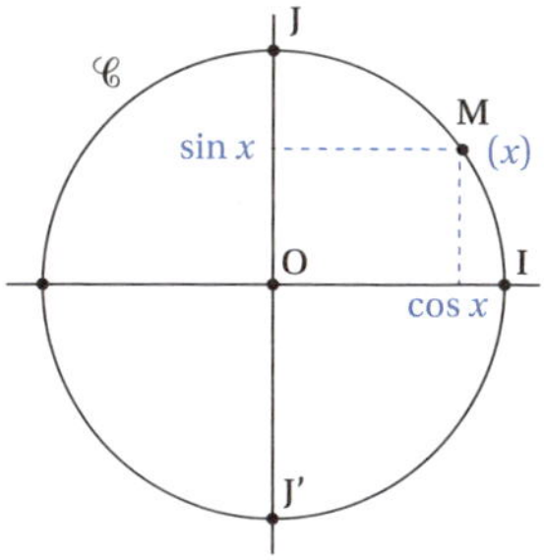

- Soit x un nombre réel et M le point du cercle trigonométrique $\mathscr{C}$ image de x.

M a pour coordonnées ($\cos x$; $\sin x$).

- $-1 \leqslant \cos x \leqslant 1$ et $-1 \leqslant \sin x \leqslant 1$.
- $\cos^2 x + \sin^2 x = 1$
- Les réels x et $x + 2k\pi$ ont pour image le même point de $\mathscr{C}$. Donc pour tout entier relatif k :

$$\cos(x + 2k\pi) = \cos x \quad \text{et} \quad \sin(x + 2k\pi) = \sin x$$

- Les images des réels x et $-x$ sont deux points de $\mathscr{C}$ symétriques l'un de l'autre par rapport à l'axe des abscisses :

$$\cos(-x) = \cos x \quad \text{et} \quad \sin(-x) = -\sin x$$

II Lien avec le triangle rectangle

Si ABC est un triangle rectangle en A et si x est la mesure en radians de l'angle $\widehat{ABC}$ ($x \in \left[0 ; \frac{\pi}{2}\right]$), alors :

$$\cos x = \frac{BA}{BC} \quad \text{et} \quad \sin x = \frac{AC}{BC}$$

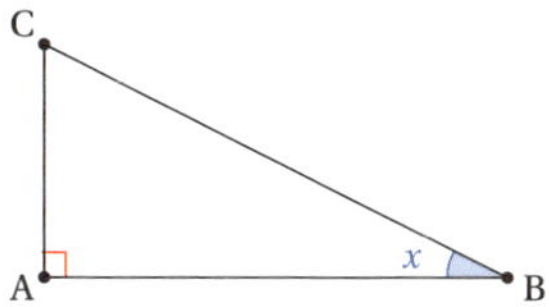

III Valeurs remarquables

x	0	$\frac{\pi}{6}$	$\frac{\pi}{4}$	$\frac{\pi}{3}$	$\frac{\pi}{2}$	π
$\cos x$	1	$\frac{\sqrt{3}}{2}$	$\frac{\sqrt{2}}{2}$	$\frac{1}{2}$	0	-1
$\sin x$	0	$\frac{1}{2}$	$\frac{\sqrt{2}}{2}$	$\frac{\sqrt{3}}{2}$	1	0

SES

HGGSP

MATHS

Méthodes

1 Calculer cos *x* connaissant sin *x* et le signe de cos *x*

a. Soit x un réel tel que $\sin x = 0{,}8$ et $\cos x > 0$. Calculer $\cos x$.

b. Soit t un réel tel que
$\cos t = \dfrac{\sqrt{2+\sqrt{2}}}{2}$ et $\sin t < 0$.
Calculer $\sin t$.

Conseils

Utilisez l'égalité $\cos^2 x + \sin^2 x = 1$ et tenez compte du signe de $\cos x$ (a.) ou de celui de $\sin t$ (b.) donné dans l'énoncé.

SOLUTION

a. $\cos^2 x + \sin^2 x = 1$, donc $\cos^c = 1 - \sin^2 x$, soit $\cos^2 x = 1 - 0{,}8^2$ et $\cos^2 x = 0{,}36$. Or $\cos x > 0$, donc $\cos x = \sqrt{0{,}36}$, soit $\mathbf{\cos x = 0{,}6}$.

b. $\sin^2 t = 1 - \cos^2 t$, donc $\sin^2 t = 1 - \left(\dfrac{\sqrt{2+\sqrt{2}}}{2}\right)^2 = 1 - \dfrac{2+\sqrt{2}}{4}$,

soit $\sin^2 t = \dfrac{2-\sqrt{2}}{4}$. Or $\sin t < 0$, donc $\mathbf{\sin t = -\dfrac{\sqrt{2-\sqrt{2}}}{2}}$.

2 Résoudre une équation trigonométrique

Résoudre dans $[-\pi\,;\,\pi]$ l'équation $\cos x = -\dfrac{\sqrt{3}}{2}$.

Conseils

Sur le cercle trigonométrique $\mathscr{C}$, repérer les points d'abscisse $-\dfrac{\sqrt{3}}{2}$ et calculer x à l'aide des valeurs remarquables ou de la calculatrice.

SOLUTION

Il existe sur $\mathscr{C}$ deux points distincts A et B d'abscisse $-\dfrac{\sqrt{3}}{2}$. Dans $[-\pi\,;\,\pi]$, ces points sont associés à $-\dfrac{5\pi}{6}$ et $\dfrac{5\pi}{6}$, donc $\cos x = -\dfrac{\sqrt{3}}{2}$ a pour solutions $\mathbf{-\dfrac{5\pi}{6}}$ **et** $\mathbf{\dfrac{5\pi}{6}}$.

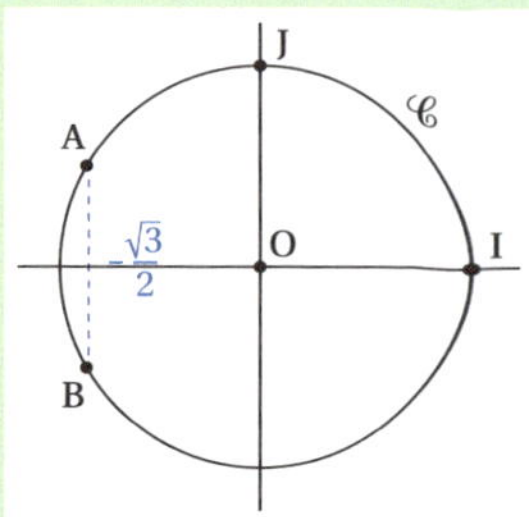

Fonctions cosinus et sinus

28

☐ OK

I Fonction cosinus

- La **fonction cosinus** est définie sur $\mathbb{R}$, c'est la fonction $x \mapsto \cos x$.
- Pour tout réel x, $\cos(-x) = \cos x$, la fonction cosinus est une **fonction paire**, **l'axe des ordonnées est axe de symétrie** de sa courbe représentative.
- Pour tout réel x, $\cos(x + 2\pi) = \cos x$, la fonction cosinus est **périodique de période 2π**, sa courbe représentative est invariante par translation de vecteur $2\pi\overrightarrow{OI}$.
- Tableau de variations sur l'intervalle $[0\,;\pi]$:

x	0	$\frac{\pi}{2}$	π
$\cos x$	1 ↘	0 ↘	-1

- Courbe représentative :

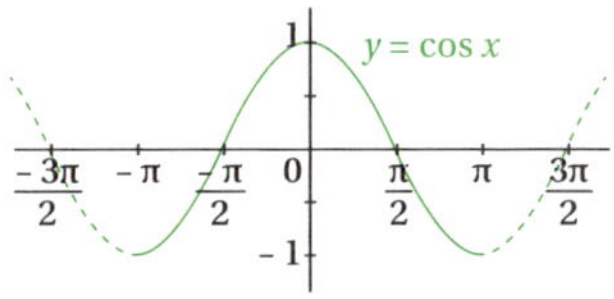

II Fonction sinus

- La **fonction sinus** est définie sur $\mathbb{R}$, c'est la fonction $x \mapsto \sin x$.
- Pour tout réel x, $\sin(-x) = -\sin x$, la fonction sinus est une **fonction impaire**, **l'origine du repère est centre de symétrie** de sa courbe représentative.
- Pour tout réel x, $\sin(x + 2\pi) = \sin x$, la fonction sinus est **périodique de période 2π**, sa courbe représentative est invariante par translation de vecteur $2\pi\overrightarrow{OI}$.
- Tableau de variations sur l'intervalle $[0\,;\pi]$:

x	0	$\frac{\pi}{2}$	π
$\sin x$	0 ↗	1 ↘	0

- Courbe représentative :

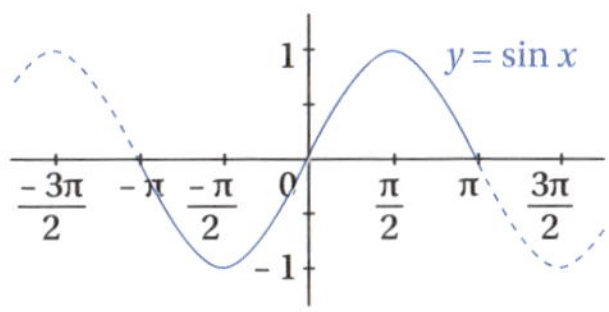

Méthode

Étudier la parité et la périodicité d'une fonction

On a représenté ci-dessous dans un repère orthogonal du plan, la fonction f définie sur $\mathbb{R}$ par : $f(x) = \sin^2 x + \cos(2x)$.

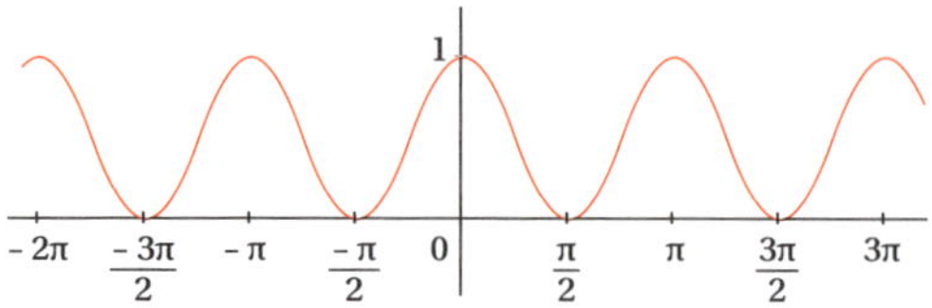

a. Conjecturer la parité et la périodicité de la fonction f.

b. À l'aide du cercle trigonométrique $\mathscr{C}$, justifier que, pour tout réel x : $\cos(x + \pi) = -\cos x$ et $\sin(x + \pi) = -\sin x$.

c. Prouver les conjectures émises à la question **a.**

Conseils

a. Pour la parité, on s'intéresse aux éventuelles symétries de la courbe. Pour la périodicité, on considère les abscisses des points de la courbe qui ont la même ordonnée.
b. Examinez la position relative, sur le cercle $\mathscr{C}$, des points images des réels x et $x + \pi$.
c. Pour la parité, comparez, pour tout réel x, $f(x)$ et $f(-x)$. Pour la périodicité, comparez $f(x)$ et $f(x + p)$, où p est la période conjecturée au **a.**

SOLUTION

a. L'axe des ordonnées semble être **axe de symétrie** de la courbe et pour tout réel x, les points d'abscisses x et $x + \pi$ semblent avoir la même ordonnée. On conjecture que f est une fonction paire périodique de période π.

b. Sur le cercle trigonométrique $\mathscr{C}$, les points images des réels x et $x + \pi$ sont diamétralement opposés, donc leurs coordonnées sont opposées, donc $\mathbf{\cos(x+\pi) = -\cos x}$ et $\mathbf{\sin(x+\pi) = -\sin x}$.

c. Pour tout réel x, $f(-x) = [\sin(-x)]^2 + \cos[2 \times (-x)] = (-\sin x)^2 + \cos(-2x)$, donc, la fonction cosinus étant paire, $f(-x) = \sin^2 x + \cos(2x)$.
Donc, pour tout réel x, $f(-x) = f(x)$ et f est une **fonction paire**.
Pour tout réel x, $f(x + \pi) = [\sin(x + \pi)]^2 + \cos[2 \times (x + \pi)]$.
D'après la question **b.** : $f(x + \pi) = (-\sin x)^2 + \cos(2x + 2\pi)$.
Comme la fonction cosinus est périodique de période 2π :
$f(x + \pi) = (\sin x)^2 + \cos(2x)$.
Donc, pour tout réel x, $f(x + \pi) = f(x)$ et f est **périodique de période π**.

Quiz EXPRESS 29

Avez-vous bien révisé les fiches 26 à 28 ? On vérifie !

SES HGGSP MATHS

Fonctions trigonométriques

1 Cercle trigonométrique ; « enroulement » de $\mathbb{R}$

▶ FICHE 26

1. Le réel $\frac{\pi}{5}$ a pour image le même point du cercle trigonométrique $\mathscr{C}$ que le réel :

☐ **a.** $-\frac{\pi}{5}$ ☐ **b.** $\frac{11\pi}{5}$ ☐ **c.** $-\frac{11\pi}{5}$

2. Si M est le point du cercle trigonométrique $\mathscr{C}$ image du réel $\frac{\pi}{3}$, alors la mesure en degrés de l'angle $\widehat{IOM}$ est :

☐ **a.** 30° ☐ **b.** 60° ☐ **c.** 120°

2 Cosinus et sinus d'un nombre réel

▶ FICHE 27

1. $\cos \pi$ est égal à :

☐ **a.** 0 ☐ **b.** 1 ☐ **c.** –1

2. Si $x \in \left[\frac{\pi}{2} ; \pi\right[$, alors :

☐ **a.** $\cos x \leqslant 0$ et $\sin x \geqslant 0$

☐ **b.** $\cos x \leqslant 0$ et $\sin x \leqslant 0$

☐ **c.** $\cos x \geqslant 0$ et $\sin x \leqslant 0$

3 Fonctions cosinus et sinus

▶ FICHE 28

1. Sur l'intervalle $[0 ; \pi]$, la fonction sinus est :

☐ **a.** croissante ☐ **b.** décroissante

☐ **c.** non monotone

2. La fonction $f : x \mapsto \cos\left(2x + \frac{\pi}{3}\right)$:

☐ **a.** est paire ☐ **b.** est impaire

☐ **c.** n'est ni paire, ni impaire

CORRIGÉS

1 Cercle trigonométrique ; « enroulement » de $\mathbb{R}$

1. Réponse b. On a $\frac{11\pi}{5}-\frac{\pi}{5}=\frac{10\pi}{5}=2\pi$ et, d'autre part, si la différence de deux réels est un multiple de 2π, alors ces deux réels ont pour image le même point du cercle trigonométrique $\mathscr{C}$, et réciproquement. $-\frac{\pi}{5}-\frac{\pi}{5}=-\frac{2\pi}{5}$, qui n'est pas un multiple de 2π, donc la réponse **a.** est incorrecte. $-\frac{11\pi}{5}-\frac{\pi}{5}=-\frac{12\pi}{5}$, qui n'est pas un multiple de 2π, donc la réponse **c.** est incorrecte.

2. Réponse b. Si M est le point du cercle trigonométrique $\mathscr{C}$ image du réel $\frac{\pi}{3}$, alors $\widehat{IOM}=\frac{\pi}{3}$ (en radians) et $\frac{\pi}{3}$ rad $= 60°$.

2 Cosinus et sinus d'un nombre réel

1. Réponse c. Le réel π a pour image le point du cercle trigonométrique $\mathscr{C}$ de coordonnées $(-1\,;\,0)$ et donc $\cos\pi=-1$.

> **À noter**
> On a donc également $\sin\pi = 0$.

2. Réponse a. Si $x\in\left[\frac{\pi}{2};\pi\right[$, alors son image M appartient au quart du cercle trigonométrique $\mathscr{C}$ situé au-dessus de l'axe des abscisses (cet axe exclu) et à gauche de l'axe des ordonnées, et M a une abscisse négative et une ordonnée strictement positive.

3 Fonctions cosinus et sinus

1. Réponse c. D'après son tableau de variations, la fonction sinus est croissante sur $\left[0;\frac{\pi}{2}\right]$, décroissante sur $\left[\frac{\pi}{2};\pi\right]$.

2. Réponse c.

$f\left(\frac{\pi}{3}\right)=\cos\left(2\times\frac{\pi}{3}+\frac{\pi}{3}\right)=-1.$

> **À noter**
> On a justifié la réponse à l'aide d'un contre-exemple.

$f\left(-\frac{\pi}{3}\right)=\cos\left(-\frac{2\pi}{3}+\frac{\pi}{3}\right)=\cos\left(-\frac{\pi}{3}\right)=\cos\frac{\pi}{3}=\frac{1}{2}.$

$f\left(\frac{\pi}{3}\right)$ et $f\left(-\frac{\pi}{3}\right)$ ne sont ni égaux, ni opposés.

Rappels sur les vecteurs

30

☐ OK

SES HGGSP MATHS

I Définitions et propriétés

1 Égalité de vecteurs

- $\overrightarrow{AB} = \overrightarrow{CD}$ si et seulement si la translation qui transforme A en B transforme également C en D.
- $\overrightarrow{AB} = \overrightarrow{CD}$ si et seulement si [AD] et [BC] ont le même milieu.
- Deux vecteurs sont égaux si et seulement s'ils ont les mêmes coordonnées.
- Si les points A et B ont pour coordonnées $(x_A ; y_A)$ et $(x_B ; y_B)$, alors le vecteur $\overrightarrow{AB}$ a pour coordonnées $(x_B - x_A ; y_B - y_A)$.

2 Somme de deux vecteurs

- Relation de Chasles : $\overrightarrow{AB} + \overrightarrow{BC} = \overrightarrow{AC}$.
- Règle du parallélogramme : $\overrightarrow{AB} + \overrightarrow{AC} = \overrightarrow{AD}$ avec D tel que ABDC soit un parallélogramme (éventuellement aplati).
- Si $\vec{u}$ et $\vec{v}$ ont pour coordonnées $(x ; y)$ et $(x' ; y')$, alors $\vec{u} + \vec{v}$ a pour coordonnées $(x + x' ; y + y')$.

3 Produit d'un vecteur par un nombre réel

Si k est un nombre réel et $\vec{u}$ le vecteur de coordonnées $(x ; y)$, $k\vec{u}$ est le vecteur de coordonnées $(kx ; ky)$.

II Vecteurs colinéaires

- Deux vecteurs non nuls $\vec{u}$ et $\vec{v}$ sont colinéaires si et seulement si il existe un réel k tel que $\vec{v} = k\vec{u}$.
- Le vecteur nul est colinéaire à tout autre vecteur.
- Dans un repère du plan, $\vec{u}(x ; y)$ et $\vec{v}(x' ; y')$ sont colinéaires si et seulement si leur déterminant est nul : $xy' - x'y = 0$.
- Si A, B, C et D sont quatre points deux à deux distincts, les droites (AB) et (CD) sont parallèles si et seulement si $\overrightarrow{AB}$ et $\overrightarrow{CD}$ sont colinéaires.
- Les points A, B et C sont alignés si et seulement si les vecteurs $\overrightarrow{AB}$ et $\overrightarrow{AC}$ sont colinéaires.

Méthodes

1 Montrer qu'un point est le milieu d'un segment

Soit A, B, C trois points non alignés, R le point tel que $\overrightarrow{CR} = \overrightarrow{AB}$, M le point tel que $\overrightarrow{BM} = \overrightarrow{BA} + \overrightarrow{BC}$. Montrer que $\overrightarrow{CM} = \overrightarrow{BA}$. En déduire que C est le milieu du segment [RM].

Conseils

À l'aide de la relation de Chasles, écrivez le vecteur $\overrightarrow{CM}$ sous forme d'une somme de deux vecteurs, puis montrez que les vecteurs $\overrightarrow{CM}$ et $\overrightarrow{CR}$ sont opposés.

SOLUTION

- D'après la relation de Chasles : $\overrightarrow{CM} = \overrightarrow{CB} + \overrightarrow{BM}$.
Or $\overrightarrow{BM} = \overrightarrow{BA} + \overrightarrow{BC}$, donc $\overrightarrow{CM} = \overrightarrow{CB} + \overrightarrow{BA} + \overrightarrow{BC}$.
Comme $\overrightarrow{CB} + \overrightarrow{BC} = \vec{0}$, on a $\mathbf{\overrightarrow{CM} = \overrightarrow{BA}}$.
- $\overrightarrow{CM} = \overrightarrow{BA}$ et $\overrightarrow{CR} = \overrightarrow{AB}$, donc les vecteurs $\overrightarrow{CM}$ et $\overrightarrow{CR}$ sont opposés ($\overrightarrow{CR} = -\overrightarrow{CM}$), donc **C est le milieu du segment [RM]**.

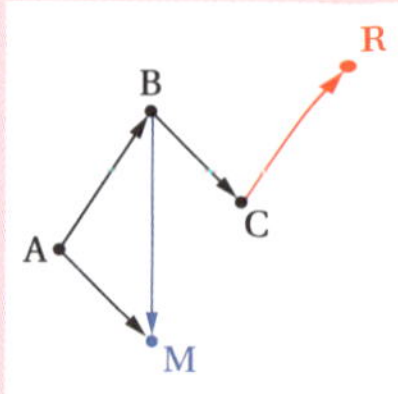

2 Déterminer les coordonnées d'un point

Le plan est muni d'un repère (O, I, J). On considère les points A(–3 ; –1), B(–1 ; 3) et C(–1 ; –3).

Déterminer les coordonnées du point M tel que $\overrightarrow{AM} = \frac{1}{2}\overrightarrow{AB} + 2\overrightarrow{AC}$.

Conseils

Calculez les coordonnées des vecteurs $\overrightarrow{AB}$, $\frac{1}{2}\overrightarrow{AB}$, $\overrightarrow{AC}$ et $2\overrightarrow{AC}$, puis celles du vecteur $\frac{1}{2}\overrightarrow{AB} + 2\overrightarrow{AC}$. Exprimez les coordonnées du vecteur $\overrightarrow{AM}$ avec M(x ; y).

SOLUTION

On a $\overrightarrow{AB}(2;4)$ et $\overrightarrow{AC}(2;-2)$ donc $\frac{1}{2}\overrightarrow{AB} + 2\overrightarrow{AC}$ a pour coordonnées (5 ; –2). On note M(x ; y), $\overrightarrow{AM}$ a pour coordonnées ($x + 3$; $y + 1$).

On a donc le système : $\begin{cases} x + 3 = 5 \\ y + 1 = -2 \end{cases}$

D'où $x = 2$ et $y = -3$. M est le point de coordonnées **(2 ; –3)**.

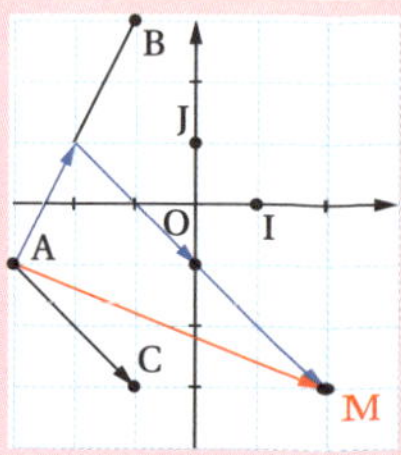

Produit scalaire de deux vecteurs

31

☐ OK

I Définition

- Soit $\vec{u}$ et $\vec{v}$ deux vecteurs du plan. Leur produit scalaire est un nombre réel noté $\vec{u} \cdot \vec{v}$ (on lit « *u* scalaire v »).
- Si l'un des vecteurs $\vec{u}$ ou $\vec{v}$ est le vecteur nul, alors $\vec{u} \cdot \vec{v} = 0$.
- Si aucun des vecteurs $\vec{u}$ et $\vec{v}$ n'est le vecteur nul, alors on considère trois points A, B et C tels que $\vec{u} = \overrightarrow{AB}$ et $\vec{v} = \overrightarrow{AC}$.

À noter

Puisque $\vec{u} \neq \vec{0}$ et $\vec{v} \neq \vec{0}$, on a A ≠ B et A ≠ C.

On appelle H le projeté orthogonal de C sur la droite (AB), alors :

$$\vec{u} \cdot \vec{v} = \begin{cases} AB \times AH \text{ si } \overrightarrow{AB} \text{ et } \overrightarrow{AH} \text{ sont de même sens} \\ -AB \times AH \text{ si } \overrightarrow{AB} \text{ et } \overrightarrow{AH} \text{ sont de sens opposés} \end{cases}$$

- Cas particulier : si $\vec{u}$ et $\vec{v}$ sont colinéaires et $\vec{u} \neq \vec{0}$ et $\vec{v} \neq \vec{0}$, alors :

$$\vec{u} \cdot \vec{v} = \begin{cases} \|\vec{u}\| \times \|\vec{v}\| \text{ si } \vec{u} \text{ et } \vec{v} \text{ sont de même sens} \\ -\|\vec{u}\| \times \|\vec{v}\| \text{ si } \vec{u} \text{ et } \vec{v} \text{ sont de sens opposés} \end{cases}$$

II Propriétés

- Symétrie : pour tous vecteurs $\vec{u}$ et $\vec{v}$:

$$\vec{u} \cdot \vec{v} = \vec{v} \cdot \vec{u}.$$

- Bilinéarité : pour tous vecteurs $\vec{u}, \vec{v}$ et $\vec{w}$ et tout réel k :

$$\begin{cases} \vec{u} \cdot (\vec{v} + \vec{w}) = \vec{u} \cdot \vec{v} + \vec{u} \cdot \vec{w} \\ \vec{u} \cdot (k\vec{v}) = (k\vec{u}) \cdot \vec{v} = k(\vec{u} \cdot \vec{v}) \end{cases}$$

III Expression dans une base orthonormée

- Si les vecteurs $\vec{u}$ et $\vec{v}$ ont pour coordonnées $(x\,;y)$ et $(x'\,;y')$ dans une même base orthonormée du plan, alors :

$$\vec{u} \cdot \vec{v} = xx' + yy'$$

- Norme d'un vecteur : pour tout vecteur $\vec{u}$ de coordonnées $(x\,;y)$ dans une base orthonormée :

$$\|\vec{u}\| = \sqrt{x^2 + y^2}$$

Méthode

Calculer des produits scalaires

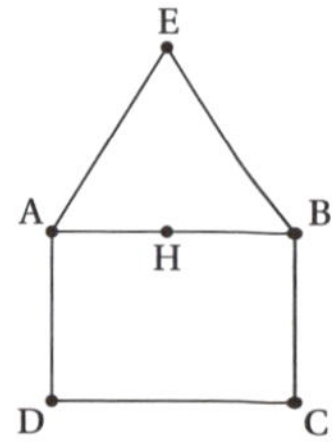

Sur la figure ci-contre, ABCD est un rectangle tel que AB = 4 et BC = 3, ABE est un triangle équilatéral, H est le milieu du segment [AB].

Calculer les produits scalaires suivants :

a. $\overrightarrow{BC} \cdot \overrightarrow{CD}$ b. $\overrightarrow{DC} \cdot \overrightarrow{DH}$

c. $\overrightarrow{AB} \cdot \overrightarrow{AC}$ d. $\overrightarrow{BA} \cdot \overrightarrow{AE}$

Conseils

a. Considérez les directions des deux vecteurs.

b. Décomposez le vecteur $\overrightarrow{DH}$ en utilisant la relation de Chasles.

c. Considérez le projeté orthogonal de C sur la droite (AB).

d. Remarquez que $\overrightarrow{BA} = -\overrightarrow{AB}$, puis considérez le projeté orthogonal de E sur la droite (AB).

SOLUTION

a. Les droites (BC) et (CD) sont perpendiculaires, donc les vecteurs $\overrightarrow{BC}$ et $\overrightarrow{CD}$ sont orthogonaux, donc $\mathbf{\overrightarrow{BC} \cdot \overrightarrow{CD} = 0}$.

b. $\overrightarrow{DH} = \overrightarrow{DA} + \overrightarrow{AH}$, donc

$\overrightarrow{DC} \cdot \overrightarrow{DH} = \overrightarrow{DC} \cdot (\overrightarrow{DA} + \overrightarrow{AH}) = \overrightarrow{DC} \cdot \overrightarrow{DA} + \overrightarrow{DC} \cdot \overrightarrow{AH}$.

Les vecteurs $\overrightarrow{DC}$ et $\overrightarrow{DA}$ sont orthogonaux (les droites (DC) et (DA) sont perpendiculaires), donc $\overrightarrow{DC} \cdot \overrightarrow{DA} = 0$. $\overrightarrow{DC} \cdot \overrightarrow{AH} = DC \times AH$ car les vecteurs $\overrightarrow{DC}$ et $\overrightarrow{AH}$ sont colinéaires de même sens.

Or $DC = AB = 4$ et $AH = \frac{1}{2}AB = 2$, donc $\overrightarrow{DC} \cdot \overrightarrow{AH} = 4 \times 2 = 8$.

D'où $\overrightarrow{DC} \cdot \overrightarrow{DH} = 0 + 8$, soit $\mathbf{\overrightarrow{DC} \cdot \overrightarrow{DH} = 8}$.

c. Le projeté orthogonal de C sur la droite (AB) est B, donc $\overrightarrow{AB} \cdot \overrightarrow{AC} = AB \times AB$, donc $\mathbf{\overrightarrow{AB} \cdot \overrightarrow{AC} = 16}$.

d. On a $\overrightarrow{BA} \cdot \overrightarrow{AE} = -\overrightarrow{AB} \cdot \overrightarrow{AE}$. Le triangle ABE est équilatéral, donc (EH) est la médiatrice du segment [AB]. Le projeté orthogonal de E sur la droite (AB) est donc H. Les vecteurs $\overrightarrow{AB}$ et $\overrightarrow{AH}$ sont colinéaires de même sens, donc $\overrightarrow{AB} \cdot \overrightarrow{AE} = AB \times AH$, et $\overrightarrow{BA} \cdot \overrightarrow{AE} = -AB \times AH$, soit $\mathbf{\overrightarrow{BA} \cdot \overrightarrow{AE} = -8}$.

Produit scalaire et orthogonalité 32

☐ OK

I Autre expression du produit scalaire

Soit $\vec{u}$ et $\vec{v}$ deux vecteurs du plan.

- Si l'un des vecteurs $\vec{u}$ ou $\vec{v}$ est le vecteur nul, alors $\vec{u} \cdot \vec{v} = 0$.
- Si aucun des vecteurs $\vec{u}$ et $\vec{v}$ n'est le vecteur nul, alors on considère trois points A, B et C tels que $\vec{u} = \overrightarrow{AB}$ et $\vec{v} = \overrightarrow{AC}$. Avec α une mesure de l'angle $\widehat{BAC}$ on a :

$$\vec{u} \cdot \vec{v} = AB \times AC \times \cos\alpha$$

- *Remarques* :
  - Si l'angle $\widehat{BAC}$ est aigu, alors $\alpha \in \left[0\,;\frac{\pi}{2}\right[$ et $\cos\alpha > 0$, donc $\vec{u} \cdot \vec{v} > 0$.
  - Si l'angle $\widehat{BAC}$ est obtus, alors $\alpha \in \left]\frac{\pi}{2}\,;\pi\right]$ et $\cos\alpha < 0$, donc $\vec{u} \cdot \vec{v} < 0$.
  - Si $\widehat{BAC}$ est un angle droit, alors $\cos\alpha = 0$ et $\vec{u} \cdot \vec{v} = 0$.

II Vecteurs orthogonaux

1 Définition

- Soit $\vec{u}$ et $\vec{v}$ deux vecteurs du plan.

$\vec{u}$ et $\vec{v}$ sont **orthogonaux** si et seulement si : $\vec{u} \cdot \vec{v} = 0$.

- Le vecteur nul $\vec{0}$ est orthogonal à tous les vecteurs du plan.
- Les droites (AB) et (CD) sont perpendiculaires si et seulement si les vecteurs $\overrightarrow{AB}$ et $\overrightarrow{CD}$ sont orthogonaux.
- Si $\vec{u}$ est un vecteur directeur de la droite $\mathcal{D}$, alors tout vecteur non nul orthogonal à $\vec{u}$ est appelé **vecteur normal** à $\mathcal{D}$. ▶ FICHE 35

2 Critère d'orthogonalité

Si les vecteurs $\vec{u}$ et $\vec{v}$ ont pour coordonnées $(x\,;y)$ et $(x'\,;y')$ dans une même base orthonormée du plan, alors $\vec{u}$ et $\vec{v}$ sont orthogonaux si et seulement si :

$$xx' + yy' = 0$$

SES

HGGSP

MATHS

Méthodes

1 Montrer que deux droites sont perpendiculaires

ABCD est un carré de côté c. Les points E et F sont définis par $\overrightarrow{CE} = \frac{3}{2}\overrightarrow{CD}$ et $\overrightarrow{BF} = \frac{3}{2}\overrightarrow{BC}$.

Montrer que les droites (AF) et (BE) sont perpendiculaires.

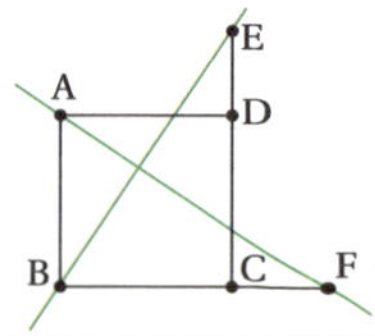

Conseils

Utilisez la relation de Chasles pour décomposer les vecteurs $\overrightarrow{AF}$ et $\overrightarrow{BE}$ et les écrire en fonction de $\overrightarrow{AB}$, $\overrightarrow{BC}$ et $\overrightarrow{CD}$, puis calculez leur produit scalaire.

SOLUTION

$\overrightarrow{AF} = \overrightarrow{AB} + \overrightarrow{BF} = \overrightarrow{AB} + \frac{3}{2}\overrightarrow{BC}$ et $\overrightarrow{BE} = \overrightarrow{BC} + \overrightarrow{CE} = \overrightarrow{BC} + \frac{3}{2}\overrightarrow{CD}$.

Donc $\overrightarrow{AF} \cdot \overrightarrow{BE} = \overrightarrow{AB} \cdot \overrightarrow{BC} + \frac{3}{2}\overrightarrow{AB} \cdot \overrightarrow{CD} + \frac{3}{2}\overrightarrow{BC} \cdot \overrightarrow{BC} + \frac{9}{4}\overrightarrow{BC} \cdot \overrightarrow{CD}$.

$\overrightarrow{AB} \cdot \overrightarrow{BC} = 0$, $\overrightarrow{BC} \cdot \overrightarrow{CD} = 0$, $\overrightarrow{AB} \cdot \overrightarrow{CD} = -c^2$ et $\overrightarrow{BC} \cdot \overrightarrow{BC} = c^2$,

d'où $\overrightarrow{AF} \cdot \overrightarrow{BE} = 0 - \frac{3}{2}c^2 + \frac{3}{2}c^2 + \frac{9}{4} \times 0 = 0$.

$\overrightarrow{AF}$ et $\overrightarrow{BE}$ sont orthogonaux, donc **(AF) et (BE) sont perpendiculaires**.

2 Calculer la mesure d'un angle

Dans le plan muni d'un repère orthonormé (O, I, J), on considère les points A(2 ; 4), B(−2 ; 2) et C(6 ; −2). Calculer le produit scalaire $\overrightarrow{AB} \cdot \overrightarrow{AC}$ puis la mesure α de l'angle $\widehat{BAC}$ à 0,1 degré près.

Conseils

Calculez les coordonnées des vecteurs $\overrightarrow{AB}$ et $\overrightarrow{AC}$. Utilisez une expression du produit scalaire pour calculer les distances AB et AC, puis cos α.

SOLUTION

$\overrightarrow{AB}(-4\,;-2)$ et $\overrightarrow{AC}(4\,;-6)$, donc $\overrightarrow{AB} \cdot \overrightarrow{AC} = -4 \times 4 + (-2) \times (-6) = -4$.

Or $\overrightarrow{AB} \cdot \overrightarrow{AC} = AB \times AC \times \cos\alpha$, donc $\cos\alpha = \dfrac{\overrightarrow{AB} \cdot \overrightarrow{AC}}{AB \times AC}$.

$AB = \sqrt{16+4} = \sqrt{20} = 2\sqrt{5}$ et $AC = \sqrt{16+36} = \sqrt{52} = 2\sqrt{13}$.

Donc $\cos\alpha = \dfrac{-4}{2\sqrt{5} \times 2\sqrt{13}} = -\dfrac{1}{\sqrt{65}}$ et $\boldsymbol{\alpha = 97{,}1°}$ à 0,1 degré près.

Transformation d'expressions et formule d'Al-Kashi

33

☐ OK

I Développement de $\|\vec{u}+\vec{v}\|^2$

- Pour tous vecteurs $\vec{u}$ et $\vec{v}$ du plan :

$$\|\vec{u}+\vec{v}\|^2=\|\vec{u}\|^2+2\vec{u}\cdot\vec{v}+\|\vec{v}\|^2$$

- En remplaçant $\vec{v}$ par $-\vec{v}$, on obtient :

$$\|\vec{u}-\vec{v}\|^2=\|\vec{u}\|^2-2\vec{u}\cdot\vec{v}+\|\vec{v}\|^2.$$

- On peut exprimer $\vec{u}\cdot\vec{v}$ à l'aide des normes :

$$\vec{u}\cdot\vec{v}=\frac{1}{2}(\|\vec{u}+\vec{v}\|^2-\|\vec{u}\|^2-\|\vec{v}\|^2)$$

$$\text{et } \vec{u}\cdot\vec{v}=\frac{1}{2}(\|\vec{u}\|^2+\|\vec{v}\|^2-\|\vec{u}-\vec{v}\|^2).$$

II Formule d'Al-Kashi

- Soit ABC un triangle et α la mesure de l'angle $\widehat{BAC}$. On a :

$$BC^2=AB^2+AC^2-2AB\times AC\times\cos\alpha$$

- La formule d'Al-Kashi peut également s'écrire :

$AC^2=BA^2+BC^2-2\,BA\times BC\times\cos\beta$, avec β mesure de $\widehat{ABC}$;

$AB^2=CA^2+CB^2-2\,CA\times CB\times\cos\gamma$, avec γ mesure de $\widehat{ACB}$.

À noter

Si $\alpha=\frac{\pi}{2}$, le triangle ABC est rectangle en A et on retrouve le théorème de Pythagore. Ainsi le théorème d'Al-Kashi est appelé « théorème de Pythagore généralisé ».

II Transformation de $\overrightarrow{MA}\cdot\overrightarrow{MB}$

- A et B sont deux points du plan, I est le milieu du segment [AB].

Pour tout point M du plan :

$$\overrightarrow{MA}\cdot\overrightarrow{MB}=MI^2-IA^2$$

Ou encore :

$$\overrightarrow{MA}\cdot\overrightarrow{MB}=MI^2-\frac{1}{4}AB^2$$

Méthodes

1 « Résoudre » un triangle à l'aide de la formule d'Al-Kashi

Soit ABC un triangle tel que $AB = 9$, $AC = 4$ et $\widehat{BAC}$ a pour mesure 60°.
Calculer BC et une mesure approchée des angles $\widehat{ABC}$ et $\widehat{BCA}$.

Conseils

Utilisez la formule d'Al-Kashi pour calculer BC, puis cos β, avec β mesure de l'angle $\widehat{ABC}$, et déterminez une valeur approchée de β à l'aide de la calculatrice. Rappelez-vous que la somme des mesures des trois angles d'un triangle est égale à 180°.

SOLUTION

- Formule d'Al-Kashi : $BC^2 = AB^2 + AC^2 - 2\,AB \times AC \times \cos(60°)$.

D'où $BC^2 = 81 + 16 - 2 \times 9 \times 4 \times \frac{1}{2} = 61$, soit $\mathbf{BC = \sqrt{61}}$.

- Si β est la mesure de $\widehat{ABC}$, alors $AC^2 = BA^2 + BC^2 - 2\,BA \times BC \times \cos\beta$.

Donc $\cos\beta = \dfrac{BA^2 + BC^2 - AC^2}{2\,BA \times BC}$, soit $\cos\beta = \dfrac{126}{18\sqrt{61}} = \dfrac{7}{\sqrt{61}}$.

Avec la calculatrice, $\widehat{ABC}$ a pour mesure **26,3°** et, la somme des mesures des angles étant égale à 180°, $\widehat{ACB}$ a pour mesure **93,7°**.

2 Détermination d'un ensemble de points

A et B sont deux points tels que $AB = 6$. I est le milieu du segment [AB].

On appelle $\mathscr{E}$ l'ensemble des points M du plan tels que $\overrightarrow{MA} \cdot \overrightarrow{MB} = 27$.

a. Soit C le symétrique de I par rapport à A. Montrer que C appartient à $\mathscr{E}$.

b. Déterminer l'ensemble $\mathscr{E}$.

Conseils

Utilisez l'égalité $\overrightarrow{MA} \cdot \overrightarrow{MB} = MI^2 - \frac{1}{4}AB^2$ et déduisez-en que $\mathscr{E}$ est un cercle de centre I.

SOLUTION

a. Les vecteurs $\overrightarrow{CA}$ et $\overrightarrow{CB}$ sont colinéaires de même sens, $CA = 3$ et $CB = 9$, donc $\overrightarrow{CA} \cdot \overrightarrow{CB} = CA \times CB = 3 \times 9 = 27$, donc $C \in \mathscr{E}$.

b. $\overrightarrow{MA} \cdot \overrightarrow{MB} = MI^2 - \frac{1}{4}AB^2 = MI^2 - 9$, donc :

$M \in \mathscr{E} \Leftrightarrow MI^2 - 9 = 27 \Leftrightarrow MI^2 = 36 \Leftrightarrow MI = 6$.

$\mathscr{E}$ est donc le cercle de centre I et de rayon 6 (passant par C).

Quiz EXPRESS 34

Avez-vous bien révisé les fiches 30 à 33 ? On vérifie !

Calcul vectoriel – Produit scalaire

1 Produit scalaire de deux vecteurs

▶ FICHE 31

1. A, B, C sont trois points tels que $\overrightarrow{AB} \cdot \overrightarrow{AC} = 9$ et $AB = 4$. Alors $\overrightarrow{AB} \cdot \overrightarrow{BC}$ est égal à :

☐ **a.** 25

☐ **b.** 7

☐ **c.** -7

2. ABC est un triangle équilatéral de centre O et de côté 6. Alors $\overrightarrow{OA} \cdot \overrightarrow{OB}$ est égal à :

☐ **a.** 18

☐ **b.** 6

☐ **c.** -6

2 Produit scalaire et orthogonalité

▶ FICHE 32

1. ABCD est un parallélogramme tel que $AB = 4$, $AD = 6$ et l'angle $\widehat{ABC}$ a pour mesure 150°. Alors $\overrightarrow{AB} \cdot \overrightarrow{AD}$ est égal à :

☐ **a.** $6\sqrt{3}$ ☐ **b.** 12 ☐ **c.** $12\sqrt{3}$

2. Dans un repère orthonormé, on considère les points A(3 ; −5), B(2 ; 1) et C(7 ; *y*). Pour que les droites (AB) et (BC) soient perpendiculaires, *y* doit être égal à :

☐ **a.** $\frac{11}{6}$ ☐ **b.** $\frac{5}{6}$ ☐ **c.** $-\frac{11}{6}$

3 Transformation d'expressions et formule d'Al-Kashi

▶ FICHE 33

ABC est un triangle tel que $AB = 12$, $AC = 8$ et $BC = 10$.

Alors $\overrightarrow{AB} \cdot \overrightarrow{AC}$ est égal à :

☐ **a.** 54 ☐ **b.** 96 ☐ **c.** 72

SES HGGSP MATHS

CORRIGÉS

1 Produit scalaire de deux vecteurs

1. Réponse c. $\overrightarrow{AB} \cdot \overrightarrow{BC} = \overrightarrow{AB} \cdot (\overrightarrow{BA} + \overrightarrow{AC}) = \overrightarrow{AB} \cdot \overrightarrow{BA} + \overrightarrow{AB} \cdot \overrightarrow{AC}$

$\overrightarrow{AB} \cdot \overrightarrow{BC} = -AB^2 + \overrightarrow{AB} \cdot \overrightarrow{AC} = -16 + 9 = -7$.

2. Réponse c. L'angle $\widehat{AOB}$ a pour mesure 120°, il est obtus, donc $\overrightarrow{OA} \cdot \overrightarrow{OB} < 0$.

2 Produit scalaire et orthogonalité

1. Réponse c. $\overrightarrow{AB} \cdot \overrightarrow{AD} = AB \times AD \cos \alpha$ où α est la mesure de l'angle $\widehat{BAD}$; donc $\overrightarrow{AB} \cdot \overrightarrow{AD} = 24 \cos \alpha$.

Puisque ABCD est un parallélogramme, les angles $\widehat{BAD}$ et $\widehat{ABC}$ sont supplémentaires (la somme de leurs mesures est égale à 180°) donc $\widehat{BAD}$ a pour mesure 30° (soit $\frac{\pi}{6}$ radians). Donc $\overrightarrow{AB} \cdot \overrightarrow{AD} = 24 \cos \frac{\pi}{6} = 24 \times \frac{\sqrt{3}}{2} = 12\sqrt{3}$.

2. Réponse a. Les droites (AB) et (BC) sont perpendiculaires si et seulement si les vecteurs $\overrightarrow{AB}$ et $\overrightarrow{BC}$ sont orthogonaux, c'est-à-dire si et seulement si $\overrightarrow{AB} \cdot \overrightarrow{BC} = 0$.

$\overrightarrow{AB}(-1\,;6)$ et $\overrightarrow{BC}(5\,;y-1)$ d'où $\overrightarrow{AB} \cdot \overrightarrow{BC} = -5 + 6(y-1) = 6y - 11$.

$\overrightarrow{AB} \cdot \overrightarrow{BC} = 0$ équivaut à $6y = 11$, c'est-à-dire $y = \frac{11}{6}$.

3 Transformation d'expressions et formule d'Al-Kashi

Réponse a. D'après la formule d'Al-Kashi,
$BC^2 = AB^2 + AC^2 - 2AB \times AC \times \cos \alpha$, avec α la mesure de l'angle $\widehat{BAC}$.

D'où $\cos \alpha = \dfrac{AB^2 + AC^2 - BC^2}{2AB \times AC} = \dfrac{144 + 64 - 100}{2 \times 12 \times 8} = \dfrac{108}{192} = \dfrac{9}{16}$.

Alors $\overrightarrow{AB} \cdot \overrightarrow{AC} = AB \times AC \cos \alpha = 12 \times 8 \times \frac{9}{16} = 54$.

Vecteur normal à une droite

35

☐ OK

SES

HGGSP

MATHS

Le plan est supposé muni d'un repère orthonormé $\mathcal{R}$.

I Rappels : équations cartésiennes et vecteurs directeurs

- Soit $\mathcal{D}$ une droite du plan. Alors il existe a, b et c réels (a et b non tous les deux nuls) tels que $ax + by + c = 0$ soit une **équation cartésienne** de $\mathcal{D}$.
- Si $\mathcal{D}$ est la droite d'équation cartésienne $ax + by + c = 0$, alors le vecteur $\vec{u}(-b\ ;\ a)$ est un **vecteur directeur** de $\mathcal{D}$.
- Réciproquement, si $\mathcal{D}$ est une droite de vecteur directeur $\vec{u}(-b\ ;\ a)$, alors il existe un réel c tel que $ax + by + c = 0$ soit une équation cartésienne de $\mathcal{D}$.
- Dans le plan, deux **droites parallèles** ont les mêmes vecteurs directeurs.

À noter

Une droite du plan a une infinité de vecteurs directeurs tous colinéaires.

II Vecteur normal à une droite

- Soit $\mathcal{D}$ une droite du plan. On appelle **vecteur normal à** $\mathcal{D}$ tout vecteur directeur d'une droite perpendiculaire à $\mathcal{D}$.
- Dans le plan, **deux droites sont parallèles** si et seulement si elles ont les mêmes vecteurs normaux.

À noter

Une droite $\mathcal{D}$ a une infinité de vecteurs normaux tous colinéaires.

- Dans le plan, **deux droites sont perpendiculaires** si et seulement si leurs vecteurs normaux sont orthogonaux.
- Soit $\mathcal{D}$ une droite du plan, $\vec{u}$ un vecteur directeur de $\mathcal{D}$, $\vec{n}$ un vecteur normal à $\mathcal{D}$. Alors $\vec{u}$ et $\vec{n}$ sont orthogonaux : $\vec{u} \cdot \vec{n} = 0$.
- Si A est un point du plan et $\vec{n}$ un vecteur non nul, alors l'ensemble des points M tels que $\overrightarrow{AM} \cdot \vec{n} = 0$ est la droite passant par A et de vecteur normal $\vec{n}$.
- Si $\mathcal{D}$ est la droite d'équation cartésienne $ax + by + c = 0$, alors le vecteur $\vec{n}(a\ ;\ b)$ est un vecteur normal à $\mathcal{D}$.
- Si $\mathcal{D}$ est une droite de vecteur normal $\vec{n}(a\ ;\ b)$, alors il existe un réel c tel que $ax + by + c = 0$ soit une équation cartésienne de $\mathcal{D}$.

Méthode

Déterminer une équation cartésienne d'une droite dont on connaît un point et un vecteur normal

a. Déterminer une équation cartésienne de la droite Δ_1 passant par le point A(2 ; 3) et de vecteur normal $\vec{n}(-1\ ;\ 3)$.

b. Déterminer une équation cartésienne de la droite Δ_2 perpendiculaire à la droite Δ_1 et passant par B(−2 ; 1).

c. On donne les points E(3 ; −2) et F(−1 ; −4). Déterminer une équation cartésienne de la médiatrice Δ_3 du segment [EF].

Conseils

a. Δ_1 a une équation cartésienne de la forme $-x + 3y + c = 0$; on cherche c de façon que les coordonnées du point A vérifient l'équation.
b. Le vecteur $\vec{n}(-1\ ;\ 3)$ normal à Δ_1 est un vecteur directeur de Δ_2, donc Δ_2 a une équation cartésienne de la forme $3x + y + c' = 0$.
c. Δ_3 a pour vecteur normal le vecteur $\overrightarrow{EF}$ et passe par le milieu du segment [EF].

SOLUTION

a. Puisque le vecteur $\vec{n}(-1\ ;\ 3)$ est normal à la droite Δ_1, alors Δ_1 a une équation cartésienne de la forme $-x + 3y + c = 0$.
Δ_1 passe par le point A, donc les coordonnées de A vérifient cette équation, donc $-2 + 3 \times 3 + c = 0$, soit $c = -7$.
Remarque : On peut aussi traduire qu'un point M(x ; y) appartient à Δ_1 si et seulement si $\overrightarrow{AM} \cdot n = 0$.
Δ_1 a donc pour équation cartésienne $\mathbf{-x + 3y - 7 = 0}$.

b. Le vecteur de coordonnées (−1 ; 3) est un vecteur directeur de Δ_2, donc Δ_2 a une équation cartésienne de la forme $3x + y + c' = 0$.
Les coordonnées de B vérifient cette équation, donc $-6 + 1 + c' = 0$, soit $c' = 5$. Δ_2 a donc pour équation cartésienne $\mathbf{3x + y + 5 = 0}$.

c. La droite Δ_3 a pour vecteur normal $\overrightarrow{EF}(-4\ ;\ -2)$, donc elle a une équation cartésienne de la forme $-4x - 2y + c'' = 0$.
La droite Δ_3 passe par le point I(1 ; −3), milieu du segment [EF], donc les coordonnées de I vérifient l'équation : $-4 + 6 + c'' = 0$, d'où $c'' = -2$.
Δ_3 a donc pour équation cartésienne $\mathbf{-4x - 2y - 2 = 0}$.
Remarque : Cette équation est équivalente à $2x + y + 1 = 0$.

Équation de cercle

36

☐ OK

I Cercle défini par son centre et son rayon

- Le point $M(x\,;y)$ appartient au cercle $\mathscr{C}$ de centre $\Omega(x_0\,;y_0)$ et de rayon r (r un réel strictement positif donné) si et seulement si :

$$(x-x_0)^2+(y-y_0)^2=r^2$$

L'égalité $(x-x_0)^2+(y-y_0)^2=r^2$ est une **équation** du cercle $\mathscr{C}$.

- Cette équation traduit le fait que le point M appartient au cercle $\mathscr{C}$ si et seulement si $\Omega M=r$, c'est-à-dire si et seulement si $\Omega M^2=r^2$.

À noter

Une équation du cercle $\mathscr{C}$ est une condition nécessaire et suffisante portant sur $(x\,;y)$ pour que le point $M(x\,;y)$ appartienne au cercle $\mathscr{C}$.

II Cercle défini par un diamètre

- Soit A et B deux points distincts. Un point M du plan appartient au cercle $\mathscr{C}$ de diamètre [AB] si et seulement si :

$$\overrightarrow{MA}\cdot\overrightarrow{MB}=0$$

- Si on note $(x_A\,;y_A)$, $(x_B\,;y_B)$ et $(x\,;y)$ les coordonnées des points A, B et M, alors $\overrightarrow{MA}\cdot\overrightarrow{MB}=0$ équivaut à une équation de la forme $x^2+y^2+ax+by+c=0$ (il en est de même pour l'équation cartésienne d'un cercle défini par son centre et son rayon).

Mais la réciproque est fausse !

Une équation de la forme $x^2+y^2+ax+by+c=0$ n'est pas forcément celle d'un cercle du plan. ▶ MÉTHODE

- *Remarques* :
  - $\overrightarrow{MA}\cdot\overrightarrow{MB}=0$ équivaut à M = A ou M = B ou « le triangle AMB est rectangle en M ».
  - Un cercle $\mathscr{C}$ peut également être défini par trois points A, B et C non alignés. $\mathscr{C}$ est alors le cercle circonscrit au triangle ABC, son centre est le point de concours des médiatrices des côtés du triangle ABC.

Méthode

Déterminer si une équation donnée est celle d'un cercle, en donner le centre et le rayon

Dans chacun des cas suivants, déterminer l'ensemble des points M(x ; y) vérifiant l'équation donnée. Si cet ensemble est un cercle, donner les coordonnées de son centre et son rayon.

a. $x^2+y^2-2x-6y+6=0$

b. $x^2+y^2-4x+2y+6=0$

c. $x^2+y^2+6x-2y+10=0$

Conseils

Écrire chaque équation sous la forme $(x-x_0)^2+(y-y_0)^2=k$. La méthode est la même que celle utilisée pour mettre un polynôme de degré 2 sous forme canonique. Conclure ensuite suivant le signe de k.
On obtient, suivant les cas, un cercle, un ensemble réduit à un point ou l'ensemble vide.

SOLUTION

a. $x^2+y^2-2x-6y+6=0$ équivaut à $x^2-2x+y^2-6y+6=0$, soit $(x-1)^2-1+(y-3)^2-9+6=0$, c'est-à-dire :
$(x-1)^2+(y-3)^2=4$.
L'équation donnée est celle du **cercle de centre $\Omega(1\,;3)$ et de rayon 2**.

b. $x^2+y^2-4x+2y+6=0$ équivaut à $x^2-4x+y^2+2y+6=0$, soit $(x-2)^2-4+(y+1)^2-1+6=0$, c'est-à-dire :
$(x-2)^2+(y+1)^2=-1$.
Il n'existe aucun couple (x ; y) de réels vérifiant $x^2+y^2-4x+2y+6=0$.
L'ensemble des points M(x ; y) vérifiant cette équation est **l'ensemble vide**.

c. $x^2+y^2+6x-2y+10=0$ équivaut à $x^2+6x+y^2-2y+10=0$, soit $(x+3)^2-9+(y-1)^2-1+10=0$, c'est-à-dire :
$(x+3)^2+(y-1)^2=0$.
Cette équation équivaut à $x+3=0$ et $y-1=0$.
Le seul couple de réels vérifiant cette équation est (–3 ; 1). L'ensemble des point du plan dont les coordonnées vérifient l'équation est **réduit au point de coordonnées (–3 ; 1)**.
Remarque : On peut envisager cet ensemble comme un « cercle dégénéré », de rayon nul, réduit à son centre.

Parabole représentative d'une fonction polynôme de degré 2

37

☐ OK

I Équation et parabole

- Soit a, b et c trois réels avec $a \neq 0$, P la fonction définie sur $\mathbb{R}$ par $P(x) = ax^2 + bx + c$. La courbe $\mathscr{C}$ d'équation $y = P(x)$ est une **parabole**.
- La **parabole** est tournée vers le haut si $a > 0$, vers le bas si $a < 0$.
- Elle admet pour **axe de symétrie** la droite d'équation $x = -\dfrac{b}{2a}$.
- Son **sommet** S a pour coordonnées $(\alpha\,;\,\beta)$, avec $\alpha = -\dfrac{b}{2a}$ et $\beta = P\left(-\dfrac{b}{2a}\right)$.
- En notant Δ le discriminant de P (rappel : $\Delta = b^2 - 4ac$) :
  - si $\Delta < 0$, $\mathscr{C}$ ne coupe pas l'axe des abscisses ;
  - si $\Delta = 0$, $\mathscr{C}$ est tangente à l'axe des abscisses ;
  - si $\Delta > 0$, $\mathscr{C}$ coupe l'axe des abscisses en deux points distincts.

II Position de la courbe

Allure de $\mathscr{C}$ selon le signe du discriminant Δ et du coefficient dominant a :

	$\Delta < 0$	$\Delta = 0$	$\Delta > 0$
$a < 0$	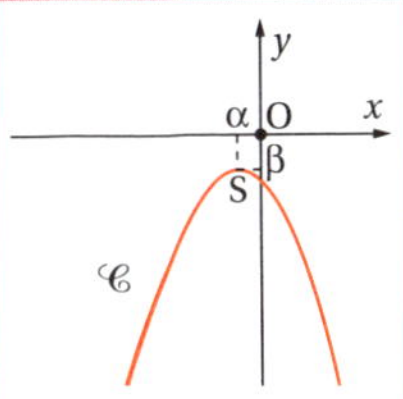	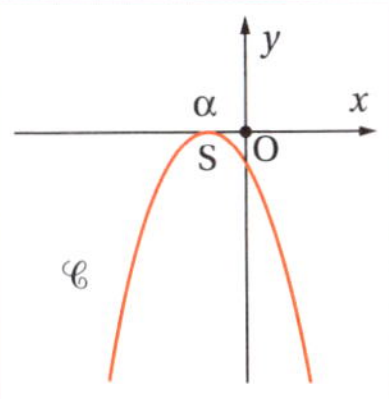	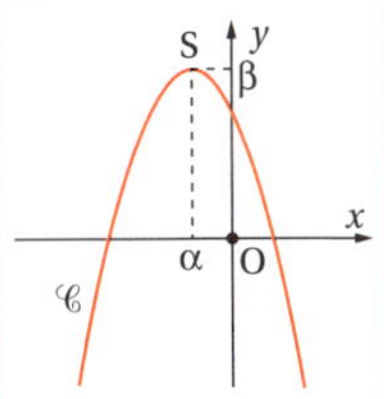
$a > 0$	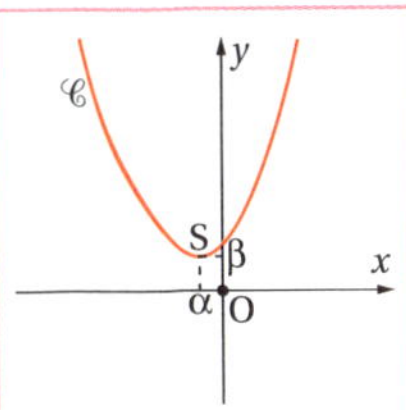	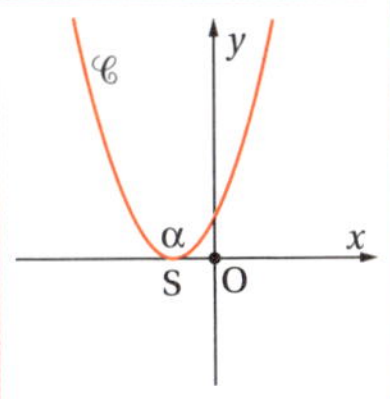	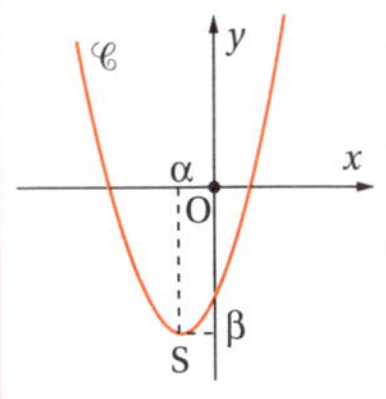

Méthode

Reconnaître une parabole

Soit P la fonction définie sur $\mathbb{R}$ par $P(x) = 2x^2 + x - 3$.

On appelle $\mathscr{C}$ la parabole représentant la fonction P, E le point d'intersection de $\mathscr{C}$ avec l'axe des ordonnées et S le sommet de la parabole $\mathscr{C}$. On admet que $\mathscr{C}$ coupe l'axe des abscisses en deux points distincts A et B.

a. Reconnaître, parmi les trois courbes ci-dessous, la parabole $\mathscr{C}$.

b. Calculer les coordonnées exactes des points A, B, E et S.

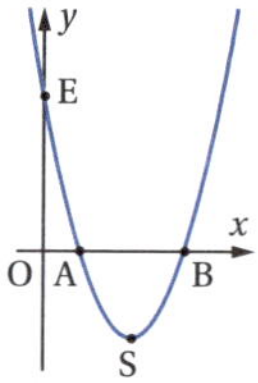

Figure 1

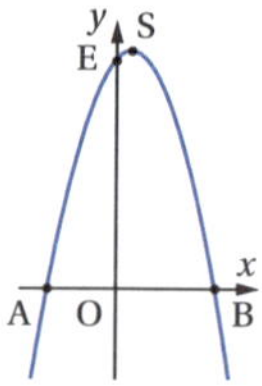

Figure 2

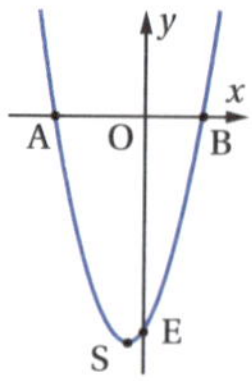

Figure 3

Conseils

On pose $P(x) = ax^2 + bx + c$, donc $a = 2$, $b = 1$, $c = -3$.

a. Le signe de a donne « l'orientation » de $\mathscr{C}$ (« vers le haut » ou « vers le bas »). L'ordonnée du point E est $P(0)$. Les abscisses des points A et B sont les solutions de l'équation $P(x) = 0$, le calcul de leur produit permet de savoir si ces deux solutions sont de même signe ou de signes contraires.

b. Calculer le discriminant de $P(x)$ et appliquer les formules. ▶ FICHE 7

SOLUTION

a. $a > 0$, donc $\mathscr{C}$ est « tournée vers le haut », ce qui élimine la figure 2.

Le produit des deux solutions de l'équation $P(x) = 0$ est $\frac{c}{a} = -\frac{3}{2}$. Il est négatif, donc les deux solutions sont de signes contraires et les points A et B ont des abscisses de signes contraires ; **la courbe $\mathscr{C}$ est représentée sur la figure 3.**

b. E a pour coordonnées $(0\,;P(0))$, c'est-à-dire $\mathbf{(0\,;-3)}$. S a pour coordonnées $\left(-\frac{b}{2a}\,;P\left(-\frac{b}{2a}\right)\right)$, soit $\left(-\frac{1}{4}\,;-\frac{25}{8}\right)$. Le discriminant est $\Delta = 25$, les solutions de l'équation $P(x) = 0$ sont 1 et $-\frac{3}{2}$, A et B ont pour coordonnées $\left(-\frac{3}{2}\,;0\right)$ **et (1 ; 0).**

Quiz EXPRESS 38

Avez-vous bien révisé les fiches 35 à 37 ? On vérifie !

Géométrie repérée

1 Vecteur normal à une droite

FICHE 35

Soit $\mathscr{D}$ la droite d'équation cartésienne $x - 2y + 3 = 0$.

Un vecteur normal à $\mathscr{D}$ est :

☐ **a.** $\vec{n}_1(2 ; 1)$ ☐ **b.** $\vec{n}_2(-2 ; 1)$ ☐ **c.** $\vec{n}_3(-2 ; 4)$

2 Équation de cercle

FICHE 36

1. Le cercle de centre $\Omega(5 ; -2)$ et de rayon 3 a pour équation :

☐ **a.** $(x-5)^2 + (y+2)^2 = 3$

☐ **b.** $(x-5)^2 + (y+2)^2 = 9$

☐ **c.** $(x+5)^2 + (y-2)^2 = 9$

2. Si A et B sont deux points distincts, le cercle de diamètre [AB] est l'ensemble des points M tels que :

☐ **a.** $MA = MB$ ☐ **b.** $\overrightarrow{MA} \cdot \overrightarrow{MB} = 0$ ☐ **c.** $\overrightarrow{MA} + \overrightarrow{MB} = \vec{0}$

3 Parabole représentative d'une fonction polynôme de degré 2

FICHE 37

Soit $\mathscr{C}$ la parabole représentant la fonction $P : x \mapsto 2x^2 + x - 3$.

1. Les coordonnées du sommet S de la parabole $\mathscr{C}$ sont :

☐ **a.** $(-0{,}25 ; -3{,}125)$

☐ **b.** $(-0{,}25 ; -3)$

☐ **c.** $\left(-\dfrac{3}{2} ; 0\right)$

2. La parabole $\mathscr{C}$:

☐ **a.** n'a aucun point commun avec l'axe des abscisses du repère ;

☐ **b.** a exactement un point commun avec l'axe des abscisses du repère ;

☐ **c.** coupe l'axe des abscisses du repère en deux points distincts.

CORRIGÉS

1 Vecteur normal à une droite

Réponse c. D'après le cours, le vecteur $\vec{n}(1\,;\,2)$ est un vecteur normal à la droite $\mathcal{D}$. Or $\vec{n_3} = -2\vec{n}$, donc $\vec{n_3}$, colinéaire à un vecteur normal à $\mathcal{D}$, est aussi normal à $\mathcal{D}$.
Les vecteurs $\vec{n_1}$ et $\vec{n_2}$ ne sont pas colinéaires à $\vec{n}$.

2 Équation de cercle

1. Réponse b. D'après le cours, le cercle de centre $\Omega(5\,;\,-2)$ et de rayon 3 a pour équation $(x-5)^2 + (y-(-2))^2 = 3^2$.

2. Réponse b. Les points M vérifiant MA = MB sont les points équidistants de A et de B, leur ensemble est la médiatrice du segment [AB]. $\overrightarrow{MA} - \overrightarrow{MB} = \vec{0}$ équivaut à $\overrightarrow{AM} = \overrightarrow{MB}$. Le seul point M qui vérifie cette condition est le milieu du segment [AB].

3 Parabole représentative d'une fonction polynôme de degré 2

1. Réponse a. Le sommet de la parabole représentant la fonction $P : x \mapsto ax^2 + bx + c$ est le point $S\left(-\frac{b}{2a}\,;\,P\left(-\frac{b}{2a}\right)\right)$.

Ici, avec $P(x) = 2x^2 + x - 3$, alors $a = 2$, $b = 1$ et $c = -3$, donc $-\frac{b}{2a} = -\frac{1}{4} = -0{,}25$ et $P\left(-\frac{b}{2a}\right) = P\left(-\frac{1}{4}\right) = -3{,}125$.

2. Réponse c. Les abscisses des éventuels points communs de $\mathcal{C}$ et de l'axe des abscisses sont les solutions (si elles existent) de l'équation $2x^2 + x - 3 = 0$, c'est-à-dire les racines du polynôme $2x^2 + x - 3$.

Le discriminant de ce polynôme est $\Delta = 25$; il a donc deux racines réelles distinctes x_1 et x_2, et la parabole $\mathcal{C}$ coupe l'axe des abscisses en deux points distincts d'abscisses respectives $\boldsymbol{x_1}$ **et** $\boldsymbol{x_2}$.

> **À noter**
> Les racines du polynôme $2x^2 + x - 3$ sont $-\frac{3}{2}$ et 1, donc la parabole $\mathcal{C}$ coupe l'axe des abscisses aux points de coordonnées $\left(-\frac{3}{2}\,;\,0\right)$ et $(1\,;\,0)$.

Succession de deux épreuves indépendantes

39

☐ OK

I Modélisation à l'aide d'un arbre pondéré

Définition. On effectue la même expérience deux fois. On suppose que le résultat de la première expérience n'a aucune influence sur le résultat de la seconde. On dit alors que les **deux expériences** (ou épreuves) **sont indépendantes**.

Règles d'utilisation d'un arbre :

- **Règle 1.** La **somme** des probabilités issues d'un même **nœud** vaut 1.
- **Règle 2.** La probabilité d'un événement correspondant à un chemin est égale au **produit des probabilités** portées par les branches de ce chemin (principe multiplicatif).
- **Règle 3.** La probabilité d'un événement est égale à la **somme des probabilités des chemins** qui aboutissent à sa réalisation.

II Exemple d'un dé cubique

On dispose d'un dé cubique comportant deux faces portant le nombre –1, une face comportant le zéro et trois faces comportant le nombre 1. On lance le dé deux fois puis on effectue le produit des nombres portés par les deux faces. On représente chaque lancer, puis le résultat du produit en bas de l'arbre.

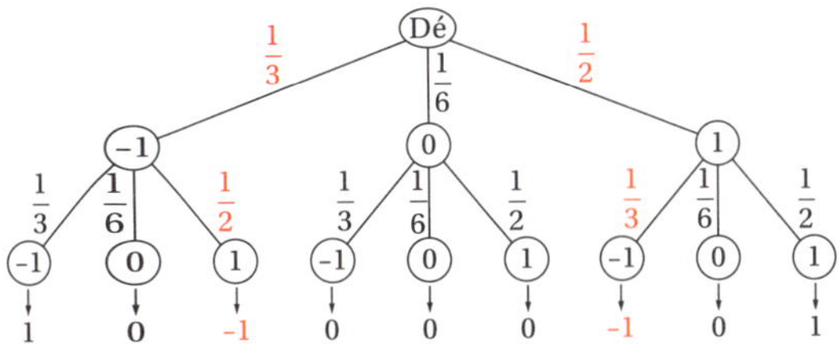

Soit A l'événement « obtenir, dans l'ordre, –1 puis 1 » et B l'événement « obtenir dans l'ordre 1 puis –1 ».

Alors, $P(A) = \frac{1}{3} \times \frac{1}{2} = \frac{1}{6}$ et $P(B) = \frac{1}{2} \times \frac{1}{3} = \frac{1}{6}$.

La probabilité d'obtenir un produit égal à –1 est égale à $P(A \cup B)$ c'est-à-dire $P(A) + P(B)$ puisque les événements A et B sont évidemment **incompatibles**. On trouve $P(A \cup B) = \frac{1}{6} + \frac{1}{6} = \frac{1}{3}$.

SES HGGSP MATHS

Méthode

Modéliser une expérience aléatoire avec un tableau

On dispose d'un dé cubique comportant deux faces portant le nombre -1, une face comportant le zéro et trois faces comportant le nombre 1. On jette deux fois le dé. Soit A l'événement « obtenir, dans l'ordre, -1 puis 1 » et B l'événement « obtenir dans l'ordre 1 puis -1 ».

Calculer les probabilités suivantes à l'aide d'un tableau :

a. $P(A)$ **b.** $P(B)$ **c.** $P(A \cup B)$

Conseils

Étape 1. Répertorier tous les cas possibles pour chaque lancer.
Étape 2. Placer en têtières du tableau les issues possibles pour chaque lancer et remplir les 36 cases du tableau avec les résultats des deux lancers.
Étape 3. Calculer les probabilités demandées sachant que tous les événements élémentaires sont équiprobables.

SOLUTION

Étape 1. Les issues possibles pour un lancer sont : $\{-1\,;-1\,;0\,;1\,;1\,;1\}$.
Étape 2. Grâce à un tableau, on répertorie tous les cas possibles.

Jet 1 \ Jet 2	−1	−1	0	1	1	1
−1	(−1 ; −1)	(−1 ; −1)	(−1 ; 0)	(−1 ; 1)	(−1 ; 1)	(−1 ; 1)
−1	(−1 ; −1)	(−1 ; −1)	(−1 ; 0)	(−1 ; 1)	(−1 ; 1)	(−1 ; 1)
0	(0 ; −1)	(0 ; −1)	(0 ; 0)	(0 ; 1)	(0 ; 1)	(0 ; 1)
1	(1 ; −1)	(1 ; −1)	(1 ; 0)	(1 ; 1)	(1 ; 1)	(1 ; 1)
1	(1 ; −1)	(1 ; −1)	(1 ; 0)	(1 ; 1)	(1 ; 1)	(1 ; 1)
1	(1 ; −1)	(1 ; −1)	(1 ; 0)	(1 ; 1)	(1 ; 1)	(1 ; 1)

Étape 3. Les événements élémentaires sont **équiprobables**. On calcule la probabilité d'un événement en comptant le nombre d'événements élémentaires qui le composent.

a. Les cases réalisant l'événement A sont en rouge et $P(A) = \frac{6}{36} = \frac{1}{6}$.

b. Les cases réalisant l'événement B sont en bleu et $P(B) = \frac{6}{36} = \frac{1}{6}$.

c. A et B sont incompatibles, $P(A \cup B) = P(A) + P(B) = \frac{1}{6} + \frac{1}{6} = \frac{1}{3}$.

Probabilités conditionnelles et indépendance

40

☐ OK

I Probabilités conditionnelles

On se place dans un univers Ω muni d'une probabilité P. Soit A un événement de probabilité non nulle.

- **Définition.** La **probabilité de l'événement B, sachant que A est réalisé** est le nombre noté $P_A(B)$ défini par :

$$P_A(B) = \frac{P(A \cap B)}{P(A)}$$

- Formule des **probabilités composées** :

$$P(A \cap B) = P_A(B)P(A)$$

- L'application P_A définie sur Ω par $P_A(X) = \dfrac{P(A \cap X)}{P(A)}$ a toutes les propriétés d'une probabilité.

En particulier :
$P_A(B \cup C) = P_A(B) + P_A(C) - P_A(B \cap C)$ et $P_A(\overline{B}) = 1 - P_A(B)$.

À noter

On voit qu'en général, $P(A \cap B) \neq P(A)\,P(B)$.

II Événements indépendants

- **Définition.** Dire que deux événements A et B sont **indépendants** signifie que :

$$P(A \cap B) = P(A)\,P(B)$$

Intuitivement, dire que A et B sont indépendants suggère que la réalisation de A n'influence pas celle de B, donc que $P_A(B) = P(B)$.

Mot clé

Ne pas confondre « événements **indépendants** », notion qui dépend de la probabilité choisie sur l'univers Ω, et « événements incompatibles » ($A \cap B = \varnothing$) qui n'en dépend pas. ▶ MÉTHODE

- Dans la pratique, pour calculer $P(A \cap B)$, il y a deux méthodes :
  - la formule des **probabilités composées**, qui se réduit à : $P(A \cap B) = P(A)\,P(B)$ dans le cas où A et B sont indépendants ;
  - la formule $P(A \cap B) = P(A) + P(B) - P(A \cup B)$.

Méthode

Calculer des probabilités conditionnelles avec un tableau

Dans un sac, il y a des pièces anciennes qui sont soit en or (O), soit en argent (A). Certaines proviennent du pays X, les autres du pays Y. On prélève une pièce au hasard.

a. Interpréter et compléter le tableau ci-dessous.

Métal / Pays	O	A	Total
X			0,56
Y		0,23	
Total	0,45		

b. Quelle est la probabilité que la pièce soit en or et du pays X ?

c. Montrer que la probabilité qu'elle soit en or sachant qu'elle provient du pays X est égale à $\frac{3}{7}$.

d. Les événements O et X sont-ils indépendants ?

Conseils

a. 100 % des pièces proviennent des pays X et Y.
b. Calculez la probabilité d'une intersection.
c. Le mot-clé est « sachant ».
d. Utilisez la définition de la fiche.

SOLUTION

a. 45 % des pièces sont en or donc 55 % sont en argent. 56 % des pièces proviennent du pays X donc 44 % proviennent de Y.
23 % des pièces sont en argent du pays Y, or $0{,}55 - 0{,}23 = 0{,}32$ donc 32 % des pièces sont en argent du pays X.

Métal / Pays	O	A	Total
X	**0,24**	**0,32**	0,56
Y	**0,21**	0,23	**0,44**
Total	0,45	**0,55**	**1**

b. $P(O \cap X) = \mathbf{0{,}24}$.

c. $P_X(O) = \frac{P(X \cap O)}{P(X)} = \frac{0{,}24}{0{,}56} = \mathbf{\frac{3}{7}}$.

d. Comme $P_X(O) \neq P(O)$, les événements **O et X ne sont pas indépendants.**

Formule des probabilités totales

I Préalable

On se place dans un univers Ω muni d'une probabilité P.

1 Partition de Ω

- On considère des événements $A_1, A_2, \ldots, A_n$ non vides, deux à deux disjoints et dont la réunion est l'univers Ω tout entier.

On dit que ces événements forment une **partition de** Ω, ou qu'ils forment un **système complet** d'événements de Ω.

Exemple : Les saisons de naissance des élèves d'une classe la partagent en quatre groupes formant une partition de la classe.

2 Calculer des probabilités à l'aide d'un arbre

- Dans un arbre, les événements partant d'un nœud forment une partition.

La somme des probabilités des branches de même origine est égale à 1.

Exemple : $P_A(X) + P_A(\overline{X}) = 1$.

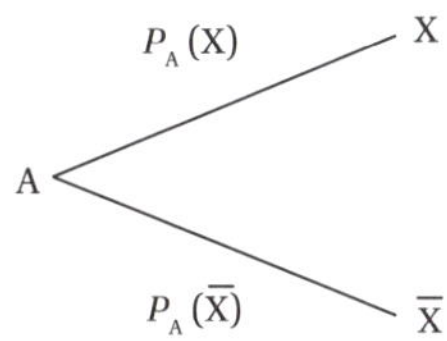

II Formule des probabilités totales

- Pour tout événement X et toute partition $\{A_1, A_2, A_3\}$ de Ω :

$$P(X) = P(X \cap A_1) + P(X \cap A_2) + P(X \cap A_3)$$

Avec les probabilité conditionnelles :

$$P(X) = P_{A_1}(X)P(A_1) + P_{A_2}(X)P(A_2) + P_{A_3}(X)P(A_3)$$

À noter

Évidemment la formule s'étend pour 4, 5, 6... événements formant une partition de Ω.

- Souvent, on utilise la formule des probabilités totales dans le cas où la partition est $\{A\ ;\ \overline{A}\}$, A étant non vide, ainsi :

$$P(X) = P(X \cap A) + P(X \cap \overline{A}) = P_A(X)P(A) + P_{\overline{A}}(X)P(\overline{A})$$

Exemples : blanc/noir ; pair/impair ; défectueux/non défectueux ; etc.

Méthode

Utiliser la formule des probabilités totales

- Dans une urne A, il y a 3 boules noires et 2 boules blanches.
- Dans une urne B, il y a 4 boules noires et 6 boules blanches.

On jette un dé non pipé. Si c'est le 1 ou le 6 qui sort, on choisit l'urne A, sinon on choisit l'urne B. On prélève alors une boule de l'urne choisie.

1. Quelle est la probabilité de tirer une boule blanche ?

2. Quelle est la probabilité que l'urne choisie soit l'urne A sachant que l'on a tiré une boule blanche ?

Conseils

1. On utilise un arbre de probabilité et la formule des probabilités totales. En effet, les deux événements (A : « on choisi l'urne A », B : « on choisi l'urne B ») forment une partition de l'univers ($\overline{A} = B$).
2. Pensez à la formule des probabilités composées. ▶ FICHE 40

SOLUTION

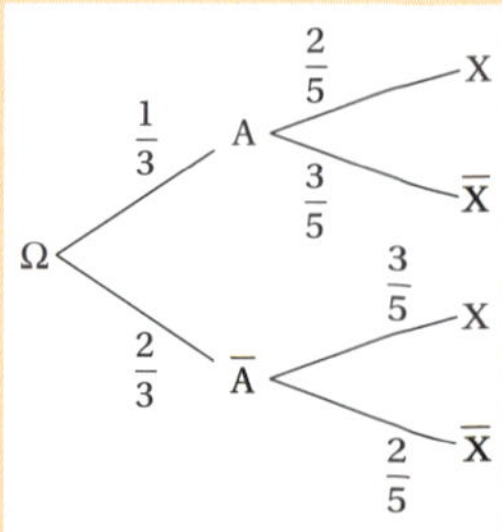

1. Choisir l'urne A équivaut à tirer 1 ou 6, donc choisir B équivaut à tirer 2, 3, 4 ou 5. Notons X l'événement : « la boule tirée est blanche ». On dessine l'arbre ci-contre.

$P(A) = \frac{2}{6} = \frac{1}{3}$ donc

$P(B) = P(\overline{A}) = 1 - P(A) = \frac{2}{3}$.

De plus, les compositions des urnes font que :

$P_A(X) = \frac{2}{3+2} = \frac{2}{5}$ et $P_{\overline{A}}(X) = P_B(X) = \frac{6}{4+6} = \frac{6}{10} = \frac{3}{5}$.

Donc, comme A et B forment un système complet d'événements, la formule des probabilités totales donne :

$P(X) = P_A(X)P(A) + P_{\overline{A}}(X)P(\overline{A})$, soit $P(X) = \frac{2}{5} \times \frac{1}{3} + \frac{3}{5} \times \frac{2}{3} = \frac{8}{15}$.

2. On cherche $P_X(A)$ et on trouve :

$\frac{P(A \cap X)}{P(X)} = \frac{P_A(X)P(A)}{P(X)}$. Par conséquent :

$$P_X(A) = \frac{\frac{2}{5} \times \frac{1}{3}}{\frac{8}{15}} = \frac{\frac{2}{15}}{\frac{8}{15}} = \frac{2}{8} = \frac{1}{4}.$$

À noter

La valeur de $P_X(A)$ n'apparaît pas dans l'arbre !

Quiz EXPRESS

Avez-vous bien révisé les fiches 39 à 41 ? On vérifie !

42

Probabilités conditionnelles et indépendance

1 Répétition d'expériences indépendantes

FICHE 39

On effectue deux prélèvements au hasard d'une boule avec remise dans une urne contenant deux boules blanches et une boule noire.

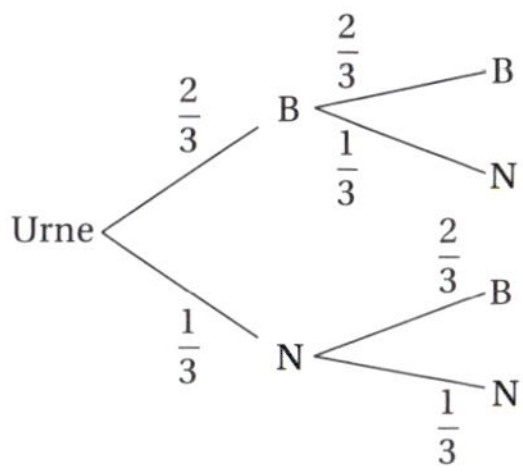

La probabilité d'obtenir deux boules de même couleur est égale à :

☐ **a.** $\frac{1}{2}$ ☐ **b.** $\frac{5}{9}$ ☐ **c.** $\frac{2}{3}$ ☐ **d.** $\frac{1}{4}$

2 Conditionnement

FICHE 40

Deux urnes U et V contiennent au départ chacune 12 boules blanches et 13 boules noires. On prélève une boule dans U, on note sa couleur et on la met dans V. On prélève alors une boule dans V. Sélectionner les réponses justes.

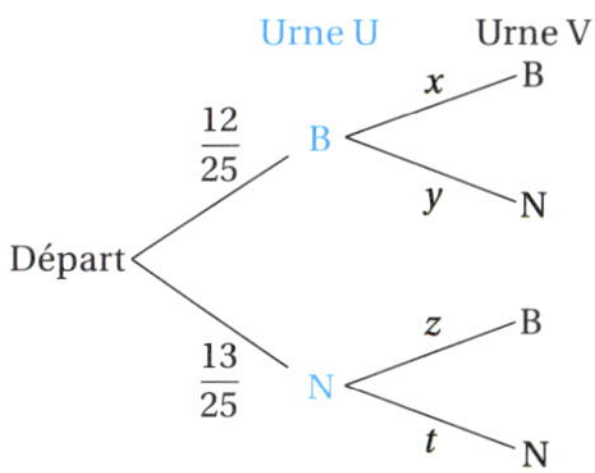

☐ **a.** $x = y = \frac{1}{2}$ ☐ **b.** $z = t = \frac{1}{2}$

☐ **c.** $z > t$ ☐ **d.** $t = \frac{7}{13}$ ☐ **e.** $z = \frac{6}{13}$

3 Formule des probabilités totales

FICHE 41

Au lycée, il y a 56 % de garçons et 44 % de filles. Parmi les filles, 5 % pratiquent le rugby et, parmi les garçons, 25 % pratiquent le rugby. On choisit un(e) élève au hasard. Quelle est probabilité qu'il ou elle pratique le rugby ?

☐ **a.** 0,05 ☐ **b.** 0,3 ☐ **c.** 0,138 ☐ **d.** 0,162

SES HGGSP MATHS

CORRIGÉS

1 Répétition d'expériences indépendantes

Réponse b.

Soit on tire deux boules blanches avec la probabilité $\left(\frac{2}{3}\right)^2 = \frac{4}{9}$,

soit on tire deux boules noires avec la probabilité $\left(\frac{1}{3}\right)^2 = \frac{1}{9}$

et $\frac{4}{9} + \frac{1}{9} = \frac{5}{9}$.

2 Conditionnement

Réponses a., d. et e.

Au deuxième tirage, l'urne V contient en effet 26 boules (les 25 initiales plus la boule issue de U).

Si une boule blanche est tirée dans U, V contient 13 boules blanches et 13 boules noires et $x = y = \frac{13}{26} = \frac{1}{2}$.

Si une boule noire est tirée dans U, V contient 12 boules blanches et 14 boules noires, donc $z = \frac{12}{26} = \frac{6}{13}$ et $t = \frac{14}{26} = \frac{7}{13}$,

donc $z < t$.

3 Formule des probabilités totales

Réponse d.

Soit R l'événement « l'élève choisi(e) pratique le rugby ». Avec des notations évidentes :

$$\begin{aligned} P(\mathrm{R}) &= P_{\mathrm{G}}(\mathrm{R})P(\mathrm{G}) + P_{\mathrm{F}}(\mathrm{R})P(\mathrm{F}) \\ &= 0{,}25 \times 0{,}56 + 0{,}05 \times 0{,}44 \\ &= 0{,}162. \end{aligned}$$

Définition et loi de probabilité d'une variable aléatoire

43

☐ OK

SES

HGGSP

MATHS

I Introduction

- Lorsqu'on jette deux dés cubiques, on peut par exemple étudier la somme des points, notée S, qui est un nombre aléatoire compris entre 2 et 12, ou le nombre maximum obtenu, noté M, qui est un nombre entier aléatoire compris entre 1 et 6. On définit ainsi ce que l'on appelle deux **variables aléatoires** notées S et M.
- Interrogeons-nous sur la probabilité que S prenne la valeur k, k étant un entier compris entre 2 et 12, et que M prenne la valeur h, h étant un entier compris entre 1 et 6. On note ces probabilités $P(S=k)$ et $P(M=h)$. On dit alors que l'on cherche la **loi de probabilité** de S et de M.

II Définition et loi de probabilité

On considère un univers Ω.

- Une **variable aléatoire** est une fonction de Ω dans $\mathbb{R}$ qui à chaque événement élémentaire de Ω associe un nombre. On la note v.a. en abrégé. On note $X(\Omega)$ l'ensemble des valeurs que peut prendre une v.a. X.

Exemple : Si on reprend l'exemple précédent et si on note (a, b) le résultat du jet des deux dés, on a $S(\Omega) = [\![2\ ;\ 12]\!]$, $S((2, 4)) = 6$, $M((4, 3)) = 4$.

> **À noter**
> L'écriture $[\![a\ ;\ b]\!]$ signifie tous les nombres **entiers** de l'intervalle réel $[a\ ;\ b]$.

- La **loi de probabilité** d'une v.a. X est une fonction f de $\mathbb{R}$ dans $\mathbb{R}$.
À tout x de $\mathbb{R}$ elle associe $P(X=x)$:

$$f(x) = P(X=x)$$

Exemple : On remarque que, pour tout réel $x \notin [\![2\ ;\ 12]\!]$, $P(S=x)=0$. En effet, S ne prend que les valeurs entières de 2 à 12.

En généralisant cette remarque, on voit que pour définir la loi de probabilité d'une v.a. X, il suffit d'en dresser un tableau de valeurs.

x	x_1	x_2	...	x_n
$P(X=x)$	p_1	p_2	...	p_n

> **À noter**
> $\sum_{k=1}^{n} p_k = p_1 + p_2 + \ldots + p_n = 1.$

Méthode

Déterminer la loi de probabilité d'une variable aléatoire

À la pizzeria, pour un déjeuner rapide, on peut choisir une des deux entrées à 2,40 € ou 3 €, une des deux pizzas à 5 € ou 5,60 € et une des deux boissons à 0,80 € ou 1,40 €. On décide de choisir au hasard une entrée, une pizza et une boisson. Soit X la variable aléatoire égale au prix que l'on doit payer.

1. Déterminer $X(\Omega)$ et la loi de probabilité de X.
2. Quelle est la probabilité que l'on paie moins de 9 € ?

Conseils

1. Faites un arbre de probabilité, puis dressez un tableau.
2. Si l'on paie moins de 9 €, quelles sont les sommes que l'on peut payer ?

SOLUTION

1. L'arbre suivant montre que $X(\Omega) = \{8{,}2 ; 8{,}8 ; 9{,}4 ; 10\}$.

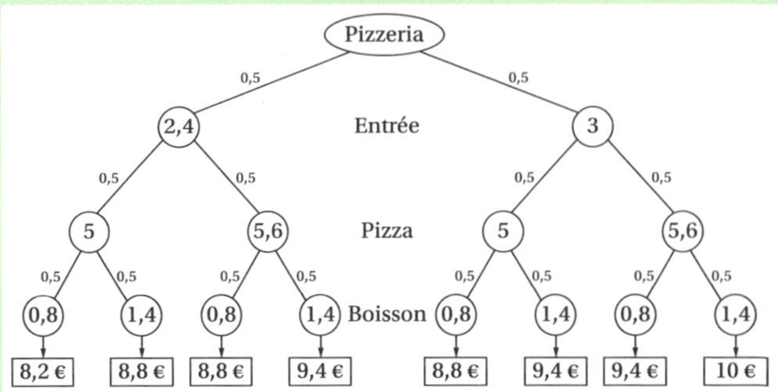

Le principe multiplicatif conduit au tableau suivant qui résume la loi de probabilité de X

x	8,2	8,8	9,4	10
$P(X=x)$	$\left(\frac{1}{2}\right)^3 = \frac{1}{8}$	$3 \times \left(\frac{1}{2}\right)^3 = \frac{3}{8}$	$3 \times \left(\frac{1}{2}\right)^3 = \frac{3}{8}$	$\left(\frac{1}{2}\right)^3 = \frac{1}{8}$

2. On cherche $P(X < 9)$. On voit que si on paie moins de 9 €, on paie obligatoirement 8,2 € ou 8,8 €.

Donc $P(X < 9) = P(X = 8{,}2) + P(X = 8{,}8) = \frac{1}{8} + \frac{3}{8} = \frac{4}{8} = \mathbf{\frac{1}{2}}$.

Espérance, variance et écart type

44

☐ OK

I Définitions

Soit X une v.a. dont les valeurs sont $x_1, x_2, ..., x_n$.
Pour tout $k \in \{1 ; 2 ; ... ; n\}$, on note $p_k = P(X = x_k)$.

- L'espérance de X est le nombre $E(X)$ défini par :

$$E(X) = \sum_{k=1}^{n} x_k p_k = x_1 p_1 + x_2 p_2 + \ldots + x_n p_n$$

- La variance de X est le nombre $V(X)$ défini par :

$$V(X) = \sum_{k=1}^{n} (x_k - E(X))^2 p_k$$

$$V(X) = (x_1 - E(X))^2 p_1 + (x_2 - E(X))^2 p_2 + \ldots + (x_n - E(X))^2 p_n$$

- L'écart type de X est le nombre $\sigma(X)$ (lire « sigma de X ») défini par :

$$\sigma(X) = \sqrt{V(X)}$$

- *Exemples* : • Si X est une v.a. de Bernoulli de paramètre p ($p \in [0 ; 1]$), c'est-à-dire $X(\Omega) = \{0 ; 1\}$ et $P(X = 1) = p$ alors $E(X) = p$ et $V(X) = p(1 - p)$.
• Si X est une v.a. uniforme discrète de paramètre n ($n \in \mathbb{N}$), $X(\Omega) = [\![1 ; n]\!]$ et, pour tout $k \in [\![1 ; n]\!]$, $P(X = k) = \frac{1}{n}$, alors :
$E(X) = \frac{n+1}{2}$ et $V(X) = \frac{n^2 - 1}{12}$.

II Propriétés

- Si on note X^2 la v.a. prenant les valeurs $x_1^2, x_2^2, \ldots, x_n^2$ et si on a $\sum_{k=1}^{n} x_k^2 p_k = E(X^2)$, on peut montrer que :

$$V(X) = E(X^2) - (E(X))^2$$

À noter
Cette formule est la formule de König-Huygens.

- Théorème. Soit X une v.a., a et b deux réels, alors :

$$E(aX + b) = aE(X) + b \text{ et } V(aX + b) = a^2 V(X)$$

SES HGGSP MATHS

Méthode

Calculer l'espérance et la variance d'une variable aléatoire

Un joueur habile lance des fléchettes sur une cible carrée qu'il touche à tous les coups. La cible comporte quatre zones : à 10 points, et le joueur l'atteint 15 fois sur cent, à 5 points, et le joueur l'atteint 33 fois sur cent, une zone à 1 point, atteinte 45 fois sur cent et une zone à 0 point.

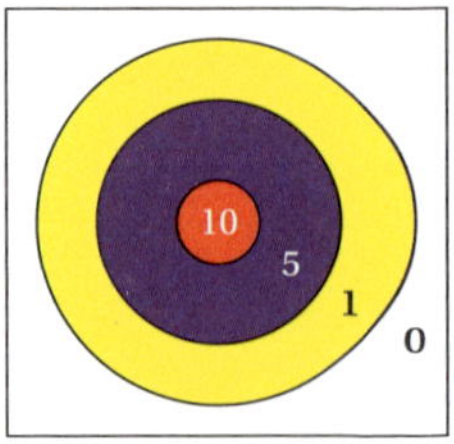

1. Quelle est la probabilité que le joueur atteigne la zone à 0 point ?

2. Le joueur lance une fléchette. Soit X la v.a. égale au nombre de points obtenus.

a. Calculer l'espérance de X.

b. Calculer la variance de X par deux méthodes différentes puis $\sigma(X)$.

Conseils

1. Ne pas oublier que le joueur atteint la cible 100 fois sur 100.
2. Il faut d'abord déterminer la loi de probabilité de X.

SOLUTION

1. Puisque le joueur atteint la cible à tous les coups, la probabilité cherchée est égale à $1 - (0,15 + 0,33 + 0,45)$ c'est-à-dire **0,07**.

2. $X(\Omega) = \{0 ; 1 ; 5 ; 10\}$. Le tableau ci-contre résume la loi de probabilité de X.

x	0	1	5	10
$P(X=x)$	0,07	0,45	0,33	0,15

a. En utilisant la définition de l'espérance d'une v.a. on obtient :
$E(X) = 0 \times 0,07 + 1 \times 0,45 + 5 \times 0,33 + 10 \times 0,15$. Donc $\boldsymbol{E(X) = 3,6}$.

b. • Avec la définition :
$V(X) = (0 - 3,6)^2 \times 0,07 + (1 - 3,6)^2 \times 0,45 + (5 - 3,6)^2 \times 0,33 + (10 - 3,6)^2 \times 0,15$, soit $\boldsymbol{V(X) = 10,74}$.

• Avec la formule de König-Huygens : pour cela dressons le tableau de la loi de probabilité de X^2.

x^2	0	1	25	100
$P(X=x^2)$	0,07	0,45	0,33	0,15

$V(X) = E(X^2) - (E(X))^2 = 0 \times 0,07 + 1 \times 0,45 + 25 \times 0,33 + 100 \times 0,15 - 3,6^2$.
On retrouve la valeur précédente $V(X) = 10,74$.

• L'écart type est $\sigma(X) = \sqrt{10,74}$, soit $\boldsymbol{\sigma(X) \approx 3,3}$.

Variables aléatoires et algorithmes

45

☐ OK

I Simulation de variables aléatoires avec Python

- Pour **simuler** un grand nombre d'expériences identiques et indépendantes on dispose de l'instruction *random()* qui fournit un nombre pseudo-aléatoire de l'intervalle [0 ; 1[(ne pas oublier les parenthèses).
- La fonction *randint*(a, b) renvoie un nombre entier de l'intervalle $[\![a\ ;\ b]\!]$.

À noter

Pour employer ces fonctions, il faut importer le module *random* grâce à l'instruction « *from random import ** ».

- *Exemple* : Le programme ci-contre simule le jet d'une pièce de monnaie truquée de telle sorte que la probabilité de « pile » soit 0,4. Il définit de fait la variable aléatoire nommée *pile* qui compte le nombre de « pile » au cours de 1 000 lancers.

```
pile = 0   #initialisation
for k in range(1000) :
    if random()<0.4 :
        pile = pile+1
print(pile)
```

II Simulation de variables aléatoires avec un tableur

Dans la feuille de calcul ci-contre, on a simulé 20 expériences (seules les premières sont affichées). Chaque expérience consiste à lancer 100 000 fois ($n = 100\,000$) une pièce truquée, avec une probabilité de « pile » de 0,35 ($p = 0{,}35$).

	J	K	L	M
1	m	p	$\|p - m\|$	$< r$
2	0,349	0,35	0,001	1
3	0,352	n	0,002	1
4	0,348	100000	0,002	1
5	0,351	Rayon r	0,001	1
6	0,350	0,003	0,000	1
7	0,354	Proportion	0,004	0
8	0,352	95 %	0,002	1
9	0,352		0,002	1

Pour chaque expérience, une formule ▶ MÉTHODE calcule la proportion m de « pile » obtenues (colonne J) et la distance entre m et p (colonne L). Si la distance est inférieure à un nombre donné (rayon r) alors une formule affiche 1 et sinon 0 (colonne M). Enfin la cellule K8 compte la proportion d'expériences où cette distance ($|p - m|$) est inférieure au rayon. Il y en a ici 95 %.

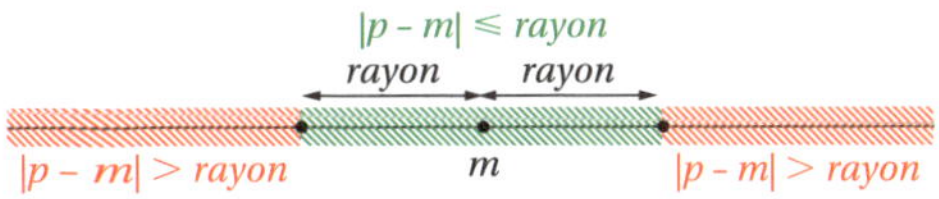

Méthodes

1 Calcul de l'espérance avec un tableur

Le tableau résume la loi de probabilité d'une variable aléatoire X :

	A	B	C	D	E	F	G
1	x_k	–10	–3	1	5	4	
2	p_k	0,25	...	0,3	0,1	0,27	
3		–2,5	–0,24	0,3	0,5	1,08	–0,86

1. Écrire une formule permettant de calculer $P(X = -3)$.
2. Quelle formule peut-on écrire pour calculer $E(X)$ dans la cellule G3 ?

Conseils

1. Envisagez le calcul de la somme de tous les nombres p_k.
2. Revenez à la définition de l'espérance d'une variable aléatoire.

SOLUTION

1. La somme $p_1 + ... + p_5$ vaut 1. On peut donc écrire en C2 : « = 1-SOMME(B2 ; D2 : F2) ». On trouve 1 – 0,92 = **0,08**.
2. Il suffit d'écrire « **= SOMME(B3:F3)** », qui additionne les $p_k x_k$.

2 Répétitions de variables aléatoires

Commenter ce programme générant les lancers décrits dans la fiche.

```
1   For k = 1 To 20
2     pile = 0   'Initialisation
3     For i = 1 To n
4       hasard = Rnd   'Nombre aléatoire entre 0 et 1
5       If hasard <= 0.35 Then
6         pile = pile + 1   'Nombre d'apparitions de pile
7       End If
8     Next i
9     m = pile / 100000   'Moyenne constatée sur 100 000 jets
10    AffichageDe_m   'Programme affichant m dans la colonne J
11  Next k
```

SOLUTION

Le programme exécute une boucle (lignes 1 à 11) de 20 expériences identiques et affiche la proportion de « pile » obtenue (m sur la ligne 9) pour chacune d'elles (ligne 10). Une expérience (lignes 3 à 8) consiste à tester si un nombre choisi aléatoirement (ligne 4 : *hasard*) est inférieur ou égal à 0,35. Si oui, la variable *pile* augmente de 1.

Quiz EXPRESS 46

Avez-vous bien révisé les fiches 43 à 45 ? On vérifie !

Variables aléatoires réelles

1 Loi de probabilité

FICHE 43

Parmi les affirmations suivantes, lesquelles sont vraies ?

1. On considère la variable aléatoire X dont la loi est donnée par le tableau ci-contre.

k	-2	-1	0	1	2
$P(X=k)$	$\frac{1}{8}$	$\frac{1}{4}$	?	$\frac{3}{8}$	$\frac{1}{16}$

☐ **a.** $P(X=0)=\frac{3}{16}$ ☐ **b.** $P(X\leqslant -1)=\frac{3}{8}$

☐ **c.** $P(0\leqslant X<2)=\frac{9}{16}$

2. On lance une pièce équilibrée deux fois. Soit Y la variable aléatoire qui compte le nombre de fois où la pièce tombe sur « pile ».

☐ **a.** $P(Y=1)=\frac{1}{2}$ ☐ **b.** $P(Y>2)=1$

☐ **c.** $E(Y)=1$ ☐ **d.** $V(Y)=\frac{1}{4}$

Conseils

On pourra faire un arbre de probabilité.

2 Espérance et variance

FICHE 44

1. Parmi les affirmations suivantes, lesquelles sont vraies ?

☐ **a.** On considère la variable aléatoire X définie à l'exercice 1 ci-dessus. On a $E(X)=-2$.

☐ **b.** Il est possible qu'une v.a. différente de 0 ait une espérance égale à 0.

☐ **c.** Il est possible qu'une v.a. ait une variance strictement négative.

2. Soit Z une v.a. telle que $E(Z)=10$.

☐ **a.** $E(2Z+3)=23$ ☐ **b.** $E(-Z)=E(Z)=10$ ☐ **c.** $E(Z^2)=100$

3. Si $V(Z)=5$ alors :

☐ **a.** $V(3Z-1)=44$ ☐ **b.** $V(-Z)=V(Z)=5$ ☐ **c.** $V(Z^2)=25$

SES HGGSP MATHS

CORRIGÉS

1 Loi de probabilité

1. Réponses a., b. et c. En effet, $\frac{1}{8}+\frac{1}{4}+P(X=0)+\frac{3}{8}+\frac{1}{16}=1$ donc $P(X=0)=\frac{3}{16}$.

$P(X \leqslant -1)=P(X=-2)+P(X=-1)=\frac{1}{8}+\frac{1}{4}=\frac{3}{8}$.

$P(0 \leqslant X < 2)=P(X=0)+P(X=1)=\frac{3}{16}+\frac{3}{8}=\frac{9}{16}$.

2. Réponses a. et c.

L'arbre ci-contre résume l'expérience.

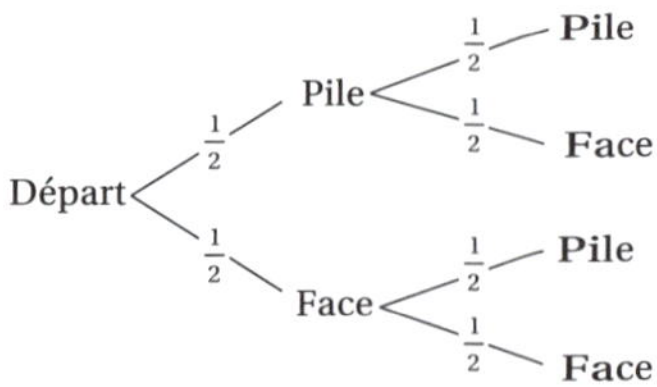

• La probabilité d'obtenir exactement une fois « pile » est égale à $\frac{1}{2}\times\frac{1}{2}+\frac{1}{2}\times\frac{1}{2}=\frac{1}{2}$.

• $P(Y>2)=0$ car il est impossible d'avoir plus de deux « pile ».

Le tableau suivant résume la loi de probabilité de Y :

k	0	1	2
$P(Y=k)$	$\frac{1}{2}\times\frac{1}{2}=\frac{1}{4}$	$\frac{1}{2}$	$\frac{1}{2}\times\frac{1}{2}=\frac{1}{4}$

• $E(Y)=0\times\frac{1}{4}+1\times\frac{1}{2}+2\times\frac{1}{4}=\frac{1}{2}+\frac{1}{2}=1$.

• $V(Y)=(0-1)^2\times\frac{1}{4}+(1-1)^2\times\frac{1}{2}+(2-1)^2\times\frac{1}{4}=\frac{1}{4}+\frac{1}{4}=\frac{1}{2}$.

2 Espérance et variance

1. Réponse b. En effet $E(X)=-\frac{2}{8}-\frac{1}{4}+0+\frac{3}{8}+\frac{2}{16}=0$, on voit qu'une v.a. différente de 0 peut avoir une espérance égale à 0.

La variance d'une variable aléatoire est une somme de nombres positifs, donc est elle-même un nombre positif.

2. Réponse a. L'espérance est linéaire, donc $E(2Z+3)=2E(Z)+3=23$. De même $E(-Z)=-E(Z)=-10$. On ne peut rien dire sur $E(Z^2)$.

3. Réponse b. En effet $V(aX+b)=a^2V(X)$.

NOTES

NOTES

NOTES

Achevé d'imprimer en Espagne par Grafo à Basauri - Dépôt légal : n° 08348-6/01 Octobre 2021